窄门

公元1718-1911： 一巷宽窄，成都满城的历史断章

章夫 / 著

四川人民出版社

成都时代出版社
CHENGDU TIMES PRESS

《造山运动：造出一个天府之国》，时政随笔《甲申360年祭》《一个记者眼中的今日中国》《中国平民日记》；其中长篇纪实文学《邓小平故居留言簿》荣获第六届全国书籍装帧艺术展铜奖、四川省「五个一工程」奖和四川图书奖一等奖。纪实文学《天下客家》（合著）荣获第六届成都市「五个一工程」奖。2015年被授予享受国务院特殊津贴专家；2018年被授予第十批成都市有突出贡献的优秀专家；2021年被评选为四川省第13批学术与技术带头人，同年12月入选2021年度「天府青城计划」（天府文化领军人才项目）。

章夫，2008年加入中国作家协会，四川省作家协会报告文学委员会委员，成都市作家协会副主席，成都文学院签约作家。曾任《青年作家》总编辑。擅长非虚构类作品写作和人文历史与地理随笔，共出版各类著作20余部计400余万字。代表作有：历史随笔《徘徊：公元前的庙堂与江湖》《天府之盐》《锦江商脉》《千年一坊》《少城》，人文地理随笔《图腾与废墟》《虔洁：流落红军及其后代生存状态调查》

序

成都的另一道窄门

—— 岱峻

01

　　流沙河先生尝言："要了解明清时期的成都，得去宽窄巷子。要了解民国时期的成都，须去华西坝。"坝上老华西，笔者曾稍有涉猎，著有《风过华西坝》《弦诵复骊歌》两书。此处的宽窄巷子，代指清中叶后渐成规模的满城。章夫先生所著《窄门》，正是以诗的语言和随笔文体，叙写近代成都的满城，因何起、为何兴、何以衰的一部微观史。

　　所谓"窄门"，《圣经·新约》中耶稣对众人说："你们要努力进窄门。我告诉你们，将来有许多人想要进去，却是不能。"此处所喻，外延内涵丰富，可意会却难以言传。通向灭亡的门是宽门、路是大路，进去的人多；通向永生的门是窄门、路是小路，寻得着进得去的只有少数人。中国的语境中，也有类似比喻，"夫夷以近，则游者众；险以远，则至者少。而世之奇伟瑰怪非常之观，常在于险远，而人之所罕至焉，故非有志者不能至也。"（宋 王安石句）

　　20世纪法国作家安德烈·纪德有一本小说，即以《窄门》命名，他将"伊甸园""十字架""天堂""窄门"等不同意象纳入相似的经验框架，从一个概念系统转移到另一个概念系统，让不同事物相互作用，产生强烈反应，环环相扣，层层深入，构成寻找精神家园的隐喻世界。

章夫先生的《窄门》，抑或取义于此？即通过一段波澜壮阔的历史，表达内心的"隐喻世界"，探寻精神家园。《窄门》不仅是物理空间的窄，还蕴含深广的人文意象：大清末路越走越窄。书中，作家集中剖析了成都晚清的几个历史场景，工笔白描般写人叙事，呈现出一副独有的鲜活图景：少城与满城的地理空间越来越窄，如今只剩下两条巷子。而书中描绘的百年前的场景，观照当下，背后的宽与窄，长与短，多与少，新与旧，留给读者思考。相信每一个读者看完章夫的《窄门》，或能找到属于自己的"心灵图腾"。

02

明崇祯十七年（1644），张献忠率军攻下成都，自立为帝，国号大西。清军入川进剿，张部奋力顽抗，战火频仍，一时间成都竟夷为废墟，为麋鹿出没、野雉横飞之地。清顺治年间，在阆中设四川临时省会保宁府（此即今日保宁醋之得名）。十余年间，在此举行过四科乡试。康熙年间，清廷诏令"湖广填四川"，五方十省移民接踵而至，巴蜀渐有生气。始在成都设四川布政使司，另派四川总督驻此。

清代御制《将军箴》："八旗禁旅，生聚帝都，日增月盛，分驻寰区，星罗棋布，奕禩良谟"。清廷除留精锐八旗兵拱卫京师，再向江宁（南京）、西安、太原、德州、杭州、京口、宁夏（银川）、福州、荆州、广州、成都等战略要地派兵，形成八旗驻防制度。在这些城市中心，划区圈占，迁走原住民，入住八旗兵及其家眷，筑起城墙，与汉人分隔，形成一个界限分明的满人城池，即"满城"。

康熙五十七年（1718），首批八旗官兵奉驻成都满城，也称少城。"满城城在府西头，特为旗人发帑修。仿佛营规何时起？康熙五十七年秋。"（清竹枝词）据《同治成都县志》载："康熙六十年，由湖北荆州拨防来川时满洲蒙古共二千余户，丁口五千名余。"满城口音，渐多京腔混杂鄂方言。"湖北荆州拨火烟，成都旗众胜于前。康熙六十升平日，自楚移来在是年。"（清竹枝词）其后，随着英人觊觎藏地，成都凸显出"望重西南""控驭岩疆"军事地理优势，遂增设将军帅府，节制西南数省，陆续增调八旗兵丁。至清末光绪三十年（1904），成都在籍旗人有5100多户，约两万多人，就一座近三十万人的城市，已有一定占比。

成都的满城，在市中心偏西位置，四围城墙开五座城门：迎祥门——西御街小东门，受福门——羊市街小东门，延康门——小北门，安草门——小南门，清远门——大城西门。从《光绪廿八年成都省城内外街道全图》看，满城形如一只蜈蚣，将军帅府（将军衙门）如同蜈蚣头，中间一条通道如蜈蚣躯干，两边多条胡同像蜈蚣十数条脚爪。据清《四川通志》载，驻防成都的满蒙八旗兵以三甲为一旗，共二十四旗。每旗官街一条，披甲兵丁小胡同三条。八旗官街共八条，兵丁胡同共三十三条。城中旗人，当差的旗兵按月领饷，家眷也享有相应饷银，有完善的经济保障体系。但须"谕旨国语骑射乃满洲根本，人所应晓。"

鸦片战争，尤其是甲午海战后，西洋东洋列强踹开了清廷闭关锁国的大门。西风东渐，被迫应对，晚清推行新政。成都将军玉昆顺应时势，支持旗人在实业街设农事试验场，西胜街口办少城高等小学堂，还将文化程度较高的子弟，送入大城的高等学堂、东文学堂、武备学堂及华阳中学堂学习……

03

"深淘滩，低作堰"。因应这些治水措施，当1911年辛亥革命的洪流轰然而至时，成都满城的旗人有惊无险，免受灭顶之灾。其时，收到成都军政府照会后，他们即缴械投诚，受到保护。嗣后军政府又特设旗务局，专办旗人生计和官产登记，投标售卖，创办同仁工厂，教习旗人手艺维持生计。玉昆将军还倡建少城公园，兴土木，植花草，供人游览。

旗人以其独特的审美习俗和生活方式，融入且丰富了这座城市。

革命就是破旧立新。辛亥革命后，少城完整的城墙被拆除，直到1935年全部夷为平地。时移世易，成都的城中之城——少城，三百多年的"满城"，而今徒为一个符号。那条蜿蜒的蜈蚣早已脱胎换骨，爪牙尽失，只剩下"宽巷子""窄巷子"勉强支撑残存的旧痕。与此同时，作为历史"活化石"那些满洲名词"胡同"，也一律改为"街巷"，且消弭了原旨。如君平胡同，改支矶石街；喇嘛胡同，改祠堂街；有司胡同，改西胜街……这种改弦易辙，脱胎于法国大革命，"文革"中曾甚嚣尘上，如盐市口改为"英雄口"，春熙路改为"反帝路"等。

文脉是城市的精神命脉，只是骤然而至的城市化进程中，更多的是匆匆赶路的人们……精神一词在一些人心里，多少显得有些奢侈。宛如一条生活在水里的鱼，很少反思过厕身其间的水域。异乡人章夫早就留意到，这是历史文化名城遭遇的第一次"现代化"的坎壈。

04

地矿是造物主预埋的宝藏，层层叠叠，先后呈序。考古学的地层学就是通过田野调查发掘，去揭示人类曾经的生活图景。

距今4500-3700年前的"宝墩文化"，标志着成都平原城市文明的兴起；距今3000年左右出现了今成都市区内以十二桥木结构建筑遗址为代表的城邑；距今2000多年前蜀王开明氏在成都建立了蜀国都城。公元前311年，战国时期的秦国建成都城，此为这座城市定型化的清晰界标。至此开始，城市名称再没有变易，城市位置基本没有偏移，成为全国唯一一座"城名未改，城址未变"的历史文化名城。

"观乎人文，以化成天下。"（《周易·象传》）成都，经数千年的历练，已然一座"水渌天青不起尘，风光和暖胜三秦"的花园城市，一个"诗人自古例到蜀，文宗自古出巴蜀"的斯文之都。今日成都，如同中国大大小小的所有城市一般，从地名到实景，大都消失或改变原有样态。就像在今天的丽江古城，要找丽江小吃，有过桥米线、沙县水饺、东北小笼包等外来新宠，却很难找到纳西人喜欢的血肠、丽江粑粑、青豆浆、炸乳扇等。章夫就像在从事知识考古学，通过这本《窄门》，从一砖一瓦，一草一木中去爬梳老成都满城的民俗民情、人物故事及昔日风韵。

05

前清时，旗人受到特殊照顾，有"铁杆庄稼"可吃，即使普通旗人，只要是男性就有二两银子五斗老米的粮饷。满族老人苏成纪收藏有几本用蝇头小楷写成的账簿，记载着分配"皇粮"的明细。这位老人无意的收藏中，从经济史的角度还原了满人的生活样态。

衣食无虞自然可以滋生懒惰，游手好闲；也给一些长于艺事的旗人以专心致志，尽善尽美的机会。玩物，未必丧志；志在其中，亦可成其大志。

满族祖先女真人，生活在白山黑水，初以狩猎打鱼为生。亲近自然，喜欢花草树木。后来马背上得天下，进了紫禁城，喜好花的满族女子爱穿高高的"花盆底旗鞋"，这种绣花鞋因其底似花盆而得名。笔者一位至亲从山东济南来，他发现，成都人买花像买菜一样，几乎每条街都有花店，每个菜市都有卖花的摊位。成都人爱花，莫非也与满人有关系？在书中，章夫君一番深入探究之后，给出了信服的答案。满人的祖先来自白山黑水，喜欢山花开满的原野。记得有一首爱尔兰民歌《花儿都到哪儿去了》，大意是，花儿都上哪去了？都被姑娘采走了。姑娘都到哪去了？都给战士献花去了。战士都上哪儿去了？战士都上战场了。战场而今哪去了？战场被鲜花遮住了。

人类战争史上，弓箭是一种相对古老的兵器。《周礼》中被纳入"六艺"之列。据日本清史专家罗友枝研究表明，满人使用的弓箭，是当时世界上先进的"反曲弓"和"复合弓"，力量远超过欧洲同类兵器，可射中300米外的目标，射穿100米外的盔甲。骑手箭袋一次可带15支箭。工欲善其事，必先利其器。弓的等级取决于不同木材，最好的是来自东北森林的桑木，其次是桦木……皇帝的"大阅弓"和"行围弓"就是用桑木做的，王公贵族用的弓，多以桦木制作，八旗军官的弓，一般使用榆木。从1667年开始，各旗负责自造弓和箭。时至1940年代，迁驻宜宾李庄的国立中央博物院筹备处的研究员谭旦冏先生还曾专门到成都，调查提督街仅存的两家弓箭铺，并将调查报告写进《中华工艺百图》。

06

八旗子弟在成都的绝对人数不多，而有成者不胜枚举，且代不乏人。章夫书中披露，以1990年"第四次人口普查"为例，成都旗人后裔大学以上比例达到25%，专业技术人员比例达到17%。一长串名人榜中，有生物学家赵尔宓，骨伤科医学家何天祥、杜琼书，核工业专家傅尚炯，电力设计专家刘溥，沼气专家赵锡惠，铁道专家刘宝善，水利专家苏性若、包晴川等。

耄耋之年的何天祥，祖辈都是"八旗军医""功夫军医"。他六岁跟父亲学医习武，练就一身绝技。何天祥讲从新坟中探究死人骨骼经络的故事，让座前的采访者章夫毛骨悚然，背脊发凉。今天的"何氏骨科"名震海内外，多支国家运动队的随队医生都是何氏传人。何天祥的郎舅赵尔宓，八兄妹有五个在从事与医药相关的工作。其中院士赵尔宓以研究两栖爬行动物学而蜚声国际，其胞弟赵尔寰回忆儿时秋天祭祖的情景："我们家族在营门口附近买有一片地，点长明灯，吃糍粑，那个时候我刚七八岁大，也要随父辈按照牌位拜祖先。这个时候是家里最热闹的时候，亲朋好友都要来，他们穿着长衫，要庆祝10多天才算结束。"莫非正是那时的隐隐萤火，点燃了两栖爬行动物学家最早的兴趣？

满人、四川大学教授天籁是川剧名票，写过多出剧本，还粉墨登场，帮助演员提升剧技，被梨园人称为"天老爷"。即使喂蛐蛐养金鱼，提笼架鸟，满人也能别出心裁，机巧翻新，对俗文化、非物质遗产作贡献。成都的川菜，即有满人吴正兴的"正兴园"发脉的"荣乐园"。现在外地人一到成都必吃的甜水面、担担面、沙琪玛，都是满蒙人留在这个城市的流风遗韵。

曾经的满城，早已易主。宽巷子的"恺庐"庐主拉木尔·羊角，是此地唯一一户八旗后裔原住民。羊角家居住着老宅右侧次间和后面小半花园，再加一个后厢房。他的祖爷是"衙门信使"，送信范围曾直达京城。据说，一次在皇宫中内急，不慎踩了茅房机关，突然一木制女佣递来便纸，他大吃一惊，恐惧过度，回到成都，不久病逝。"恺庐"的故事一下子变得鲜活。

天下文章任臧否，世间善恶细思量。章夫着力写满城那一段独特的历史，并非始终沉浸于历史之中，而随时以开放的视野与世界"对话"；在"开眼看世界"的同时，又不时关注当下。林林总总，会讲故事的章夫在《窄门》中皆有详尽生动的描写。

子曰，"温故而知新"。西谚道，"要获取新知，就去读旧书"。笔者亦曾为以新闻为业的"报人"，几十年职业生涯，多有感悟。新闻也是历史。

今天的新闻，未必可以写进历史；故人轶事中或藏有大量"新闻"。本埠前辈从新闻向文学或史学转型的，有李劼人、唐振常、黎澍、流沙河、车辐等。当年，唐振常从《大公报》转到上海电影制品厂时，对新闻从业有八字概括：轰轰烈烈，空空洞洞。蠡测其转向原委，或因文史之路有更多自我发挥的空间，可以承载更多的内涵与思考。

章夫尝言：作为一个职业新闻人，我以为最大的理想，是带着史家品质和史家情怀，去"不断逼近真相"。"正义直言史家笔"不仅是史家的追求，也是今天媒体人一种崇高的境界。此亦以为同道，且与章夫先生交好的原因。

新闻人转治文史，有一个调适过程。新闻记者，真理在握，占据道德高地，言辞间不免洋溢着道德至上的功利主义。新闻之新，其时效性几与物理时间合拍，缺了距离感，或不免短视。新闻与历史的共同特点，是记录。忠实地记录，审慎使用积极修辞和道德评说。章夫笔下，小细节，大视野，慎言"历史规律"。历史的有趣之处在于偶然，"偶然"对历史发展有很强的塑造力。

08

一本历史随笔要做到文本有张力，思想有冲击力，并不容易。最难难在史家所重的"史识"。钱穆尝言，过去、现在与未来密不可分："故知就人事论之，大体上自有其起讫，自始至终，自有其必然之持续与可能之演变。唯其有必然之持续，故未来者等于已来。唯其有可能之演变，故已往者实尚未往。换辞言之，过去者尚未去，未来者亦已来。"应当"凝合过去未来为一大现在，而后始克当历史研究之任务"。

史家言"孤证不立"。章夫舍得"跑"，这就是社会学、人类学、考古学、语言学的"田野调查"。他走访考古学者王仁湘，历史学者段渝、袁庭栋等，锁定多重证据，使案头与田野互相印证。他关注众多小人物，笔端贮满深情：刘鑫龙一家老小五口，从江西千里迢迢，跟着熙熙攘攘的移民队伍，穿过拥挤的山道，漫无目的身不由己地来到了成都；作为"满城"血脉的延续，刘显之对200多年来少城发生的一切，十分感兴趣，有着较深入的研究，那条"蜈蚣"形的城池一直盘旋在他心里；像赵宏枢、苏成纪这些满族老人一样，可能他们的生活并不富有，可即或是手里只剩下买一束花的钱，他们也会毫不犹豫地买束花回家……

作家刘震云曾在母校北大一次毕业典礼上说，这个世界聪明的人多笨人少。他奶奶是河南家乡那一湾的割麦第一镰，就像交响乐团的第一小提琴，每年新麦收割总要请她开镰。奶奶矮小，也就一米五多一点，我问她何以能。她说，从弯下腰开始挥镰，就不起身直腰抬头。要是一次起身直腰，就会不断地想。笨办法写作，是刘震云新写实小说成功的原因。

多年前读过章夫所写的报告文学《邓小平故居留言簿》，用社会学的统计方法写广安邓小平故居，去观察参观者的人数、职业、年龄，去整理留言簿并进行分类评析，从一百本留言簿中寻找大量有用的信息和素材。不用怀疑，收获当然丰硕。

我敬佩这种踏实笨拙的态度，就像夯筑土墙，打牢地基，夯实捶紧，不易坍塌。我欣赏这种独特的视角，这种视角结晶的文字，往往会别开生面，满目生春。无论搁置多久都依然醇香，依然会留存斑斓的色调、鲜活的表情，因为那是一个时代、一个人群、一种文化留给后世的宗谱。

岱峻　辛丑岁杪

岱峻（本名陈代俊），读者，行者，作者。原籍贵阳，定居成都。著有《发现李庄》（连续三版），《消失的学术城》，《李济传》（《光明日报》2021年"十大好书"），《民国衣冠》（中华读书报2012年百佳），《风过华西坝：战时教会五大学纪》（凤凰传媒2013年"十佳"、南京图书馆2014年"陶风奖"十大好书），《弦诵复骊歌——教会大学学人往事》（商务印书馆2017年十大好书）等。

目录

第一章

将花儿与战马，一起带到遥远的成都

康熙御笔一挥，朱批『驻荆州八旗子弟，入川剿匪』。

就这样，一支北方的军队，从战略要地荆州起程，迎着呼啸的北风，风一样地开进了西南成都。

成都史上八次移民大潮中，这是一次超乎寻常的特殊移民。

一个特殊的『时间光标』

那些兰骑着高头大马的『土兵』

副都统领兵两千，开赴成都

这批『特殊移民』，种子一般撒向异乡

努尔哈赤祭出『七大恨』

草原『狼』完成合围

无疑，皇太极是一个伟大的君王

花儿与战马，还有遥远的成都……

一个特殊的『时间光标』

康熙五十七年（1718）的成都，如惊弓之鸟。

直到今天，成都的冬天都是阴冷阴冷的，从屋里冷到屋外，令很多北方人不适应，说"南方的成都才是真正的北方"。这样的冬天，在305年前就注定了——惨遭屠城留下的阴霾，使这座以移民著称的城池，平添了几分寒意。

那是一个酷冬的午后，一大群全副武装的北方人，沿着金戈铁马踏出的辙迹，冒着凛冽的寒风，从荆州出发一路东北方向行进，去执行一项特殊的军事使命。

成都，便是这群北方将士此行的最终目的地。

自古以来，荆州与益州（成都）都是可以左右战局的战略要地。康熙帝那双深邃的眼里，东连武汉、西接宜昌、南望湖南常德、北毗荆门、襄阳的荆州

酷似一个典型的成都大家族全家福合影。这样的士族大家对于移民城市的成都而言，应该说不多见。建筑本身来看，气宇轩昂，霸气外露，但见屋檐上还是门额间，都透出一股厚重的"官方味道"，显然不是一般意义上的祠堂及会馆。透过铺引的甚为考究的长长石廊，一路往前，可以看到"理境法域"四个遒劲的大字镶嵌正中间。再左右环视，层层叠叠，依稀尚见一幅楹联，横批上还有"明命可畏"字样。建筑与文字，文字与人物，齐刷刷矗立于天地间，横生趣味与凝重。画面上的人物极为丰富，有老人有小孩，有男人有女人。人们衣着也各不相同。可以想象，这样的合影应该是参加一个极其重要的聚会之前或之后，聚会本身应该与家族有关。在中国这个熟人社会里，大家族的类似聚会不是太多，所以人们显得更为重视。作为新玩意儿的相机刚刚诞生不久，能有意识或有能力合影的家族，也不多见。

（美）路得·那爱德 摄

清时，在一片废墟上新建成都皇城，位于成都市区中心位置，其中轴线上，自
南向北的建筑有：正门端礼门、龙门、明远楼、石牌坊、至公堂、清白堂和文
昌宫等，最北端是后子门。明远楼乃成都皇城内最为重要的标志性建筑，标准
的殿宇式建筑，三重檐依次而上，秩序井然又陡生几许动感，形成一种特有的
东方建筑和谐之美，威严中透出宏大，规矩里渗透巍然。数根廊柱不仅托起几
重殿宇，又构成数学上的几何之美，远远望去，形神兼备。"明远楼"三个榜
书大字镶嵌在殿宇正中，既居高临下，有一种仰视的气派，又画龙点睛，一眼
便见其中之"眼"。厚而且重，明而且远，大气逼人，十里开外清晰可见。

（美）路得·那爱德　摄

自不必说，历来就是"兵家必争"之军事重地。曾一度有"得荆州者得天下"之说。蜀汉退出了荆州的争夺后，魏吴在此都派出重兵驻防。

因而，帝王将相眼里，"大意失荆州"的另一种解读，就是"大意失天下"。

中国地理版图之上，荆州地势偏南。虽然先秦时诸侯割据，其地理位置不十分突出。但到东汉以后特别是三国时期，由于地处魏蜀吴三家交汇点，无论是君王还是将军，荆州一直是梦寐以求的风水宝地。

满人夺得大清天下后，很快便在荆州布防。这里成为大清帝国自京城之外，几个少数具有战略意义的重要据点。

无疑，荆州是极为重要的"一道防线"。驻守于此的，都是精锐的"御林军"——大清最为忠勇也最为可靠的八旗子弟兵。

成都古称益州。康熙爷眼里，离荆州不远的成都，亦属荆州监控的"势力范围"。他心里十分清楚，作为帝国的西部屏障和战略要地，毗邻藏地边境的成都一旦有事，驻防荆州的八旗兵可随时出动，确保版图无虞。

曾经的成都市民，盆景一般蜷缩在几个集中区。有如散落在这座破旧城市的几个补丁，皇城只剩下残垣断壁，周围齐人高的杂草掩映着当初的繁华，不舍昼夜的锦江边更是一派萧条，几无生机与活力。

数十年过去了，大清统治下的帝国依然一片凄厉。特别是古都成都，还呈百废待举之态——芳华早已不见，这里还是一座奄奄一息的鬼城。

明末的乱局和政权的争夺，使成都这座历史文化名城徒有虚名，烽火与马蹄声中，蹂躏得面目全非。哪怕有一丝丝风吹草动，都会让这座城市着凉感冒，一病难起。

昔日那个"扬一益二"的成都，断然经不得半点折腾了。早已城将不城的天府之国，承受着风雨如磐暗故园的时代。

城头变幻大王旗。这也难怪，张献忠的屠城留下了一座空城。清朝接手后，上百清军在废墟上清理了数年，也没打理出一个头绪来。

百废待举，万象待兴。数十年过去了，虎狼渐渐让出地盘，皇城旧址上几幢像样的办公楼在城门楼上整理出来后，大清四川的官方大印才有了安身之处——四川总督衙门从三百公里外的阆中，迁回成都。

乱象丛生。从荆州到成都的八旗军——来的正是时候。

很长时间，西边是成都的上风上水，这个方位也是成都人最为怯怕的方位。"老成都人"眼里，"祸事"一般都从这个方位呼啸而来。古人有"祸起萧墙"之说，而明末清初风声鹤唳的成都人心里，这个成语应该改为"祸起西门"了。

西门有棵"消息树"。生活在这里的城民同样如惊弓之鸟，生性敏捷的他们，只要闻到西郊有什么气味不对，就会"脚底板抹油——溜之大吉"。

刘鑫龙一家老小五口，从江西千里迢迢，跟着熙熙攘攘的移民队伍，穿过拥挤的山道，漫无目的身不由己地来到了成都。

国破山河在，城春草木生。本想在这座偏安一隅的城市世代休养生息，没想到，那个名叫清朝的"当局"，在指定给一片土地之后，就再也没能力给他们什么了。或许在漫长岁月的中国，每每更替一个朝代，大抵如此——满目荒无人烟，家园一派凄婉。

"上一个朝代"留下的许多遗留问题，只有让无辜的芸芸众生来默默承受，任由时间慢慢修复。

"这不是让我们来拓荒吗？"难道这就是那个传说中的天府之国？看着无助的妻儿老小，刘鑫龙的心里一阵紧似一阵。半年时间过得很慢，勒紧裤带，杂草丛生之地在他们手里渐渐变成了可种粮食之田。

庄稼长势不错，人的心情也不错。他心想，该不会再饿肚皮了。

或许帝国轮替规律使然。每每朝代更替之初，都会有几十年清明之治——这种想法也成为像刘鑫龙一样众多移民的想法，他们在开垦过后，指望有个好收成。指望通过自己所吃的苦，受的累，能换来子孙后代的幸福与安宁。

"肚子能不挨饿，身上能不挨冻"成为历朝历代黎民百姓最大的愿望与奢求。

天难遂人愿。就在瓜熟蒂落，籽粒饱满正值收割之际，到田野里收割丰收成果的却不是他们，而是那些从西边呼啸而来的一批陌生人。这些人骑着高头大马，古铜色面颊有轮有廓，身着奇装异服，手持弯弓镰刀和火铳。他们不仅强掳粮食，还烧杀抢掠。正当"刘鑫龙们"惊魂未定，尚未回过神来之时，这些人又风一般地从西边呼啸而去，魔术似的不见了踪影。

刘鑫龙一家人虽幸免于难，可他却真的绝望了。千里迢迢拿着政府的路引来到这里，却还是衣食不饱，甚至性命堪忧。

举目无亲，求助无门。没有了赖以生存的粮食，今后的生活怎么过？每到收获的季节，这里的老百姓只要看见西边有什么异样，手无寸铁的他们，只有无助地祈求着上苍，希望化险为夷。

每每如此，给他们带米的，却是无尽的伤害和近乎绝望的期待。

（词条）

成都

"成都"来历，据《太平寰宇记》记载，是借用西周建都的历史经过，取周王迁岐，一年而所居成聚，二年成邑，三年成都而得名蜀都。虽然对此有很多专家有着不同意见，但后世很多文本都坚持这一说法。蜀语"成都"二字的读音就是"蜀都"。成者毕也、终也，不少专家解读为，成都的含义就是蜀国终了的都邑，或者说最后的都邑。距今约4500至3700年，成都平原已出现被后世称为"宝墩文化"的一系列古蜀先民的聚落中心。这些聚落中心均已夯筑了城墙，建筑了祭祀和集会的场所。根据"金沙遗址"出土的大量历史遗存，可以推定，至迟在殷商晚期至西周初期，成都一带已经成为古蜀王国的中心都邑所在。公元前316年秦灭蜀置城始，即有太城与少城。蜀汉、成汉、前蜀、后蜀等政权先后在此建都，一直是各朝代的州郡治所，汉为全国五大都会之一，唐代有"扬一益二"之誉，北宋是汴京之外第二大都会，发明世界上第一种纸币交子。

那些骑着高头大马的『土兵』

话说那批身佩利器的强人，却是成都从西边山里神出鬼没的"土兵"。

那一批所谓的土族藏兵，只不过身披了一身藏袍而已，他们其实是一批"雇佣军"。雇佣他们的"老板"，便是较早于"刘鑫龙们"在这座城市的先民。

"那批土著先民"一直在成都这块土地上安逸地生活着，可因兵患——张献忠"屠城"时，已经有着丰厚积累的他们，便逃命似的跑到了灌县（今都江堰市）一带的山里隐藏起来。若干年过去了，生活在山里的他们，一直梦想着能回到成都平原这块本属于他们的家园。

直到今天，成都老百姓还流传着这样一句俗语："弄烂就弄烂，弄烂到灌县。"意思是说，那些破罐破摔的人胆子很大，不怕把事情搞大，反正搞大了，出问题了，一跑了之——到灌县的山里隐藏起来，山高皇帝远，就万事大吉了。

的确如此，虽然灌县离成都不过百里，但于成都平原而言，灌县却是一个特点十分鲜明的地标。有着天府之国之称的成都平原，西边的边界就在灌县，过了灌县，便进入了延绵的岷山山系。就是今天，成都与都江堰都"不同天"，往往成都市区艳阳高照，而都江堰却是大雨滂沱。更何况自古以来，巍峨的大山本就是粗犷加野蛮的象征。

真所谓时势造匪寇。某种意义上讲，这些原本安分守法的本分人，在时代的威逼之下，有了另外一个身份——落"草"为"寇"。

以灌县为界，往山里走便是藏族、羌族等少数民族的聚集区。今天也同样如此，都江堰市成为成都与藏区的分水岭。都江堰地界紧挨着汶川县，过了都江堰市就进入了阿坝藏族羌族自治州，依次分别是汶川、理县地界，其地形地貌与成都平原迥异，属于典型的高寒地带。

广袤的成都平原之上，有成片平整且辽阔的农田。每年 4 月是插秧的时节，秧插后不足一月就要进行薅秧。旧时的农民在田间薅秧主要有两种方法，一是手执长竿秧耙在田中的稻秧之间的泥土中将稗、草铲掉，同时地面也被铲松，有利于秧苗的生长；二是下得田间，以手脚为主，将认为是稗、草的植物扯掉，这种方法的好处是能比较干净地清除去稗与草，但也十分劳累。特别是初夏时节，稻田气温上升，热气逼人，手脚并用，看似没有多累，实则很费体力。图片上的男丁正在田间里打理秧苗，以求有个好收成。不过这项劳作早已不再了，今天取而代之的是除草剂等药物的清除。

（美）路得·那爱德　摄

成都平原地质结构很是特别，系罕见的海洋性地质气候。不仅如此，就是今天，能见度好的时候在成都平原还可时常西望雪山，杜甫笔下的"窗含西岭千秋雪"成为成都的一大盛景。

慢慢地，那些时刻想回成都平原的"土著先民"，身居大山过了数十年世外桃源般的生活之后，发现他们的家园已经被人"占"了。

卧榻之侧，岂容他人鼾睡？更何堪忍受鸠占鹊巢般的侮辱？改朝换代之初，朝廷鞭长莫及，任由各地野蛮生长。于是乎，这些"土著先民"决定以"自己的方式"解决问题——花钱"请"骁勇善战的地方兵，帮他们重新收拾"旧山河"。

　　那些人嘴里的"土兵"，很多其实是藏区土司家的武装力量，还有一些是大山里的散兵游勇。民国以前，四川土司都有自己的武装，他们在自己的地盘上征兵，简称"土兵"。这些土兵的任务主要是守卫所辖地区之要隘门户及土司官寨，他们基本上没有经过严格的军事训练，只有一身力气。如果形象地比喻，他们更多的像是家丁，只是手里有比较原始的火药枪之类的初级热兵器而已。

　　这些花哨且另类的装备，已经足够震慑成都平原手无寸铁的"新移民"了。于是乎，另一批像他们当初一样的移民，便无可奈何地受到了无情的洗劫。就这样，日复一日年复一年。一批人不劳而获，另一批人却又劳而不获。

春种秋收。春天在广袤的田野里遍插种苗，秋天收获的则是老天赏赐的喜悦，天府之国的富饶，就是由这样一块一块的肥沃田地构筑而成的。
（美）路得·那爱德　摄

天长日久，新到的移民不堪其扰，纷纷要求离开这"虎狼之地"。那些人们眼里特殊的"匪徒"，给清初尚显脆弱的成都地方官出了很大的难题。剿吧，力量有限，鞭长莫及。更何况这些人都骑着高头大马，他们神出鬼没，风也似的呼啸而来，一阵风卷残云般洗劫之后，又以迅雷不及掩耳之势匆匆离去。还没有等官兵反应过来，他们早已远去，只留下一粒类似狼烟的尘埃。真可谓剿不胜剿，防不胜防。

一份又一份"奏折"递交到了紫禁城。民意不可违，如此影响稳定，怎么了得？区区蟊贼，堂堂大清哪能容忍？康熙皇帝御笔一挥，朱批"驻荆州八旗子弟，入川剿匪"。

时间的指针指向了公元1718年（康熙五十七年），这一年于成都和成都人而言，有如一个特殊的"时间光标"，"特遣"一批远道而来的特殊移民，来保护这"一方平安"。久而久之，他们便牢牢地钉在了这片土地上，繁衍生息，接种传代。

于是，成都人眼里这支叫做"八旗兵"的北方军队，从战略要地湖北荆州起程，迎着呼啸的北风，风一般地开进了成都。他们后来也成为成都这座移民城市全新的"土著"。这是后话。

却说某日下午时分，成都市西郊黑压压又来了一批特殊的军队，镶嵌着龙纹般黄色、红色的大旗，在风中挥舞。为首的将军看了看一马平川"矮矮的成都"，将战马的缰绳一勒，随着骏马的一声长嘶，整个部队停止了前行的脚步。

成都市区的百姓又一次大惊失色，纷纷抄起家伙，携家带口，在杂草丛生的市郊，逃命一般四处逃窜。他们没想到的是，这支"特殊的部队"，在今天成都市南二环叫做营门口的那个地方，安营扎寨，生火做饭，没有进城"扰民"之意。

早已警戒而准备好了的老百姓弄不明白了，既然"鬼子进村了"，为何又驻扎在城外？他们有何更深的意图？未必又是一次"屠城"的前奏？

只需两三天工夫，百姓们便知道这些八旗兵士，是来帮他们"剿匪"的，不是"杀"他们的。

副都统领兵两千，开赴成都

值得一提的是，成都原本就是一座移民城市，自先秦以来有过8次大移民。秦灭古蜀之后，秦人入川，包括李冰（由秦国而来）、卓文君（由赵国而来）在内的那些先民，应该是成都最早的一批外来移民。赵国富豪卓氏、山东望族程郑氏等移民临邛，冶铁、制盐、经商，甚至还在西汉中叶时，开掘了世界上第一口天然气井"临邛火井"。

之后，成都历史上著名的"五次大移民"，一次比一次精彩纷呈，一次比一次荡气回肠。特别是明末清初"八大王剿四川"的那场屠戮，四川屡遭兵祸，成都尤甚。百姓大量死亡，几十里或上百里杳无人烟，田土荒芜，树木遍布，野兽成群，几乎没有留下"土著成都人"。有如后来"走西口""闯关东"的悲壮一般，"湖广填四川"就是数代移民的悲壮迁移与写照。

今天的成都，是一座两千万人口的超大型城市，而这座城市四代以上的"老成都人"，依然少之又少。大规模的移民使成都居民籍贯发生了根本的改变，外来移民占绝大多数，土著居民只占极少数；外来移民最多时来自十多个省份，"五方杂处"，重新熔铸了成都人的开放性格。众人拾柴，天南地北的各路移民，视成都为故乡，这块天府之国的肥沃版图深耕细作，也因此哺育出种种不凡与精彩。直到乾隆以后，以成都平原为核心的西蜀沃土，方又重新成为天下粮仓。

古往今来，留驻成都历史的名人榜，都是来自他乡的"外人榜"。比如成都的名胜古迹，君臣共祀的武侯祠，前蜀王的永陵，诗圣杜甫的草堂，陆游的罨画池，薛涛的望江楼，还有卓文君的琴台路……一查原籍，没有一个是成都人。

这也成为成都一种独特的历史现象和人文景观。

川西平原的良田十分肥沃，相对于山区的田地而言，耕种起来也不是太辛苦。图为正在犁地的耕牛和如牛一般劳作的老农，他头戴草帽，腰束草绳，脚着草鞋，裤管过膝。看得出来，他犁的是一片旱地。估计是第一次面对镜头，这位老农明显感觉不自然，有一种"摆拍"的味道。

（美）路得·那爱德　摄

　　要真正细数成都与八旗军的渊源。其实，公元1718年（康熙五十七年）那批驻防成都的八旗军，并不是第一批进入成都的。早在康熙十二年（1673），为平定三藩之乱中的"吴三桂之乱"，就先后从北京、西安、荆州等地调拨八旗兵入川。长达9年时间的平叛结束后，其余赴川作战的八旗兵都回到了原驻地，只有离成都最近的部分荆州驻防八旗兵，留在了成都。

一年一度的春耕生产极为重要，有"春播一粒籽，秋收万担谷"之说。意味着一年的收成，都集中在春天的插播。因之，无论是官方还是民间，都极为重视。图为晚清的川西农村，主持春耕仪式的官员，标志着一年一度的春天播种季已经开始。
（美）路得·那爱德　摄

这一年是公元1682年。自此，成都便首次有了驻防的八旗兵，虽然人数不足百人。

作为中国西部一个极其重要的军事要地，随着吴三桂之乱的教训，康熙爷越来越看重成都这枚"棋子"。事实上，成都是有驻军的，只是在康熙爷眼里，由汉人组成的"绿营兵"已经让他不放心。他怕这支绿营兵万一再生事端，要再"收拾"就会很麻烦。如果有了自己的"子弟兵"，也好有个依靠——那可是真正信得过的有着血脉之亲的自家人。

这是一位放牧的老农，其装束是清末民初典型的布衫，头包白帕的老农已经是一头短发，剃去了大清特有的长尾辫。地上的草甚为丰美，因而两头牛也十分健壮。那个时代，家里能有两头牛，已经是了不起的财富了。

（美）路得·那爱德 摄

成都平原的广袤农田之上，一度活跃着许多牛的身影。水牛是耕水田的主力，黄牛主要用来犁旱地和拉车运输。长满青草的田地里，是黄牛的极好牧场。同样是一头彪悍的耕牛，浑身的油黑透出力道的肌肉。站在黄牛身旁的老农，身着长衫短裤，表情淳朴。

（美）路得·那爱德 摄

北方干旱多黄牛，南方多水牛。这是一头典型的硕大的水牛，看得出来，应该是田野里耕田犁地的绝对好手，画面上纤弱的妇人与硕大的水牛形成一种较大的反差，也构成了一种特有的画面美感。

（美）路得·那爱德 摄

这之后，康熙还专门发过一道谕旨。明示"凡地方有绿旗兵丁处，不可无满兵"。

几年后，康熙门下的奴才年羹尧来成都任四川巡抚，又奏请将荆州满兵丁长驻成都，奏疏中的理由最为中肯，"川省地居边远，内有土司番人聚处，外与青海、西藏接壤，最为紧要"。

原来，深得康熙信任的年羹尧心里，那批常驻满洲兵的地址都已经安排好了，"省城西门外空地造房，可驻兵一千。若添设副都统一员管辖，再将章京（官名。清代早期为武官的称呼，后又不限于称武官）等官，照兵数量选留驻，则边疆既可宣威，内地亦资防守。"

奏折一上，圣心甚慰，朱批恩准。康熙五十六年（1717）十月，荆州将军拜音布遵照谕旨，派副都统宁古礼领满洲兵2000人，开进成都。

年羹尧摸清了主子的心思，又不断上奏。翌年8月，议政大臣议复年羹尧："川省设防满洲兵丁一千，恐不敷于调遣防守，应再添六百名。俟军务毕时，令巡抚年羹尧会同副都统宁古礼，将见在四川驻防之二千荆州满洲兵丁内照数拨派。"10月，康熙爷又谕议政大臣："在成都驻扎之满洲兵，止有二千，为数甚少。将荆州之满洲兵，再派一千，前往成都驻扎预备。此满洲兵，俱令都统法喇管辖。"

于是乎，就有了康熙五十七年（1718）冬天，荆州满洲兵成建制入蜀的壮举——

设副都统、协领、佐领、拖沙喇哈番、品级章京、骁骑校等官53员，甲兵1600名，并造官房732间，兵房4800间。

"都统"系清朝地方军政长官。这个"法喇"可不是一般人物，正宗满洲正白旗人，其父敦泰也是大清一代名将，在收复台湾中战死。法喇在讨伐吴三桂中立下战功，后又参战征讨噶尔丹，应该算得上一位久经沙场的骁将。由他转战成都，可从一个侧面看出成都的重要性。

成都满城的雏形，就这样从"最高层面"固定了下来。自此以后，驻成都满兵常保持在2000-3000名之间。

值得一提的是，成都满洲兵营中还设有养育兵。原设144名，至乾隆五十四年（1789）、嘉庆十年（1805），根据成都将军鄂辉、德楞泰先后奏请，又添设养育兵48名。嘉庆十六年（1811），成都将军丰绅再次报请添设养育兵96名，陆续添至288名。

鲜为人知的是，作为大清八旗兵一个重要的特色，养育兵也是八旗兵种中的一个种类。起初名叫"教养兵"，是清廷为解决八旗余丁生计而设立的预备兵。不难看出两点端倪，一是驻防成都的八旗兵总额是限定的（军费及供给严格按此限额数量），二是随着满洲兵带家属永久驻防成都之后，新生的子弟要成为正式的满洲兵也不是那么容易（只要先成为养育兵，才有可能成为正式的八旗兵），才出现养育兵这个特殊称谓，以示区别。

由此可看出，无论是数量上还是质量上，八旗兵都是大清相当长时间内，一个"特殊的品牌"。

（词条）

牛耕

牛是指一种体型大的牛科反刍类哺乳动物。《诗经·小雅·无羊》："谁谓尔无牛？九十其犉。"农耕社会里，牛是十分常见的劳动工具。我国牛耕技术的使用，始于春秋战国时期。是人类社会进入一定文明时代的一个标志。传说早在商代就用牛驾车，也有人根据甲骨文"犁"字初文的象形。春秋战国之交，中国进入了铁器时代，铁器农具的出现及牛耕技术使用。耕地就变为连续向前，用力少而效果好，这是耕作技术的一次重要改革。《三国志.卷一.魏书.武帝纪》："授土田，官给耕牛，置学师以教之。"通常的牛耕是两头或者三头牛来拉犁耕作。把缰绳拴好，牛套整理好，然后把牛套在一起，扎好肚带，再扯一根缰绳系在牛耳上，农夫通过扯拽缰绳来"指挥"控制牛的行进方向。农夫一手扶犁，一手执鞭、扯缰绳进行耕作。可以说，在传统的农耕社会里，耕牛是农民不可或缺的重要工具，对农业收成起着至关重要的作用。

这批『特殊移民』，种子一般撒向异乡

成都历次大移民中，形式可谓多种多样。

比如垦荒插占。多为走投无路的移民自行垦荒，大益乡曾岩村"传说湖广入川时，曾姓兄弟二人于此开荒居住，故名。"而凤翔乡杨柳村"据传湖广入川时，用杨柳条插界得名"。道光年间，一位名叫陈谦的文人，曾留有"闽人栽蔗住平地，粤人种芋住山坡"的《竹枝词》，生动形象地描述了当时移民垦殖的情形。

又如奉旨移民。清代官府招抚的移民占很大比例，"湖广填四川"仅是清政府在全国推行"垦荒令"的一部分。从顺治十六年起，一直绵延到同治

历朝历代，一拨又一拨移民，如种子一般撒向各处，但他们精神的原乡却永远储存着，人虽然远离故乡，但精神的密码一直保存着，一旦有适宜的机会，就会生存发芽，无论离故乡多远。这也是"会馆"和"祠堂"一直存在于成都这座移民城市之根本。比如这处"仁圣宫"牌坊，就是一处极好的纪念。清朝时期，各地移民约定俗成，百姓在此聚居，其间发生过一些故事，也将各自家乡的文化带了过来，无论怎样，中华文化中"仁"和"圣"都是主题，很容易以此得名。

（美）路得·那爱德　摄

以后，跨越两个世纪。清时著名诗人吴好山"康熙六十升平日，自楚移来在是年"的《竹枝词》，写的就是清初"湖广填四川"官府招募移民情况，清时的"湖广"，特指今天的湖北和湖南两省。

有清一朝，肃亲王统兵从北路进川，清除了四川的兵祸，成都方渐次平静。却说住在成都附近手无寸铁的地主富户，当初纷纷携金带银和契据，率领子女避乱逃战到灌县（今都江堰市）深山躲避灾祸，这一躲竟不知外界何年何月了。

为了改变四川的荒凉景象，朝廷把两湖两广的无业百姓移来四川，开辟已经荒废的土地（规定新开辟的荒地全归自己所有，当时叫做插占）。

那些逃到灌县的地主富户们，并不知人世间已发生沧桑之变，天真地以为可以回到成都来继续旧业，收回往年属于自己的田土房产。他们不知道的是，这片平原已经"变天了"，他们昔日的田土产业已"重新洗牌"，大都被新移民"插占"。根本就无法也不可能把"他们的田土"还给他们，这就不可避免地发生纠纷与争斗，甚至逐步升级为战争。

那些逃进灌县的地主富户们为了夺回自己原来的领地，不惜花大量钱财，从背靠成都的藏区"请"来队伍，为他们"代言"。那些土著藏兵骁勇善战，很快就下山从灌县一路向成都杀来，占据了大邑、彭县（今成都彭州市）、崇宁（今郫都区唐昌镇）、郫县（今郫都区）等领地，前部越过郫县直达金泉场（今成都市郊）。紧接着，成都市郊的土桥、茶店子会很快失守，他们来去自由，势如破竹，甚为猖獗。

四川大吏有8年时间在阆中办公，尚没有进驻成都，兵力不足，整个成都危在旦夕，于是急报清廷求救（当然，还有不服清朝统治的明末势力）。情急之下，清政府只得调荆州驻防旗兵和宁夏兵入川，在成都西门外设防。如今成都南二环路有一座营门口立交桥，据传"营门口"这个地名，就是当年旗兵驻扎之地的由来。

藏军虽然骁勇，但毕竟数量有限，很快便败北，那些山里出来的大户富人复逃进灌县躲藏起来。成都的百姓不放心，怕旗兵一走，那些土豪劣绅再行卷土重来，殃及无辜，他们纷纷请求四川大吏转奏清廷把这支八旗兵留下。

经清廷允准，所留旗兵由副都统一名和佐领等二十余员军官，率领驻下。

那些满蒙旗兵起初本是三年一换房，后因成都偏安一隅，蜀道难行，便把最后一批留下，不再调动。并从康熙末年开始，分批把旗兵眷属护送来川，直到乾隆初年才陆续送完。

要详细说清这批八旗兵的来龙去脉，必须知晓满族这个特殊的民族。这里不妨脑补一下历史知识。中国历史悠久的多民族大家庭里，"满族"这个民族形成的名字虽然并不算太长，但上溯的根底，却是源远流长，甚至有专家认为可以追溯到7000年前。

史载，满族亦称满洲族，主要指生活在满洲地区（主要聚集于东北三省）的通古斯民族，古代以游牧生活为主。肃慎、挹娄、勿吉、靺鞨、渤海、女真，是现代满族一脉相承的祖先。黑水靺鞨是满族的直系祖先，之后逐渐发展为女真。

力量的积蓄是一个漫长的历史过程。直到公元1583年，当一位叫努尔哈赤的女真人起兵，逐步统一了女真各部，建立了军政合一的八旗制度后，其势力才渐渐"坐大"，为明王朝所注意。

"湖广填四川"是有清一代最有名的移民潮,在成都历次移民中也是数量最多的一次。一批批先民们从四面八方而来,他们吃苦耐劳,衣衫褴褛,风餐露宿。图片上三名勤劳的乡民身背柴火,衣着破烂,但脸上仍洋溢着知足与坚毅。

(美)路得·那爱德 摄

从公元1616年建立后金政权之后,女真人便进入了侵略性的高速发展阶段。

公元1636年,努尔哈赤的第八子爱新觉罗·皇太极继位,成为后金第二位大汗。皇太极在爱新觉罗家族的地位,有如秦孝公在大秦历史上的地位一般,起着承前启后的关键作用,为之后缔造的大清帝国垫下了最为坚实的"一匹砖"。

作为大清的奠基者和清朝开国皇帝,皇太极不愧为一位伟大的政治家。他目视辽阔的东方,开始了"爱新觉罗集团"宏大战略的顶层设计,历史性地废除旧族名,改国号为"清",改"女真"为"满洲"。

虽然直到辛亥革命，方有了满族这个民族之名。可以肯定地说，是皇太极这位杰出的军事家和政治家，为满族这个看似弱小的民族，注入了空前的凝聚力和向心力。

为此，也不难理解，满族是唯一在中国历史上两度建立过中原王朝的少数民族。费正清所著《剑桥中国晚清史》进一步解释认为，"满洲"特指满族王朝的发祥地辽河地区和北部边境的部落民地区，包括按1689年中俄尼布楚条约所规定的黑龙江流域。需要说明的是，满洲只是欧洲人的称呼，而不是汉人或满人的称呼。

入关之后，清政府按照入关前的旧制（除满洲），将满洲北部和东部诸部落编为"新旗"，由满、蒙、汉人构成；又大归牙剌、北虎尔赫、赫哲、索伦和锡伯等部，以及操蒙古语的达斡尔部，建立所谓"新满洲旗"，把他们编入帝国的军队，受吉林和黑龙江将军指挥。这些编为旗兵的部落，构成了清军的一部分，得到免税的旗田以维持生计。他们参加吉林和黑龙江一年一度的冬狩，由将军直接统率。这些"新满洲旗"可享受特殊的待遇，即除了黑龙江行猎的旗人外，他们均不纳贡。

清朝开国时，八旗人数不多，却勇猛非常。盖因满人以八旗部勒战士，旗主即是将帅，兵将相习，休戚相关，作战时上下呼应，不待号令法律，自然奋勇。

1800年之际的满洲社会，主要是由三大集团组成。即旗人、汉人和部落民，他们又各自分为不同的社会阶级。费正清还认为，从人种学来说，他们也不相同。旗人包括信仰萨满教的满族，绝大部分由信仰西藏黄教（格鲁派）的蒙古族，和信仰佛教、儒教及其他民间宗教的汉族。部落民有几种宗教，但是一般都归之于萨满教。他们的族源很杂，大多数讲通古斯语，但住在库页岛和黑龙江下游的基里雅克人（吉列迷人），则操一种与通古斯语无关的语言。

对于满族这个民族，满学学者们更愿意使用一个略嫌冗长的词汇——"满族共同体"，指称通常所说的满族，即满洲族。据专家考证，"真正"的满族人其实少之又少，近于无迹可寻。若以这个民族的最初的核心组成部分即"建州女真"为标准衡量，今日的满族人中的符合者"百无其一"。美国学者欧立德并不认为满族是一个基于血统的民族，他认为"从满族这个名字确立的那一天起，它就是一个高度政治化的民族名称"。

满族人曾经是如此之少，以致在他们赢得了对明军的萨尔浒大战之后，亲明的蒙古林丹汗仍旧在信中如此嘲讽地问候努尔哈赤："统四十万众蒙古国主巴图鲁成吉思汗，问水滨三万人满洲国主英明皇帝，安宁无恙耶？"

没有任何东西曾像人口一样，被满族贵族视为珍宝。努尔哈赤，这位曾经高度汉化的后金君主，曾一再对将领们申明自己的战略：战争的首要目的不是攻城略地和抢夺财富，而是夺取人口。他的儿子皇太极则用一个更政治化的方法，达到了扩大族群的目的。1635年，皇太极废除"诸申"族号，改称"满洲"后，声称，"我国（部族、政权）原有满洲、哈达、乌喇、叶赫、辉发等名。向者无知之人往往称为诸申。夫诸申之号乃席北超墨尔根之裔，实与我国无涉。我国建号满洲，统绪绵远，相传奕世。自今以后，一切人等止称我国满洲原名，不得仍前妄称。"

就这样，居住在中国东北地区的建州女真、海西女真、野人女真、蒙古、朝鲜、汉、呼尔哈、索伦等多个民族的人口，从此被纳入同一族名之下，"满族"自此形成。

不难看出，通过此举皇太极达到了好几个目的。他无疑提供了一个新的民族认同，覆盖了女真和东北其他部落认同——当然，许多部落是通过武力降服的。

这个新的民族随着满文的诞生，至少从形式上得以最终形成。

因之，早已习惯于北方的这批不断"杂交"的满族旗人，来到南方这块温润的土地上繁衍生息。像种子一样撒在异乡的土壤里，把他乡当故乡，成为永久的成都市民了。慢慢地，随着时间在民族基因里不断发酵，加上成都这座本来可以"软化一切"的安逸之都不断溶化，对成都高度的家园认同感也就顺理成章了。

（词条）

插占　用木片或者树枝在土地上做标记，标明这些土地都归我了，然后开始耕种这些土地，作为自己的事业。是湖广填四川时，移民圈占土地落户安家的表述。早期移民所到之处，几乎是人烟断绝，土地荒芜。政府为鼓励耕种，任由入川移民占有土地。故四川民间有"挽草为记，手指成界，占地落户，报亩定籍"之说。而这一习俗作为移民社会的重要事件，被赋予一个富有民俗色彩的词——插占。这一习俗历史悠久，从原始公社制度开始，便有了在开垦的荒地四周设置几个茅草扭结的民俗传承，这在民俗学上称为"占有标"。占有标虽只是一个外在符号，却折射出这一符号所蕴含的插占、置业、创造等的理念和移民的文化。清初移民垦荒时传承的"占有标"习俗，多是"挽草为结、捡石划界"，或以树枝和竹插作标杆。康熙二十九年（1690）清政府颁令："凡他省民愿在川垦荒居住者，准子弟入籍考试；凡流寓之人，准所垦荒地给与永业，发给照票。"清道光年间《巴州志》："秦、楚、江右、闽、粤之民，著籍插占。"到后期，已无土地可占，移民多为"买业"户和"租业"户。清代前期"湖广填四川"移民运动是四川历史上一次巨大的社会变革，它犹如清代以来四川的一幅"清明上河图"。

努尔哈赤祭出『七大恨』

夕阳西下时的沈阳故宫。
章夫 摄

　　不得不承认的是，大明王朝276年间，16个皇帝轮流坐上紫禁城的金銮宝殿，有相当一部分（特别是明末几任皇帝）并没有过上几天舒适的日子。无论是政治上还是军事上，最难对付的，就是来自北方的那个叫做"满族共同体"的侵扰。

　　意义深远的萨尔浒之战，可谓后金与大明王朝一次改朝换代前的大决战。

　　萨尔浒原来是一座山，地处沈阳与抚顺以东，系长白山余脉。这里世居着女真族，大明王朝时这里的女真部落分为三部：建州女真（即爱新觉罗家族）、海西女真和野人女真。萨尔浒一带居住的是建州女

真。明朝末年的时候东北的局势十分复杂，三族混居，辽东边墙东西横亘。边墙以内居住着汉族，有州县与卫所；边墙以外居住着女真与蒙古诸部。蒙古族在西边，女真族在东边和北边。

提起这场战争就不得不提起一位人物，此人乃是此次战争的第一大功臣，他就是后金四大贝勒，大清王朝八大"铁帽子王"之首的爱新觉罗·代善，此人是清太祖努尔哈赤的次子。

这场大战役发生之前，努尔哈赤已经建立后金汉国，自称后金大汗，定都于出生地赫图阿拉。这时，满洲的八旗制度已经建立，也就意味着努尔哈赤已经不再束缚于明朝的制度政策，他们与大明王朝仅存名义上的附属关系。

明、金最高决策者心里十分清楚，这种附属关系之可靠性薄如蝉翼。努尔哈赤反明之心，已跃然纸上。出师就得有名。努尔哈赤将爱新觉罗家族与明朝的新仇旧恨，着实拟了"七大恨"。这一讨明檄文，成为激励八旗将士的"出征令"。

《清实录·太祖高皇帝实录》详细记载了"七大恨"之缘由——

大金国主臣努尔哈赤诏告于皇天后土曰：

我之祖父，未尝损明边一草寸土，明无端起衅边陲，害我祖父，此恨一也；

明虽起衅，我尚修好，设碑立誓，凡满汉人等，无越疆土，敢有越者，见即诛之，见而顾纵，殃及纵者，讵明复逾誓言，逞兵越界，卫助叶赫，此恨二也；

明人于清河以南，江岸以北，每岁窃逾疆场，肆其攘夺，我遵誓行诛，明负前盟，责我擅杀，拘我广宁使臣纲古里方吉纳，胁取十人，杀之边境，此恨三也；

明越境以兵助叶赫，俾我已聘之女，改适蒙古，此恨四也；

柴河三岔抚安三路，我累世分守，疆土之众，耕田艺谷，明不容留获，遣兵驱逐，此恨五也；

边外叶赫，获罪于天，明乃偏信其言，特遣使遗书诟言，肆行凌辱，此恨六也；

昔哈达助叶赫二次来侵，我自报之，天既授我哈达之人矣，明又挡之，胁我还其国，已以哈达之人，数被叶赫侵掠，夫列国之相征伐也，顺天心者胜而存，逆天意者败而亡，岂能使死于兵者更生，得其人者更还乎？天建大国之君，即为天下共主，何独构怨于我国也？今助天谴之叶赫，抗天意，倒置是非，妄为剖断，此恨七也！

欺凌实甚，情所难堪，因此七恨之故，是以征之。

后金天命三年（1618）4月13日，努尔哈赤在盛京"七大恨告天"誓师仪式之后，随即率步骑数万，向大明朝发起总攻。

抚顺关乃是明朝建立的供建州女真前往大明中央献贡品的关卡，此刻反倒成了努尔哈赤进军关内的第一道障碍。抚顺等地很快告陷，兵败的消息传到紫禁城，"举朝震骇"。多年不理朝政的明神宗朱翊钧惊呼："辽左覆军陨将，建州势焰益张，边事十分危急。"朝堂之上各位献媚的大臣们也纷纷献策，表示要彻底解决"后金问题"，这位大明在位时间最长的万历皇帝，做了看似精心的准备，却都是强弩之末。比如，他联合实力不济的女真叶赫部（与爱新觉罗有部落争斗之仇）及势力更弱的朝鲜王朝，企图在萨尔浒摆下战场——史称"萨尔浒之战"。

没想到，此举正中努尔哈赤下怀。趁着自己60岁生日之际，努尔哈赤倚仗自己身经百战丰富经验，协同爱子代善等八旗将领，踏上了征服大明的战车。

明朝军队以兵部右侍郎杨镐为总指挥，出动15万大军。其作战方针是，兵分四路企图"分进合击"，外加两个外援部队，直捣后金都城赫图阿拉，以为可以一举歼灭之。四路军为山海关总兵杜松、辽东总兵李如柏、开原总兵马林和辽阳总兵刘铤。装备精良的山海关总兵杜松部为此次作战主力部队。

值得一提的是，后金特别重视情报工作，对明军的行动了如指掌。兵力上并不占优的他们，基本上靠可靠的情报来洞悉战场上敌方的一举一动，然后集中优势兵力，逐一消灭大明各路军队。西路军主帅杜松倚仗自己部队装备精良，且行军地势平坦，为轻敌贪功而贸然前进。后金提前得到情报后，在萨尔浒遇伏，这支自认为武装精良之师，仅一天时间就全军覆没，杜松当场阵亡。

北路军马林浑然不知杜松全军覆没的消息，正信心百倍带领辎重队向后金靠拢。休整一夜的代善，刚带领部队出发便发现了马林军队，便将部队埋伏起来，等待时机。代善多次向努尔哈赤报告自己遭遇明军主力，努尔哈赤亲率一千兵力突袭明军辎重队，行动迟缓的辎重队被突如其来的横祸打得措手不及，转眼间近万人乖乖就擒。主帅马林见势不妙，仓皇而逃。

东路军刘铤本是骁勇善战、战功累累的老将，但与杨镐素不和，主帅杨镐给他配置的多是老弱之众。孤军深入，加之辽东以山脉为主的地势，刘铤部行动迟缓。加之信息不畅，刘铤不知两路大军已被剪灭，还按既定策略行事，他这支孤军一步步深入到后金的包围之中，很快便成了瓮中之鳖。可惜，老将军最后战死沙场。

最后一路李如柏（李成梁之子）的军队本来就行军奇慢，当得知三路大军均已溃败之后，决定放弃进攻。正准备调头撤退时，又被后金响马探知，响马在山腰处"敲锣打鼓"，故意制造大部队进攻的假象，李如柏以为后金主力部队真的到来，丢盔弃甲落荒而逃，相互践踏死伤者竟上千人。

明朝的四路大军如此狼狈不堪，杜松、刘铤战死，马林败逃开原，仅李如柏幸运而退。其余两支万历皇帝期望值很高的外援部队，基本上也是鱼腩部队，同样不是骁勇善战的后金兵的对手。这样一来，开原和铁岭相继失守。

只怪最高统率兵部右侍郎杨镐时运不济，他因此成了皇帝瞎指挥的替罪羊——承担全部军事责任。下狱后，崇祯二年（1629）又被处决。

一定程度上讲，"萨尔浒之战"只能算是后金与明朝朝廷更替前的一次预演。这一试水，完全摸清了大明的家底，大大增强了盘踞东北一隅的爱新觉罗家族问鼎中原的决心。

前述所说的"七大恨"，究竟什么缘由？

明嘉靖时代，对付女真的一般策略，是尽力维持各部落的均势，这种策略旨在防止其中某个部落"一部独大"，成长为独霸东北的势力。其重要手段就是，"同时将明朝官衔授予其中一个部落的首领，让其作为临时领袖去维持和平"。明军只需每年冬季从开原等镇开进草原，以"烧荒"为名，深入女真各部，接见其首领并赐予他们食物、酒、针布和脂粉等，而不必进行更多的干涉。

这样的"自治惯例"运行到十六世纪下半叶时，平衡逐渐被打破。当明朝辽东总兵李成梁感受到"一个完整的部落联盟就要崩溃"时，便出兵镇压了一个以哈达为敌的部落。

这次看似平常的出征，李成梁和他的部队一路斩杀中，杀了两个最不该杀的人。一个名叫爱新觉罗·觉昌安，一个名叫爱新觉罗·塔克世。爱新觉罗·觉昌安乃努尔哈赤的祖父，爱新觉罗·塔克世乃其父亲。

关于明军杀死努尔哈赤祖父和父亲的事，多半是误伤。史载，明朝当局与两人的关系还是不错的，据说他们是给明军带路时被误伤的。

觉昌安、塔克世父子俩是在背叛建州女真部落首领王杲后，投靠明军辽东总兵李成梁的。原来，那个王杲本是努尔哈赤的外祖父，因此人势力强大，桀骜不驯，出于各自的自我需要，王杲将女儿嫁给了塔克世，彼此结下政治婚姻。面对强大的大明王朝的势力，觉昌安、塔克世父子最后还是背靠大树，倒向了李成梁。作为独霸一方的辽东总兵，李成梁对觉昌安父子的行为当然不放心，万一有诈麻烦就大了。为表忠心，塔克世将自己的亲生儿子努尔哈赤作为人质。16岁那年，努尔哈赤结束了人质生涯后，就跑到外祖父王杲麾下，旨在长见识。而此间王杲不时与明军作战，一度惹恼了李成梁。万历二年（1574），李成梁派兵围剿王杲，此役中，王杲逃脱，努尔哈赤被俘。见竖子可怜，李成梁动了真情："不杀，留帐下卵翼如养子。"就这样，在李成梁帐下，努尔哈赤真的"长了见识"。

次年，王杲再次率众四处劫掠，又被明军围剿，王杲终被擒。此间，努尔哈赤目睹了外祖父惨状，直到被凌迟处死。因为努尔哈赤的父亲塔克世和祖父觉昌安在擒获王杲中起到了巨大作用。李成梁对努尔哈赤更加信任，随军四处征战，进行了大量的历练。可以说，没有李成梁的悉心教诲，努尔哈赤的成长也不会很快。

沈阳故宫里的戏台。
章夫 摄

万历十年（1582），努尔哈赤离开李成梁，独自闯荡江湖。次年，李成梁又领兵攻打王杲的儿子阿台（即努尔哈赤的舅父）。原来，阿台之妻又是努尔哈赤祖父觉昌安的孙女。为此，觉昌安、塔克世父子一起跑到古勒城，试图劝说阿台投降，哪曾想却丢了性命。有说法认为，李成梁此战中乘乱杀了这父子二人，以绝后患。但不论如何，李成梁心里还是有些愧意，将塔克世的土地和人马悉数交由努尔哈赤继承，并承袭建州左卫指挥使的官职。

努尔哈赤成为建州左卫都指挥使一职后，先后八次进京朝贡，每一次经过抚顺、沈阳、辽阳、广宁、锦州、宁远，最后由山海关进入北京时，他不屈的心里都有着不一样的谋划。看似是一次次朝贡，于努尔哈赤而言，实则是一次次绝佳的线路勘测机会。辽西辽东、长城沿线、山海关以及北京都于他心里，早已烂熟。就这样，通过这一特殊的进京通道，不但获取了丰盛的各类物质，更为重要的，直接窥见了明廷的虚实。

等待努尔哈赤的，只是时机。

应该说，所谓"七大恨"，带有很强的拼凑痕迹。与其说双方已经陷入不可调和的仇恨之中，不如说只是一种战争的借口而已。按说，祖父与父亲齐齐阵亡，依女真人努尔哈赤的血性，这样的家仇国恨，应该立即启动复仇计划，疯狂杀向明军才是。为何迟迟不复仇？只能有两点解释，一是此事根本就是激励将士勇气的"莫须有"之事，二是努尔哈赤韬光养晦的忍性太强，要等到最合适的时机方可行动。

要知道，辽东总兵李成梁的这次出征，距离清朝建立还有几十年的光景。

尤其需要说明的是，作为大清朝的创立者，不但努尔哈赤一系族很长时间是明朝忠实的臣属，其先祖猛哥帖木儿竟是为大明王朝征战而死。

这个猛哥帖木儿，在中国历史上可是个不一般的人物。作为女真斡朵里部的首领，猛哥帖木儿原本清朝肇祖皇帝，斡朵里部最初居住在松花江下游，后因战乱猛哥帖木儿带领部众迁徙到了朝鲜的会宁居住。此时朝鲜的统治者李氏王朝也十分看重猛哥帖木儿，作为中国北方的近邻，彼此唇齿相依，旨在希望猛哥帖木儿成为朝鲜的东北藩篱。

明朝永乐年间，明成祖朱棣开始招降东北地区的女真人，与斡朵里部关系亲密的胡里改部首领阿哈出接受大明朝的招降，成为大明朝建州卫的军民指挥使。之后，阿哈出又向朱棣推荐猛哥帖木儿，此间猛哥铁木儿在各部落中已经强大。即便如此，面对更为强大的大明王朝，他仍甘心臣服，与大明融为一体。

永乐三年（1405）九月三日，猛哥帖木儿入京觐见朱棣，被明朝任命为建州左卫的都指挥使。可以说，猛哥帖木儿一直对大明朝忠心耿耿，其重要标志就在于，他将自己的性命都交给了这个王朝。原来，猛哥帖木儿跟随明成祖朱棣北征蒙古时，在围剿与不愿归顺朝廷的另一个女真部落杨木答兀的战役中，不幸丢掉性命，只有其弟弟凡察幸免于难，次子董山被杨木答兀掳走后放回。

或许这次经历对其家族的影响太大，与其父亲猛哥帖木儿不同的是，董山之后却不断掀起对于明朝的抄掠战争。以致新登基的明宪宗十分恼怒，先后两次征讨，董山最终被处死。

那一年，是成化三年（1467）。

家仇国恨自此深深地"种"在了心里，复仇的种子也等候萌芽。董山的长子脱罗同父亲一道，站在大明王朝的对立面，他继承了父亲的衣钵，成为新的建州左卫指挥使后，继续与大明为敌。

一代一代繁衍，仇恨不断叠加。脱罗的三弟名为锡宝齐篇古，锡宝齐篇古的儿子就是福满，而那个福满，就是清朝的兴祖。福满有六子，第四个儿子是觉昌安。觉昌安生有五子，四子就是塔克世，塔克世之子就是努尔哈赤。

这样的人物关系看似复杂，但也不难捋顺。犹如大树的枝丫一般，可谓枝繁叶茂，深扎在大地上的，却只有一条根脉。

战场是一所最好的军事学校。努尔哈赤成长很快，有了父亲之死换来的"第一桶金"，加之自身的努力，努尔哈赤统一了女真各部。大明万历四十四年（1616），努尔哈赤在赫图阿拉城称汗，国号"大金"（完颜阿骨打建立的政权叫"大金"，努尔哈赤认为自己是金人的后代，也定国号为"大金"。后世为区别二者，习惯把努尔哈赤政权叫"后金"），年号"天命"。荒唐的是，努尔哈赤称汗两年后，明朝皇帝竟然还不知道努尔哈赤已经称汗建国了。蓟辽总督还向大明朝廷奏称，努尔哈赤唯大明是从，十分忠诚。

数代的积累，这个昔日偏安一隅的女真部落，已经滚雪球般强大起来，强大到了与大明王朝坐下来"论天下"的地步。

无论是祖父觉昌安还是父亲塔克世，是不是被明军误杀已经不重要了。重要的是，努尔哈赤所要的，是征讨大明王朝的借口，还有激励八旗将士同仇敌忾和视死如归的精气神。

因为他已经坐大了，有了单挑明廷的实力和勇气。

（词条）

沈阳故宫

别称盛京皇宫，为清朝初期的皇宫。始建于清太祖天命十年（1625），建成于清崇德元年（1636）。不仅是中国仅存的两大皇家宫殿建筑群之一，也是中国关外唯一的一座皇家建筑群。清朝迁都北京后，故宫被称作"陪都宫殿""留都宫殿"。共经历努尔哈赤、皇太极、乾隆三个建造时期，历时158年。建筑100余座、500余间。入关以后，康熙、乾隆、嘉庆、道光诸帝，相继十次"东巡"时作为驻跸所在。按照建筑布局和建造先后，沈阳故宫可分为3个部分：东路、中路和西路。东路包括努尔哈赤时期建造的大政殿与十王亭，是皇帝举行大典和八旗大臣办公的地方。中路为清太宗时期续建，是皇帝进行政治活动和后妃居住的场所。西路则是清朝皇帝"东巡"盛京时，读书看戏和存放《四库全书》的场所。

草原『狼』完成了合围

经过数代的艰苦努力，爱新觉罗家族在东北各部落中鹤立鸡群，他们的崛起就像先秦时期为周王朝牧马的秦人那般，一步步从舞台的边缘成为舞台中央历史的主角。

猛哥帖木儿乃爱新觉罗家族的祖先，元朝时就被封为千户，奉命统治松花江地区，且世代传袭。也即是说，这个家族在不可一世的草原狼成吉思汗及其后人眼里，都存有一席之地，可见其实力不凡。到了大明时期，爱新觉罗家族的领袖都被拜为地方官，曾三次随李成梁进京。

奉天，爱新觉罗家族的"龙兴之地"；
奉天北陵大成殿
章夫　摄

　　时光运行到1583年，爱新觉罗家族的长子努尔哈赤即位，并获准继承其父的都督头衔和一批战马。这位年轻的首领一旦得到可以为"战"的"第一桶金"后，便迫不及待地开始复仇计划——他当然无法与十分强大的大明王朝直接对抗。但他至少可以通过战争成为部落老大，这是第一步，也是最为关键的一步。

　　仅仅过了三年，李成梁这位明朝辽东总兵，便承认了努尔哈赤在鸭绿江边的最高权位。对于这位潜在的敌人，高高在上的大明王朝并未放在眼里，而努尔哈赤则不断通过韬光养晦的方式，武装壮大自己。逐一剪除东北诸如哈达、辉发、乌拉、叶赫等有实力的各部落后，不断疯狂地做大自己。

　　部落时代的努尔哈赤在军事上的节节胜利，是通过女真族传统的小型狩猎单位进行的，这些狩猎单位由10到12名丁壮组成。他们大多有血缘或姻亲关系，属于同一个氏族或亲族（哈拉），否则就是同一个乡（发尔嘎）的居民。

1599-1601年间，随着对各部落集团的吞并，努尔哈赤感到有必要建立一个新的组织形式，以从根本上改变东北地区力量的对比。不久，这种构想便有了实质性举措，1601年他根据蒙古旧制设计了一种新的制度，即规定每300户组成一佐领（满语称牛录），由一名叫做牛录额真（汉语为"佐领"）的将领进行统领，其后又渐渐发展出五牛录为一甲喇（即参领），五甲喇为一固山（即旗）的军事制度模式。

努尔哈赤将麾下的所有将士编制为"四固山"，分别以黄、白、蓝、红四种不同颜色加以区分，每一固山额真（即都统）统领。

旗由多个牛录组成，每个牛录由三百个作战家庭组成。需要说明的是，牛录系旗的组成单位，牛录制是满族的一种生产和军事合一的社会组织。满洲人出兵或打猎，按族党屯寨进行。每人出一支箭，十人为一牛录（汉语"箭"的意思），其中一首领，叫"牛录额真"。

短短十多年间，努尔哈赤已经发展到400个牛录。随着队伍滚雪球般不断壮大，原来的四固山增加至八固山，同样以颜色来区分，分别以镶黄、镶白、镶蓝、镶红来标注。

自此，满族八旗军事部署的最初模式就这样诞生了，原本是种规模较大的民军一体化组织，在努尔哈赤调教之下，已经取代了早期作战时使用的规模较小的狩猎小队。

这不仅是努尔哈赤军事思想上的飞跃，更是他政治野心上一次质的升华。

这种军事思想很快在战争中得到了有效的验证。那就是明军经历萨尔浒惨败后的又一场惨败——广宁之战。萨尔浒之战后，明金的分界线是辽河（此时，努尔哈赤已经占领了整个辽东），辽河边有一个重镇名叫广宁（今辽宁省锦州市北镇市），于明廷而言，努尔哈赤已经成为"麻烦的最大制造

文德坊
章夫 摄

者"，要不要守这个分界线上的重镇，继而推断出还要不要守辽西的问题。此间万历皇帝已经去世，继任者朱常洛很快夭折，朱常洛的儿子朱由校只是一个十几岁的孩子，摆在这个小皇帝（天启皇帝）面前的一个难题是，谁来镇守这块最难守的疆域？重任落到了辽东经略的熊廷弼身上。需要说明的是，经略原本是中国古代一种官职的名称。所谓"经营天下，略有四海，故曰经略"。明代时特指主管军事的官职。有明一朝，最为典型的特点就是喜欢窝里斗，特别是数任皇帝对任用的军事将领不甚放心。为了牵制熊廷弼，天启皇帝又任命王

武功坊
章夫　摄

化贞为广宁巡抚，这个王化贞就是时任内阁首辅叶向高的学生。这样的安排明眼人都可看出来，这个任命不应该是"皇帝的意思"。

　　努尔哈赤获悉这一重要情报后，很快渡过辽河进军广宁。广宁之战明军从头至尾都没能组织起任何像样的抵抗，千辛万苦从全国征调的十几万大军、运送到辽西的百万石粮食全部损失，三千多万两军费付之东流。明军一溃千里，一直撤退到山海关。广宁大溃败于明朝来说，成为极大的耻辱。面对明军的全面弃守，努尔哈赤却停止了进一步进攻。烧杀抢掠赚得盆满钵满之后，便高兴地班师回朝。

　　努尔哈赤的战略意图十分清楚，利用这样的方式不断地"放血"，一步步消耗大明的财力人力物力，直到流完最后一滴血为止。包括其后的宁远之战、己巳之变、大凌河之战等重要战场，努尔哈赤和他的子孙都坚持"以放血为主"，直到松锦决战后，大明王朝几乎流尽了一滴血。

万历二十九年（1601），还偏安东北一隅不断积蓄力量的努尔哈赤，在牛录制的基础上建立了黄、红、白、蓝四旗，分别打黄旗、红旗、白旗、蓝旗。四十三年（1615）扩大为八旗。原四旗名称冠以"正"，另四旗冠以"镶"，八旗军制由此而成。即为：正黄、正白、正红、正蓝、镶黄、镶白、镶红、镶蓝。八旗军分别的标志旗帜是——

旗帜是黄底红绸镶边的，为镶黄旗；

旗帜是全黄色绸制的，为正黄旗；

旗帜是全白色绸制的，为正白旗；

旗帜是白底红绸镶边的，为镶白旗；

旗帜是全红绸制的，为正红旗；

旗帜是红底白绸镶边的，为镶红旗；

旗帜是全蓝色绸制的，为正蓝旗；

旗帜是蓝底红绸镶边的，为镶蓝旗。

（词条）

文德坊·武功坊

文德坊和武功坊是沈阳故宫内的两座牌楼，其一东一西纵列于大清门之南，在沈阳故宫整组建筑中担负着旌表与纽带的作用，是沈阳故宫，特别是清初皇太极时期的标志性建筑，被誉为盛京故宫的忠实守护者。也是沈阳故宫唯一有历史纪年款识的建筑个体。两牌楼的明楼正中镌刻"崇德二年孟春吉日立"字样。文德坊、武功坊建于清初崇德二年（1637），据《盛京通志》记载："大内宫阙，崇德二年建。……其外曰大清门，门之东西有奏乐亭，左阙门曰文德，右阙门曰武功。"皇太极建造两牌楼时，大清国已经确立，封建的等级制度、思想体系也已明确，而且这种思想体系已直接体现在清早期的盛京宫殿建筑上，坐落方位、体量及装饰形式等。虽然文德、武功两牌楼在皇宫的建筑群中属附属建筑，在建筑理念上起引导和结束的作用，但是它建筑体量高大，装饰华丽、威严，其使用功能亦应十分明确，应该是上下、尊卑、内外、主次的界限标志，是皇家宫殿外的阙门。

镶黄旗的印章

满族人、蒙古人、汉人和其他加入努尔哈赤及其亲属队伍的人，都以牛录为单位编入八旗。自此，"八旗"也成为1644年前加入满族大业的部族和人员办理登记、征兵、征税、调遣的行政管理单位。

对努尔哈赤这个奇特的军事构想，美国匹兹堡大学中国史日裔女教授罗友枝给予了充满诗意而理性地描述——

这批草原铁骑打了一个又一个胜仗之后，满洲八旗滚雪球般越滚越大，到1635年有了蒙古八旗，7年过后又有了汉军八旗。八旗组织把东北的各族民众聚集到一个统治制度之下，从而促进了一个满族国家的创建。

渐渐地，东北这块土地已经容纳不下这些野心勃勃的草原"狼"，他们纵横驰骋，逐鹿中原，傲视天下。

于明王朝统治者而言，1644年是一个走向覆亡的一年。这一年，却是清王朝凤凰涅槃浴火再生的一年。

自此，一个仅仅20万人口的"弱小民族"，从东北草原上一路杀奔而来，正式染指整个华夏大地。

有专家考证，"八旗制度"是由汉人创议建立的。据说这个汉人的名字叫龚正陆，此人是努尔哈赤身边一位极其重要的汉官。

1621年以后，后金军队的名称皆用汉族名称，满、汉官吏的职位名称也是如此。而"旗"则是有意用来表达一种兼有军政和民政双重性质的组织。到了1630年，皇太极总结出一套旗人的行动规律："出则为兵，入则为民。耕战二事，未尝偏废。"

这一思路，跟大秦帝国崛起的国策如出一辙——直到20世纪中叶，因为日本二次世界大战的战败，专家给了一个学术味极强的名字——"军国主义"。

遥想元代，女真族尚处于"无市井城郭，逐水草而居，以射猎为业"阶段。至明初，女真族在汉族、朝鲜族等儒家文化熏陶下，迅速进入奴隶社会的门槛，各个部落、氏族集团之间，展开了掠夺奴隶、财富的斗争。为了适应战斗需要，为部族开始各自构筑山寨以自卫。以后由山寨而土城。到努尔哈赤时期有了充足的原始积累之后，便开始大修"兴京城"（"奉天三京"之一，历史文化名城），广营宫殿、寺庙了。

整个过程繁衍的速度之迅猛，令很多历史学家瞠目结舌。

频繁的战争中，"满城"始终是八旗军攻守的据点。天命十年（1625），努尔哈赤在致科尔沁贝勒鄂也书中说："苟无城郭，蒙古岂令我安居哉。因我等诸国所持，唯城池也。"

词条

奉天　　沈阳市旧称。1625年，后金迁都盛京（今沈阳）。清兵大举入关之后，建都北京，称为京师（今北京）。1657年，以"奉天承运"之意在今沈阳设奉天府，这是沈阳又名奉天的由来。1634年，皇太极尊沈阳为盛京。1644年，清廷迁都北京后以盛京为留都，置内大臣。1646年，改内大臣为昂邦章京。1662年，政统辖今辽宁地区的"昂邦章京"为汉称为"镇守辽东等处将军"。1665年，又改称"镇守奉天等处将军"，即"奉天将军"。而后"奉天"逐渐由原来奉天府名称扩大为其所辖的整个行政区称谓。1747年，定称"镇守盛京等处将军"，即"盛京将军"，但其所辖行政区仍称奉天。

"城池"便是文明的象征与想往。这样的历史大背景下，地理位置特殊的成都，便有了地位特殊的满城，便有了驻防旗兵，也便诞生了满族蒙古族。

纵观大清三百年，宗族和血缘关系，无疑是八旗军凝成一个拳头的重要标志。

努尔哈赤亲自创设了八旗中的"两白旗"——正白旗和镶白旗。这是八旗最早的"基本盘"，人数也占了八旗军的三分之一。实力次之的是"两黄旗"——正黄旗和镶黄旗。这支旗军也十分重要，后来由皇太极的长子豪格率领，再加上正蓝旗，然后是相对中立、皇太极哥哥代善率领的"两红旗"——正红旗和镶红旗，以及济尔哈朗率领的镶蓝旗。

八旗军的统领都是爱新觉罗家族最为优秀的军事人才。为便于管理和彼此牵制激励，努尔哈赤还设置了谙班（大臣）和贝勒（王）。这种顶层设计始于1613年，当时努尔哈赤为对付图谋篡位的太子褚英。政治历来都是无比残酷的，两年前，他还对自己的弟弟舒尔哈齐下手，亲自处决了之前分掌大权的弟弟。此后，努尔哈赤转而求助于他的五个义子，两年后，他任命这五个最亲近的支持者为五谙班（五大臣），而将其在世的四个儿子封为和硕贝勒。过了不久，他又增设四个小贝勒。

慢慢地，这样的权力结构如金字塔一般渐渐稳固，每固山都由一名贝勒总管。"固山"系清初军政组织编制单位名称。皇太极定制时，每一固山辖30牛录，每牛录100人。每固山设统领官三人：主官一人称固山额真，副职二人，称梅勒额真。虽然各贝勒都将其固山视为己有，但实际掌权的，仍是固山额真。

形象地说，就像中国古代建筑中凹凸相连的榫卯结构一般，这种一荣俱荣一损俱损的无形牵制，正是努尔哈赤想要的效果。而八旗制度也是努尔哈赤根据自身需要，爱新觉罗家族最后通向紫禁城之巅，量身定做的顶层设计。

处于权力之巅的努尔哈赤心里十分清楚，只有这种设计，对内对外最为有利。于外，可以对全部军队的直接控制权；于内，可以牵制各贝勒之贵族特权。

努尔哈赤眼里，他的这一天才设计，是一种最佳的"调和剂"。

无论一个伟大的王朝，还是一个辉煌的帝国，都必须匹配一个非凡的"王者"，才能体现其在历史上的伟大来。无疑，努尔哈赤就是这样一个合适的君王。他在崛起之初，经营白山黑水的东北时，就已经展现出不凡的领导力和超人的政治领悟力。

1607年，努尔哈赤以称汗的方式获得部落联盟的最高权力，有了这个头衔，他的征服欲便一发不可收拾。直到1616年努尔哈赤宣布建立后金王朝，向着征服天下的步伐迈出了至关重要的一步。

只可惜，一代不如一代的大明王朝统治者，根本没真正重视这样一个政治上有着雄才韬略的"竞争对手"，等到醒悟之时，为时已晚。

有趣的是，直到明太宗1643年4月临死前，才逐渐醒悟明朝确实"行将灭亡"了。人之将死，其言也哀，他竟对他身后的大明王朝如是譬喻："取北京如伐大树，先从两旁斫，则树自仆。"

紫禁城内，大臣们听后竟不知所云，面面相觑。这是当今皇上？还是爱新觉罗集团的谋士？

无疑，皇太极是一个伟大的君王

江山代有才人出。天命十一年八月十一日，后金王朝权力的交接棒由清太祖努尔哈赤交到了他的第八个儿子手里，此人的名字叫爱新觉罗·皇太极。无疑，他给后人留下了一份极其厚实的家底。

经过了几场胜仗之后，努尔哈赤已经接近了辽西走廊。天命十一年（1626），时年68岁的努尔哈赤，挥军进攻宁远（今辽宁兴城）时，被明末抗清名将袁崇焕所败。不久后便病逝。皇太极接过父亲的马鞭，穿越燕山长城，数次试探性地骚扰北京。就是这位皇太极，后来施用反间计复仇，让崇祯帝朱由检认为袁

从这个维度看大政殿与十王亭，"一个与十个"所彰显出的八旗制度的基本构架，一目了然，十分形象。

崇焕与后金有密约。可怜这位爱新觉罗家族的克星，被他所忠爱的大明王朝凌迟处死，袁崇焕的家人被流徙三千里。这样的朝廷，岂有不亡之理？

清军的入侵已成心腹大患，给大明朝造成的蝴蝶效应很快就显现无遗。明朝内部已经趋于坍塌，最为明显的效果就是，明朝财政捉襟见肘，民间税赋制造了大量流民，大大小小的叛乱四起，逐渐滚雪球般整合成一支支反动力量，李自成和张献忠就是最为典型的代表。

不断"放血"的大明王朝气数已尽，进入倒计时。

公元1633年春天，皇太极抬头遥望紫禁城，手指着大明的版图问众贝勒："应该首先征服明朝？还是首先征服蒙古察哈尔部？"这是一个事关女真前途与命运的大问题。后来成为摄政王的多尔衮抢先作答："当然先征服明朝。"他甚至建议直接攻打燕京（北京）。

看来，对这个问题，包括多尔衮在内的众朝臣，已经思考得十分成熟了。

这样的决策，很快形成爱新觉罗最高决策层的共识。皇太极的汉族军师祖可法（此人系吴三桂的表兄）也深表赞同。他甚至果断认为，只要攻下燕京，明朝其他地方就会望风而降。

谋事沉稳的皇太极，仍然举棋难定。

要知道，这是在"爱新觉罗集团"进入紫禁城前11年的判断。1635年3月21日朝堂之上，皇太极宣布了一个重大的举措——改族名，废止了"女真""诸申"等名称，定族名为"满洲"。也就是这次朝堂殿会上，早已归顺后金的明朝生员沈佩瑞上疏皇太极，再次建议并提出新的战争理由，认为明军主力正忙于镇压西部地区的农民起义，后金可以趁机从东面进攻，这至少能迫使明朝与后金议和，从而达成有利于后金的和约。同年，重臣张文衡也提出主张："今正取天下之时，入中原之机……明之东南，苦于徭役，必不堪一击。今明国东西不能相顾，正吾发兵中原之机……汗若乘此赐良机，国人争劝之时，决意进取，则天必佑汗。"

天聪十年（1636）四月十一日，皇太极决定改国号为"大清"。盛大的大清开国仪式上，一件不和谐的小事深深刺痛了皇太极。正当所有人向大清皇帝皇太极行三跪九叩大礼之时，两位名叫罗德宪和李廓的朝鲜使者坚决不下跪，其理由是"只认一个天子一个皇帝"，那就是"大明天子大明皇帝"。这一行为直接导致了皇太极大举出兵，彻底征服朝鲜的决定。在此之前，后金已经击败了朝鲜，朝鲜国王无奈逃到了江华岛避难，双方最后签订城下之盟，约为兄弟之国，后金为兄，朝鲜为弟。但朝鲜还是忠心耿耿于数个朝代的宗主国，对偏安一隅的后金并没心服口服。

朝鲜使者刺痛皇太极的步伐，还远没有结束，他的最终理想，就是兵锋直指大明的万里江山。应该说，女真人早已开始了进军中原的步伐，他们早有预谋，并且一步步向目标迈进。这一时期，离他们坐上紫禁城的金銮宝座，前后达500余年。有如此耐心长期蛰伏，积蓄那么久的力量，这个民族，这个领导集团都万万不可小觑。

崇祯五年（1632），明王朝的北方重镇大凌河城陷落后，一些汉官便认为这是后金扩大战果的最佳时机，便试图说服皇太极乘机南下。崇祯七年（1634），皇太极进军中原并兵临大同城下时，他仍稳扎稳打，表示愿意议和……甚至愿意"去掉自己的皇帝称号，接受明朝颁发的汗印"，前后七次派人送书信给崇祯皇帝，却意外地均被拒绝。原来，大明王朝上下，"议和"是一个敏感词，谁要议和就是卖国贼，就是崇祯也不例外。

面对那么多谋士进谏"入主中原"，皇太极真的就不想"取代明朝"夺得天下？非也。他曾经当众训诫诸王公大臣时，明确表达非常尊崇号称"小尧舜"的女真皇帝金世宗（完颜雍，女真名乌禄，金朝第五位皇帝），金太宗（金朝第二代皇帝）时法度非常好，没想到之后把这些祖宗法度全部废除了，金世宗恢复祖制，服饰、语言悉遵旧制，命令女真人时时练习骑射，但后世没遵从其教诲，导致金朝最后被蒙古所灭。皇太极的这些忧虑时时提醒他，打江山容易守江山难——如果入关占据中原后很容易重蹈金朝的覆辙，离开了白山黑水的大森林，面对中原的安逸生活，他们会逐渐和以前的女真人一样，失去剽悍勇武之气，最终不免像金朝一样亡国灭族。

皇太极不敢贸然入驻紫禁城。他心里十分清楚，面对与明朝谈和，并不是因为他向往和平，而是因为满族人数太少，一旦入主中原，生活在亿万汉人的汪洋大海中，汉化几乎是不可避免的。只有几十万人口的小部族，要统治亿万明朝大汉臣民，皇太极当时还没有这个太过大胆的想法——蛇吞象的故事确实过于想象，难以消化。元朝的结局也告诉和提醒他，之前的蒙古人统治中原不过百余年，一路沉沦的命运并未远去。他肩负着民族的使命和责任，基于种种忧思，才一直举棋难定，故而不顾满朝上下的进谏，尤其是汉人大臣的强烈反对，一次次想与明朝议和。谁知崇祯皇帝却生性多疑，优柔寡断，以至难以抓住一次又一次的机遇，最后导致"五心不定，输个干净"。

清崇德七年（1642）九月，清军将领李国翰、佟图赖、祖泽润、祖可法、张存仁再次联名上奏，强烈建议趁大明病入膏肓良机，直捣北京，奠定万世鸿基，"去晚上北京城恐被农民军抢占了"。直到这时，皇太极还在等待最佳时机。他直言，取北京就像伐大树，必须先将树干两旁枝丫砍掉，久之大树自然就倒了。

眼看狼烟四起的明朝大地上，各路农民起义军风起云涌。皇太极还在不断地用他特有的放"血"手段，让大明流干最后那滴"血"。

爱新觉罗·皇太极

1592—1643

其实，清朝一直在密切注视着紫禁城的动静和李自成的动向。得知北京陷落，清朝大学士范文程立即建议出兵入关，其理由十分具有政治远见："正如秦失其鹿，楚汉逐之。我国虽与明争天下，实与流寇角也。"言下之意，清朝现在是与农民军争天下，而不再是与明朝争天下了——推翻大明江山的是汉人李自成，而非偏安一隅的满人。

为这一天的降临，皇太极和他的班底做足了功课，他们做出了一个令人意外的决定——北京城所有官民，为崇祯皇帝服丧三日；继而昭告天下，剿灭流寇李自成。

真可谓上天弄人，一起意外事件打乱了大清的战略部署。崇德八年（1643）八月初九夜，年仅52岁的皇太极"端坐而崩"。他是无缘见证那一历史时刻了，但皇太极毕其一生的道路已经铺就——即使他年仅6岁的儿子福临继承皇位，也一样可以剑指紫禁城。

位于清昭陵里的皇太极塑像，依然英武逼人，一身戎装，气宇轩昂。昭陵（今天沈阳的北陵公园）系清朝第二代开国君主太宗皇太极的陵墓，始建于清崇德八年（1943），是清初"关外三陵"中规模最大、气势最宏伟、最具代表性的一座清帝陵。2004年，被列入世界文化遗产名录。

章夫　摄

皇太极无愧为大清统治史上最为伟大的君王，更无愧为老谋深算的政治家。虽然皇太极在满人入主紫禁城之前就已去世，却仍被后世铭记，普遍认为，开创清帝国伟业的中心人物，非他莫属。可以这样说，因为有努尔哈赤与皇太极两位杰出统治者奠基，方有大清其后300年基业。

不难看出，在心机如此深沉、擅长韬光养晦的对手面前，即使李自成和他的农民起义军捷足先登，一时推翻了大明王朝而坐上了金銮殿，也只是昙花一现，注定是个"过渡人物"。

文字的创造与大清的形成差不多是同时发生的。女真属于阿尔泰语系的通古斯民族，虽然金代女真人创造了一种文字，但努尔哈赤的祖先——建州女真却放弃了这种文字，转而使用蒙古文。金䲹方（所著《从女真语到满语》）透露，1599年，努尔哈赤遂命令两个文职官员创造"民族书写体系"，他们以蒙古文字为基础，创造了无圈点满文，又称"老满文"。这种急就章式创立的文字肯定不甚成熟，仅仅过了四年，在此基础上不断修订，又创立了有圈点的满文，一直沿用至清末。

八旗精英中，蒙古语虽仍是一种很重要的语言，但此时的文书都已经用满文书写。1644年以后，满语成为两种重要的官方语言之一。事实上，由于顺治时期许多官员不懂汉语，17世纪70年代之前，政府高层的交流和书写主要还是使用满语。

清王朝入关以后，除了派重兵驻守京畿地区以及东北基地外，努尔哈赤采纳了大臣洪承畴的建议，把强健的八旗兵分驻在重要的各大城镇，从顺治到乾隆始完成这一战略布局。清王朝把各省八旗驻防作为统治支柱，"山川要隘，往往布满"（曾国藩语），以之监视绿营和地方政权，镇压各族人民的反抗。

靠着这一精明的布防，爱新觉罗集团打下了明朝的江山，开始了全新的清朝之治。

不得不承认，还是因为先天性的文化缺陷。有清一朝只考虑到了"打江山"这个硬实力，却忽视了"坐江山"的软实力——文化。最后还是如一叶小舟，回归到中华文化这条大河中。当然，这属另一个纬度探讨的问题。

那些旗兵起初本是三年一换房，后因成都偏安一隅，交通困难，便把最后一批留下，不再调动。并从康熙末年开始分批把旗兵眷属护送来川，直到乾隆初年才陆续送完。

这样，他们便永久成为成都这座南方安逸之城，特殊的市民了。

　　成都史上五次大移民中，这是一次超乎寻常的特殊移民。前后跨度间隔20余年。御制《将军箴》说："八旗禁旅，生聚帝都，日增月盛，分驻寰区，星罗棋布，奕禩良谟"。以八旗军驻天下交通要道是清王朝的庙谟决策。因此上，为了巩固其统治政权，大清采纳了汉人洪承畴的建议，把强健的八旗兵分驻在帝国版图最为关键的部位。

词条

大政殿与十王亭

大政殿为八角形建筑，建于四尺五寸高的须弥座上，台基上绕以雕刻精细的荷叶、净瓶状石栏杆。殿顶八角重檐攒尖式，满铺黄琉璃瓦，以绿琉璃瓦剪边。清太祖努尔哈赤建于盛京（今沈阳市），初称大衙门或大殿，天聪十年（1636）命名为笃恭殿，康熙时改称大政殿，是清入关前举行重大活动和综理朝政的场所。大政殿东西两侧，有十座大小形制完全相同的亭子，是为十王亭。离殿最近略微向前突出的两座亭为左右翼王亭，其余八亭呈雁翅状排列，东为镶黄、正白、镶白、正蓝四旗王亭，西为正黄、正红、镶红、镶蓝四旗王亭，故也称"八旗亭"。清入关前，凡军国要务，八旗王公大臣均集此会议。这种建筑形式是清初八旗共治国政制度的反映，是满洲贵族集权的象征。清太宗皇太极继位后，加强君主集权，削弱八旗王、贝勒权势，八旗亭变成八旗各署办事或值班的处所。内三院、六部建立后，八旗亭成为八旗值班官员听候传唤的所在。

花与战马，还有遥远的成都……

八旗人爱花的历史源于何时，很难追溯，因为他们的历史太过悠久。

从外表上看，虽然满族人的打扮和行为方式跟汉族人已经没有多大区别，但他们的衣食住行和家庭布置，还是给外人一种神秘感。直到十多年前，当笔者约好与满蒙后裔赵尔寰，在他家中见面时，内心不免有一种"一探究竟"的欲望。

那时，住在成都市峨眉电影制片厂宿舍的赵尔寰家里，挂着不少书法作品，一看就是个读书人家。屋子里，窗户边全是花盆，那些花盆里的花真可谓争奇斗艳，赏心悦目。同样，在赵宏枢和苏成纪两位老人的家里，我也有着类似的感受。

世世代代生活在成都的八旗后裔们，生活方式很特别，也很浪漫。

就像赵宏枢、苏成纪这些满族老人一样，可能他们的生活并不富有，可即使手里只剩下买一束花的钱，他们也会毫不犹豫地买束花回家。

这，便是真正的骨子里的旗人。

旗人爱花的历史，据说据他们的祖辈生活经历有关。作为曾经马上征服天下的民族，他们祖先眼里最为美好的，是漫山遍野的野花。我们可以想象，面对那些叫不出名字的各式各样的野花，他们的妻子儿女会以怎样激动的心情去采摘？那些职业军人们在战争间隙，卧榻的营房，枕边有几束鲜花相伴，是残酷的战争背后最为温馨也最为奢侈的伴侣。

日积月累。花的种子便留了下来，随着战马行游四方，只要稍一停留下来，花种撒进泥土，五彩缤纷的鲜花便迎风而开，飘香千里。

或许，那些南征北战的旗兵们，在每每看到花的时候，便会想起遥远的家乡。

或许，只有花这个看得见的载体，才能勾起这些游牧民族后裔们，心灵深处最柔弱的种种思念。

花，这个带有无限诗意无限浪漫的尤物，是这个民族最好的精神滋养和情感寄托。

满族的祖先，女真人生活在东北的山林里，最初以狩渔为生。大自然是他们天然的养分，所以他们亲近自然环境，喜欢树木花草。慢慢地，随着生活的优渥，一些女子即便随皇帝进了宫，也保留着喜好花的习俗。

宫里的花草当然不及大自然那么众多与豪放，也不再那么野性成趣。怎么办呢？穿"花盆底"以寄托。满族女子都爱穿高高的"花盆底旗鞋"，这种绣花鞋因其底似花盆而得名。其鞋底以木制成，一般用白布包裹，然后镶在鞋底中间脚心的部位。木底高跟一般高5—10厘米左右，有的可达14—16厘米，最高的可达25厘米。

这种高底鞋的起源有两种说法。一种认为，满族自古就有"削木为履"的习俗，过去满族妇女经常上山采集野果、蘑菇等，为防虫蛇叮咬，便在鞋底绑缚木块，后来制作日益精巧，发展成了高底鞋；另一种传说是，满族的先民为了渡过一片泥塘，夺回被敌人占领的城池，便学着白鹤的样子，在鞋上绑上了高高的树杈子，终于取得胜利。为纪念高脚木鞋的功劳，妇女们便穿上了这种鞋，世代相传，越做越精致美观，从而成为一款非常具有民族特色的服饰。

由于花盆底鞋的特殊造型，女子在走路时双手臂前后摆动幅度较大，花盆底鞋可使身体增高，使身体更加修长，走起路来分外端庄、文雅。这种特制的鞋子因为不适宜生活的需要，很难流行开来，我们只有在清朝的宫廷影视剧中，一睹大清皇宫里那些妖娆的女人们，穿着这种"花盆底旗鞋"盛况，透露出来的高贵气质，别具一番风味。

满人喜好花草，据说还有一个重要原因，就是满族的宗教信仰——萨满教。萨满教的根砥就是万物有灵论，认为世界上各种物类都有灵魂，自然界的变化给人们带来的祸福，都是各种精灵、鬼魂和神灵意志的表现。

因而，他们眼里，树木花草都是自然界的精灵，具有灵性。

追根溯源，萨满一词源自西伯利亚满洲-通古斯族语的"saman"，经由俄语而成英语之"shaman"。据专家考证，"shaman"特指从事萨满技术的萨满师。在通古斯族语的"saman"一字中，"sa"意指知道。"saman"按文字表面意义来说就是"知者"，所以称知者，意谓萨满教是一种获得知识的方式。

萨满教起于原始渔猎时代，几乎独占了我国北方各民族的古老祭坛，可谓根深蒂固。

正是萨满教的信仰作用下，满族女性都很喜欢在头上戴花，即使老年妇女也要戴，而传统的满族男子同样喜欢养花种树。我们知道满人擅长园林，著名的皇家园林颐和园、圆明园，还有承德避暑山庄，都是旗人园林的杰出代表。

大清末年，面对山雨欲来风满楼帝国存亡之秋，固执的老佛爷还要赐巨资"修园子"（圆明园和颐和园），不知是不是这种民族信仰的折射。

由于将领和士兵都可以携带家眷，成都的满城内，每个士兵还有自己独立的房舍和空地。因此这些八旗子弟于满城内栽花养草，营造假山，完全把满城营造成为一座园林式花花世界。以至于辛亥革命后满城人面临生计危机时，竟然想出一个绝佳的妙招——将满城的几条街腾出来，辟出一大片地用作修建公园，那样的"奢侈物"首开了四川省没有公园的先河——少城公园。如果将满族漫长的爱花史结合起来思忖，这样的决策绝非偶然。

满人与花的故事，铁蹄与柔情一般。一刚一柔，不由让人想起一本描写日本民族精神的书——《菊与刀》。美国文化人类学家鲁思·本尼迪克特运用文化人类学的研究方法，以日本皇室家纹"菊"和象征武士身份的"刀"作为一组对比鲜明的矛盾的意象，从他者的角度对日本文化中看似矛盾的方方面面，对这种耻感文化进行过深刻阐释。

成都"三月蚕市"微缩场景
"游赏之盛，甲于西蜀。"此为成都大慈寺旁的春季蚕市场景。场景中的街道以江南馆街坊遗址发现的宋代道路为设计基础，街道两旁饭馆酒楼、茶馆、瓦舍、绸缎庄、香铺等各类店铺林立，买卖蚕具、花木、果品、药材、杂物的人们络绎不绝，彰显出成都市集的热闹与城市的繁华。
章夫 拍摄于成都市博物馆

照此思维进行，"满人"与"花"所折射出的意象，同样值得深究。

经过天南地北，那些采摘的各式各样的野花，同样带到了他们心里曾经遥远的温润的成都。从下面这些成都流传下来的竹枝词里，我们可以看出清初八旗兵营里，较为殷实的花一般的岁月。

"满洲城"静不繁华，种树栽花各有涯。好景一年看不尽，炎天"武庙"赏荷花。

这首竹枝词所呈现的，正是旗人爱种树、栽花的习俗，不难想象，满城内一年四季有花的景色何其秀美。

荷花是满城的一大特色。同治《重修成都县志》载，"武庙，在满城军署前，国朝乾隆癸卯年（1783）建修，名关帝庙。左有莲池，右有太极池。引金水河由正殿前横过。"

傅崇矩在《成都通览》中对满城花一般的环境，也有类似描述："城内景物清幽，花木甚多，空气清新，鸠声树影，令人神畅。"

"小东门"与"娘娘庙"，"安顺桥"头花市分。卖尽千筐供佛少，日高齐上万乌云。

小东门，是满城的一道城门。同治《重修成都县志》载，娘娘庙"在满城内都统街，正白旗二甲建"。旗人爱花，有"小东门""娘娘庙""安顺桥头"这些固定地点的花市，不足为怪。

"西教场"兵旗下家，一心崇俭黜浮华。马肠零截小猪肉，难等关钱贱卖花。

"西教场"是八旗兵练武场所。清中后期的旗人"崇俭黜浮华"，生活简单朴素，卖花便成为谋生手段之一。为了能吃上"马肠零截小猪肉"，等不及"关钱"（即发放薪水的时间）即将花贱卖，以犒赏生活。

与满城里的旗人一样，有着"芙蓉古城"之称的成都，自古也有爱花的习俗。"少城"里的花与"大城"的花浑然一体，装扮着成都这个温润的"花花世界"。

很难说今天我们最喜爱的花里面，很可能其中的某一种，就是当年旗兵们从草原上摘回来的野花。那些旗兵也如花的种子一般，远离自己生存之地，来到他们祖先并不习惯的温润的南方。

不仅如此，成都现存的数百种名特小吃中，有相当一部分也是这些满蒙人带来的杰作。比如风靡成都的"甜水面""担担面""沙琪玛"（一种油炸的甜的糕点）、"芙蓉糕"等。这些都是典型的北方风格的食品，然而却在成都这座包容性极强的移民城市里，落地开花，有着极其广泛的食客群体。

成都是个大茶馆，茶馆堪称小成都。林林总总的成都茶馆里，都备有一种十分平常的茶——花茶。不少茶客屁股刚一落座，便习惯性地吼上一句："来一杯三花"，说的就是这种茶。可以说，"喝三花"已经深入到"老成都人"骨髓里。其中的"花"，特指茉莉花。花茶是那种比较中低档的茶，十分常见，其价位很长时间徘徊在几块钱一碗。

历史学家罗志田先生是地道的成都人，据他考证，成都的花茶大抵是旗人从北方带过来的，北方把它叫做"香片"。"茉莉花茶"也称为"茉莉香片"。罗先生还认为，成都安逸的休闲文化，很大程度也是"受清朝旗人的影响"。他的道理很简单，"因为旗人有固定的钱粮，不富裕也不忧温饱，若自己不另求上进，可以终日闲暇。"而成都的茶馆众生平等，不特别强调茶的品级，一杯茶可以终日，是真正大众消闲的茶文化。

直到今天，成都仍然是"南方大城市中唯一爱喝花茶的，也是中国所有大城市中保留闲暇最多的一个……还讲究安逸的大城市了"。

对于这座有着3000多年历史的城池而言，八旗子弟及其融入成都的后裔们，虽然只在偶然间落脚到这座他们完全陌生的城市，随着百年计的繁衍生息，早已成为这座城市不可或缺的一分子，成都无疑也是他们理想的家园。

第二章

想象之外的一块『飞地』

如果说满人爱玩鸟笼子，那满城似乎就是满人最大的一只鸟笼。笼里笼外两个世界，泾渭分明。笼外的人进不去，笼里的人出不来。

一座闻名于世的古城背后，必定凝聚着一大批不同时代的出色治理者与管理者，如果不是他们接力同心，这座城市的文明是不可能延续的。这是一种传承，更是一脉相承。

那条意味深长的『蜈蚣』

古蜀史上，那个叫陈庄的匆匆过客

『金三角』筑城理念，最初的『城市群』

如初生婴儿一般，成都脱壳而出

破解古成都布局之谜

公元 1718 年，少城进入『新时代』

满城这块『飞地』，差点从成都溜走

那条意味深长的『蜈蚣』

成都自秦灭蜀建城以来，就有大城、小城之分。

最初的大城是主城，是皇城，是城市的政治中心；小城也即为少城，是护城之城，也是经济文化中心。少城紧挨着大城，互为唇齿，相互共振。

少城在大城的西边，也是因为成都的战事每每从西边发起，少城也算得上一个卫城，一定程度上起着保卫大城之功用。

随着城市规模越来越大，成都的大城与少城好比一对相依为命的母子关系。少城即现在的东城根街以西，同仁路以东，小南街、半边桥街以北，八宝街以南，它曾经是一座相对成都独立的城池，即成都大城中的子城，所以俗称少城。

无论从地形图上看，还是实地探测，少城这一区域的风格与布局，都与成都市的设计与摆布迥异，显得颇为另类，极富个性。

如果不了解成都的历史，突然闯进这些街巷，很可能以为误入了北方某一座城市的胡同——这里，形如成都的一块"飞地"。

紧靠古成都大城西边长顺街左右两侧，一个狭长形地带延伸开来，紧靠城市中心突然嵌入偌大一军营，无论怎样看都难免有些突兀。这块"飞地"在设计上又极具个性——神似一只爬行的"百足蜈蚣"，显得极其另类与别致。

这张图片很是直观地将成都皇城区域的重要建筑都纳入其中。成都皇城的中轴线上，自南向北的建筑是：正门端礼门、龙门、明远楼、石牌坊、致公堂和清白堂、文昌宫等，最北端是后子门。明远楼是皇城中的主要建筑之一，为三重殿宇式建筑，规模宏大，气势巍然，具明代建筑风格。在前院龙门和明远楼的中门前搭设有一座竹木牌坊，以增添庆典节日的气氛。1911年11月27日，大汉四川军政府成立之日，皇城各重要建筑间的广场、院坝内都挤满民众。龙门前的院中更是人满为患，左边似乎是此次庆典未对外开放的四川政法学堂，后边，明远楼前的广场内也聚集着很多参加聚会的民众。

（美）路得·那爱德 摄

善于观察的晚清文人傅崇矩有个形象的比喻，将军帅府，居蜈蚣之头；大街一条直达北门，如蜈蚣之身；各胡同左右排列，如蜈蚣之足。蜈蚣的脑壳是将军衙门，蜈蚣身子是长顺街，蜈蚣的脚脚爪爪就是那些兵丁胡同。

百余年过去了，今天从空中俯瞰，整个少城依然似一只灵动的蜈蚣。

但说长顺街（蜈蚣身）是少城内最长的一条主干道，这条主街分为长顺上街、长顺中街和长顺下街三段。据说很早的时候，有对夫妇在长顺上街的街边摆个小摊，长年拌一种麻辣肺片叫卖。丈夫名叫张田政，妻子名叫郭朝华，因为味道奇特，好吃的成都人很是喜爱，渐渐地口碑甚佳，后来形成了一个叫"夫妻肺片"的老字号。当然，这是后话。

与蛇、蝎、壁虎、蟾蜍并称"五毒"的蜈蚣，本为陆生节肢动物，身体由许多体节组成，每一节上均长有步足，民间唤为百脚虫，又有天龙之称。从这些元素去思量，不难理解设计者的初衷与用意，以毒攻毒，既要将五毒作为纹饰的寓意，驱逐五毒，又针对蜈蚣身上百足的特征，巧妙地借意"富足"。据载，古时流行佩戴蜈蚣的玉石，同样认为寓示着富足。

宣统年间，成都傅崇矩所绘成都街道图，可以详细看出"满城蜈蚣形状"。
章夫　翻拍

蜈蚣这类爬行动物昼伏夜出，北方的野外甚是普遍，一旦行动起来便百足合力，协调自如，灵活异常，有如列阵一般，煞有阵势。头高高在上，指挥若定，百足随着身子的摇摆一起跃动，或呈弧形或呈直线，犹如一位将军指挥着千军万马一般，整体向前，不可阻挡。

不知道蜈蚣在满人的生活习俗中还有哪些寓意，设计者有无上述理念杂糅其中也不得而知，若依据满城狭长形的地理形势和布局，外形为蜈蚣的这一设计理念，堪称内容与形式的完美呈现。

用今天流行的符号，作为一座军营，用蜈蚣作为"形象大使"，可谓神形兼备，不得不叹服设计者的高明与孤心。

满城的设计者姓甚名谁，迄今难考。但从街道的铺排和风格表现上，北方城市胡同的特点十分明显，且经纬分明，条理清晰，又有着军营般的紧凑。不难猜想，设计者应该是北方人，且估计是个军人。很可能就是最初进入成都的旗人中，某一位将军的手笔。

不难猜想，那个马背上夺天下的八旗军营里，应该没有现代意义上的专业城市规划设计师。这也难怪，300多年前世界范围内城市的专业设计师，估计也十分稀缺，何况满蒙军营里多是"上马安天下，下马定江山"的军人，这群人中多半是识字不多，文化不高的血性武人。

初来乍道。望着成都皇城旁边那片杂草丛生，间或露出几块青砖的荒芜之地，将军伫立良久，下马手一挥，"我们就选择驻扎在这儿"。尔后拾起马鞭，随便比画了一阵，站在"蜈蚣头"的位置，说："我看这儿位置不错，我就在这儿了，你们就依次靠两边，往后延伸吧。"

于是乎，一只活灵活现的"蜈蚣"，便这样有意无意间成了八旗军营的"施工图"。

当然这只是笔者的臆测与假想。不过，对于屠城后一片废墟的成都而言，任意涂抹都算得上精彩的手笔。或许那位将军站在废墟间恰好踩到了一只蜈蚣，顿生灵感；或许一路走来，对来自北方的蜈蚣有某种情愫；或许本来他就对蜈蚣心怀图腾崇拜……当然，也可能是精心设计之后，将满城"涂"成了蜈蚣的模样。

先辈的随意描摹，都会成为后世津津乐道的故事。

我们不妨手持满城地形图，实地探测一下，300年前那位名叫"旗人"的将军，从战马上下来，如何铺排他的"满城"的——

蜈蚣的"头"就是将军衙门（即今天金河宾馆所在地），"头"的外面有一条名叫金河的"护城河"，金河早已消失，被熙熙攘攘车水马龙的繁华街道（蜀都大道金河路段）所替代。

蜈蚣"头"的右前方曾经有演武厅，再远一点还有火药局。

八旗驻满城，一旗一官街。满城内的"百足"分别由八条官街"领衔"，官街以长顺街为界，呈东西两边排列。西侧四条官街分别是：

正黄旗——仁德胡同（今西马棚街）；

正红旗——甘棠胡同（今实业街）；

镶红旗——右司胡同（今西胜街）；

镶蓝旗——永发胡同（今蜀华街）。

(词条)

成都皇城　　成都老皇城是指蜀王府，始建于明朝洪武年间（1385），以南京故宫为蓝本，缩小规制而建。是明代藩王府中最富丽的一座，位于天府广场一带。北起东西御河，南到红照壁，东至东华门，西达西华门，周长2500多米，面积38公顷。蜀王府一改过去历代成都城主轴偏心的布局，首次确立正南北中轴线，形成沿南北中轴线东西相对称的庞大建筑群。建筑坐北朝南，处处殿阁楼台、金碧辉煌。中轴线上的建筑主要有承运门、承运殿、端礼殿、昭明殿等。虽为王府，其前面的牌楼、拱桥，有一种皇宫独具的气派，故而民间称之为"皇城"。加之有一大广场相衬托，又被称为"皇城坝"。明朝末年，蜀王府被张献忠所毁，仅留下金水桥上的三座石桥，以及桥南的石狮子等少量残余物。

东侧四条官街为：

镶黄旗——广德胡同（今东马棚街）；
正白旗——都统胡同（今商业街）；
镶白旗——左司胡同（今东胜街）；
正蓝旗——永济胡同（今人民公园）。

从形状上看，这条蜈蚣，以长顺街为主街（相当于蜈蚣的脊梁），以东西两侧街道、胡同为脚，分成两翼，以五形相克的道理进行驻军排列。几十条小街分列于主街列次摆开，长顺街东边的一长排有19条"足"，长顺街西边的一长排有23条"足"，形似蜈蚣的"百足"。

满城是一座独立的"城"，所以有专门的城墙，东南西北还分别修有城门，它们分别是受福门、延康门、清远门、安阜门。

满城内最为气派的建筑要数"蜈蚣脑袋"——将军衙门。用我们今天的话说，它是八旗军在成都的最高指挥部，故而地处黄金口岸——少城金河的北岸（现金河宾馆所在地）。这里开始是副都统衙门，到乾隆四十一年增设将军，四川总督文绶奏请把这里作为将军衙门。同治七年将军崇实因衙门房屋破烂，重新改建后显得分外庄严。

说它庄严，不仅仅是社会地位，更多地体现在建筑本身上——

衙门分头门和二门，头门的匾额上书"帅府"，二门上写"仪门"。二门以内又有堂五：大堂二堂三堂是办公地点，大堂前牌坊用满汉两种文字刻着"控驭岩疆"四字，甚为威严，在成都这偏隅之地，极具皇家气派。

此处层层叠叠，曲径通幽，真可谓"既有崇山峻岭，茂林修竹；又有清流激湍，映带左右，引以为流觞曲水，列坐其次"。

直抵四堂五堂方走近主人的隐私——内室。

如果仅仅限于此，将军衙门就显得威仪不够，而最为精彩的，往往是用来给外人看的。作为当今皇家本族，要的，就是这大清气派。

将军衙门头门外有东西辕门，系栅栏形式，头门对面是照壁，两旁有桅

无微不照巨额匾牌之下的宗亲家族，构成了成都这座古老城市的基本单元。
（美）路得·那爱德 摄

杆，高数丈，东辕门上有匾一道，上写"望重西南"四字。西辕门内一道写有
"声扬中外"四字。也难怪数百年前满人会征服汉人的天下，他们对汉人文化
的研究并不比汉人差，且能举一反三。

我们接着再来看将军衙门在一些历史文献记载中，又是如何繁复——

东西辕门内嵌有吹鼓搂，楼北是前锋营值班处。头门内东是满印房，仪门
里面东是文巡捕房，西是武巡捕房文巡，捕房上面是汉印房，再上是满巡捕房，
再再上是文职官厅。

武巡捕房上是汉戈什哈值宿处，再上是满戈什哈值宿处，再再上是武职官厅。

二堂旁是东西花厅，东花厅是木樨香署，西花厅多有亭台花木，四时俱备。

衙门左侧有升官祠马号，右侧是较园（俗称箭道），有柱筹楼，衙门前后
都有八旗步兵营，是守卫将军衙门和巡查盗贼的设备。

够了。区区一个管辖着几千名官兵的"将军"，其待遇真可谓排场之至，气派之极。因为整个少城都是四川百姓的税赋修建的，究竟耗了多少四川纳税人的银子，恐怕很难说清楚。

这些卑微的纳税人根本不知道，这样的气派都是由他们供奉的。而这些由他们供奉的城池，他们却不得越雷池一步。也难怪，这样的咄咄怪事，在历朝历代帝国完美的统治中，比比皆是。

比将军衙门稍逊一筹的，便是副都统衙门。此衙门在少城都统胡同（现商业街），从前是镶黄正白二旗协领和正白头甲佐领的衙门。由于原都统衙门已经被将军衙门所占，没办法，谁官大谁就是爷，副都统衙门只得挪窝。这是乾隆四十一年的事。同治九年，副都统富森保心有不甘，对"都统府"大加修培后，还专门设有暖阁，规模竟也与将军衙门相当，只是"不及将军衙门宏敞而已"。

按这样的程序往下排列，还有一长串让人眼花缭乱的单子。它们分别有左司衙门、右司衙门，以及各旗的佐领、防御、骁骑校衙门，等等。名目之繁复，规矩之冗杂，让人叹为观止。估计这些名单排列过后，真正没有任何头衔的普通士兵，差不多也只有一半"指标"了。

那个时候的满城，"景物清幽，花木甚多，空气清洁，街道通旷，鸠声树影，令人神畅"。历史学家王笛在其著作《消失的古城：清末民初成都的日常生活记忆》中，记载一位名叫I·伯德的英国女旅行家到成都时的情形，时间是19世纪末，她"从西门进入，穿过宏伟城门和绿树成荫的路，来到满城。满城是一个空旷的、到处是有围墙的菜园、树林环绕的地区，房屋大而破旧……街上的一些商店招牌写有满文。"

如果说满人爱玩鸟笼子，那或许满城本身就是满人最大的一只鸟笼。笼里笼外两个世界，泾渭分明。笼外的人进不去，笼里的人出不来。

兵者凶也。数百年来，这只蜈蚣太大也太强势（将军衙门直属紫禁城听令，四川总督也管不着），以至到现在也无形地"压"着周边一些地段，"抬不起头"，所以不免请风水先生设法制服一下这只"蜈蚣"。这样的印记今天也不难看到，比如，金河宾馆外的努力餐大楼上，就塑有一只大红公鸡，正对着金河宾馆位置，据说就是专门"吃"这只"蜈蚣"的。

当然，这是戏说，不必当真。

满城和蜈蚣的故事，只是成都这座历史文化名城的一个插曲，透过那条还在爬行的蜈蚣，我们可以看到成都更多的辉煌。

初源于距今4500-3700年前的"宝墩文化"，标志着成都平原城市文明的肇始。距今3000年左右，出现了以十二桥木结构建筑遗址为代表的城邑。距今2000多年前，蜀王开明尚在成都建立了蜀国都城。

公元前311年秦国建成都城，是成都城市定型化的界标。

有如勘界定桩一般。自此，作为中国西南的政治经济文化中心，成都的城名和城址所在地，一直没有发生过变动。

"城名未改，城址未变"。这在中国所有古都中，绝无仅有。

从遗存的各种资料看，作为城市的名称，成都早在战国时代就已见于记载，四川青川战国船棺葬内出土的铜矛上铸有"成都"铭文，这是迄今发现的关于成都二字的最早记载，稍晚的睡虎地秦墓竹简上，也出现过"成都"二字。

历史文献中，《史记》和《山海经》都数次提到成都，表明"成都"的来源十分久远。

真正让成都以城市形态脱胎换骨的，还是先秦时期。秦王朝是古蜀开明王朝的掘墓人。秦惠文王更元九年（前316）秋，秦惠王派张仪、司马错、都尉墨率军从石牛道南下伐蜀。两个月后，秦灭蜀。蜀地至此成为秦国的一部分。

"蜀既属，秦益强，富厚轻诸侯。"《战国策·秦策》的这一记载，无不让人看到，开明王朝治下，相对于其他"卫星国"（先秦时的"国"与我们现在的"国"概念不一样，尚是最初的城邦或部落形态）而言，古蜀国有多么富裕。

供奉有三代蜀王的望丛祠。位于成都市郫都区西南部，距成都市区 23 千米。是为了纪念最早的蜀王望帝杜宇和他的继任人丛帝而修建的祀祠，也是中国西南地区唯一的一祠祭二主、凭吊蜀人先贤的最大的帝王陵冢。

历时十二代帝王，开明王朝立国以后，保持了200多年的强盛。蜀与秦毗邻百余年，两国长时间保持着对等的友好关系，秦王与蜀王曾各率人马在汉中山谷打猎相遇，互赠礼物。国与国的友好背后，往往潜藏着危机，公元前451年开始，秦、蜀两国便为了领土之争战争不断，为争夺汉中就有长达65年的战争，最终以蜀国取胜占领汉中而结束战事。此后数十年间，秦人经商鞅变法等励精图治，不断强盛，而偏安一隅的古蜀国却沉浸在文明的享乐之中。

秦人略施小计，演绎出"金牛"与"美女"的故事后，古蜀王朝便土崩瓦解。

公元前316年，应该成为春秋战国时期的一个重要分水岭。于古蜀国而言，于秦王朝而言，于当时的整个战国棋局而言，都算得上影响最为深远的一年。

随着秦人的铁骑入蜀，开明王朝政治史随之结束，古蜀文明的相对独立发展进程也随之阻断。开明王朝经过十二帝而亡，太子及后代退到西山，据说蜀太子死在白鹿山（今彭州市境）。"秦灭蜀"这一典型事件，对蜀文明有着重大的作用，也宣告不受中原文化影响，有着独特气质的古蜀文明，将朝着另一个方向前行。按此后历史学家统一的解释口径，古蜀文明"自此汇入了中国文明一体化大潮之中"。

明远楼
（美）路得·那爱德　摄

词条

张若　别称蜀守若，生卒年不详，战国秦惠文王时人，战国时期秦国蜀地的地方官。张若在蜀地三十余年，辅佐了三代蜀侯公子通、蜀侯辉、公孙绾，三代蜀侯都获罪被杀，只有张若居官如故。张若主持修筑了成都城、郫城和临邛城。后张若东征楚国，得到巫郡和江南之地，作为秦的黔中郡。后世评价张若："巴蜀素蛮烈地，秦初有巴蜀，张若能顺而主之，治而使其理之，修三城，迁入秦民，变异其风，兴其华夏文明礼仪，使其地逐渐繁荣，成为秦并天下之坚强后盾，其功尚不可不知记矣。""若为蜀守数十年，蜀侯几易，几见诛，而其独善其身，不谓不智者也。"

《华阳国志·蜀志》载，张仪和张若第一次修筑成都城。"惠王二十七年，仪与若城成都，周回二十里，高七丈。"新筑的成都城绕城一周计20里，城墙高7丈；"营广府舍，置盐、铁、市官并长丞。"城墙下为仓库，上建城楼、射箭栏等建筑，城内修有郡府、盐、铁官衙，还任命了这些衙门的长官和丞。"修整里阓，与咸阳同制"。城池的规划均效仿秦国的都城咸阳，把当时的成都与咸阳等量齐观，可见成都的重要性。

史载，张仪、张若所筑的成都城，系大城。新筑成都大城，微纵长，南北各一门，东西各二门，共六门。西边的少城原本古蜀开明时期旧城，早已存在。"成都县本治赤里街，若徙置少城内。"赤里街被誉为成都有历史记载以来的"首街"，按史载，这条街之前应该在大城里，也就是成都县衙所在地。或许这条街的人气很旺，商业气息甚浓，有点像今天的春熙路。张若到任后，因势利导，将其迁到了少城内。

自秦筑大城始，成都的大城与少城就有了各自的分工。即，大城主要满足郡府各大衙门及驻军，凸现其政治功能；而少城主要功能是市张列肆及普通百姓，显现出商业价值及平民属性。

需要说明的是，《成都通史》（秦汉卷）作者罗开玉、谢辉认为，"仪与若城成都"这一史载有误。他们研究认为，这次修筑成都城的具体领导者应该是蜀相陈庄。与之相佐证的史事是，此间张仪人在燕国（说服燕王归秦，返回途中闻惠王逝，武王新立，武王不悦张仪，张仪遂逃往魏国，次年死于魏）。张若则是20多年后才入蜀（成为蜀郡守）。

无论是张仪还是张若，这个时候不可能分身入蜀。陈庄本来是战国时期秦国大臣，受秦王之命入蜀为相。就是公元前316年发生的事。

秦国相继灭亡巴蜀后，将原来的蜀王降格为蜀侯，设置蜀地为相国。志在夺取天下的大秦，是想用古蜀国原有的富裕来提供源源不断的动力。可以想象，这个时候的蜀国还是大体保持现状，应该没有来得及进行大的调整与改革，只不过将"领导班子"由原来的"蜀王班底"换成了"陈庄班底"。

陈庄到成都第6年（即公元前310）的时候，自认为根基已稳，每天身临其境感受到天府之国安逸的他，越来越垂涎起这块肥美的膏腴之地，继而"杀死蜀侯通，欲自立为蜀国新主"。

作为一个镇守一方的大秦重臣，自从杀死名叫"通"的蜀侯那一刻起，陈庄一夜间就变成了秦国的敌人——这一行为直接影响了秦国的战略规划和顶层设计，是任何秦王都不能容忍的。所以，陈庄真称得上是自取灭亡。能够晋升为以军国主义著称的秦国重臣，陈庄应该非等闲之辈，只是他太没有政治自觉了，空有一身武艺又有何用？

"蜀道难，难于上青天"是中国古代社会对蜀地最为贴切的概括，让不少"有想法"的人来到这里便萌生了自立为王的"想法"。原始战争的冷兵器时代，独特的地理位置很容易让"难于上青天"的蜀地，成为那些"独立王国梦想者"的天堂。

这，似乎应该也是陈庄冒大秦之不韪，心生反叛的动力来源。在他眼里，蜀地险远，只要把住几道关口，任何想进入蜀地的军队，也望蜀兴叹。

他天真地以为，只要挡住了强大的秦军，从"蜀相"到"蜀王"的进阶，瞬间可成。

蒸蒸日上不断开疆拓土的秦国，哪堪忍受已经到手的羔羊旁落他人？来自秦国的陈庄低估了秦国的虎狼之威。次年，秦国派甘茂攻入蜀地，陈庄被诛杀，其姓与名也被湮灭在浩浩荡荡的历史巨流之中。历史的烟波浩渺间，"成功史"视为帝王将相既定的底色，陈庄的政绩自然"挪"到了张仪和张若身上。

后来成为蜀郡守的张若，也筑过成都城，那已经是26年之后的事了。

"金三角"筑城理念，最初的"城市群"

张若此次筑城，是大城、少城一起筑。东为太城，西为少城，两部分相连，太城的西塘就是少城的东壁。据考证，太城南垣约在成都市今文庙后街，北垣约在今西玉龙街南，东垣约在盐市口一带。少城西南壁在今成都市通惠门东下同仁路附近，北垣大致在今红光东路以南。

重筑少城，是因为作为大城的补充，使其作为经济中心，真正成为"万商之源"。毕竟，经济的繁荣是一座城池不竭的动力。关于少城的地理位置及经济中心的地位，西晋大儒左思在其名作《蜀都赋》说得很直白："亚以少城，接乎其西，市廛所会，万商之源。"

身为蜀郡守，张若再筑少城的目的，首要的是执行秦始皇的移民政策，安置好由秦迁蜀的秦之移民，发挥他们善于从事商业之特长，为秦统一战争提供源源不断的支撑，其次就是对大城的屏卫。

再筑大城，是因为大城"屡皆倾侧""累筑不立"。原来，26年前的那次筑城，因为秦人不熟悉成都的气候、土壤，采用的是"版筑法"，即在两块平行的木板中间，倒上泥土，然后打夯构筑，逐渐加高，以成城墙。这一方法源自关中，源远流长，很适合气候相对干燥的山区。就是几十年的西南西北农村修房造屋，都采用此法筑墙。谁知，这一筑城法不适合成都，因为成都地势低且湿，加之洪水暴雨频仍，过不了多久土墙浸泡了之后，就会自然垮塌。

为了让城池坚固，据说张若还请蜀地土著巫师用龟壳祭祀之法，来重选城墙址。《寰宇记》载："初，城屡坏不能立，忽有大龟周旋行走，巫言依龟行处筑之，城乃得立，遂名。"巫师挥动着龟壳，绕城墙一周，嘴里念念有词。一番法事之后，张若遂猛然醒悟，用新的思路重新筑城，"龟城"之名由是出笼。

　　因"与咸阳同制"，所以，成都城在相当一段时间内，又被称为秦城。自张若筑城之后，历代的成都，只有大小盈缩之别，而无地址之迁徙——成都雏形肇端于此，对成都历史之重要，不言而喻。

　　从流传下来的史料解读，大秦的官员多清正廉洁。于成都这个重要的军事重镇而言，张若自然也不愧为大秦十分勤勉的地方官，除修筑成都之外，张若还修筑了"郫城"（今成都郫都区）和"临邛城"（今成都邛崃市）两座城邑。也就是说，成都、郫城和临邛三城均在张若治下筑成，只不过郫城和临邛是成都的配角，其城池规模远不及成都宏大。

　　今天来看，两座城池距成都不过数十里地，三座城呈品字形，互为犄角拱卫，是先秦蜀地上著名的"金三角"，旨在对古蜀王残余势力无形之中形成震慑。

劳作的壁画

（词条）

临邛城　　秦置。治所在今成都邛崃市。十六国成汉以后废。西魏废帝二年（553）复置，元至元二十一年（1284）省入邛州。以产盐、铁著名。秦蜀卓氏、程郑被迁至此，以铁冶致富。汉置盐、铁官。西魏、北周时为临邛郡治所，唐、宋时为邛州治所。临邛古城，巴蜀四大古城之一，古南方丝绸之路西出成都的第一城。始建于秦惠文王更元十四年（前311），迄今已有2300多年的历史，是西汉才女卓文君的故乡，素有"临邛自古称繁庶，天府南来第一州"之美誉。

成都市内有一条古街名叫琴台路，就是为纪念一位名叫卓文君的汉代女子。此间，
秦始皇从秦的大本营上郡等地，大批移民到临邛，如赵人卓氏、山东人程氏等。卓
文君的父亲就是秦灭蜀之后，属于"赵人卓氏"的首批移民。
章夫　摄

　　郫城是杜宇故都，历来农业十分发达；临邛是当时比较繁华的商业区。秦始皇从秦的大本营上郡等地，大批移民到临邛，如赵人卓氏、鲁人程氏等都是被统一后的外来移民，这些移民来到临邛各都身怀绝技，他们发现了世上第一口天然气井——临邛火井，这个时候的临邛，可谓产业兴旺，商业发达。造酒业、冶铁业等手工业已经是非常成熟了。

　　这就可以回答人们心里的疑问，为什么南方丝绸之路偏偏以"金三角"著称的成都，而不是同时期其他大城市。大抵就是除了成都这座繁华的城池，除拥有"蚕丝源地"身份，筑有规模宏大的"织锦厂"锦官城和"丝绸市场"外，还有像临邛和郫城一样源源不断的支撑，一定程度上讲，蜀地的"军事金三角"也是"经济金三角"。

我甚至以为，战国时秦人眼里，"那时的成都"不仅指成都一城，而是西南这个著名"金三角"的"城市群"。正因为此，即便南丝路一队一队马帮的蹄声、骆驼的铃声昼夜响彻，矗立在商人面前的依然是一座"驮不空的成都"。

秦并巴蜀后，非常重视成都的建设与发展，成都从而成为秦王朝不可或缺的军事堡垒和经济大后方。

"亚以少城，接乎其西"（左思《蜀都赋》）。少城是相对于大城的大而言的，即小城的意思，其东城墙根紧倚大城。在"移秦民万家实之"的行政命令下，大城中住进了秦地来的"国家公务员"，"少城"中除少量的秦地来的管理市场的"公务员"和富商外，大多数为生产和经营蜀锦、蜀绣、漆器、铸铁、盐、银丝、竹编等产品的巴蜀本土商贾和手工业者。被称为"锦市"，买卖锦的市场就设在少城里。

词条

郫城　今成都市郫都区。秦惠文王后元十一年（前314），以郫邑为郡县，称郫县。三国蜀汉时，郫、绵、江源三县各分出部分地区置都安县，即今灌县前身。属汶山郡。西晋太安二年（303），李雄攻取郫城，不久自称益州牧，治郫县。西魏恭帝二年（555），分郫县南境、江源东境置温江县。隋朝开皇三年（583），撤温江县复并入郫县。唐朝武德元年（618），于都安县旧址灌口镇置盘龙县，后改称导江县和灌县。明洪武十年（1377），崇宁县并入灌县。洪武十三年（1380）复置崇宁县。清朝康熙七年（1668），崇宁县并入郫县。雍正七年（1729），复置崇宁县。

与大城森严壁垒、一脸严肃的面孔不同，少城内各国各族商贾云集，游人熙攘，店肆林立，车水马龙，热闹无比；而夜色降临，灯火升起时，又复如白昼一般了。

不难想象，秦时战国末年的成都，已经是集吃喝玩乐于一体的休闲之都了。

周赧王四年（前311）秋天，大城西侧筑"商贸中心"少城的同时，为增加官方生产能力，在大、少二城之西南外，又构筑了生产蜀锦蜀绣的锦官城，西汉时又筑了生产皇家战车的车官城，与锦官城隔河相望。

锦官城、车官城有如成都大城和少城之外的卫星城，可谓三星拱立。可以遥想一下那个近三千年前的画面，当各国还在苦苦支撑，阻挡秦军铁蹄之时，成都已经是熙来攘往的天下名城了。

有俯瞰天下和野心勃勃的秦王朝十分清醒，仅仅靠民间力量在少城内小打小闹地搞织造业是远远不够的，必须采取计划经济与市场经济结合的手段，官方独家投资，设置一个专门的国家丝织厂（成都作家李劼人先生称其为成都织锦业的"特别工业区"）作为囤积财富的出口产品生产基地。他们那时就知道，"打造一座精品名城，就是打造一个只赢不输的劝业场"。

为突出这座城市的核心产品，秦人为这个基地取名"锦官城"，简称"锦城"。这，也是成都另一个称谓的源起。

令今人遗憾的是，关于何人为这座制造之城题字、揭匾、挂牌的精彩描述，竟被时光这座字库塔不遗一字地收走了。或许，当初就根本没有这种繁琐的仪式，只是今天的我们"想多了"。

很久以前，因地质板块运动被挤压而不断下陷，海水乘势涌入，四川盆地成了海洋盆地。

这个"很久以前"，几乎超出了我们想象。据推算，应该差不多是5亿年到3.7亿年前。又过了"很久以前"，龙门山地槽继续下陷，其他地方慢慢上升，陆地慢慢显现。这个"很久以前"差不多又是1亿年，海洋盆地又下陷成了海洋。直到1.9亿年前，盆地再次呈隆起状，被海水淹没的地区逐渐上升成陆地，慢慢由海洋盆地转为内陆湖水盆地，这时的整个四川盆地都是湖水，被专家称为蜀湖。

这些地理学知识十分专业和深涩。我们只需知道，四川盆地曾经是一片汪洋大海。就够了。知道了这些，我们就容易理解，"四川盆地的气候特征是海洋性气候"。

真所谓，造山运动造出一个天府之国。青春期的地球一直处于兴奋躁动状态，同其他地质板块一样，喜马拉雅山脉的造山运动一刻也没有停止工作。大约7000万年前，又一次强烈的造山运动作用下，盆地四周山地继续隆起，西北部抬高，冰川消融，形成多条江河，江河水带着大量沉积物，一湖蜀水朝东南部缓缓流去。

这个过程如十月怀胎一般，十分缓慢。大约又过了2000万年，江河水最终刷出西北高东南低的平原，一个肥沃壮硕的成都平原就此孕育而成，分娩而出。

这个西南地区最大的平原，南北长110公里、东西宽80公里，面积约9000平方公里，真可谓天设地造，浑然天成。

相对于自然界的不断涅槃重生，人类在这片土地上的履痕，当然就要短暂得多。

羊子山土台基址是迄今为止成都平原有人类活动最早的历史遗存，这里地处成都城郊驷马桥北侧，考古发掘出5件旧石器时代的打制石器，成为我们能看见先祖活动的仅存物证。这些文物距今上万年。也就是说，一万多年前，成都平原方才有古人类活动。应该说，作为四川盆地的盆底，此时的成都平原还是一块水草丰沛的湿地，尚不适应人类居住。

距今4500—3700年。陆续的考古发现还原出一个成都真实的"年轮"：新津宝墩、都江堰芒城、温江鱼凫、郫都古城、崇州双河和紫竹等众多古城遗址……可以看出生活在成都平原周边山地的几个族群，已经以岷江为风向标，从西边的山里小心翼翼地向成都平原徐徐走来……这个时候，成都平原已经形成了以宝墩文化为代表的古城群落，"引颈而望"的城市雏形已经初现。

如果说这些古城遗址的修筑大多根据地势而建，因地制宜之下还谈不上什么规划与布局，面积大小也不一。那么后来考古发现的三星堆遗址和金沙遗址，已经将成都的古蜀文明，推向了一个全新的高度。

这个时候，古蜀国大型都城正式诞生。以三星堆为代表的成都平原已经跨入青铜时代，以青铜器、城市、大型宗教礼仪建筑为标志的古蜀文明已经形成。

经过蚕丛、柏濩、鱼凫"三代蜀王"的苦心经营和治理，古蜀先民几大族群在这里休养生息，创造财富与文明。作为蜀人远祖，这"三代蜀王"的历史虽然介于传说与信史之间，但留给后世的遗迹足能充分佐证，他们历经数百年，着实创造了辉煌的古蜀文明。

犹如接力棒一般。这一切，都在为后来的成都积蓄力量。

成都最早作为城市形态，走向城市文明的重要标志，还是开明王朝时代。扬雄《蜀王本纪》载，开明五世移都郫邑至成都。郫邑即今天成都市的郫都区，郫都离成都市区不过十余公里，都在广袤的川西坝子上，只不过成都城区趋于成都平原的中心地带。今天看来，这个宽阔的地带更适宜于现代城市的铺排。

开明王朝不愧为古蜀历史上一个伟大的王朝。考古发掘显示，呈宫殿性质的十二桥商朝大型建筑遗址，就是当时重要的城市中心，而核心区，就在金沙遗址。专家们将金沙遗址为核心的商代成都，亲切地誉为青春期成都的"早期城市"。"早期城市"的成都，还显得一派雏嫩，"管钥成都，而犹树木栅于西州"，意为构木为城，基本上没有防御体系。或许，这样的城市特征，正是那个时候"早期城市"的普遍存在。

清末老戏台和看戏的百姓
（美）路得·那爱德　摄

这个时期的城市构架，是继杜宇王朝后，开明王朝的城邑发展到少城的重要见证。

秦相吕不韦编撰的《吕氏春秋·慎大览》如是形容："舜一徙成邑，再徙成都，三徙成国"。开明九世"始立宗庙，以酒曰醴"，可以看出这时的成都，已经享誉四方。先秦历史研究专家段渝先生在《成都通史》（古蜀时期）一书中甚至推测，春秋战国时的成都城，人口已有27万。如果真是那样，这样的城市人口规模已经堪称世界级大都市了。

词条

成都平原史前古城址群　　指分布于成都市的新津宝墩遗址（四川省成都新津县龙马乡宝墩村）、温江鱼凫村遗址（四川成都温江县万春镇鱼凫村、直隶村和报恩村）、郫县古城遗址（四川省成都市郫都区古城乡古城村和梓路村）、都江堰芒城遗址（四川省都江堰市青城乡芒城村）、崇州双河遗址（四川省崇州市上元乡芒城村）、紫竹遗址（四川省崇州市燎原乡紫竹村）等古城遗址。古城群属宝墩文化，是三星堆文明的前身，是迄今所知我国西南地区发现的年代最早、规模最大、分布最密集的史前城址群，该遗址群的发现对于研究成都平原当时的社会结构和宗教信仰具有极为重要的学术意义。

百年前，一个美国人镜头中的都江堰水利工程。秦并蜀后，秦人李冰修建了
都江堰水利工程，正因为有了"因势利导，因时制宜"，方有了后世的天府
之国。图为位于都江堰东侧玉垒山麓的二王庙建筑群。
（美）路得·那爱德　摄

　　开明王朝的伟大不仅体现在城市建筑上，还体现
在治水上。"三代蜀王"的经历告诉我们，至春秋中
叶的开明王国时期，蜀已能完成大规模的治水工程，
其治水的范围也不仅限于古蜀的腹地玉垒山（今都江
堰市境内）和金堂峡，还向南发展到盆地边缘青衣江
旁的乐山，并在那里留下了治所遗迹。

专家还考证，开明氏"决玉垒以除水害"实际是开掘一条人工河道，分引岷江水流入沱江。这一工程全靠人工开凿疏浚，就是今天，这样的工程量都堪称浩大。如果没有一个集中统一的政权对人力、物力的统一调配与征发，是根本不可能实现的。

岷江泛滥是川西平原自然环境的一大特点，而成都平原由岷江、沱江等几条大江冲积而成的扇形冲积平原，其地势西北高、东南低。自古至今，成都平原面临最大自然灾害，便是洪水。每到夏秋时节，岷江上游山洪暴发，洪水顺着地势，一泻千里，给无险可守、无处可挡的成都平原以极大破坏。

一座闻名于世的古城背后，必定凝聚着一大批不同时代的出色治理者与管理者，如果不是他们接力同心，这座城市的文明是不可能持续凸现与延续的。

蜀守李冰是成都历史上又一位闻名世界的能吏，他在开明王朝的洪业之上，兴修水利，疏浚江流，完成了充满睿智、十分浩大的都江堰水利工程。可以说，在李冰手里，成都的水环境得到了彻底的治理。

须特地提醒的是，都江堰水利工程是一个系统工程，人们看到的金刚堤、飞沙堰、离堆、宝瓶口四大工程所组成的都江堰，只是都江堰水利工程的一部分。即渠首，渠首之下还有庞大的灌溉系统（今天的

词条

金沙遗址

位于中国四川省成都市城西苏坡乡金沙村，分布范围约5平方公里，是公元前12世纪至公元前7世纪（距今约3200—2600）长江上游古代文明中心——古蜀王国的都邑。金沙遗址再现了古代蜀国辉煌。主体文化遗存的时代约商代晚期至西周时期，重要遗迹有大型建筑基址、祭祀区、一般居住址、大型墓地等。金沙遗址的发现，对蜀文化起源、发展、衰亡的研究有着重大意义，与成都平原的史前城址群、三星堆遗址、战国船棺墓葬共同构建了古蜀文明发展演进的四个阶段，共同证明了成都平原是长江上游文明起源的中心。入选中国"百年百大考古发现"。

都江堰市原名灌口镇、灌县，就因为它是整个灌溉系统的入水口）。李冰率领儿子和他的团队，筑都安大堰（都江堰），自今都江堰市南门分江沱水为检江，今名走马河。正流东南流经今都江堰市聚源、崇义等地，入今郫都区界，再经郫都区东南数里入成都界，过苏坡桥、草堂寺而南流，后称南河（锦江的一部分）。又从都江堰崇义境内分出江水东流，今名柚子河。经彭州市竹瓦街、崇兴场，至太和场折而南流，今称府河（锦江的另一部分）。经两路口、洞子口至九里堤，南流经成都故城西，至通惠门附近，折而东流，至南河口与南河相汇，这就是二江中的郫江。

于成都而言，郫江在内，故称为内江，检江在外，故称为外江。这，和都江堰的内、外江相映成趣。

以上这些江河，也只是都江堰这个庞大"系统工程"的一部分。

《华阳国志·蜀志》又载，"又导洛通山洛水，或出瀑口，经什邡"。此处的"洛通山"就是今天什邡的红白、八角、蓥华等地的大山，古时称为章山。位于今四川什邡县西北六十里外。"洛水"就是从众山之中流出来的石亭江。直到今天，出山口的江边第一个场镇还叫洛水镇。过去的老地名叫李家堰，也是一个"堰"。瀑口就是高景关，当地人称作关口。关口之上，都是大山，江出关口就进入平原。

还是那个李冰，就是在与都江堰渠首工程地理形势极其相似的山区与平原的接合部位置，修建了一个与都江堰渠首工程极其相似的水利工程，也是无坝引水，也是将江水分流灌溉，只不过不是分为内江与外江两条支流，而是分为了三条支流，分别流向朱家堰、李家堰和火烧堰三处。

某一次长谈中，巴蜀文化专家袁庭栋先生特地提醒我，"千万不要小看了朱、李、火三堰，它们是仅次于都江堰、通济堰、湔江堰、官宋硼堰的四川古代水利工程史上，第五大水利工程。"

后人为缅怀这位旷世功臣，特修祠纪念。《新唐书·地理志》什邡县载："有李冰祠山"。今天的洛水镇不远处，有山名曰李家山，不知道这座李姓的山，是不是就是为纪念李冰所命名，而在李家山，确有一座李冰陵园，那就是纪念李冰而修建的。这是蜀中唯一的李冰陵园。

山下有一处湖泊，唤名李公湖，同样是纪念李冰的。上有李冰陵园，下有李公湖。近有都江堰，远有川主寺。为感念先人的恩泽，后人此举，也在情理之中。

一个逝去近3000年的秦国人，一直还有那么多历史符号惦记着，我这里想说的是，李冰，此生无憾也。

城市因水而生，因水而荣。因为有了李冰，才有了"水旱从人，不知饥馑，时无荒年"的天府之国。成都文明史，就是一部治水的历史。虽然后世李冰父子以举世闻名的都江堰水利工程，摘取了成都治水历史上最大的硕果，但不得不承认的是，他们的治水功绩，是站在开明王朝肩上一步一步艰难前行的。因为，治水是一项长期且极其艰巨的工程，须一代一代"接力赛"似地坚持不懈。

治水，是开明王朝权力高度集中和稳固的基础。治水，也成为开明王朝得以存在的最大理由。

成都的城市运动轨迹，就是在水的滋养下，不断向前的。

成都的皇城有着极其诱人的历史。同中国许多古老的历史文化名城一样，沿着皇城一周的城墙，是人们极目远眺的重要活动项目。直到20世纪初年，成都的城墙还是人们茶余饭后散步的理想去处。从流传下来的图像资料我们可以看到，正南的内城城门处，有一条长长的石条铺成的阶梯，人们漫过这长长的石梯，便可直接登临到城墙顶上，这里是外城与内城的分水岭，向内可目睹熙来攘往的繁华，向外则可一览怡然的田园风光。

如果碰上好天气，放眼西望，便可远眺雪山。当年那个名叫杜甫的唐朝诗人，或许就是站在这威然的城墙之上，灵感激将开来，诗兴大发后写下了"窗含西岭千秋雪"的绝世佳句。

成都的城墙尽管看上去不失威严与堂皇，但仔细地看，却是一个看似庞大的躯壳之下，却随处可见其杂乱不堪。这些表面光鲜，高高在上的城墙，酷似清末帝国长长的影子。各路人等从看似坚固的四道城门进进出出，这些有兵丁把守的城门其实就是四道破烂的栅栏，栅栏内外的两个世界，将城市和农村划分得格外清晰，泾渭分明。

城内为城，城外为乡，城乡二元，一目了然。

同帝国时期中国所有的大城市一样，成都的城墙同样很有特色。美国作家司昆仑所写到的他的先辈来成都感受到的："早在20世纪初，来这里访问的外国人便爱上了成都的城墙，他们喜欢到城墙上面去散步消遣。"实际上，每一道城墙内，都有一道石头阶梯可以让人直接登到城墙顶上，"在那里，人们可以开心地散步，一览周围田园风光"。

今天的西安古城，基本上恢复了古长安时的城墙，人们同样可以登临城墙。只是，成都的城墙，随着带着野蛮之气的不断蚕噬，再也回不到原来的样子了。司昆仑如是写道，"当天朗气清之时，望西放眼看去，甚至可以看到离西藏高原最近的几座山峰。"这确是成都的特别之处，这座海拔仅有几百米的城市，很长一段时间长河里，一年四季都可站在城墙上凝视雪山，遥望故乡。

"窗含西岭千秋雪，门泊东吴万里船"。此诗系唐代现实主义大诗人杜甫，于广德二年（764）春初回草堂时所作。与前面两句"两个黄鹂鸣翠柳，一行白鹭上青天"，四句诗可谓一句一景，犹如一幅绚丽生动的风景画：黄鹂、翠柳、白鹭、青天、江水、雪山……色调淡雅和谐，图像有动有静，视角由近及远，再由远及近。使人觉得既在眼前，又及万里；既是瞬间观感又通连古今甚至未来。两两对仗，写法非常精致考究，读起来却一点儿也不觉得雕琢，给人以既细腻又开阔的感受，把人引入到对历史和人生的哲思理趣之中。

可以设想这样一个画面，初春的早上，戴着绒帽的杜甫从清幽的草堂出发，身子有些单薄的他，鼓足勇气叫了一辆人力马车。不一会儿，落脚至皇城根下，继而一步一台阶来到古城墙上，向西遥望，巍峨岷山之上千年未化的皑皑白雪映入眼帘。其时，安史之乱平定，"漫卷诗书"的杜甫心情大好，继而奋笔疾书，遂成这世间绝句。

至今，这样的画面不时为人们所关注。站在成都这座古城眺望雪山，是市民们不断热捧的奢望。也难怪，这毕竟是当下中国特大型城市中，唯一一座能直接眺望雪山的城市。

有专家说，站在成都的每一个角落都能自然而然翘首眺望雪山，与城市的"斜向布局"莫不关联。有意思的是，从已发掘出金沙和十二桥遗址的房屋遗址不难看出，成都城的街道、房屋布局，大体呈西北—东南斜向。

这种布局，竟在开明王朝之前的杜宇王朝时期就已形成了。

也就是说，成都城斜向现象，早在3000多年前就定格了。是古蜀先贤们有意为之？还是因为知识缺陷，筑城时的疏忽所致？

我们今天说，成都是世界历史文化名城。其实，成都古城的规划与选址，早在3000年前就已经"画定"了。后世要做的，就是在此基础上不断"繁荣"与"昌盛"。

不少城市（特别是北方城市）几乎是正南正北，条理清楚，方正整齐，经纬分明。而成都却另辟蹊径，斜向铺排。甚为奇怪的是，这样的铺排早在杜宇时期弹下第一根"脉线"时，就这样"敲定"，历代能工巧匠却从未想到要改变，是何缘由？

戴白帕的成都市民。这种习惯，据传是给诸葛亮戴孝留下来的。老一辈的四川人把这些白帕子也就叫做"孝帕子"，从巴地往上进入蜀地尤为如此。《周礼》中对冠服有规定，先秦时代士以上阶层一般都要戴冠（帽），而普通平民百姓只戴帻（头巾）。

对这个问题，人文地理作家黄勇曾追根溯源，以古今中外的世界名城作比，又遍访权威专家，最后找到了令人信服的答案。这里，不妨将他的采访成果作一个简要浓缩与梳理。

世界上的城池并非独只成都城市布局呈斜向。古今中外来看，埃及底比斯古城街道也是斜向的，且"斜"的角度与成都城相差无几。底比斯古城早已被黄沙淹没，而那片废墟上至今仍矗立着一座完好的建筑——埃及最小的"大牌神庙"加龙神庙。加龙神庙只有一扇较小的门，正对着东南方向。因为南方丝绸之路的考察任务，我到访埃及时特地来到加龙神庙，那是一组十分精致的建筑群落，对神庙那扇"小门"印象尤为深刻。神奇的是，神庙的方向坐西北向东南斜向，古城的街道布局也与加龙神庙的朝向一致，横向为西北—东南方向，角度为东偏南28.36°。

开罗以南700公里的尼罗河右岸，有一座著名的旅游胜地，就是埃及中东部的历史古城卢克索。卢克索有一座古城遗址——底比斯。古城建于距今4000多年前，考古学家挖掘发现，这座古城的街巷布局同样都是斜向的，且角度与成都和埃及底比斯惊人一致。

（词条）

蜀王府

始建于明朝洪武十五年（1382），位于北起东西御河，南到红照壁，东至东华门，西达西华门，周长2500多米，面积38公顷多。是明代最富丽的藩王府之一，1378年，明太祖朱元璋册封7岁的儿子朱椿为"蜀王"，镇守明朝西南地区。3年后，朱元璋派景川侯曹震等人赴成都主持营建宏伟华丽的蜀王府，以南京故宫为蓝本，缩小规制而建。1390年，蜀王府宣告竣工。整幢建筑坐北朝南，处处殿阁楼台、金碧辉煌。庄严的正门点缀着乐亭、表柱、三桥、石狮等建筑，令人感到肃杀之气。中轴线上的建筑主要有承运门、承运殿、端礼殿、昭明殿等。承运殿是蜀王府的心脏，该殿为蜀王理政之处，用西南名贵的楠木制成。北面有用楠木制造的蜀王宝座。蜀王居住的处也是十分精巧华丽，园林精致优美，小桥流水，鸟语花香，其中的"菊井秋香"被誉为成都八大景之一。

还有约旦境内2000多年历史的杰拉什古城；还有古罗马的诺尔巴古城；还有伊拉克纳西里耶城……这些古城无论是纵向街道还是横向街道，与成都城"斜"的角度基本上相同——东偏南28°左右。

为什么世界上会出现如此众多的斜向古城？为什么这些古城"斜"的角度与成都城惊人一致？

特别是坐落在美索不达米亚平原上的纳西里耶古城，城池四周没有山，也没有东北风，这座纬度和成都相同的城市，竟奇迹般地与成都有着同样的街道朝向。

难道真是巧合？肯定不是。

那会是什么呢？人类生生不息的太阳崇拜。只有太阳，能把人们的意志强加在一起。

还是以成都为例，从古蜀国王朝更迭的时间顺序可以得知，鱼凫王朝建都在三星堆。杜宇王朝替代鱼凫王朝一段时间后，移都成都金沙一带，同时把郫邑作为别都。西周晚期，杜宇王朝离开成都，以郫邑为都城。开明王朝颠覆杜宇王朝后，先以郫邑为都城，开明五世时移都到金沙，直到被秦国所灭。

由此，可以把考古发掘出的几大遗址，以时间线进行排列：三星堆遗址→郫都古城遗址→金沙遗址。这三大遗址的城市布局均为斜向。只是倾斜角度有所不同：三星堆、郫都古城遗址为横向东偏南35°，金沙遗址为28°。金沙遗址的斜向，影响了成都内城在后世的布局，直到现在仍为28°左右。

人们不禁会问，三星堆遗址和郫都古城遗址，为什么与金沙遗址差异这么大呢？古蜀历史专家王仁湘解谜，"是缘于古蜀文化中存在一个特别的方位系统，即斜向方位系统，不同于中原主体的正向方位系统。"简单地说，就是中原文化是正向方位，古蜀国是斜向方位。城邑、居址、墓葬乃至祭祀场所，都统纳在这个斜向方位系统中。

所谓正，是对参照物而言；所谓斜，是从地理角度来看。原来，古蜀国的斜向方位是受到中原文化的影响后，又结合自身实际所形成的一套独立系统。

2015年山西陶寺遗址有一个重大考古发现，发掘出了4700年前的陶寺观象台。这是至今为止发现的中国最早的天文观测遗址。专家测算，冬至那天，陶寺观象台看到的太阳，是东偏南35°。这表明，当时乃至此后很长一段时间，臣服于中原文化的殖民地式诸侯邦国，包括古蜀国，在城市建设上，共同沿用了陶寺古都的日出方位。

也就是说，三星堆遗址、郫都古城遗址，已经沿用了周王朝时代的"国际标准"。

直到开明王朝治下的古蜀国，与中原文化断绝了来往后，他们偏安一隅不再受制于中原王朝，为此建立了自己的"标准"：以冬至日为标准，在成都测量日出的角度。

太阳是世间万物的造物主。古蜀人用自己的生存智慧，破解了这个"造物主"，成都城布局斜向之谜，豁然开朗。

这样的语境和标准之下，世界各地的古人们，不约而同地拥有同一个原始的宗教信仰——太阳神崇拜。

为什么是冬至日？在古代，每年春分、秋分、夏至、冬至均被视为特别的日子，此间太阳的升落具有特殊意义。特别是冬至，又叫"一阳生"，它是一年中"阴"达到极致的时间，这标志着"阳"开始来了。正所谓，冬至，春之先声也。

从考古发掘中我们不难看到，无论是三星堆还是金沙遗址，太阳崇拜的遗迹和文物众多。　三星堆的青铜神树上有9只鸟，那是太阳神鸟；金沙遗址出土的太阳神鸟金饰，更是太阳崇拜的直接证据。

不仅如此，金沙遗址祭祀区还有一个看似不起眼的九柱建筑基址。考古学家研究认为，这就是祭祀用的古蜀大社。所谓"社"，即能生万物的五土（山林、川泽、丘陵、水边平地、低洼地）之神。一句话，这里就是古蜀国祭祀神灵的地方。那九柱建筑基址所托起的，正是古蜀大社——古蜀王国国家祭祀的神圣之地。

九柱建筑基址东南朝向，与冬至日出方位角度东偏南27.46°高度一致。金沙遗址考古队队长张擎等人撰写的《金沙遗址九柱建筑基址方向初探》对此有专业的阐述。可以断定，古蜀先民就是以太阳完全跃出龙泉山脉的那一刻，测定了金沙九柱建筑的方位，并修建了祭祀所用的古蜀大社。

《左传·成公十三年》云："国之大事，在祀与戎。"让我们放飞思绪，遥想那个神圣的场面，冬至的那个早上，开明王早早地站在古蜀大社的中央，虔诚地望着东方，当太阳完全闪耀在东方的地平线时，庞大的祭祀仪式开始：四周烟雾缭绕直达天庭，国王高声吟诵祭词，全民匍匐在地，大地一派静肃……那是属于东南28°的荣耀。

东南28°，与3000年后成都市区内的标志性街道，诸如蜀都大道、东大街等横向街道的倾斜角度几乎一致。

这是一种传承，这更是一脉相承。

公元 1718 年，少城进入『新时代』

康熙五十七年（1718）于大城西垣内，新筑一城，以驻旗兵，名曰满城。其东垣在时墙故基。又以大城西墙为西垣，复增筑南北二垣，周四里五分。

少城在人们心里早已根深蒂固，无论是普通百姓还是文人墨客，所以即便鸠占鹊巢——少城原址上新筑了一座满城，人们还是认为它就是少城。虽然官方的文书序列中呼为满城，成都的百姓依然习惯而亲切地称作少城。

成都青羊宫东侧的二仙庵，建于清康熙三十四年（1695），因供奉八仙子的吕洞宾、韩湘子二仙而得名。清末花会，庵内殿前设商业摊点甚多，其中有出售古玩、玉器、钟表、眼镜的摊篷，有发售夏布的临时摊点等。摊点布设得整洁有序，门前桌几干净明亮，布顶帐檐铺挂雅观，整个商业区域显得颇有档次。摊后大殿屋檐下横幅上写着"孚佑帝君"字样，说明这里是供奉吕洞宾的道教仙庵。

（美）路得·那爱德　摄

　　康熙五十七年，离顺治皇帝登基已经过去了74年。直到大清运行半个多世纪，百废待兴之后，国力渐丰，康熙年间方有能力渐次重修成都城。

　　大清帝国历时270余年，之前的三分之一段时间无疑是在风起云涌的艰难中度过的。

　　顺治三年（1646）清王朝始在川省建立政权，初设四川巡抚，成都城被张献忠焚毁后，时任四川巡抚佟凤彩"疏请修筑成都府城"未果，"巡抚班子"一度暂住在废墟的城墙之上，实在撑不下去后，不得已，"巡抚班子"又暂住在离成都两百公里开外的保宁府阆中城。

可以说，这时的政权，还只是一个"名义上的政权"，仅仅是宣示治权而已。

整个四川，可谓一片狼藉。《荒书》（费密著）载："丁亥（顺治四年，公元1647）春，大清李国英入成都，留张德胜守之，辟草莱而居。国英旋赴遂宁、潼川。"

《四川通志》（嘉庆版）载："顺治五年，李国英擢四川巡抚，十四年总督陕西三边四川军务，十八年总督四川。顺治十五年，高民瞻任四川巡抚。"

清乾隆四年（1739），成都贡院内建有一宏大的石牌坊，牌坊上用琉璃瓦遮盖，飞檐翘角，形制至为考究。此坊地处皇城致公堂前，石牌坊门额上嵌有"旁求俊乂"四字。牌坊前两排石梯拾级而上，远远望去，甚是威严。旁求俊乂，语出《文心雕龙·议对第二十四》"及孝武益明，旁求俊乂，对策者以第一登庸，射策者以甲科入仕，斯固选贤要术也，旁求，即广求。俊乂，才德过千人为俊，百人为乂。指广求出众的人才。牌坊正中最高处的檐下镶嵌一长方形竖写木匾，木匾上书"御书"二字。是想告诉世人，"旁求俊乂"四字系皇帝御笔。原来，确成都贡院内号舍列筑，考房林立。是科举时期最为重要的考场。清末民初之际，四川高等学堂即创建于昔日贡院，此间，这座石牌坊还是校内的代表性景观。

（美）路得·那爱德 摄

　　顺治六岁即位，直到他长大成人20岁那年（1657），才开始设四川总督。两年过后，省治方由阆中迁回成都。《圣武记》（魏源）载："顺治十六年秋，巡抚高民瞻收复川西，督抚始自保宁移成都。"《成都县志》（同治版）载："无官署，建城楼以居"。

　　真可谓万木萧瑟，筚路蓝缕。威风凛凛的四川巡抚，只落得以葺城楼作官署的境地。

　　康熙初年，张德地重修成都城，直到这次重修时，成都城的四个城门方重新有了自己的名字，东门曰"迎晖"、南门曰"江桥"、西门曰"清远"、北门曰"大安"。四道城门的名字贯穿了整个清代，也是成都与外界联系的唯一

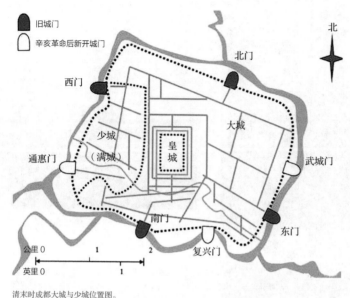

清末时成都大城与少城位置图。

通道。与四大城门相呼应的，是四个城楼，城门有名字，城楼也得有名字，东门城楼曰"博济"，南门城楼曰"浣溪"，西门城楼曰"江源"，北门城楼曰"涵泽"。地理学家章生道先生曾研究中国城门的文化含义，称东、南、西、北分别与春、夏、秋、冬四季相连，南门象征温暖和生命，北门代表着寒冷与死亡，盛大的庆典和仪式基本上在南门或南郊举行，而北门或北郊却与军事有关。

形象地说，清朝的四川巡抚张德地就是秦朝的蜀郡守张若。虽然张德地名义上是重修，实际上是再次筑城。张献忠留下的成都，就是一片废墟，早已无城市可言。

还有一点不为外人道的事实。因为财力紧缺，康熙初年，"驻扎在成都的地方官员，见朝廷仍没有重筑成都城的意思"，只好采用集资的形式修复成都城垣。让我们记住他们名字吧，他们是，四川巡抚张德地、布政使郎廷相、按察使李翀霄、成都知府翼应熊、成都知县张行、华阳知县张瑄。《四川通志·城池》（雍正版）载："康熙初，巡抚张德地，布政使郎廷相，按察使李翀霄，成都知府冀应熊，成都知县张行，华阳知县张瑄，共捐资重修。高三丈，厚一丈八尺，周二十二里三分，计四千一十四丈。东西相距九里三分，垛口五千五百三十八，敌楼四，堆房十一，门四。"

由是，成都城市建设，方在一片废墟上"画最新最美的图卷"。

"东南北枕江，西背平陆"。这次筑城的主要任务是，将坍塌的城垣重新树立起来。

张若背后有强大的秦王朝做后盾，而张德地背后虽然有一个看上去华丽无比的大清国，可他所面临的境况，却远不如两千多年前他的同级别官阶的前辈。

成都真是命运多舛。未曾想，大城修好雕梁画栋色迹未干，又发生了让大清元气大伤的"三番之乱"，盘踞云南的吴三桂虎视大西南，又祸及成都数年，刚刚修筑的城市毁坏严重。

乾隆四十八年（1783）四川总督福安康上奏朝廷，终获官银60万两，遂彻底重修成都城。此项浩繁工程历时3年，三年后的成都城重现昔日光彩。《成都县志》（同治版）载，乾隆四十八年（1783）重修成都城，用银60万辆，集全川之力，彻底重修成都城垣。"周围四千一百二十二丈六尺，计二十二里八分。垛口八千一百二十二，砖高八十二层，压脚石条三层。大堆房十二，小堆房二十八，八角楼四，炮楼四，城楼顶高五丈。"

屡建屡废的成都，在一片废墟之上，再次顽强地"站"了起来。

整个工程由各州县分段负责，按统一规格施工，墙砖皆刻上各州县及督工人员姓名，以便考核。工程未完，福康安离任，由继任者李世杰接替完成。据说在新城竣工之时，"其楼观壮丽，城堑完固，冠于西南"。新任四川总督李世杰站在宽大的城墙上，忽然想起蜀后主孟昶在成都城墙上遍植芙蓉"四十里如锦绣"的典故，一时间诗情画意涌上心头，便命"内外城隅遍种芙蓉，且间以桃柳"。

如此看来，康熙时的成都城市风光丝毫不比蜀后主孟昶当政时差，每值春夏两季，妖艳的桃花和绚丽的芙蓉花都盛开了，且有如春风般绵软的青青柳枝拂动其间，成都便又显现出她婀娜多姿的浪漫与休闲来。

鲜为人知的是，地方官在这个时候捐资修城、建桥，也与当时清政府的鼓励政策有关。顺治年间，清政府规定："各省城垣倾圮、桥梁毁坏，地方官能设法修葺、不致累民者，该督抚具题叙录。"因此，地方官在选择所要修筑的桥梁时，往往比较看重该桥的知名度。清初成都急需修复的桥梁甚多，张德地等首先重建南门外万里桥。在当时的成都，从交通方面来看，万里桥尚不如东门外各桥重要。由于相传诸葛亮曾在此为出使东吴的费祎饯行，地方官率先重修此桥，并题额"武侯饯费祎处"，由知府冀应熊大书"万里桥"三字勒石，这样无非可以扩大修桥人的影响。此举，当属当时时髦的政绩工程。

康熙年间，随着各地经济的恢复，清政府不再鼓励现任地方官捐俸修城，改为主要由政府拨款修建。但对地方官在修城方面的责任仍极为强调，颁布了严格的奖惩制度。因之，成都地方官对于关系仕途的修城之事，丝毫不敢有大意。

清朝时成都的大城被称为皇城，同皇城一样，少城也伴随着不断变换着容颜。

康熙五十七年（1718），在成都皇城之西面，筑满城（即少城），驻旗兵。也就是说，八旗军刚刚进驻成都时，此时的少城还是一片废墟，他们是在这片废墟之上，重新建立起一座新城，它的名字叫满城。满城完工后，"其楼观壮丽，城堑完固，冠于西南"。

随着成都地区的八旗兵逐渐增多，清政府下令平定三藩之乱后，在原少城领地上专为八旗兵及其家属修建此"城中城"。满城"城垣周四里五分，计八百一十一丈七尺三寸，高一丈三尺八寸"。俗称"穿城九里三分"、筑城门五座，其中以东大门的受福门最为壮观，上有城楼，曾悬挂着"少城旧治"，外写"既丽且崇"的白底黑字匾额。《四川通志·城池》（雍正版）载，满城内有"城楼四，共一十二间。每旗官街一条，披甲兵西小胡同三条，八旗官街共八条，兵丁胡同共三十三条。"

满城专为八旗官兵及其家属所修，汉人禁止入内。清统治者对满族人实施特殊的供养政策，满城犹如一座巨大的军营，设有数量甚多的衙署、营房、盘查哨卡、军械库、火药库、钱粮库及练兵场、庙宇和祠堂等。

凡此种种不难看出，满城的地位在成都十分特别，可谓君临一切。《成都城坊古迹考》载，"此城先由副都统，继由成都将军管辖，四川总督无权过问，实为大城中之独立王国。"这也直接凸显了成都这座近百万人口的城市中，区区3000满人的独特地位。

可以形象地说，一座满城，就似成都的紫禁城。

满城俨然成都名副其实的"独立王国"。这"独立王国"有五道城门，以壮其威：东边两门一叫"迎祥"，一叫"受福"；南首为小东门，名"崇福"；北称"延康"；南门曰安阜；西门仍沿用大城清远西门旧名。城楼上内嵌"少城旧治"，外镶"既丽且崇"巨匾，羡煞成都。

满城门面外，两边蹲着两只石狮子。据说这两石只狮子的用料都是天全、芦山采就的汉白玉石，石质既好，雕刻又精，无不栩栩如生，平添威仪。家家门前栽花养树，院内绿荫匝地，一派清香。

这样的城中城，全国除成都外，还有北京、广州、西安、南京、杭州、福州、荆州等九个城市。而像如此华丽专住满人的城中城，唯成都一地。

⸺词条⸺

贡院

清初，首任四川巡抚张德地在皇城残址上修建了贡院，专门为朝廷选拔人才。建好的贡院看上去虽然简陋，远不及原来的宫阙辉煌，却因其占地面积大，又地处成都最中心位置，成为成都清代的标志性建筑，仍然被老百姓沿称皇城。有了贡院，还形成了一条贡院街，此街与原三桥北街、东御街、西御街形成一个十字口。南口与三桥北街街接，北口距皇城门外的"为国求贤"的全石质牌坊只有40米左右。20世纪50年代以前，系回族人民饮食铺子的集中地。因居住在旧皇城附近的群众习惯地将贡院街喊成"皇城坝"，它的正名反而被人们淡忘了。

应该说，修筑满城后的成都，已经是一座货真价实的繁华"大都市"了。

这也难怪，一切以王朝利益至上，统率大清偌大疆域帝国的统治者爱新觉罗家族，满打满算也只有区区20多万人。要统治数亿之众，其特殊地位上的珍贵与高贵，肯定要处处体现出来。只有时时露出个中的"不一般"，方能体现特别的高贵。

由神秘而高贵，由高贵而威仪，威仪而畏惧……层层递进背后所彰显的，就是帝国的"驭民之术"。

正是基于此，四川提督年羹尧征调全川捐资，便在原少城的基础上，仿照北京胡同形制，依据尊卑有序的八旗驻防格局进行了新修与扩建。是时，年羹尧并奏准截留赴藏平乱返川的1600名满蒙骁骑驻防成都，由此开了成都八旗驻防之先河。

当时，在大清帝国广袤的西南地区，朝廷也只在成都设立了八旗驻防军营，无形中衬托出成都的重要，也间接从体制上烘托出这些驻防兵的格外尊崇。

原以为，那座风光旖旎的满城是国库拨付修建的，那支正宗的八旗皇家军队吃的是皇粮。事实却并非如此，成都的"满城"及营房都是由四川省各州县官民捐资修筑的，就是后来八旗驻防成都的所有开销，也是由四川百姓豢养起来的。也就是说，是四川的所有百姓（现在称纳税人）在地方官府的层层摊派下，供养着这批大清帝国最为得意的贵族。

这一切，外界很少知晓。

相对于大城，作为少城的重要组成部分，满城一直是一个精致的异数。虽然
有砖墙相隔，放眼望去，风物与华年，气象与品质，都有着不一样的味道。
图为城西将军衙门附近街区一角。

（美）路得·那爱德　摄

满城这块『飞地』，差点从成都溜走

作为一个区区20万人的"满蒙集团"，要统治数亿人的庞大疆域，没有"非常之策"肯定不行。

清廷便想到了一个以"点"带"面"的万全之策——在各大城市要塞设立八旗军驻防地，即满城。一来便于地方统治，二来保障满人生活。正所谓，"无事则拱卫控制，隐然有虎豹在山之势；有事则敌忾同仇，收干城腹心之用。"

清朝先是在北京设立第一座满城（也是全国最大的满城），北京满城设立后，满人与汉人被严格分隔开来，划分得非常清楚，满人居住在条件好的内城，汉人居住在偏远的外城。这样的"管理经验"迅速被复制开来，随着清朝统治的逐渐稳固，满城的数量和规模也在不断发展。到了清朝中期，除了西北和东北各大城市建有满城外，在直隶省范围内就是20多个满城，到了后期，几乎各大主要城市都建有满城。

这缘于清王朝统一中国过程中，为镇压与防范汉族及各少数民族的反抗，或抵御外族的入侵，还不断地派遣八旗官兵驻防各地。这一过程中，或圈占原有城池的一部分，或规划建设了新城池，以驻扎八旗官兵，与原汉人聚居的城市并存，因而都被称为满城。

康熙六十年，驻防成都的八旗最高首长为副都统。首任副都统是率领3000满蒙骁骑征藏凯旋的满洲镶黄旗法喀。时光推移到乾隆四十一年，距始设八旗驻防成都55年后，八旗驻防成都的级别由副都统升为驻防将军，首任驻防成都的将军是在平定金川之乱中屡建战功的满洲镶黄旗、伯爵明亮。成都将军权力极大，能近边驭事，专权川边藏，彝、羌、苗少数民族军政事务。

鲜为人知的是，为了更加有效地加强边疆防务，不断保持八旗兵的狼性与战斗力，乾隆帝曾一度要将八旗驻防地从生活舒适的成都移至条件艰苦的雅

百年前那爱德镜头下的考棚和考号。虽然看上去已杂草丛生，一派萧条，但仍可读出昔日的气派和威仪。特别"日字号"三字所透出的，千年科举肌体上的文化与气息，清晰可闻。
（美）路得·那爱德　摄

州（今天的雅安市），但由于已历经七八十年，驻防甲兵不仅习惯了成都的生活，而且子孙繁衍，包袱沉重，都不愿拖儿带母地迁居偏僻之地。

明亮也不愿意离开成都。他应众要求上奏朝廷，称"雅州地势逼仄，难容携眷之众"，遂恳请"留在成都"。天高皇帝远，乾隆不得已收回成命，使成都满城得以保存下来。

清末民初乃千年未有之变局，大城少城之变亦在所难免。民国二年（1913），拆除满城，与大城并而为一。四川文史研究馆馆员、著名历史学家李思纯有遗笺："少城拆毁于民国二年，与开通惠门同时。忆民国三年春正月，我访住居八宝街之敝戚郑君，是时已见堆土于街心之残墙。"

民国二年（1913）为便于交通计，于西校场侧增辟一门，曰通惠门，民间称为新西门；之后又于东校场侧增辟一门，曰武城门，习称新东门。再后，又修建武城门大桥。

民国二十八年（1939），于城南中、下两莲池之间，复增辟一门，曰"复兴门"，就是今天的新南门。原来之东、南、西、北四门，皆有月城（也叫瓮城，城外用来屏蔽城门的小城）。其他城墙城门皆双层，形如半月，民国时陆续拆除，辟为街道。

以八旗驻防制度作为对全国进行统治的根本政治军事措施，有清一代先后设置过20多座满城。大抵有，太原、右玉、绥远（今呼和浩特市东城区）、归化（今呼和浩特市西城区）、西安、宁夏、潼关、成都、广州、荆州（今湖北江陵）、江宁（今南京）、杭州、京口（今江苏镇江）、乍浦（浙江平湖县乍浦镇）、福州、德州、青州、开封、天津、保定、凉州（今甘肃武威）、庄浪（今甘肃永登）等。另外，在东北和西北地区，随驻防形成的驻防城池也在20个以上。

有专家按照驻防地所处地理位置的差异，将清代满城分为两种类型，即城中满城与城外满城。雍正以前，多在驻防地旧城中划出一部分空间建立满城，是为城中满城，杭州、荆州等满城就属于这种类型；雍正以后的满城则多于驻防地旧城之外另筑新城，这就是城外满城，绥远、青州等满城则属于这种类型。之所以在雍正时期发生此种变化，是因为此时的统治者考虑到此前旗人与汉人同城所带来的一系列矛盾和问题，为避免新的驻防地还会出现此类情况，故开始在驻防地旧城外单独筑城。

城中满城又可分为在原址基础上修建的满城和城中新建的满城两类。京师、成都等城市本为重城结构，建立满城时则借用原有的城中之城，不需另筑。

不少城市，满城的人数少且占地面积大。如西安，满城占地达到了西安城的百分之四十，规模庞大，共驻满蒙军队5000－8000人。而南京城的满城，是由原来的明皇城改建而来，驻扎约5000八旗兵，连家眷共3万左右，南京的满城面积占南京城面积的百分之二十。

据《钦定八旗通志》记载，驻防之初，一次迁至荆州城的满、蒙官兵即达3543人，加上官兵家属共有1.5万余人。此后逐年增加，截至清光绪八年（1882），荆州驻防兵额为直省驻防军人数之首，有籍可查的八旗军户近2.6万人，荆州已成为清王朝在南方一个越来越重要的基地。

作为军事防御点，各级军官的衙署、兵丁的兵房以及校场等供军队训练的场所，在满城内的建筑设施中占有很大比例。将军在满城内职衔最高，其衙署的建筑规模也最为宏大，比如成都满城内的将军衙门就是六进式院落，衙门大门两侧悬挂有旗幡，上写"钦命四川将军"六字，门口还有一对威风凛凛的石狮，显得十分庄重。其他衙署的建筑规模也因军官级别的高低有所不同。例如绥远满城的协领署是三进式院落，进门为影壁，影壁右侧另有一排建筑。防御署的建筑设施同协领署相似，同为三进式的院落，只不过院内的房屋建筑较少。左、右司署的建筑则较简单，仅三进式院落，房屋主要集中在中间一排，前后大多为空地。骁骑校署仅为两进式院落，建筑最少。

满城内最多的建筑，是供驻防兵丁居住的兵房。有的兵房居住条件尚可，如青州满城的每户驻防兵丁有官房两间。房间呈长方形，进门是砖砌或木质的影壁，正房坐北朝南，东西为厢房。但大多数兵房是较为矮小、简陋的，屋内通常只有一张饭桌、几个方凳、睡觉用的木板床和里面放着仅有的几件衣服的小衣橱。有些满城内还建有其他城市内少有的寡妇房，体现了清廷对八旗将士的优恤。

满城内有校场等军事训练场所，通常设在城内的四角或城外不远处，各旗一般还有弓房、箭亭等小型训练场地。满城内还有粮仓、营房盘查哨卡、炮厂、军械库、火药库、马棚等军用军需设施。在古代，战马是军中最重要的军事装备之一，故各满城都有马棚。直至清朝后期马政废弛，马棚成为堆放兵甲的军器库。为了便于应对火灾、盗匪等突发事件，各满城通常设有堆拨房（清代的警务机构，相当于现在的派出所、警务室），由士兵轮流值班，主要负责应对一般性的突发事件。

到了康熙六十一年（1722），成都满城才初具规模。副都统法喀开始做成都驻防旗兵的移眷工作，眷属陆续来川。成都满城房屋主要由四川武进士、武举等捐资盖造。建城告一段落后，据清《雍正皇帝实录》记载，雍正元年（1723）三月，年羹尧向朝廷条奏八事，其中就有"对捐造满城营房的官民请求给予叙议"一条。

满城的移眷工作，直到乾隆初年才全部完成。

满城之中，军事机构如衙署、营房盘查哨卡、军械、火药库房、练兵场等占据绝对主要的地位，此外有储备钱粮的库房和各种庙宇和祠堂。城内无商业和手工业，在经济生活上需仰赖成都府城。在屯驻、行军、演习、狩猎、祭祀上，八旗军各旗都有固定的方向和位置，"各照方向，不许错乱"。作战和进行其他活动中，为了避免拥塞和混乱，严格要求各旗按照一定的方位行动。

　　乾隆四十一年（1776），清政府设立成都将军，管理成绵、建昌道及松潘、建昌两镇民事军务，节制各级属员，管理土司土目，定期巡视大小金川等地。清政府还曾考虑在康定、昌都等地驻扎旗兵，联络成都驻防旗兵，保障行动；饬令成都将军介入西藏事务，等等。

　　清廷的意图，明显就是凭借八旗兵的忠诚之心、果敢性格和调动迅速，及时应对和处理各类事件，加强对民族地区的统治。

　　这就是成都满城八旗兵不同于其他驻防旗兵的特别之处，反映了清政府对藏区施以特殊管理的政策用意。

　　清朝统治者十分重视对旗人的教育，各满城内都设有不同类型的学校，按照性质可以分为宗学、觉罗学、官学、义学、书院、新式学堂等。宗学和觉罗学是为皇家子弟提供教育的场所，这两种学校只在京师满城内设立。大部分满城内皆设有官学，供城内旗人子弟学习武艺和满汉文等。但官学一般不提供初级教育，生活宽裕的旗人家庭可以雇佣家庭教师为子弟开蒙，无力负担家教费用的旗人则由义学提供初级教育。各满城内都有书院，如杭州满城的梅青书院、绥远满城的启秀书院、广州满城的明达书院、荆州满城的辅文书院和成都满城的少城书院等。这些书院为满城内入学的八旗子弟"延师教习诗文，以应科岁试、乡试"。

四川高等学堂外国教员的住宅环境优美，庭院清新，住房宽敞，院内有大块草坪和盆栽花木。图中一位外教正在草坪间逗戏一位小孩，其情趣……
（美）路得·那爱德　摄

近代以来，特别是在"清末新政"之后，翻译学堂、军事学堂等一系列新式学堂在各满城内逐渐兴起，开始为国家培养新式人才。

满城中还常有一些祠堂、庙宇。满城内的祠堂多是为纪念有功业、有成就的八旗将士而建，以表彰他们在战争或其他方面的贡献。满城内的庙宇除常见的孔庙、二郎庙、药王庙、城隍庙和佛教寺庙外，还有供奉满族人所崇奉的萨满教中萨满神的堂子。值得注意的是，各个满城内的庙宇种类颇多，都有自己的特色，而关帝庙却为多数满城所共有。这些满城内的关帝庙，体现了旗人浓厚的关帝崇拜。究其崇拜之原因，据说主要与旗人的尚武观念和关羽的忠义精神有关。

依照清廷"满汉分畛"的统治原则，满城几乎就是一个单独的小世界。无疑，满城是每一个城市的最高级住宅区，各路汉人，严禁入内。鲁迅曾在南京水师学堂上学，他曾撰文称少时路过南京满城时，也曾被满人的孩子辱骂过。

成都修建的满城，同样成为隔绝满人与汉人的屏障。满城不允许汉人进入，八旗官兵受到特殊的优待，"国家恩养八旗，至优至渥"。专门制定"旗人法"管理旗人，旗人犯法也由八旗内部理事和衙门共同商议处理，"旗人法"规定，旗人犯罪要免去流放的刑罚，因为旗人是巩固统治的支柱，等等。这使驻防旗人在成都成为一个特殊的阶层。但即便八旗子弟享有特殊待遇，同样不能轻易出城。满城内外，关卡林立，门禁森严，旗人有事外出，均需得到批准。

清朝中后期，对八旗兵丁的地域封禁政策更为严厉。

原来，清军入关后面临着严峻复杂的形势。国家尚未完全统一，战乱频仍，起义不断，盗贼横行。为了镇压各地的反清起义，维护地方稳定，清朝统治

这是百年前川西平原一处典型的乡镇风景，一棵大树，一排瓦房，就构成了"场"（北方也称集市）的物理空间。四川人俗称的"赶场天"，位于成都北郊的青龙等街区空坝里，摆满了盛产于冬日的各种蔬菜，其中以下霜后的大萝卜为数最多，菜质最好。菜区走道上一幼童手举长达一米余的灯草正在兜售。集市中的屋前树下是粮食、饲料等物资交易区，菜摊后边摆设桌凳，是小吃、便饭摊点。清末，成都郊区及其附近地区约有400余个场镇，农贸交易十分兴旺。

（美）路得·那爱德　摄

者除了以绿营兵分驻各省外，还在全国设置了许多八旗军驻防地，"无事则拱卫控制，隐然有虎豹在山之势；有事则敌忾同仇，收干城腹心之用"。当时"满汉分畛"原则指导下，各驻防地形成了新的特殊的城市，这就是"满城"存在的最大价值。各驻防的八旗兵丁平日在满城内生活和训练，遇有战事时则出城作战，维护地方治安。

有清一代，满城无疑发挥了独特的政治、军事和文化职能。

第三章

威风八面的『八旗时代』

岁在甲申，从崇祯帝到李闯王再到顺治帝。一年间，紫禁城换了三任主人，高高在上的龙椅一再被戏弄。1644年10月30日，爱新觉罗家族将一位年仅6岁的孩童推上金銮殿。那个原本名叫福临的孩子，改元为『顺治』。就是后来大清征服中国后，清帝国第一任皇帝——顺治皇帝。

其用意再明显不过，『大顺的征服者』。

『大顺』乃闯王李自成推翻大明王朝后，昭告天下的政权象征——是为『大顺政权』。这种屈辱般的『权力交接』，有如一位剑术高超的职业刺客，在你绝望之际方给你最致命一击。

『满城』是大清帝国的一只『麻雀』

满城的官兵营房，完全秉承『京师模式』

康熙的『四个脸谱』

西藏一旦失守，成都也不好收拾了

成都设防，是为了方便『用兵』

紫禁城意外地换了三任主人

『四朝元老』的汉族军师

『满城』是大清帝国的一只『麻雀』

　　一条蜈蚣，将成都满城形象的地理分布描述得清清楚楚明明白白。以将军衙门为头，长顺街为脊，直抵西大街与八宝街之间的延康门为尾，应是满城内八旗官兵们通向最高首脑机关的重要通道。

　　"八旗制度"是大清独具特色的一种军政制度，为清太祖努尔哈赤首创，贯穿整个清代。"我朝定鼎以来，八旗满洲、蒙古、汉军屯驻京师，以绿营兵隶督抚、提镇，分驻各省。其紧要地方更设立驻防旗营。"举凡八旗军驻防之处，筑城自守，人们习惯称为"满城"。

随着时代的发展，"满城"在性质上也在不断发生变化。有了八旗兵，便有相应的八旗军营，遍布全国的"旗营"宛如一座座"城池"，时人称为"满城"。

厚厚的历史尘埃之下，满城仅存的唯一一处"盆景"——宽巷子的历史倩影。宽巷子在清宣统年间名叫兴仁胡同，辛亥革命后满城消失，遂改名为宽巷子。几张图片从不同视角，勾勒出200多年后满城老态龙钟的模样。这也是满城最后的影像——宽窄巷子改造升级拆除前最后的样子。
章夫 摄

　　"满城"所有铺排，均以"京师"为圭臬。有意无意之间，"成都满城"成了大清帝国最为奇特的那只"麻雀"，我们就来解剖这只"奇特的麻雀"。

　　清代兵制分绿营（指由汉族人组成的部队）和满营，旨在加强管理。绿营分在各直省，由总督或者巡抚提督分领。满营除北京设置外，其它各省重要城市设满营驻防，由将军或副都统直接统摄。

　　康熙五十七年（1718），成都驻防调荆州驻防兵3000名来川。其中满族约占三分之二，蒙古族占三分之一。成都驻防旗兵甚为讲究，系以三甲为一旗（其他城镇有五甲或八甲为一旗的）。一甲二甲是满洲兵，三甲是蒙古兵，其中满洲八旗有十六甲，蒙古八旗有八甲，共二十四甲。康熙六十年（1721）调来的3000名八旗士兵中，留下1600名驻在成都，由一副都统率领。

成都旗兵营最先只设"副都统衙门"（今商业街），没有资格设"将军"一职。直到乾隆四十一年（1776）驻防55年后，成都这才有了"将军"，也才有了与之对应的将军衙门（今金河宾馆所在地）。设"将军"后，副都统地位远不如从前，只主管军事训练。

清人周洵在《蜀海丛谈·总督、将军、都统、提督、学政》中，有这样的记载：

副都统衙门仅有兵丁数十人，往来公务较少，以致"门可罗雀"。同治九年增修，并设暖阁。此外有左司衙门，右司衙门，理事同知衙门等。

八旗的各级指挥部均称衙门，从将军到佐领、防御、骁骑校均设置衙门，实际上佐领以上的衙门不过只有一个办公室而已。由于成都将军兼管绿营，因而在大城内设有军标付将衙门（拐枣树街），军标左都司衙门（西顺城街）、军标右守备衙门（鼓楼街）。满城内的"三大衙门"，专事绿营事务。

前锋兵是大清特有的一个兵种，相对独立，特设在前锋营里。前锋营系大清特种部队，属清代禁卫军的一种。初始建于皇太极天聪年间，当时称为葛布什贤超哈营。"噶布什贤"系满语，汉语义为"前锋"；"超哈"，汉语义为"兵"。天聪八年（1634）改定八旗官名，巴牙喇营前哨兵为噶布什贤超哈，是为八旗前锋营之始。顺治末年，定噶布什贤超哈为前锋兵。旨在挑选满蒙八旗各佐领下的扩军马甲，养育兵等技艺优秀和身强力壮精锐部队，独立为营。

清代（特别是乾隆时期）大规模的巡视活动很多，前锋营直接负责皇帝巡幸时的前哨警卫，兼护驾保卫。毋庸置疑，前锋营的职官，俱用满洲、蒙古之人。前锋营之兵员，全由八旗满洲、蒙古每个佐领严格精选2人组成。清代满洲八旗和蒙古八旗大约有885个佐领，因此全营兵额应有1770人左右。

除此之外，前锋营还要协助保卫皇宫，类似皇帝身边的近卫军。

这样一些关键岗位上，皇帝将生命托付给"自己人"，最为放心。前锋营在北京的专设一大臣统领，各省驻防由将军派一协领统领。"八旗协领共五员，满洲四员蒙古一员。满洲协领各管四甲（头二甲），蒙古协领只管蒙古八甲（三甲）。每甲设佐领一员，下面有防御、骁骑校习一员，五协领各兼一佐领职务。"所以，"廿四牛录（甲）只有佐领十九员，加上防御、骁骑校各廿四员，共计官员七十二员。"

此外，另有理事同知一员，专司旗汉讼事。笔帖式二员，专理文书，俱是文职。

这些职能不同的兵士，待遇也各不相同。笔者有幸接触到那些账簿，那些盖有朱红大印的发黄的花名册上，我看到，镶白旗三甲"笔贴式"的职位，其每月的待遇是"一员白米二口，中米十口，马四匹，共银五两九钱七分四厘，俸银十两零五钱"。

根据乾隆时期的国家统计，每一石粮食大约"银一两四钱六分"，大约是银每两换钱一千文，最后根据单位进行推算，一石粮食大约是现在70公斤。在清朝较为稳定的前中期时，一两银子大约值170元人民币。

笔帖式相当于今天部队上的一个连职文员。如此算来，这样的待遇，并不见高。值得一提的是，这样的建制与配置，完全沿袭京师"北京模式"的八旗制度。一名笔帖式的月收入，在北京工作和成都工作的待遇是一样的，并没有地区差之分。其实，这样一体化薪水对于八旗兵而言，是不公平的。

（词条）

成都满城　位于成都老城区西部，是清朝朝廷为八旗兵及其家属专门修建的"城中城"。平定三藩之乱后，成都地区的八旗兵逐渐增多，清政府在1718年在成都城西修建了满城，由于处在战国秦张仪修建的少城遗址上，故人称"少城"。满城周长22500多米，城墙高4.3米，俗称"穿城九里三分"、有5座城门，其中以大东门最为壮观。大致范围是：北起小北街，南达将军街，东至老东城根街，平安桥一线，西抵同仁路（西城根街），沿西郊河一线。共有官街8条，兵丁胡同33条。从空中俯瞰，布局如同一蜈蚣，将军衙门是蜈蚣头，一条长顺街是蜈蚣身，其余兵丁胡同是蜈蚣脚。满城最多有八旗兵2万多人，加上家属有3、4万之众，相当于一个小城市规模。1911年辛亥革命爆发，清朝灭亡，八旗兵解散，满城不复存在。如今，只有宽窄巷子还保留着少量满城遗迹。

满城的官兵营房，完全秉承『京师模式』

1644年。甲申年。一个注定让历史不断纪念的年份。

那可是中华民族又一个原地往复风雨如磐改朝换代之冬，于泱泱大国而言，东北一个弱小的"爱新觉罗家族"迎来了一个大吉大利之年。挟着明末崇祯帝自尽景山和"闯王李自成"铸成的大错。"鹬蚌相争，渔翁得利"。一直在马背上觊觎的爱新觉罗家族瞄准时机，乘虚而入，大举入关，问鼎中原，建都北京。

"打天下"之后，他们便开始了长达近三个世纪，"蛇吞象"一般的"坐天下"历程。

爱新觉罗家族有一位极富政治远见和军事远见的太祖，1583年在东北兴起以后，1621年定都沈阳，太祖努尔哈赤用他精于骑射的部队，征服了远近的各个部落，并把俘虏降人增编为四旗，共为八旗。这个创想，随即形成大清统治后部队编制的雏形。

1644年，"爱新觉罗家族"晋京以后，从政治和统治上十分科学地在北京实行了严格的分城居住的政策：内城只允许八旗将士及家眷居住，原住内城的汉、回等其他民族百姓，被迁至京师外城——大致相当于现在的崇文、宣武两区。

按照清制，八旗军在屯驻、行军、演习、狩猎、祭祀上，八旗官兵的营房（即官街和兵街）都有固定的方向和位置。"各照方向，不许错乱"。即便在内城，旗人们也有着严格的区域和森严的等级划分：内城的中心是皇城，围绕皇城，八旗军被严格地分置于四方八隅。

乾隆大驾卤簿图

此图记载的是乾隆盛世时期，乾隆皇帝祭天仪仗的隆重仪式。皇帝祭天时的仪仗称为"大驾"，因此皇帝祭天时所使用仪仗队伍便称为"大驾卤簿"。中国古代帝王出外时扈从的仪仗队，最早由仪卫扈从演变而来。蔡邕书中曾记载："天子出，车驾次第，谓之卤簿。""大驾卤簿"用于祭天、祈谷、常雩，是最高等级、随行官员和护卫人数最多，仪仗和乐舞也最为齐备的卤簿，用于皇帝祭祀天帝、祈求农业丰收和风调雨顺，最为重要隆重的仪式。起源于上古神话传说的五帝时代，秦汉时获得发展，并形成完善的礼仪制度。唐、宋时发扬光大，明、清亦有发展延续。

章夫　拍摄于沈阳故宫

两黄旗居北：镶黄旗驻安定门内，正黄旗驻德胜门内；

两白旗居东：镶白旗驻朝阳门内，正白旗驻东直门内；

两红旗居西：镶红旗驻阜成门内，正红旗驻西直门内；

两蓝旗居南：镶蓝旗驻宣武门内，正蓝旗驻崇文门内。

同时又分左翼东四旗（即镶黄、正白、镶白、正蓝）和右翼西四旗（即正黄、正红、镶红、镶蓝）。据说这是按照五行相克的原理来规制的。譬如东方属木，由于白色代表金，白旗驻东方便是金克木；西方属金，由于红色代表火，红旗驻西方就是火克金。余类推。对满蒙有着深入研究的学者陈一石先生认为，八旗军在作战和进行其他活动中，为了避免壅塞和混乱，严格要求各旗按照一定的方位行动。至于五行相克的原理，只是在汉文化的影响下，为便于执行军事纪律，添上一些神秘色彩而已。当然这是题外话。

同样如此，成都八旗兵驻地也在西面，方位仿照北京内城。正黄镶黄二旗在北，正白镶白二旗在东，正红镶红二旗在西，正兰镶兰二旗在南。

八旗后裔刘显之老先生向笔者证实，成都的八旗军驻地同样分左右翼，左翼由北沿东到南，有镶黄 （在小北门内）正白旗在羊市街小东门内，镶白旗在东胜街商业街间，正蓝旗在将军街祠堂街之间。右翼由北沿西到南，正黄旗在老西门内，正红旗在槐树街栅子街间，镶红旗在实业街井巷子间，镶蓝旗在柿子巷及金河以南。

八旗以下有甲，每一旗的甲数不等，在成都只有三甲。头甲二甲系满洲，三甲是蒙古。乾隆四十一年大、小金川乱事平息，才增设将军。除统率八旗驻防外，并统辖松建文武提调汉土官兵，事权更大。

于乾隆帝而言，位于四川大、小金川之乱，堪称西藏之乱后的第二大"乱"。大、小金川虽然总人口只有几万人，但从乱到治却历时数十年之久，最后以莎罗奔投降、皇帝赦免而告终。虽然莎罗奔只不过一个小小土司，清朝却花费了两千多万两白银（相当于鸦片战争的赔款额）方摆平。

只因大、小金川的战略地位太过重要。这里西连甘孜藏族自治州，与康藏通；东接成都平原进入川西高原的咽喉——汉川县，是嘉绒藏区通往汉族地区的要道；南与雅安地区接壤，直通内地；北抵川西高原，与青海、甘肃相通。它可以远扼西藏、青海、甘肃等藏族地区，近控川边，是为内地通往西藏、青海、甘肃等藏族地区的咽喉与桥梁纽带。所以不容有失。作为军事战略的重要桥头堡，相距二百余公里外的成都，可以有效调度和遏制叛乱。不然的话，清帝国就会鞭长莫及。

乾隆爷眼里，这是一道不得不找到答案的必答题。无论花多少银子，都必须"摆平"，不然越拖越复杂，后患无穷。这是题外话。

却说旧少城的遗址上，奠基重修的清朝满城，占成都上风上水的形胜之位，其显赫的地理位置令人瞩目。除此之外，满城还有一个最为显著的特点，那就是它的规划布局严整有序，疏密有致，设计合理，结构完美。

它，既是一座设施齐备的城池，又是一个壁垒森严的兵营——城池与兵营的完美结合，这应是满城令人惊叹的重要特色了。

成都"满城"的官兵营房，同样是按照"京师"的规定来布局的。共有官街八条，兵街四十二条。大体以今长顺街为线，以东是左翼东四旗，以西是右翼西四旗。每一街巷都无一例外地纳入整体之中，没有半点草率之处，更没有一处误笔。那多达42条形如蜈蚣足的胡同，住着携带家眷的将尉兵丁。

"满城"内的街道（旧称胡同）并不是像现在一排排整齐的铺排，而是疏密有致的庭院，每条胡同划分为四十多小庭院，每家约占地一至二亩（又称甲地），内修住房三间。余下的空坝，多种上花果竹木。四周有围墙，这些单独的小庭院鳞次栉比，形成了"满城"的胡同。

那时的满城内警戒森严，哨卡林立。每个城门设盘查厅，并在交通要道，水栅设卡子房十二所，平时各甲还派出旗兵，巡查来往可疑现象。

城市是一座兵营，兵营共一座城池。这样的城池里休养生息，会有一种莫须有的压抑感和紧张感。

兵营的编制上，成都也严格按照"京师"的规矩而相应设置。成都驻防八旗共有24甲，一旗下率3甲，一甲骑兵60名，其中有6名是领催（满语拨什库，有如现在部队中的班长）。此外还有委甲兵10名，炮手2名，匠役4名，步兵16名（三甲为18名），养育兵108名。又每旗有前锋20名，八旗共160名，加上24甲1440名，共为1600名。

这种管理模式有点像我们今天的行政单位，首先给予一定的编制，由编制需要控制人数，再按"在编人数"供给配额，这是典型的计划经济时期的产物。

当然，对于兵营而言，这种做法最易管理。

驻防八旗是军事体制。军事机构如衙署、营房、盘查哨卡、军械、火药库房、

清代少城内的街巷
（美）路得·那爱德 摄

练兵场等占着绝对主要的地位，此外有储备钱粮的库房和各种庙宇、祠堂。

让很多人看不懂的是，满城内还建有一北一南两座关帝庙。北面的关帝庙在仁里二条胡同西口，由以前的严真观改建而成，处于镶红旗的范围内；南面的位于将军衙门南面的满城东南角荷花池旁，也即末代将军玉昆新建的少城公园里，这里原是正蓝旗的地盘。南面的这座关帝庙，早先是年羹尧生祠，年获罪后废弃过几十年，乾隆四十八年（1783）改建为关帝庙。

关帝庙里祭祀的是关羽。人们不禁会问，"关公崇拜"是典型的汉地文化习俗，为何会"请"进满城？其间有何特别意义？仔细一查令我一惊，有清一朝，大清版图上的关帝庙（武庙），竟然超过了孔庙（文庙）。

一个很流行的传说，清朝开国之初，将领的文化很低，皇太极让他们熟读《三国演义》并从中学习兵法。更有甚者，说皇太极学了周瑜醉戏蒋干的反间计，以此让崇祯杀了袁崇焕。

我不禁好奇于满人文化史。方知，入关之前，满人就在盛京（沈阳）地载门建有关帝庙，上悬一块题字"义高千古"的匾额。顺治入关，又在地安门建庙祭祀关公。此后十三次加封关羽。最为典型的莫过于雍正，他不仅追封关羽的曾祖父、祖父、父亲三代为公爵，还特地在民间寻找关羽后代，授予五经博士并世代承袭。而光绪帝更甚，封谥为"忠义神武灵佑仁勇威显护国保民精诚绥靖翊赞宣德关圣大帝"，极尽溢美之词。

凡此种种不难看出，满人心目中的关帝庙不只是庙，是一个特殊的意象符号。其间无不充满"忠"与"勇"，统治者是想高擎这样一个"意象符号"，激励子弟兵效忠。

但说八旗兵入驻成都满城，作为一次特殊移民，一些专家学者有不少误读。就是研究成都满蒙八旗史的一些专家，也都藏有一个误区，认为驻扎成都的旗兵，均系平定西藏准噶尔叛乱的部队，队伍在大胜之后班师回朝，驻扎成都的。这样的史料经屡次引用，一些街坊等老百姓也将这些信息口口相传，成为茶余饭后的谈资。

对先辈来蓉的历史细节，住在成都的满蒙后裔，口授心传留下一些史料，有的则有研究。与笔者的访谈中，他们也大抵表示需要"证谬"。为了弄清个中原委，我访问了一些对此次驻兵有着研究的专家之后，又阅读了不少史料，其中以中央民族出版社的《蒙古族通史》最为权威。书载，当时清帝国发往西藏与准噶尔作战的旗兵，损失惨重，有的甚至全军覆没，根本没有余部调往成都。为了叛乱，西藏一些高层请实力超群的蒙古铁骑准噶尔军队庇护。为了帝国版图的统一，康熙不得不痛下决心。

历史上名声显赫的准噶尔帝国是由蒙古人建立的政权。清朝时蒙古共分为三个部分：漠南蒙古（内蒙古）、漠北喀尔喀蒙古（外蒙古）和漠西厄鲁特蒙古（准噶尔帝国）。主要是以牧民为主的漠南蒙古和漠北蒙古，在清朝建国前后就被彻底征服，早已失去了蒙古骑兵所向披靡的战斗力。主要由卫拉特人构成的漠西厄鲁特蒙古，有着惊人的作战能力。为了发展壮大，他们又分成了四部——准噶尔部、杜尔伯特部、土尔扈特部、和硕特部。准噶尔帝国继承了蒙古骑兵的骁勇善战作风，不断对外扩张，是盘踞在中北亚地区的强悍政权，屡次侵犯华夏大地。这才有了康熙的三次亲征，以及后来的雍正、乾隆的不断征讨。

康熙的『四个脸谱』

　　康熙时期只是击退了准噶尔的进犯，雍正时期的多次大战也没有彻底拿下。这个历史使命，历史性地交到了号称有着"十全武功"的乾隆帝。

　　清朝取代了明朝，又征服了漠南蒙古，臣服了漠北喀尔喀蒙古之后，有一个人却突然登上了历史舞台，这个人自认为是又一个成吉思汗，拥有着建立新帝国的野心，与满清帝国抗衡。这个人就是准噶尔人绰罗斯·噶尔丹。令人不可思议的是，正是他帮助清朝获得了新疆、青海、西藏，并迫使漠北喀尔喀蒙古彻底投靠了清朝。

　　只要对历史有所了解不难知道，噶尔丹（号博硕克图汗）系准噶尔汗国的创建人，幼年被认定为印藏呼图克图（明代藏传佛教格鲁派高僧，又称温萨活佛）之转世，早年赴藏，曾在西藏学习佛法，为达赖喇嘛弟子。因此与西藏有着极其深厚的关系。对此，《蒙古族通史》是这样记载的——

　　早在噶尔丹时期，准噶尔在西藏就有了大小库伦喇嘛营地。噶尔丹东进喀尔喀期间，大小库伦和三学部的众喇嘛被诺延格隆所害，所剩无几。噶尔丹重新恢复了自己所创的三个喇藏，并献给三个鄂托克，以供养三个喇藏的5000余名喇嘛，俗称三个集赛（即伊克呼拉尔集赛、杜尔巴集赛、贲吗里木集赛）。

　　这些喇嘛们经常参与重大政治决策，影响很大，并且建立起亲密无间的关系。一位名叫噶桑嘉措的小喇嘛出世后，拉萨三大寺上层喇嘛通过三集赛喇嘛，发出了出兵助噶桑嘉措坐床的求援书。

　　一个极其有意思的细节是，这个噶桑嘉措，就是噶尔丹在西藏学习佛法时的同学。

　　此间，噶尔丹和康熙分别占据着中国北方的东、西两端，都雄心勃勃地希望建立更大的帝国。对于有着很深西藏背景的噶尔丹而言，更是梦想建立一个横跨蒙古、新疆、西藏的大帝国，并向中原和中亚扩张。原来，清廷征服漠南蒙古、中原，并让漠北喀尔喀蒙古臣服之际，恰好也是噶尔丹扩张的高峰时期。作为蒙古人，统一了新疆之后的噶尔丹，首先想到的，是继续统一蒙古各部。噶尔丹最魂牵梦萦的就是成吉思汗发源的漠北蒙古地区。获得漠北蒙古后，一个新的计划也在噶尔丹头脑中形成，那就是借道漠北蒙古，从漠北蒙古东部进入中国东北地区，再南下北京进攻清王朝。

　　如果这个计划成功，意味着准噶尔人将成为中国新的统治者——又一个成吉思汗问世。

随着"外部势力"在西藏越做越大，"远征"和"战争"便不可避免。西藏面临被独立的危险，而西藏的独立则直接威胁今天四川的甘孜藏族自治州和阿坝藏族羌族自治州，如果这两州失守，成都就危在旦夕，后果当然不堪设想。

康熙应该深谙其间的唇齿关系，这样的事情出现之后，历代任何一个统治者都不会坐视不理，何况正值气势最盛的康熙大帝。

日本史学家上田信在介绍清朝皇帝时，有趣地提出了"四个脸谱"这样一个历史背景，他将康熙的"四个脸谱"形象地归结为"四个面孔"。其一，满族的领袖；其二，汉族儒教意义上的皇帝；其三，蒙古帝国创始人成吉思汗的继承人（清人手中握有元朝玉玺）；其四，藏传佛教的大施主。

不难看出康熙帝的苦心，为了将帝国数量如此庞大的子民分而治之，清帝们真是使出了浑身解数的本领。在不同信仰不同文化的子民面前，他们分别扮演着不同面孔的"救世主形象"。

照此逻辑，上田信将前两种面孔称为"东颜"，把后两种面孔称为"西颜"。就"西颜"这一面孔，上田信研究认为，"在西部蒙古高原与西藏高原的居民眼里，清朝皇帝不是中国的皇帝，而是继承了元朝天命的汗（大汗），同时也是守护藏传佛教的大施主"。原来，身为蒙古族察哈尔部大汗林丹，持有元朝玉玺，他死后这块玉玺落到了当时的后金霸主皇太极手里，这也成为清朝在蒙古世界提高权威的一大重要因素。

这一渊源，一般人少有知晓。

关于这个林丹汗，我们不妨多了解一些背景。林丹汗据称是黄金家族的后代，是成吉思汗和忽必烈的嫡系子孙。他自称是全蒙古的大汗，且称自己为成吉思汗。早在1619年他给努尔哈赤写了一封信，态度极为傲慢。那时明朝正在拉拢他，准备夹攻后金，努尔哈赤没有理会他。皇太极于1634年联合蒙古诸部打败了林丹汗之后，林丹汗产生一个极为大胆的想法，他率领仍然忠诚于他的部众逃往青海，并计划在此与漠北喀尔喀部的一支、曾劝他改宗噶玛噶举派的盟友却图汗会师，然后攻入西藏，以千钧之力灭掉格鲁派，扶植噶玛噶举派，再挟此精神秩序，回到蒙古扫平丧失了精神世界的诸部，一举成为横跨草原与高原的霸主。同时掌控政治秩序与精神秩序，雄踞整个内亚世界。

这样的构想极为大胆，也极有风险。林丹汗的冒险经历因其病亡于青海而告终，蒙藏帝国并未获得机会现实化。林丹汗死后，其家人回归本部投降了皇太极，并交出了大元传国玉玺。皇太极于是继承了大元的法统，登基称帝，成为满洲人和蒙古人共同的大汗。

自此，满蒙联盟的军事基础成立，这也是八旗军制中为何有满蒙兵士的由来。

此后，满蒙一家亲的时代开启。为了巩固这来之不易的"成果"，旨在做大做强的皇太极定下一个潜规则，清朝皇室一定要与漠南蒙古的贵族联姻，且必须世袭。以至大清皇后及王子们的福晋，不少都娶自蒙古亲贵家族，公主与宗女也经常下嫁蒙古贵裔。

这种政治婚姻，很早就成为草原部落之间结盟的传统方式。一定意义上讲，满、蒙上百年的婚姻纽带，十分坚固地融合了清朝皇室对蒙古地区的控制。

历史地看，满蒙联盟的建立，基于东北政权、蒙古草原和雪域高原之间一系列复杂的历史互动，其起点是雪域和蒙古的互相重构过程。很少引人重视的是，这个过程让雪域高原的宗教秩序、蒙古草原的精神世界都发生了深刻变化，从而也为大清打造出普遍帝国提供了重要基础。

就政治而言，往往最可靠的盟友也是最可怕的敌人。1675年，察哈尔部领袖林丹汗的孙子布尔尼的反叛，提醒了康熙培养蒙古盟友的重要性。1681年，第二次巡视长城以北地区途中，康熙冒险进入卓索图喀喇沁旗，狩猎于蒙古高原的东南边缘地带——科尔沁、敖汉、翁牛特蒙古人的领地。

这一带，就是后来清帝国赫赫有名的皇家围场——木兰。

木兰围场位于承德以北120公里。其名称源于满语词汇"哨鹿"，意指满族人吹哨模仿雄鹿求偶鸣叫声的"猎鹿之法"。

之所以要介绍这样一个围场，是因为它对于清帝国十分重要，曾一度成为康熙帝对蒙古博弈的外交场所和理政之地。对此有深厚研究的罗友枝，曾撰文透露出一个重要的细节，说康熙自1681年到去世为止，除因两年忙于重大军事行动外，每年秋天都会到此狩猎，每一次的围猎活动大抵都会持续一个月时间——这恰恰是冷兵器时代，一次战役的时间。

康熙帝之所以十分看重一年一度的木兰狩猎活动，是因为在这位精力充沛的大清帝王眼里，这成为帝国非战争时期最为重要的"军事行动"。也就是说，每一次狩猎，都堪称是精心布局的一次战争演习。

超过三万人的狩猎规则，充分体现了他所要的"军事特点"：

展示皇帝、皇子和皇孙们的皇家弓箭；

满族贵族和蒙古贵族，统领队伍进行战斗演习；

向皇帝进呈每年一次的蒙古贡品"九白"（九匹白骆驼或九匹白马）；

互相宴请，伴之以蒙古歌舞和赛马；

比赛摔跤；

皇帝赏赐蒙古贵族丝绸和金银等。

或许韬光养晦的康熙帝早就意识到，要彻底征服广袤的中国版图，草原部落是关键中的关键。故而他才会"从长计议"，过早地将这些因素纳入自己的战略构想之中。

准确地说，这是源于蒙古族和满族的一种礼仪。因为西藏喇嘛和蒙古贵族参加的这个围猎活动，有着极其悠久的历史。正因为此，"围猎活动"才显得合乎逻辑和情理，不至于引起"他人"的怀疑与猜测。

无可置疑，每一次声势浩大的狩猎行动，都堪称康熙导演的一场小规模战争。史载，为了这个庞大的演习，北京经古北口至木兰的官道上竟建起了"行宫"，这些特别的"行宫"最初是以大帐出现的。一个一个连成一片的大帐，形成了一个"帐篷城"。一部名为《养吉斋丛录》的著作，比较详细地记载了这个临时"帐篷城"的恢宏规模，"其行营之制，中为黄幔宫城（黄色为皇帝专用色），外加网城，外为内城，设连帐七十五座，设旌门三；次为外城，设连帐二百五十四座。外城东旁设内阁、六部、都察院、提督等衙门官帐。"

康熙深知"草原狼"的厉害，中国的历朝帝王都为之头疼，他必须未雨绸缪，赢得主动。

可即便有康熙帝的如此用心和长远眼光，也没能避免一场惨烈的恶战。更让他难以接受的是，首次用兵西藏，清军竟然全军覆没。当清军的葬身之地——那个名叫哈喇乌苏之西的消息传到北京时，整个紫禁城大惊失色。此时议政大臣们也表示"藏地远且险"，不宜用兵。康熙帝却力排众议，决心第二次用兵西藏。

康熙一定要以西藏为屏障，把准噶尔排斥在西藏之外，不然后患无穷。因为他心里十分清楚，他的祖先就是用同样的办法，"不断消耗"大明王朝的。

西藏一日失守，成都也不好收拾了

中国历史上，有诸多王朝从北方入主中原。它们由边境的强大部落进入中国，这些王朝中，有从北方草原进入的，如匈奴与羯（本意指羯羊，即骟过的公羊，后引申为民族名。是匈奴的一个分支，西晋末迁入上党武乡羯室之地，因以得名。东晋时，羯人石勒在黄河流域建立后赵，乃五代十六国之一）建立了五胡十六国中的两个王国，如蒙古建立的庞大帝国，中国地区的元朝只不过是其中一国而已；有来自东北森林、草原、河流地区的族群，如鲜卑的北魏及其衍生的北周、北齐，如契丹的辽雄踞北方，如女真的金，继续辽的地位后，占领大半个中国。

值得注意的是，鲜卑-契丹-女真这一根脉，其实就是满人的同族先驱，准确一点地讲，也就是满人不断繁衍进化的历程。他们融合了过去的经验教训，荣辱得失，经过数百年的历练，最终建立了中国历史上最为持久的皇朝。

蒙古扩张时代，高原与草原形成极为深刻的互构联系。在窝阔台汗时期（窝阔台汗国建于1251年，亡于1309年，共存在58年，是蒙古四大汗国中寿命最短的），阔端征服了西藏，与萨迦派有了合作。阔端去世后，忽必烈欲图穿越藏区远征大理，以对南宋形成战略迂回大包抄。若想顺利穿越，便必须获得藏族首领的支持和帮助，此间，萨迦派高僧八思巴（此人系藏传佛教萨迦派第五代祖师。元朝第一位帝师，北京城的选址者、设计者与规划者）被忽必烈奉为上师，彼此处于蜜月期。也如政治学者施展所条分缕析的那样，"雪域高原的政治低成熟度，却使得政治高成熟度的东亚帝国获得了某种非政治的（前政治的）精神秩序的载体，以支撑起显白的政治叙事所无法负载的隐微面相"。

可以说，察哈尔部的东移改变了东北地区的族群关系，最终在一个复杂的历史过程中促成了女真的崛起。

清初，从外界进入西藏的常用道路有两条，分别是从四川进入西藏的炉藏官道，从青海进入西藏的青藏大道。炉藏官道从四川的打箭炉（今四川康定）折向北方，经过道孚、炉霍、德格、昌都、洛隆、边坝、嘉黎，最后到达拉萨，大略相当于从康定折向川藏北线，在昌都再走游人稀少的川藏中线到达拉萨。青藏大道由蒙古人开辟，从青海西宁出发，向南到达玉树地区，再折向西南，经过黑河（今西藏那曲）到达拉萨。

除了这两条道路之外，在西部阿里地区，还有一条与新疆喀叶地区连接的克里雅商道，由于过于艰险，少有人通行。噶尔丹死后，取代他的策妄阿拉布坦，恰恰选择了这样一条不可能通过的路线，进攻西藏并趁机占领拉萨。

这一重要的时间点，正是康熙五十七年（1718）。

康熙帝派遣大军13000人从青海进入西藏，却被准噶尔人大败，全军覆没。这是清军在西藏地区最大的一次损失。

不服输的康熙帝，立即再次起兵。从四川、青海两路同时进军。大将岳钟琪率军从成都沿炉藏官道直扑拉萨。准噶尔军见势不妙，狼狈逃窜。

西藏归附后，准噶尔人或叛或附，却仍然是清政府最大的敌人。康熙帝之后，雍正帝和乾隆帝都曾经为征服青海和新疆的蒙古人殚精竭虑。直到乾隆二十二年（1757）才最终平定不驯服的准噶尔人。

此时，距离清朝建国已经一百多年，几代人的功夫就这样在不断拉锯战中不断消耗。

如今，新疆的版图之上，只留下了一个准噶尔盆地的地名，当年那个英勇的种族再也没有了。

从西藏战事可以看出，当初康熙对西藏能不能取胜，几乎没有把握。于是才未雨绸缪，在"用兵西藏"的同时，从荆州开赴一支"深浮朕望"的八旗兵，早早占据成都这个重要的桥头堡。

康熙不愧为雄才大略的政治家和军事家，时隔近300年后的今天，我们站在历史的另一端来看康熙帝的一举一动，仍不免被他那着"成都棋子"布局拍案叫绝。

没有那批军事上的"特殊移民"，也可能不会有什么大的事情发生。然而有了当年这批特殊的移民，可谓"双保险"之功用。在当时清朝版图上或许无关紧要，而对于成都这座清帝国大后方的城池而言，却有着举足轻重的作用。

一旦西藏失守，成都也就不好收拾了。

此次战役，康熙帝甚至将自己甚为器重的第十四子固山贝子为抚远大将军，坐镇指挥。授四川护军统领噶尔弼为定西将军、岳钟琪为副将军，命四川总督年羹尧负责办理巴尔喀木一路大军的粮饷事务。

这样的强强组合，足见康熙一举拿下西藏的决心。

这是康熙五十七年（1718）金秋的事。却说康熙末年，恰逢沙俄西伯利亚总督加加林向沙皇彼得一世报告，准噶尔汗国的额尔齐斯河至叶尔羌的广袤地带，藏有丰富的金矿。于是，彼得一世便派遣以中校布赫戈利茨为首的考察团，带领近三千俄军来到亚梅什湖一带扎营。以考察金、银和铜矿为名，企图占领亚梅什湖以南的额尔齐斯河流域。

利益面前，准噶尔人当然不愿意，他们与俄人翻脸，将俄军包围，围困整整一年，切断了俄军一切供应和联系，沙皇俄军吃尽了苦头——3000人的"考察队伍"，后来只剩下区区700人。

鉴于沙皇俄国与准噶尔之隙，康熙瞅准这难得的机遇，展开和平外交，使三方坐下来谈判。就在他临终前，还写下"加恩宽宥"旨谕。雍正继位时，亦照此办理。

这果真是上佳之策。为此牵一发而动全身的西藏问题较好地解决了，蠢蠢欲动的沙皇俄国也暂时收起了觊觎的眼神。

游牧帝国都有一个致命的缺点，它们必须有一位强大的首领，随着准噶尔大汗噶尔丹策零的病死，准噶尔走向了衰落。敌人的坚强堡垒往往是从内部攻破的，加之这时素有心计的乾隆帝恩威并施，准噶尔部内部终于出现了"政治管涌"，大势已去，俯首称臣。

以藏传佛教为精神纽带，以皇族婚姻为亲缘纽带，以盟会朝觐为最高仪式，以朝贡赏赐为宽宥交换……各种手段无所不用其极，其间康、雍、乾三代皇帝历时百年开疆拓土，大清方开创了前所未有之局面——占当时中国区域三分之二左右的草原大汗国、回疆及西藏，终于重新纳入中国版图。

为确保一劳永逸，不留后患，乾隆五十四年（1789）六月二十七日，成都将军鄂辉等条奏获准，清政府决定在收复廓尔喀侵占的藏地后，在西藏设站定界：

从成都出发，往返于茶马古道上的勤劳蜀人
（美）路得·那爱德　摄

抽拔绿营官兵一百五十名移驻扎什伦布地方，由后藏至前藏地方，分立塘
汛十二处，以唐古特兵（藏兵）安设；拉子、胁噶尔、萨喀、宗喀、聂拉木、
济喀等处，或添设唐古特兵，或修砌卡碉，以严防守，以资了望。

西藏官兵按寨落多寡编定数目，随同绿营驻防，一体练习，月给口粮。

在扎什伦布、拉里、察木多等地设置粮员，建置粮台，贮备两年粮食；西
藏所属寨落，设立第巴管理，差遣堪布、囊苏赴京进贡，酌定数目，沿途不得
随意需索。

聂拉木、济咙、绒峡三处与廓尔喀连界，廓尔喀人来藏贸易，第巴止准收
二分之一税，并勒碑界所，长远遵循；驻藏大臣衙门官兵应役，应酌定名数，
按期更换，禁兵丁雇役番妇，以肃营伍。

于川省闲款内加给银五百两，饬办缎布烟茶银牌等项，以备奖赏唐古特兵。

自南墩迤西一路，凡属西藏所管之地，照旧归驻藏大臣管理，巴塘迤东土
司地方，归川省将军督提衙门就近管理，江卡、乍丫、察木多并移驻后藏各营
汛官兵，就近归阜和协副将兼辖。

打箭炉出口以至西藏，所派文武各官，三年期满应出具考语，奏明咨送本
省将军督提，考察保题，仿照边俸报满例，一体升用。

今天来看，比起拉萨周边和阿里地区，对于那些希望在西藏找寻到别处生活的人，林芝地区诱惑力和挑战性似乎不够。它不够艰苦——进入林芝，立即觉得胸口轻松很多。林芝或许才是西藏地理人文最为复杂和丰富的地方。

林芝的心脏在八一。八一这个明显带有新中国痕迹的名字，不是市，是镇。20年前这里是八一新村，几户农家形成的小小自然村落，没有街道，四周是河滩和原始森林。

这个连接成都和西藏的咽喉之地，虽然名字依然是镇，却是林芝第一大城市。

在八一，无法觉察到身处藏地。到处都是内地援建的建筑白色瓷砖，水泥屋顶，蓝色或绿色的玻璃，没有风格，没有审美。街道以来援建的城市命名广东路、福建路、深圳大道、广州大道……或许川藏自古就有割不断的血脉联系，在西藏的各大城镇，几乎都可以听到浓浓的四川口音。林芝和八一也几乎是"四川人的城市"，川菜馆和火锅店如同拉萨街头的甜茶馆一样，遍布每个角落。

八一是川藏公路南线的重镇，川藏南线自1958年正式通车，从雅安起与国道108分道，向西翻越二郎山，沿途越过大渡河、雅砻江、金沙江、澜沧江、怒江上游，经雅江、理塘、巴塘过金沙江大桥入藏，再经芒康、左贡、邦达、八宿、然乌、波密、林芝、墨竹工卡、达孜抵拉萨。其中波密、林芝、墨竹工卡俱在林芝境内。

今天看来，当年那些兵家必争之地，多是那些背包客驴友们向往之地。八一西边是墨竹工卡和工布江达，巴松错湖、阿沛庄园位于工布江达和八一镇之间。这条道路曾经征战频繁，一直是川藏路上的交通要津。

四川移民沿着川藏南路一路西进，到了八一就此打住，落地生根。

康熙五十九年，一批特殊的人物挟着杀气逼人的战争，也通过这条路线进藏。路线打头的，便是被称作定西将军的葛尔弼。此时，他率数万清军的主要任务，便是驱逐蒙古准噶尔的骑兵。起因就是1719年沙俄扶植准蒙古王噶尔汗策妄阿拉布坦入侵西藏，杀死拉藏汗。

这里是川藏通道上的军事要冲。为确保绝对安全可控，清朝在川藏通道沿途每隔短则60里，长则180里设置驿站。八一驿站先设兵120名驻防，后加设千总一名。也就是从那时起，"八一"这个不毛之地，便扮演着川藏通道上不可替代的重要角色。

从"龙兴之地"东北到帝国腹地西南重镇成都，战线拉得如此之漫长，大清就是为了避免"鞭长莫及"。要从历史的高度深刻地看待成都"满城现象"，就必须回到大清帝国体制下的思维方式。

西藏问题作为大清边境最头痛的问题，不能有任何意外出现。康熙眼里的问题虽然表面上解决了，但为了彻底消除此患，成都设防是最优方案。

我们不妨看一看成都旗兵设置的变化情况——

清康熙六十年，设成都驻防副都统一人，协领四人，佐领防御骁骑校各 24 人，委前锋校 8 人，委前锋 152 名，鸟枪领催八十名，鸟枪骁骑 720 名，领催 64 名，骁骑 576 名，步兵 400 名，弓匠箭匠各 32 名。

雍正元年增设协领一人，裁佐领五人（原设满洲四人，这时增设蒙古协领一人都兼一佐领职务），三年增设炮骁骑 48 名。

乾隆三十二年，副都统雅朗阿奏准增设养育兵一百四十四名（以马厂地租和满城内隙地租金作饷额）。

乾隆四十一年，明亮奏准特设成都将军一员（有统辖松建文武提调汉土官兵权限）。乾隆五十一年将军保宁奏准裁去满营甲兵拴养马匹八百匹，添没委甲兵二百四十名，以节省豆料银作饷项。

乾隆五十四年，将军鄂辉奏准添设养育兵二十四名，将牧厂（疑即马厂）加增租银三百两作饷。

嘉庆十年，将军德楞泰奏准添设养育兵 24 名，饷额仍在牧厂加增租米银两作开支。

嘉庆十六年将军丰绅奏准又添养育兵 96 名，饷银是将马价银一万两交商生息，作为开支。

道光元年将军德音阿奏准将藩库扣存马价同盐茶道库耗美银共二万两交商生息，按月支给八旗孤寡。

咸丰四年，将军乐斌奏准将兵丁拴养马匹缓养 150 匹添养余兵 500 名，用节省草乾银作支。

光绪三年，将军魁玉奏准将茂州办理木植及文职查文翰捐银共一万两交商生息，又添养育兵 96 名。

同治八年，四川总督吴棠，成都将军崇实，副都统富森保，会同奏准添设精锐营亲兵五百名，由富森保督带训练。

光绪二十五年，各省驻防一律添练新军，将军裕祥选闲散丁壮四百名成立振威营，以候补道周振群统率。

光绪二十九年四川总督岑椿萱，副都总护理将军苏鲁岱，会奏将振威营改为警察，另选八旗精壮 350 名别立新威营，以协领河清统率。

尤须值得注意的是，这些新添机构中，出现了一个赫赫有名的名字——振威营。振威营被安驻在成都军营训练重地西校场，新威营则驻扎在将军衙门西侧。另外，还出现了左司衙门和右司衙门。均不难看出种种举措，旨在加强部队的专业性和战斗力。

左司衙门：在左司街（今东胜街）。早先是镶白旗头甲佐领衙门，乾隆十七年改为左司衙门，办理官兵升补、调迁、编制、训练和顶替、逃亡等事项，是属兵、刑、工三部的机构。

右司衙门：在右司街（今西胜街）。原是镶红旗二甲佐领衙门，乾隆十七年改作右司衙门。办理官兵粮食、户口、马乾武器颁发及旌表抚恤等事项，属于吏、户、礼三部的下设机构。

正黄正红满洲二旗协领衙门，改建上四旗官学（位于今实业街）。

镶红镶蓝满洲二旗协领衙门，改建下四旗官学（位于今蜀华街包家巷之间）。

镶白正蓝满洲二旗协领衙门改建永济仓。（位于今人民公园游泳池博物馆一带）

蒙古八旗协领，因系后来添设，未设署。

协领备兼一佐领，其衙门虽经改作其他机构，但有固山办公处（叫古在房，在住宅旁）

镶黄金旗佐领、防御、骁骑校衙门位于东马棚街。

正黄全旗佐领、防御、骁骑校衙门位于西马棚街。

正白全旗佐领、防御、骁骑变衔门位于都统街（商业街）。

正红全旗佐领、防御、骁骑校衔门位于上官学街（实业街）。

镶白全旗佐领、防御、骁骑校衔门位于左司街（东胜街）。

镶红全旗佐领、防御、骁骑校衔门位于右司街（西胜街）。

正蓝全旗佐领、防御、骁骑校衔门位于仓房街（今人民公园内）。

镶蓝旗佐领、防御、骁骑校衔门位于下官学街（蜀华街）。

理事同知衙门，简称理事府，位于南门红照壁，管八旗零户兵丁闲散人口逃亡等事项，由将军副都统牌行查拿。只是兵丁发遣人犯逃走须要报知兵刑两部，行文邻省将军，本省总督提督牌行理事同知。又凡遇旗民买汉民为奴并旗下家人赎身事件，具由理事同知办理。

军标副将衙门，位于拐枣树。

军标左都司衙门，位于西顺城街。

军标右守备衙门，位于鼓楼街。

清末成都这样的设置与配备，几乎是努尔哈赤时期满洲军营的翻版，只不过成都的兵力要少很多，是一个"后金时期"兵力部署的"微观版本"。

我是本世纪初年，到沈阳参观偏安一隅的满洲故宫的。我参观过世界很多古宫殿，比如巴黎凡尔赛宫，比如圣彼得堡的冬宫……它们都无不体现出皇家的高贵与厚重。令我惊讶的是，进得满洲故宫这样一个偌大的宫殿，其肌理其范式其做派，都与北京故宫神似，很大程度上，就是一个"浓缩版本"的北京故宫，以至于置身其间，我恍然有一种徘徊在北京故宫之感。

沈阳故宫又称为盛京皇宫，天命十年（1625），努尔哈赤出于战略考虑，告别老巢辽阳，迁都沈阳，改名盛京。也正是这一年，盛京皇宫开建，历时十年，清崇德元年（1636）建成。

甚为吊诡的是，其间正是大明王朝进入苟延残喘的末世。不知是有意复制还是无意模仿，反正努尔哈赤在离紫禁城不过500公里之遥。当爱新觉罗家族1644年迁都北京后，盛京故宫就被称作"陪都宫殿"或"留都宫殿"了。

盛京皇宫建成的那一年（1636），接替"汗"位的皇太极改元称帝，把"大金"改为"大清"，年号也从"天聪"改为"崇德"。

不难看出，当努尔哈赤急切地将沈阳作为进入山海关的跳板之际，他的下一步目标实际上已经直指紫禁城了。虽然他在这座新的宫殿刚刚奠基就匆匆而

去，他已经完成了大清王朝的顶层设计，后辈子孙们
只需按照他规划的蓝图"施工"就可以了。而他的儿
子皇太极，就是他宏伟蓝图的忠实执行者——把大清
带上了另一个辉煌的台阶。

　　沈阳故宫院内，最重要也是最令人瞩目的建筑，
就是大政殿。呈正八角形的大政殿，雕龙画凤金碧辉
煌，极尽奢华。但只要一入眼，再稍加思量，无论其
形状还是其精髓，东看西看怎么看怎么像一个放错了
位置的蒙古包。

从不同角度审视威风十足的大政殿，都能感受到其中的和谐与美感；用大政殿与十王亭位这样的建筑符号，去十分形象而准确地表达其中的君臣关系，不得不叹服爱新觉罗家族的良苦用心。乾隆四十三年（1778）东巡盛京时，曾赋诗一首盛赞。诗云：一殿正中居，十亭左右分；同心筹上下，合志立功勋；辛苦缅相共，规模迥不群；世臣胥效落，宗子更摅勤。
章夫 摄

　　这个沈阳故宫内最庄严最神圣的地方，乃清入关前举行重大活动和综理朝政的重地，也是清太祖努尔哈赤营建的重要宫殿。这里是清太宗皇太极举行重大典礼及重要政治活动时，唯一指定的场所。1644年（顺治元年）福临就在此登基继位。毫无疑问，这里是决定着后来中国历史上近300年的历史走向，很多重要计谋与重大决定，都在这里由"阴谋"变成"阳谋"，最终定稿实施。

　　放眼望去，大政殿以八角重檐攒尖式，八面出廊，其下为须弥座台基。用专业的建筑语言表达，这里的一切都极其讲究，汇集了17世纪初的经典建筑元素。殿顶满铺黄琉璃瓦，镶绿剪边，正中相轮火焰珠顶，宝顶周围有八条铁链各与力士相连。殿前两明柱各有金龙盘柱，殿内为梵文天花和降龙藻井。殿内设有宝座、屏风及熏炉、香亭、鹤式烛台等。其组织方法、构图意念及造型、结构、技术、艺术上，无不集中了满、蒙、汉、藏等建筑之精华。就是今天来看，也不愧为中国古代宫殿建筑的精品力作。

　　有意思的是，大政殿这样一个极其严肃的政治容器，最早却被称为"大衙门"，意为办事的衙署。原来，"大衙门"的早期形态，是部落或氏族首领们议事的公共场所。这里既可以决定重大事件，又能对触犯法规的部族成员做出判决，与内地汉族的各级官署（衙门）的功能很相似，所以女真人就直接借用汉语中的"衙门"一词，作为这座重要建筑的最初称谓。

　　从中也不难看出，这个民族的基础还相对薄弱，当然也透露出朴素与务实。表面上看，这里就是一个浓缩了的紫禁城。可细看却不难发现，这里的建筑，无论在"叫法上"与"说法上"，与紫禁城都有着迥然的区别。

　　最具代表性的，要数"大政殿"与"十王亭"。

　　大政殿与十王亭位于沈阳故宫的中枢，不用任何人解释，建筑语言会告诉来这里参观的每一个人，这里要彰显的，是"一个"与"十个"的关系。

　　大政殿东西两侧，有十座大小形制完全相同的亭子，是为十王亭。离殿最近略微向前突出的两座亭为左右翼王亭，其余八亭呈雁翅状排列，东为镶黄、正白、镶白、正蓝四旗王亭，西为正黄、正红、镶红、镶蓝四旗王亭，故也称"八旗亭"。

　　这些建筑语言，是满洲贵族的象征，更是满洲皇族的权力结构，它形象地表达了后金和清政权在入关前，作为八旗联合体的所有特征。难怪有专家称，大政殿和十王亭是满族八旗制度在建筑上的反映，是世界上少见的政治制度与建筑形式结合的典范。诸旗旗主共同议政，有如"一个"与"十个"聚在一起开会。排位高低、座次顺序、孰轻孰重，一目了然。清入关前，凡军国要务，八旗王公大臣均集此议事。

我们不难想象，但凡有重大的军事行动，皆须在大政殿颁发军令，调动八旗军队，在左、右翼王的率领下分赴各个战场。至尊的"圣汗"御用大殿，与八旗王公大臣办事的"王亭"，同建在皇宫大内，那十个排列整齐的"亭子"，形如一个个陈列的"皇宫办事处"，形成"君臣合署办公"的生动画面。

从大政殿与十王亭的建筑布局看，殿、亭乃一个不可分割的整体。站在这些建筑面前，会令人强烈地感受到，这些建筑列阵一般，既排列有序又别开生面，既雄伟壮观又和谐得体。你也不得不感慨，女真人玩政治就是那么直白，一点儿也不绕。直到进入山海关，与庞大的"汉人共同体"交道后，又很快被"汉化"，越来越狡猾了。如果你站在皇太极和皇后的正寝宫清宁宫，仍然会产生一种错觉，耳边似乎还回荡着属于通古斯族系的满族所信奉的萨满太鼓的声音，不禁会感慨万千，清朝为何能在这样的地方兴起并一统江山。正如研究中国明清历史颇深的日本学者上田信所说，虽然它虚心学习儒教原理，但其文化却来源于蒙古族和通古斯族，既皈依蒙古族继承而来的藏传佛教，又在统治新疆的过程中保护伊斯兰……海绵式的吸收，巨鲸般的吐纳。

这，无疑是一个超强包容性的学习型王朝——一个人口弱小的民族要让自身变得强大起来，不断学习并超越庞大的对手（或敌人）乃制胜之本。

从"国家"的层面放眼历史，不得不承认的是，清朝的统治给现代中国无疑留下了一份重要的遗产：1640年代入关，大清自带东北与内蒙古；此前1660年代扫除南明政权，此后1680年代攻克郑氏台湾，又于1690年代击败准噶尔汗国收服外蒙古，1720年代再次击败准噶尔汗国收服青藏，1750年代最终灭亡准噶尔汗国，收服新疆。

今天中国的地理版图，应该是清朝铺垫的。研究帝国军史的郭建龙先生更是直白地断言，在中国，完全帝国模式的王朝只有两个，除了元朝之外就是清朝。"明朝是一个内敛的国家，其有效疆域大都限于如今汉人主导的地区。"清朝却将西藏、新疆、蒙古、川西的广大地区，纳入了中原的有效统治。要知道，这些区域竟占现代中国国土面积的一半以上。

不得不承认的是，康乾盛世治下的中国，真是一个学习型时代。如果他们的后人能继往开来，中国的历史也不会是后来那个样子了。

只是，历史没有"如果"。

紫禁城意外地换了三任主人

说起清初三帝最为得意的"八旗时代",可真是威风八面。其中的"大",个中的"清",令世人眼界大开,耳目一新。

世界大势浩浩荡荡,顺者倡逆者亡。放眼世界风云,西方列强正在展开大航海,推动远洋贸易,俄罗斯则越过西伯利亚正奋力向东方不断推进;大清也在亚洲内陆扩展着帝国的疆域,征服了广大而又极为多样化的领土与人口。

同世界各个大国的野心一样,大清也无时不在以强烈的危机感,扯起征伐的大纛。卜正民主编的《哈佛中国史》明清卷的开篇,便精准地选定了一个词——"征服"。这个极其善于讲故事的美国人,讲了一个"美国式的"大清征服故事——

1688 年,正蓝旗官员佟国纲上书康熙皇帝,希望将他正式登记的族属从"汉军"转为"满洲"。他的伯祖父佟卜年于 1580 年左右出生在辽东,而后迁徙到位于华中的武昌。他以武昌为籍通过 1616 年(明万历四十四年,后金天命元年)的会试,先是担任明朝的县官,之后受召前往东北防御满洲。

在一场惨烈的败仗之后,佟卜年被控叛国,于 1625 年死于狱中,但他始终坚称自己忠于明朝。

佟卜年的儿子佟国器在武昌长大,并在武昌编了一本族谱,证明自己家至少十代以来都是明代忠通的军士,以此为父亲的忠诚辩护。

一次偶然的机会改变了一切,佟国器于 1645 年在清军征服长江地区时被俘,他与他的家族都被编入正蓝旗汉军。

原来那些被佟国器诚实地收入族谱、佟家在辽东的后裔,在清军的征服事业中也表现得一如保卫明朝的佟卜年那样英勇。实际上,辽东佟家的其中一位,后来成为康熙皇帝的外祖父，而使得佟国纲自己亦可算是康熙的叔伯辈。

因此，康熙皇帝同意佟国纲的请求，将他重新纳入满洲。

皇帝也指出，如果将他的远亲也一起改籍可能造成管理上的不便。从此以后，佟国纲和他的部分亲属成为满人，而其他佟姓族人则仍保持汉人身份。

当时的时空之下，族群认同远非由基因所决定，而且模糊且具有弹性、可以经由协商改变。

这样的故事，对重新历史地理解这个在1644年入主中国的统治者来说，非常重要。

东北中国的人群非常多元。明朝大部分的时间里，"满洲人"并不存在。对中国清朝历史有着深入研究的美国学者罗威廉认为，是有着政治家眼光的努尔哈赤创造了满语，在"爱新觉罗"连续三名部族领袖（努尔哈赤、皇太极和多尔衮）的努力下，清朝在后来被称为满洲的地方崛起，终成为一股新兴的政治与军事势力。

这位诞生于市场经济大潮下的西方人，本能地从微观角度认知事物——

他们精明地利用贸易，让欧洲流入明朝的白银中，有高达25%流向了"爱新觉罗集团"……从而让他们有实力缔造了清朝——并于1615年创设了"旗"这个制度。

"旗"是大清铁骑最为精干，最为高效，也最为实用的一种制度。

后来我们知道了，每个"旗"代表一个战斗单元，同时也代表一个居住与军事生产单位。天长日久，"旗"的制度逐渐定型，每个旗底下被分为满洲、蒙古、汉军等民族群体。

这才是真正最可怕的——1616年，那个让明朝后来最可怕的努尔哈赤，又正式将爱新觉罗家族的政权改名为"后金"。

国家的形态形成了，国家的建制成立了，国家的军队集结了……八旗铁骑将士耐心等待的，只是一声号令，然后虎狼一般，在战场上去完成征服他们眼里看似庞大却一直在"放血"的赢弱帝国。

对东西方历史有着独到解读的黄仁宇也认为，当爱新觉罗家族站住脚跟之后，立即将他们认为行之有效的八旗制度，勘行于华北——

沈阳故宫崇政殿。此乃清太宗皇太极时期的"金銮殿"，是清太宗日常临朝处理要务的地方，公元1636年，后金改国号为大清的大典就在此举行。乾隆、嘉庆、道光几位皇帝东巡盛京期间都曾坐在这里接受群臣朝贺。整座大殿是全木结构，五间九檩硬山式，辟有隔扇门，前后出廊，围以石雕的栏杆。殿身的廊柱是方形的，望柱下有吐水的螭首，顶盖黄琉璃瓦镶绿剪边；殿柱是圆形的，两柱间用一条雕刻的整龙连接，龙头探出檐外，龙尾直入殿中，实用与装饰完美地结合为一体，增加了殿宇的帝王气魄。

章夫　摄

"旗"就像一个军管区，它下辖若干军屯单位，在作战军需要兵员之际，各按预定之额数供应。

1646年及1647年，华北地区被圈入的人户被迫另迁他处，于是留下来的农地房舍，拨为来自东北的八旗人户之用。

前朝所严重感觉到的兵员与军需等问题，至此大为和缓。

真所谓此一时也，彼一时也。更为有意思的是，旗兵以前蹂躏的中国边区，兹后反成为当地的保护人。

1644年10月30日，爱新觉罗家族将一位年仅6岁的孩子推上皇位，那个原本名叫福临的孩子，却改元为"顺治"，就是后来大清征服中国后，帝国的第一任皇帝——顺治皇帝。

顺治。其用意再明显不过，"大顺的征服者"。

"大顺"乃闯王李自成推翻大明王朝后，昭告天下的政权符号象征。"永昌"——年号刚刚启用，只当了42天皇帝的李自成，由于战略出现重大失误，最后覆水难收，命丧沙场。

这种屈辱般的"权力交接"，有如一位剑术高超的职业刺客，在你绝望之际方给你最致命的一击，让你永世不得翻身。

满人的理想也好，野心也罢，在"顺治"二字上淋漓尽致地毫无遮掩地显现了出来，那正是风头正劲威风八面的"八旗时代"。

女真入主以前，早在唐末五代，华北地区就居住着沙陀、突厥、粟特等多族后裔，他们手握政权，给华北带来了非常多元化的气象。

没有比较就没有鉴别。我们不妨回过头来，再看看那个提前进京，在金銮殿上坐了42天的"李闯王"。

随着崇祯帝"煤山树杀"之后，一大批六神无主的前明官员，选择投向了李自成。义军占领北京后，才发现明王朝留给他们的家底实在太单薄，内外府库仅剩下黄金17万两，白银13万两。为了给"大顺政权"筹集足够的军饷，农民出身的李自成接受了他的"农民军智囊"的"筹款办法"，对明朝官员课以不同数量的罚金，并立为制度。一品官阶纳银1万两以自赎，以下各品官员则须纳银一千两。据帕森斯在《明末农民起义》中透露，实际执行过程中，纳银却远远超过这一规定。比如大学士须纳10万两，六部尚书须纳7万两。

不久之后，政策又进一步放"宽"。比如李自成的大将军刘宗敏制定"罪者杀之，贪鄙复赃者刑之"，竟有上千名士大夫遭拷打致死。前大学士魏藻德被拷打致死前，已经交出黄金1.3万两赎身，陈演为赎身交出黄金4万两，已故明朝皇后之父周奎，竟交出白银70万两，却还是未能免其一死。

强权之下，财物来得越来越容易。渐渐地，类似抢劫便波及平民百姓。北京市民创造出"淘物"一词来表达这种抢劫的愤怒：大顺士兵起初只抢钱财珠宝，后来又抢衣物，最后连食物都在抢之列。

据说李自成知道这些情况后，曾特意召见众将并责问："何不助孤做好皇帝?"辅佐他的那些将领们回答得很直接也很干脆："皇帝之权归汝，拷掠之威归我，无烦言也。"

一言道破"流寇"之本质。

崇政殿内景。大清及其之前的后金，这里都是极其重要的议事殿堂，无数最高决策从此发出，将大明王朝送上绝路。盛京的正大光明殿与紫禁城的正大光明殿，何其神似。

章夫 摄

这一切，都被驻扎在山海关的吴三桂看在眼中。本来吴三桂是要进京面降李自成的，却在途中耳闻爱妾被占和吴家38口被杀后，毅然决然要与李自成不共戴天。

一封降书至盛京（沈阳清王朝的老巢）睿亲王（多尔衮）府，鹰一样注视着事态发展的清王朝，迎来了千载难逢的良机。其时，收到降书的多尔衮并未完全做好收复中原的准备。时年32岁的他，面临的是一个动荡后的清王朝。

一年前（1643），皇太极突然病逝后，王朝内部遭遇严重"继承危机"。一方面是皇太极长子豪格及其背后众多老臣的势力，一方面是多尔衮要扶持皇太极三子爱新觉罗·福临上位。

最后，生性暴戾的多尔衮胜利了。他将年仅6岁的福临扶上了王位，就是大清历史上坐上金銮殿龙椅上的第一任皇帝顺治。

此刻，摄政王多尔衮面对一眼看不到边的中国版图有些眩晕，他尚未有足够的心理准备去演绎那个蛇吞象的故事。盖因清军传统的军事制度所决定，以往，无论是远征近掠，满洲军事贵族的贝勒们心里所装的，"与其占领中原，不如将其作为劫掠之地"。这种"割韭菜"式的做法，为人数不多的游牧民族世代所用。很简单也很实惠，他们想得很现实，不为管理庞大的疆域所累，也不用固守似海的疆土而伤。对于区区20万众的满人而言，大可不劳而获，隔他三年五载，割韭菜一般劫得丰厚的战利品后，大获全胜，大快朵颐。

现在不同了，一个年仅6岁的满族孩子成了这庞大版图上的主人，就要义不容辞担当起经营之责。

岁在甲申（1644），从崇祯帝到李闯王再到顺治帝。一年间，紫禁城金銮殿换了三任主人，高高在上的龙椅一再被戏弄，极具戏剧性。

诡异的一幕，一直对大明虎视眈眈的清王朝汉族谋士们，则看得更远更深，特别是当崇祯帝意外死亡后，他们的大脑里，有一个与多尔衮认知中截然不同的国家模式和历史版本。很大程度上讲，是多尔衮身边一帮汉族谋臣，将偏安一隅的那个年仅6岁的满族皇上，送上了拥有数亿汉人仰望的金銮殿龙椅之上。

鲜为人知的是，多尔衮身边有一个名叫范文程的汉族军师。大清处于历史的关键时刻，他的见识发挥了关键作用。这个范文程是大清不可多得的人物，他曾事清太祖、清太宗、清世祖、清圣祖四代帝王，堪称清初一代重臣，清朝开国时的规制大多出自他手，被视为文臣之首。

发现并重用这个范文程的，正是大清历史上最重要的圣君皇太极。天命十一年（1626）登基之后，皇太极便推行新政，大刀阔斧治理国家。其中一个最重要的思路，便是"仿明制"。他"仿明制，设六部"，又"信明制，设书房文馆"。皇太极一改努尔哈赤时对明朝儒生滥杀的态度，于天聪三年允许诸贝勒以下及普通人家为奴的生员赴试，共"取中二百人"。这些人中，就包括后来成为大清肱股之臣的宁完我、鲍承先、范文程等为代表的汉人。

一干能力非凡的汉臣进入"书房"后，一班负责"翻译汉字书籍"，一班负责"记注本朝政事"。英雄有了用武之地，便会死心塌地"为我所用"。他们纷纷呈上章奏，积极倡议金国改制，诸如设六部、辩服制、开科举……都是这些人智慧的结晶。

这些汉臣的辅佐之下，善于"借脑"的皇太极龙颜大开，天聪五年，书房文馆逐步向正式的国家机构转变。天聪十年，在原文馆基础上，皇太极设立"内三院"（即内国史院、内秘书院和内弘文院），这些机构的成立，可以系统地辅佐"汗"（皇帝）处理国家中枢政务，从顶层设计上大大地推动了后金国制正规化的进程。

可以说，皇太极处心积虑的这一"高招"，已经润物无声地完成了对大明王朝的无缝对接。蛇吞象一般地接管那个威仪天下的紫禁城，正式排上了皇太极的时间表。

北京陷落前，范文程鹰一样的眼睛，一直盯着紫禁城的一举一动。目睹了李自成的大顺军的构成和种种作为后，他便将大顺军比作曾经横跨秦岭、统一天下但很快又失去天下的暴秦。范文程清晰地看到了，清王朝的历史使命已经到来。在他眼里，只有偏安一隅的满人，方可建立一个长治久安的王朝。

尽管李自成所领导的义军号称百万，范文程却认为李自成的义军已经丧失了所有政治上的支持者。起初，李自成因推翻崇祯皇帝而招致天怒；随后，又因虐待缙绅和官员激起士大夫的反对；最后，由于抢劫奸淫遭到百姓憎恨。

天怒。人怨。仅仅40多天，便把李自成和他的大顺军逼向了绝境。也正如美国汉学三杰之一、著名历史学家魏斐德所形容的，爱新觉罗家族进图的"洪业"之机，已经到来。

"我国家上下同心，兵甲选练，诚声罪以讨之，兵以义动，何功不成？"实际上，多尔衮正急于巩固其凌驾于诸贝勒之上的个人权威。此时，稳固的皇权比什么都重要。所以当范文程将其战略构想和盘托出之后，多尔衮很快采纳了他的意见：以惩罚推翻了崇祯皇帝的叛匪为名，兴兵南下。

这是一个绝佳的理由——多尔衮应该在内心深处，感谢那个叫李自成的流寇。

1644年5月14日，爱新觉罗家族历史上最为值得纪念的日子。这一天，多尔衮亲率大军离开盛京，决定性地促成了满族从部落战争的时代，向帝国统治时代的过渡。

初夏的北京城，云淡风轻。缓缓登上余烬未熄的武英殿，多尔衮何等威武。

还是那个范文程，连夜起草清军的重要戒律："今所诛者，惟闯贼。官来归者，复其官；民来归者，复其业。必不尔害。"与之前三次入关"鼓励士兵抢劫"截然不同的是，此次征战以"救民"为宗旨，"为尔等复君父仇"成为清廷战争宣传惯用的口号。

民心向背很快便有了分晓。闯王李自成占领北京42天，只在最后一天宣布做皇帝，尔后便仓促西去，这位大顺永昌皇帝身后的皇宫，是一片熊熊大火。

这把熊熊大火，正是他自己仓皇逃窜前，报复性的杰作。

与之对应的是，在原明朝禁卫军的护卫下，当多尔衮缓缓登上余烬未熄的武英殿，发布范文程为他起草的告示时，引得在场的前明大臣们长跪不起，热泪长流。

这个檄文般的告示，便是对已故崇祯帝的哀悼——

大清国摄政王令旨：谕南朝官绅军民人等知道。

……且天下者，非一人之天下，有德者居之。军民者，非一人之军民，有德者主之。

我今居此，为尔朝雪君父之仇，破釜沉舟，一贼不灭，誓不返撤。

所过州县地方，有能削发投顺，开诚纳款，即与爵禄，世守富贵……有志之士，正于功名立业之秋，如有失信，将何以服天下乎？

自古得民心者得天下。什么叫民心？身为汉人的范文程深知汉人所思所虑，他理解得最深刻，也最精准。几天前，京城百姓还怀着忐忑不安之心，紧张地张望着新的占领者……仅仅几天过后，他们便可以放心地睡个好觉了。

满人把许多来自不同文化传统的人纳入八旗组织，力图把所有人塑造为满人——用同样的法律、着装规范和社会规则来管辖。

这堪称一个宏大的构想，也是一项难度大到不可能完成的工程。

可以说，最不会玩政治的大清皇帝，已经把政治玩到了炉火纯青的地步。17世纪征服时期，顺治皇帝和康熙皇帝试图以儒家君王的形象，来赢得汉族文人士子的支持。他们学习能力极强，把儒家经典当作科举考试的基础，把科举制度当作选拔官员的主要方式。

虽则如此，实际上清朝统治者从来没有放弃他们的满族认同。

一句话，一切都屈从于政治的需要。

清朝统治者从来没有在观念上淡化自己与明朝遗民的区别，更没放弃他们的满族身份认同。"汉化"的危机，从入关那天起就已经铭刻……于泱泱大汉族而言，绝对人数太少的他们，采取了一个十分艺术的统治手段——当政治有利可图时，他们就采用汉人的习俗；当无助于他们实现政治目标时，他们就拒绝这些习俗。

这无疑是一个顽强的民族。虽然直系祖先是定居的农耕者，但满族人很珍视马匹和骑射术。这种当时世界上最为先进的"反曲弓"和"复合弓"，其力量远远超过欧洲的同类兵器，非常适合战士在马背上使用。这种弓箭至少可以精确地射中300米外的目标，可以射穿约100米外的盔甲。

骑手的箭袋一次可以带15支箭。一名优秀的骑手，可以用这"15发子弹"，轻松地解决建制在一个"班"以上的敌手。

人类战争史上，弓箭是一种相对古老的兵器。且纳入《周礼》中的"六艺"之列。

冷兵器时代渐渐远去，弓箭等冷兵器时代的产物也都早已刀枪入库，逐渐沦为人们娱乐的器物。值得一提的是，就在成都满城旁边，今天仍活跃着一家以传统弓箭制作为业的铺子——成都长兴弓铺。长兴弓铺起源于清朝道光年间，已有160余年的历史，他们在坚守着正在断章的传承。作为一段历史的主角，在成都古色古香的大街小巷里，这样的时空穿越，不时会浮现在你眼前，令你陡生意外。

不得不承认，满洲八旗兵将弓箭这类兵器发展到了"令人生怕"的程度，这是他们所向披靡一举占领中国的重要秘诀。

"射柳"是旗人常见的竞技，就源于契丹人的萨满仪式。对此，罗友枝曾以满人使用的弓箭为例，进行过深入研究。他认为，这一个异端的群体，需要保持弓箭技艺以随时提醒自我，确保永远保持旺盛的战斗力。

工欲善其事，必先利其器。原来，弓也有等级之分，弓的等级取决于不同的木材，最好的是来自东北茂密森林里的桑木，其次是桦木……皇帝的"大阅弓"和"行围弓"就是专用桑木做的，王公贵族用的弓，多是桦木制作的，八旗军官的弓，一般是榆木。

史料显示，从1667年开始，各旗负责自造弓和箭，其材料均来自东北的森林。一定意义上讲，这些世世代代生长在大自然界的木材，因为"弓"的属性，就有了不一般的等级。这些木材的等级之分，是由"拉力"——发箭的力度决定的。等级最低的弓是普通旗民制造的，有八级"拉力"；为亲王和皇帝制造的弓，则有十八级"拉力"。

我对木材没有研究，但可以想象的是，桑木的"拉力"应该是最好的。

有了世间"拉力"最好的"弓"，多尔衮还是没完全放下心来。有一个历史细节，可一观当时小心翼翼的大清心态。就在多尔衮下决心着手征服中国的前七天（1644年5月2日），大学士希福特地向在盛京的清廷呈上满文版辽、金、元三史。希福这样解释其举动，"其事虽往，而可以诏今；其人虽亡，而足以镜世"。已经过去的三朝异族统治中国的历史进程中，饱含了许多教训，包括这几个征服王朝所经历的"政治之得失"。

刚刚将国号从"后金"改为"清"的太宗（爱新觉罗·皇太极）看得更深远。他曾下令所有满洲官员都研究这三朝的历史，"善足为法，恶足为戒"。目光高远的太宗帝从这三朝历史（尤其是《金史》）中得到的鉴戒，就是汉化的危险："后代习汉法而忘箭术"。

皇太极的危机意识，深刻影响着他身边的重臣谋士。不过有些另类的多尔衮对历史有着自己的解读，他从《金史》看到的，是部落贵族与皇帝之间灾难性的内讧，他以为这种自相残杀更加危险。

危机意识时刻警醒着爱新觉罗集团内的每一位成员，对于后世的大清而言，两位甚为英明的帝王都没看错，他们的担心不是多余的。

1644年10月9日，皇帝及侍从经山海关进入中原，10月18日抵达通州大运河。11月8日，那个名叫爱新觉罗·福临的六岁男孩，由正阳门入宫，成为中国最后一个封建王朝的第一任皇帝——顺治皇帝。

顺治皇帝的身旁，多尔衮忐忑不安地坐上了摄政王的宝座。

第四章

末代总督的末路狂奔

晚清重臣名将中间，赵尔丰无疑是一个值得研究的历史人物。

没有人怀疑他是一个『能吏』，但他给后人深刻印象的，却是一个『屠夫』。

『晚清知兵帅，岑袁最有名；岂如赵将军，川边扬英声。』

『能吏』与『屠夫』集于一身，这绝对是『中国式帝国时代』，一个让人深思且不断解悟的绝好课题。

『赵氏兄弟』发迹史

『赵屠夫』不是一天练成的

有谁还记得那次『史诗般远征』？

蒲殿俊是赵尔丰手中的『提线木偶』？

赵尔丰在一路尴尬中反复求『解』

枭首示众，『赵屠夫』被『自己人』所『屠』

赵尔丰生命中的最后100天

「赵氏兄弟」发迹史

东北重镇辽阳，曾为辽东国首府，别名襄平。其悠久历史要上溯至战国时期，秦始皇统一中国后，将全国分为36郡，辽东郡的郡府所在地即这里。

当历史的指针快速指向17世纪时，还是部族领袖的努尔哈赤横空出世，率领他那支骁勇善战的"女真部队"，三天三夜便占领了辽阳城。自此，这里便视为爱新觉罗家族征服中国最初的发祥地，也被视为清帝国胎生的龙兴之地。

就在辽阳城的东南角，浓荫深处掩映着一座大院，低调而尽显富贵，大院的大门上榜书"赵府"二字，这便是战国时的强宗大族赵胜一脉。

赵尔巽（前左二）赵尔丰（前左三）兄弟

　　赵胜者，战国时赫赫有名的"四大公子"之一也。号平原君，乃赵武灵王赵雍之子，赵惠文王赵何之弟。这样的血脉渊源不难看出，此地主人的显赫名声。个人命运与国家与家族的命运紧紧连在一起，祖居山东武城的赵氏家族，不知何时加入了"闯关东"队列，漂至东北辽阳。

　　不论迁至何处，自古大家士族，都会牢牢坚守一个底线，那就是耕读传家，勤劳为本。

　　故而赵氏家族到了赵纶这一代，仍是文脉延绵，不仅在科举中进士及第，其子赵文颖同样考中进士，其下三个孙子效仿先贤，进士榜上俱有其名。"一门五进士，一代两总督"的显赫门庭，将赵氏家族光宗耀祖的业绩推向高潮，被誉为东三省"第一豪门"。五进士乃祖辈赵纶，父辈赵文颖，孙辈赵尔震、赵尔巽、赵尔萃；两总督乃赵尔巽、赵尔丰。

晚清时节，兄弟俩能同时册封为封疆大吏，不仅是家族的荣耀，也绝对让同僚钦羡。有着"西天双柱"之称的赵尔巽、赵尔丰兄弟，绝对是四川史上最为传奇式的人物。兄弟俩能相继成为四川省总督，这在清朝绝无二例，四川历史上也空前绝后。特别是弟弟赵尔丰，晚年时节命运过山车般大起大落，总督任上仅几个月便身败名裂，枭首示众，更是清代总督序列中绝无仅有的。

个人的命运跟王朝的命运休戚相关，覆巢之下安有完卵？

对于朝廷的命官而言，帝国的关键时刻也是个人仕途的攸关时刻。窃以为，晚清重臣名将中间，赵尔丰无疑是一个很值得研究的人物。没有人怀疑他是一个"能吏"，但他给后人深刻印象的，却是一个"屠夫"。

"能吏"与"屠夫"集于一身，这绝对是"中国式帝国时代"一个让人深思且不断解悟的绝好课题。

赵氏兄弟崛起于大清龙兴之地。历史上，赵家同朝廷关系很深，他们祖居关外铁岭，因先人忠于清，入了旗籍，从龙入关后，其父根据旗人习惯，去掉赵姓，只称"文颖"。1845年进士，在山东境内担任知府。1854年太平军北伐到直隶时，文颖拒不投降，死于阳谷县任上。

爱新觉罗家族感动之余，特"优恤、立专祠、袭世职"。这也为赵氏后人进阶仕途，打下了一个极好的伏笔。

赵尔丰四兄弟，大哥尔震，字铁栅；二哥尔巽，字次栅。尔震、尔巽同是同治十三年（1874）进士。弟尔萃乃光绪十三年（1887）进士，尔丰行三，字季和。

致力于研究近代史的四川作家田闻一先生，以赵尔丰为对象，写有一本《雪域将军梦》，有些类似于赵尔丰传记，他以这样简洁文字，如是介绍赵氏家族。

说赵尔丰之前，不妨先简要说说他的哥哥赵尔巽。

赵尔巽字次珊，号无补，原籍辽宁铁岭。汉军正蓝旗。进士出身，历任御史、湖北乡试副考官、新疆布政使、山西巡抚、盛京将军、四川总督等职。辛亥时任东北三省总督，东北党人欲大起，赵尔巽以"保境安民"为名调集大军镇压，革命被迫转入地下。1914年3月，赵尔巽被袁世凯召为清史馆馆长。清史稿成，赵尔巽在北京病逝，时年83岁。

应该说兄弟俩同擢升为总督要职，忝列清朝的九大"封疆大吏"之列，无疑是赵氏家族的荣光。作为大清的"政治版图"，九大封疆大吏布局自有侧重。潜规则中以东三省总督的地位最高，也就是最初的盛京将军；直隶总督的职责最为重要，一般是皇帝的心腹；还有两江总督、两广总督、闽浙总督以及洋务重地湖广总督、陕甘总督、四川总督、云贵总督，这九大总督牵动着清朝政治的神经中枢，维系着大清王朝的正常运转，可谓牵一发而动全身。

（词条）

赵氏兄弟

赵尔巽（1844年—1927），字公让，号次珊，别号无补，清末汉军正蓝旗人，奉天铁岭（今辽宁铁岭市）人。同治十三年（1874）进士及第，授翰林院编修。历任安徽、陕西各省按察使，又任甘肃、新疆、山西布政使，后任湖南巡抚、民部尚书、盛京将军、江西总督、四川总督等职。宣统三年（1911）任东三省总督。清末，赵尔巽历任数个地方重镇的封疆大吏，在任职期间不遗余力地推进吏治、军制、财政、社会、教育、警务、狱制等多方面的新政改革。任户部尚书时，在变通捐税，筹措经费，整顿盐厘，改革币制等多方面颇有建树。民国成立，任奉天都督，不久辞职。民国三年（1914），任清史馆总裁，主编《清史稿》。袁世凯称帝时，被尊为"嵩山四友"之一。段祺瑞执政期间，任善后会议议长、临时参议院议长。民国十六年（1927）卒，享年83岁。

赵尔丰（1845－1911），字季和，祖籍辽宁辽阳市，清朝大臣，盛京将军赵尔巽之弟。历任静乐、永济等县知县，并得到山西巡抚锡良赏识，锡良调任四川总督之后，随之赴四川任职。1905年，巴塘叛乱，赵尔丰在平叛过程中得名"赵屠夫"。次年任川滇边务大臣。他在川边藏区进行"改土归流"，历经数年战争，废除了明正、德格等土司和昌都、乍丫（察雅）等活佛。后改任驻藏大臣，与钟颖入藏平乱，击败阻己入藏的噶厦集团，对所到之处的土司头人进行招抚建立郡县。之后实施乌拉（指西藏农奴）改革，颁布《乌拉章程》，减轻了百姓的负担。为西康建省打下基础。1911年署理四川总督，严酷镇压保路运动。武昌起义后，11月27日成都宣布独立，成立"大汉四川军政府"，赵尔丰被迫交出政权，仍以办理边务名义拥兵督署。12月，成都兵变，赵尔丰应邀平息哗变。同月被军政府都督尹昌衡诱杀于成都皇城。是中国近代史上一位颇有争议的人物。

能将九大总督中的其二"封"给赵氏兄弟，足见赵氏兄弟的地位在朝廷举足轻重。

赵尔巽是一个敢于秉笔直言，惜才爱才之人。东三省总督任上，趁晚清末年形势混乱，一些看不到前程的东北人先下手为强，占山为王做起了土匪，后来的东北王张作霖便是其中有名的一位。土匪已经威胁到朝廷的稳定，不能再让其坐大。俗话说擒贼先擒王，赵尔巽决定先招安实力雄厚的张作霖，主要还是认为张作霖有胆有识，是个人才。

可以说，张作霖能做大做强，无不得益于赵尔巽。在赵尔巽的安排之下，张作霖从土匪摇身一变成为"保安会"军事部副部长，掌握着东三省大部分军权。自此，张作霖华丽转身，由朝廷清剿的对象，招安成为大清一名举足轻重的官员。

为报答再造之恩，一身江湖气的张作霖竟拜赵尔巽为义父，张作霖的儿子张学良后来回忆："父亲除了赵尔巽，没有怕的人。"

从人生的命运和结局来看，赵尔巽的三弟赵尔丰就没哥哥那么老到和幸运了。

一个东北人，能天远地远来到四川，赵尔丰的发迹与一个人的赏识不无关系，这个人就是锡良。晚清名臣，标准的蒙古镶蓝旗人，锡良不愧为大清的一根"砥柱"。

锡良历经同治、光绪、宣统，标准的三朝元老。

殊为不易的是，锡良为官37年，在浑浊不堪的晚清，尚能留下正直清廉、勤政务实的清名。晚清这样一个恶臭的酱缸里，能如此出淤泥而不染，应是难能可贵。尤为难能可贵的是，辛亥革命爆发后，时任热河都统的锡良随即告病休养。卧床六年，始终拒绝医治和服药，死时年仅66岁。

心死了，一切都无所谓了。

能有这样"定力"的人不多。锡良应该是看穿世事之人，作为晚清一代名臣，锡良也是少有头脑清醒之人。

锡良早期在山西任职20年，官至山西巡抚。赵氏四兄弟中，其余三人都中了进士，独屡试不第的赵尔丰，以纳捐混入仕途。科场不第的赵尔丰官场却幸运，初出道时就到锡良治下的山西当差，任山西静乐、永济两县知县时，已经赢得锡良赏识。

　　一个人的成功绝非偶然。锡良眼里，赵氏兄弟中，"尔丰为最"。因而多次向朝廷密保，认为赵尔丰"忠勤纯悫，果毅廉明，公而忘私，血诚任事"。故而，光绪二十九年（1903）锡良升任四川省总督后，赵尔丰顺理成章跟随入川，先授"永宁道台"（永宁，是四川省泸州市下辖叙永县的古称，因永宁河发源于叙永，流经叙永、纳溪汇入长江而得名）。未几，遂辗转任"建昌道台"。需说明的是，道台系省（巡抚、总督）与府（知府）之间的地方长官，一律定为正四品，相当于现在的地市级主要领导。

　　这里有一个背景亦须交代，赵尔巽1902年出任山西布政使，1903年又升任山西巡抚。也就是说，赵尔巽接替锡良的巡抚职位之前，彼此在山西共事过一年（是时，巡抚锡良是布政使赵尔巽的上司）。古代的官场错综复杂，赵尔丰在其间肯定是受益者。

　　古语云，近朱者赤，近墨者黑。锡良眼里的赵尔丰，虽然"以纳捐走上仕途"，也确实是可以做事的能吏。能入锡良眼者，德行品性上也应该不算太差。

　　建昌道自古咽喉要道，地理位置十分重要，差不多就是后来的西康省，治所在当时的雅安县（今四川省雅安市）。这里是进出西藏的门户，为历代政治家所重视。川边西康地区，向来难治。清朝中叶，曾经多次叛乱。清末庚子以后，在外部势力干预之下，一些土司和喇嘛，也相互勾结，蠢蠢欲动。

　　不得不佩服锡良用人的眼光，他一眼便看准了赵尔丰的功力。一句话，赵尔丰能主政复杂难治的建昌道，就是专事复杂且难啃的"康藏事务"。

『赵屠夫』不是一天练成的

康藏动乱的根源向来出在西藏上层。

西藏，疆域辽阔。境内雪山巍峨纵横，草地连绵无垠，海拔很高，号称世界屋脊。清初，清廷设驻藏大臣，实掌西藏大权。随着印度沦为英国殖民地，英军直达喜马拉雅山麓，时常入藏挑衅。时十三世达赖喇嘛洞悉英人阴谋，找清驻藏大臣会商，希图得到中央政府支持，给予侵藏英军以迎头痛击。而驻藏大臣老朽昏庸，光绪帝也形同虚设，慈禧太后畏英人如虎，她不仅不支持十三世达赖喇嘛，反而严饬达赖"不可轻启事端"。

英人看穿端倪，愈发咄咄逼人。

十三世达赖走投无路，只好联俄抗英，借为俄皇加冕为由，派藏王边觉夺吉赴俄京，施以夷制夷之术。而俄国也欲得西藏，派兵逾葱岭，夺新疆，席卷蒙朔。就在俄表示支持十三世达赖抗英之际，英方先发制人——驻印统帅荣赫鹏率精兵数千，逾雪岭大兴入侵西藏。

19世纪的东亚大部分地区，就是西方列强待宰的羔羊。英国将印度沦为殖民地之后，为防西藏落入俄国人之手，从而对英属印度构成威胁，欲先下手为强，对西藏展开了两次大规模入侵。

1888年英属印度军首次入侵西藏，清朝政府腐败无能，加之双方军事实力差距过大，被迫与英印当局签订《藏印条约》。这次入侵，英国最大的收获，便是将锡金的吞为己有，从而打开了亚东的大门，成为商埠。

从英军统帅荣赫鹏留下的日记中，不难看出两军的实力："……发现藏军在垣后挤作一团，有似羊群。我印兵已逼近垣下，其枪直指藏军，相距仅数尺……此一瞬间几将我单薄防线冲破，数秒钟后，我之来复枪与大炮将彼之乌合之众扫射无余。拉萨将军本人开始即经杀死，数分钟后全部战事告竣，平原遍处皆藏人尸体……"

奶酪的味道香甜无比。6年之后，英国人又如法炮制，依靠世界上最先进的枪炮，清廷哪里敢得罪这些洋人？不得已又签下《拉萨条约》。据说，这个《拉萨条约》除了赔款、通商等条款外，还居心叵测地加上"西藏一切事务不准任何外国干涉"的文字，却又不明确地界定，这里的"外国"是指哪些国家。

明眼人一看便知，英国人实际上挖了个坑，企图把大清治下的中国也列为"外国"，以便日后把西藏从中国分裂出去。昏聩的清政府同样看明白了，一番外交谈判据理力争之后，又签订了《中英续订藏印条约》，要英国明确承诺不谋求吞并西藏。

此举，方保住了帝国最后一条底裤。

多年前，一部名叫《红河谷》的电影，就是以那个屈辱的时刻为历史背景的。

我们不禁会问，在英国人、俄国人那些洋人眼里，茫茫藏区为何如此具有吸引力？四川古蔺人傅华封曾撰文用一个特别的细节，描述这片土地的重要性。"西南隅过杂瑜外经野番境，数日程即为英国属。西北隅毗连西宁，番人常购俄国军火。"这个细节清晰地佐证了大清边疆的巨大威胁：于俄国而言，由新疆入境后，如果再继续南下，随时可由青海进入康区；于英国而言，在吞并印度后，形成了事实上的比邻关系，也随时可以染指西藏。

而"看在眼里"的这个傅华封，是赵尔丰之后的边务大臣。之前，他就是赵尔丰身边的幕僚，赵的大多数文案，都系他一手完成。因而，他对这里的每一寸土地，都了如指掌。

《中英续订藏印条约》签订以后，清政府也意识到，西藏问题要彻底解决，须赶紧改革西藏的管理体制，增加西藏的防卫力量，用实力保障西藏的安全。正好赶上晚清政府全面推行"新政"，原来由驻防将军或蒙古王公管辖的边疆地区，将其改为行省，由中央直接管辖。

很长时期以来，达赖和西藏贵族拥有高度的自治权，封建农奴制也一直原封不动，加之这里汉人极其稀少，整个西藏犹如一个与世隔绝的"化外之地"。

"新政"的施行，打破了原有的西藏政治格局。西藏命运主宰者眼里，让中央任命的巡抚来治理西藏，无疑严重侵犯了达赖和西藏贵族们的切身利益，他们的激烈反应和不合作态度，应该在情理之中。

达赖不仅看到了英国的强大，同时也看出了清廷的软弱无能。在自身利益受到侵犯之际，他心理的天平当然会发生变化。这样的逻辑之下，达赖不仅变仇英为亲英，还企图在英国的帮助下，妄图西藏独立。

凤全就是在此背景之下，手忙脚慌仓促赴任驻藏大臣的，没想到在进藏途中路过巴塘时，连同他随队的两百余官兵，一起被当地土司偷袭诛杀。

这一"下马威"令大清朝廷十分震惊，继而十分震怒。这显然是有预谋有组织的行动，意在直接向大清叫板。紫禁城的正大光明匾额之下，朝堂之上的大臣们为"这一恶之先例"群情激愤，要求不惜一切代价"清剿"。

锡良没有看错人，赵尔丰表现的机会来了。

清政府驻藏帮办大臣凤全被杀事件，就是最好的清剿理由。虽然锡良已让四川提督马维骐紧急率兵赴巴塘平乱，且大获全胜。锡良知道这只是"治标"，要以绝后患，达到彻底"治本"的效果，必须得倚重赵尔丰。锡良眼里，马维骐在治理乱世的能力方面，尚无决胜把握。

赵尔丰能神速换房建昌道，就是为了"康藏事务"的长治久安。事实证明，这个决策是极其正确且极具战略眼光的。

一朝重臣能吏，可能在一般事情处理上，还不足以体现出其过人之处，但在关键时刻涉及大局成败之际，就能显示无与伦比的正确决断。就像一个足球场上的球星，全场90分钟可能大部分时间在云游甚至碌碌无为，关键时刻却有神来之笔，抓住机会，给对手致命一击。

这，就是球星的巨大作用。无疑，在锡良眼里，赵尔丰就是这样的"球星"。

后来一系列事实证明，凤全之死的背后，的确是一个巨大的阴谋。时任英军统帅荣赫鹏在若干年后，撰写有《印度和西藏》（即《英国侵略西藏史》）一书，书中证实，"凤全事件"之发生且如此残酷，原来是拉萨早有"尽杀藏边中国汉人"的"密令"。他还透露，"在凤全遇害前四日，英总领事剑白尔曾函英公使，谓凤全头脑顽固，倘非中国当局增兵藏东，则凤全之计划必引起重大之祸变云。"书中还提到，"三月十二日，成都英领高凡来函云，据巴塘中国官吏所谈，藏东各土司并不欲背叛中国，凤全之死之由，实因手段太残酷而不恰舆情耳。当地土司并曾上书川督，痛陈凤全之倒行逆施，激动人民公愤。彼等否认有背叛中国意，惟要求川督勿再增兵里塘巴塘，激起民变耳。"

朝廷任命的驻藏大臣名叫联豫，此人昏庸无能，只知钻营取巧。如果继续下去，西藏问题就会一发不可收拾。

顶戴花翎，一身戎装的赵尔丰，是时满身的意气风发。

　　能收拾这个烂摊子的，只有赵尔丰了。

　　此时，赵尔丰的心里已经有了"平康三策"，其一是将所居大小凉山之倮夷收入汉区版图，设官治理；其二是改康地为行省，进而改土归流，设置郡县，朝廷特派地方官员管理；其三是仿当时的东三省之例，设置西三省总督。如此，方可杜绝"英国觊觎西藏之心，兼制达赖之外附"。

　　赵尔丰计划中的"改土归流"，就是要将康巴地区世袭相传几千年的"土司分封制"，改为中央集权下的"流官任命制"。将原康区视为神器的东西砸碎、淬火、重生。这无疑是一项伤筋动骨的"大手术"，彻底动了所有统治者的"奶酪"。

　　阻力之大，难以想象。一旦事成，一劳永逸。

　　赵尔丰率领三千精兵进藏的最大目的，就是"革命"。而凤全之死，就是"革命"最好的借口。赵尔丰的首要目标，便是凤全及属下两百多人被杀的黑窝子——丁宁寺，还有丁宁寺喇嘛的家乡——七沟村。

　　赵尔丰兵分两路，先荡平丁宁寺，再血洗七沟村。

　　首次亮剑，赵尔丰这个名字便震惊了整个西藏。这样的血腥屠杀，也让藏军丢掉了任何幻想。所以，后来再攻打桑披寺这个"堡垒"时，赵尔丰打得异常艰苦。寺内五六百僧侣拼死抵抗一月有余，方艰难拿下，同样是"一个不留"。

　　自此，赵尔丰有了一个留传后世、让藏区土司闻风丧胆的恶名——"赵屠夫"。

　　欧洲有句谚语："罗马不是一天建成的。"如果套用到赵尔丰身上的话，正所谓一步步走来，"赵屠夫"也不是一天练成的。

赵尔丰心里，大清帝国至高无上，他平生誓死效忠朝廷不移。赵尔丰很清楚，赵氏家族世代所食俸禄，都是朝廷给的，所以一旦西藏局势失控，他定将挥师进藏平叛。他之所以驻扎在与西藏近在咫尺的理塘，就是为了敲山震虎。

赵尔丰的潜意识中，"治康藏，无出我赵尔丰之右者"。曾经统治康巴地区的明正、德格、巴塘、理塘四大土司和昌都、察雅两地的活佛，全部被赵尔丰以武力废除，清廷建立西康省的计划逐渐接近现实。

1907年，赵尔丰向朝廷进呈著名的《川滇边务奏折》，这个奏折所折射出的，是一个有战略眼光的大清封疆大吏。也正是这个奏折，将赵尔丰定格在了他人生的顶峰。之所以后人高度评价这个奏折，是因为它提出了在川滇藏边区组建西康省的完整方案，而西康省的战略构想，正是解决西藏问题乃至中国问题的良方。

此后20年的民国和共和国，遂将这个构想接力变为现实。

"查边境乃古康地，其地在西，拟名西康省。"赵尔丰的幕僚傅华封在《西康建省记》一书中如是解释。可能到今天，很多执政者都没能看清西康省的战略位置。我们来看看百年前傅华封的《西康建省记》是如何记载的——

东自打箭炉起，西至丹达山止，计三千余里；南与云南之维西、中甸两厅接壤，北逾俄洛、色达野番与甘肃交界，亦四千余里。其幅员面积倍于川，等于藏。

边地（西康）界于川藏之间，乃川省前卫，为西藏后劲，南接云南，北连青海，地处高原，对于四方有建瓴之势，非特与川滇车相依而已。

守康境，卫四川，援西藏，一举而三善备。

西康省最初的规划缘于赵尔丰，但真正存在却只有短短的几十年。
1939 年 1 月 1 日，中华民国成立西康省政府，省会设在康定，由刘文辉兼省主席。

　　这一如此战备重要之地，在赵尔丰未达之前，历来为中央王朝政令不达的羁縻之地。西康省自1925年建省至1955年撤省，存续了30年之久。抗战期间，西康省（四川军阀刘文辉为省主席）作为大后方，发挥了极其重要的历史作用。

　　难怪逃亡台湾之前的蒋介石，在最后不得已撤离大陆的那一刻，还念念不忘试图以西康省为基地，谋求东山再起，只可惜那些长期盘桓四川的军阀们，提前起义了，打乱了他的如意算盘。这是后话。

　　据此就不难看出西康省的战略地位。换句话说，是赵尔丰独具慧眼，最先发现了这个一般人难以发现的价值。

可以说，赵尔丰就是西康省的缔造者。

四川省档案馆珍藏的清代川滇边务大臣衙门档案，记载了有清一代规模最大的一次改土归流。这些档案有千余卷，包括川滇边务大臣上报清廷的奏折、片稿，与四川总督、驻藏大臣、中央各部商讨设治改流及筹划藏事的往来咨文函电，有关于改土归流，进行各项社会改革建设的札、批、谕、示及呈、禀、详、申等，十分全面地保存了川边藏区1906至1911年改土归流的历史轨迹以及政治、经济、宗教、文化概貌。不仅如此，西康省解放后，原四川省少数民族社会历史调查组在康定清理了一批清末川滇边务大臣衙门所遗留的档案资料，这批档案万余件，千余万言，十分丰富和详尽。

词条

西康省

西康省是民国时期及中华人民共和国成立早期的一个省，所辖地主要是现在的川西及西藏东部，多数地区是以藏族为主的少数民族聚居地。光绪三十年（1904），建昌道赵尔丰向四川总督锡良上"平康三策"：第一策是整顿治理西康与川滇腹地边境野番地区。"将腹地三边之倮夷，收入版图，设官治理，……三边既定，则越巂、宁远亦可次第设治，一道同风"。第二策是将西康改土归流，建为行省。"力主改康地为行省，改土归流，设置郡县，以丹达为界，扩充疆宇，以保西陲"。第三策是开发西康，联川、康、藏为一体，建西三省。"改造康地，广兴教化，开发实业，内固蜀省，外拊西藏，迨势达拉萨，藏卫尽入掌握，然后移川督于巴塘，而于四川、拉萨，各设巡抚，仿东三省之例，设置西三省总督，借以杜英人之觊觎，兼制达赖之外附"。这是一个较为系统的经营西康的计划，其核心内容是改土归流，西康建省，卫康图藏御英。光绪三十一年（1905）初，川边地区发生"巴塘之乱"，四川总督锡良、成都将军绰哈布奏派四川提督马维骐、建昌道赵尔丰会同"剿办"。清朝在1908-1911年间，取消川边的全部土司，改设府、厅、州、县，并乘机进军藏境，把昌都地区、拉里和布工地区，以及波密地区，一并改设流官，拟设台道、十余府、州，作为一省，并已在巴塘修好巡抚衙门。北洋政府时期在全国22个省之外设了热河、察哈尔、绥远、川边等几个特别区，后来国民政府又将它们和宁夏、青海分别建为6个省，并且将川边特别区改建为西康省。1931年初，西藏地方军大举进攻，一时占领甘孜、瞻化两县和炉霍县一部分，后遭川康军反击，败退回金沙江。1939年1月1日成立西康省政府，省会设在康定，刘文辉为省主席。

如此大批量的文献，无论是史料价值还是战略价值，都十分珍贵。这些历史的故纸堆里，可以溯览一个较为真实和完整的赵尔丰。

1909年，赵尔丰率领川军击败西藏叛军，进入西藏，将达赖喇嘛赶到英属印度。此役，赵尔丰战果辉煌，"所收边地，东西三千余里，南北四千余里，设治者三十余区，而西康建省之规模粗具。"

有专家将赵尔丰的"孤胆赴藏"，称为大清灭亡前最后的"史诗般远征"。

却说此时的里塘并非四川所辖，一直为拉萨所统摄。而里塘之外的巴塘，已经是四川的边隘。因为里塘距打箭炉（今天的爱情之城康定）近邻，巴塘紧接里塘，直通叉木多地，是一条兵家必争的军事通道。

于四川和大清而言，打箭炉的战略位置尤为重要，一旦这里失守，四川腹地将呈一马平川之势。所以，自康熙中期以来，清政府就陆续加强了对打箭炉及其以西地区的军事控制和治安稽查。为巩固边防，雍正七年（1729）又特地设了"打箭炉厅"，将巴塘、里塘等土司划属四川管辖。到了雍正八年（1730），移驻打箭炉的清军，噶达、三渡、吹音堡各处均设营伍，安塘置铺，修建塘房、烟墩、哨楼，确保这里安全有序，商贸繁荣。

渐渐地，打箭炉由一个人烟稀少的驿站，变成了茶马古道上一座繁华的藏地边城。

《高宗纯皇帝实录》载，至乾隆二年（1737）"建四川新设打箭炉厅"，清政府将打箭炉以西先后收降的50多个部落，四川以西的省界一直扩展到朵甘都司之宁静山以东一线，大大拓展了四川在康区的地盘，形成了规模不小的"西炉地区"。

也正是有这样的战略考量，挫败进攻巴塘的西藏叛军后，赵尔丰似乎有些不过瘾，遂乘胜追击进入西藏，收复了江卡、贡觉等四个部落地区，再越过丹达山向西，一直抵拢西藏又一要塞江达宗。地处藏北的江达宗，距离拉萨只有6天的路程了，迫不得已之际，达赖喇嘛遂逃往英属印度躲避。

志在必得的赵尔丰欲一鼓作气"彻底解决西藏问题"，他上书请求乘胜平定西藏全土，并建议在藏区推行革风易俗政策。

遗憾的是，是时，已经千疮百孔的清政府处于风雨飘摇之中。朝堂之上，已经没有人有心思来思考这个战略问题。赵尔丰的奏折，自然无人理会。

身怀利刃，杀心自起。之后，赵尔丰与爱新觉罗·钟颖的新军又会师于叉木多（今西藏昌都县，四川、云南、青海入藏重要通道），两军合并一起驰骋于广袤藏地，旋即进入波密地区，收复了三崖（今贡觉、瞻对、波密和白马岗等地）方觉过瘾。

这个钟颖，作为爱新觉罗的子孙，也是个不一般的人物。其父晋昌满洲正黄旗，乃咸丰帝之妹夫，钟颖跟同治皇帝系表兄弟，年少时就官至盛京副都统。只因义和团捅了大娄子，慈禧为向洋人交代，晋昌获罪，谪守西藏军台。行至成都时，晋昌托病逗留，四川总督锡良当然懂事，向当朝奏留在成都养病，正合慈禧心意，慨然恩准。

很是受慈禧宠爱的钟颖跟随父亲赴川，这样一个纨绔子弟成天无所事事也难受，慈禧密诏钟颖假川军协统衔，于成都凤凰山编练新军，钟颖时年仅十八耳。两年后，钟颖就出任四川陆军第三十三混成协统一职，兼四川陆军速成学堂总办。

钟颖注定与西藏有缘，多年的历练，中华民国成立后他竟升为首任驻藏办事长官，后来袁世凯设计要了他的性命，也是因为进藏川军的恩怨，钟颖不幸成为民国首位被明正典刑的清朝宗室成员。此乃后话。

在川6年，奉命进剿，赵尔丰几乎是在不停地打仗中度过的。大清帝国危在旦夕，而小环境的赵尔丰却顺风顺水（盖因他的军饷不是朝廷供给，而是四川），他被骤然擢升为川滇边大臣，成为封疆大吏后，又在打箭炉驻兵，朝廷遂改设打箭炉为康定府，随即遂设登科等府，进一步巩固清政府对西康的控制。

早年毕业于湖南武备学堂的陈渠珍，就是那时跟随川军入藏的，他曾徒步穿越青藏高原，后来又盘踞湘西，成为湘西王，与民国总理熊希龄、著名文人沈从文并称"凤凰三杰"。他以亲身经历写下了《艽野尘梦》一书，其中一段文字详细记载了赵尔丰的清军入藏过程——

1908年四月，西藏方面开始以剿灭叛匪的名义调集藏军前往昌都，企图拒赵尔丰入藏。另一方面，他们又上书北京，说赵尔丰"仇视黄教，拟请另行简放"。以武力抗拒中央任命的官员入境，这已经是等同叛乱了，更过分的是，西藏地方政权给北京的上书中居然还提出"按照唐朝界址，统归于藏。"

1910年初，清军进入拉萨，平藏之战取得胜利。清廷随即宣布，土登嘉措叛国投敌，废除其达赖名号。同时，赵尔丰也开始主持对西藏进行大规模改土归流和各项改革。将原来各地贵族、土司统治的地区纷纷改为县，废除贵族和土司的封建特权，开设新式学堂，鼓励西藏年轻人学习汉语汉文。为了改善西藏的交通通信条件，又组织平整四川入藏的道路，架设电报线，铺设桥梁，并着手创办警察队伍。长期处于封闭状态的西藏，终于迎来了近代化的一缕曙光。

赵尔丰在主持各项改革的同时，还组织了对当时的西藏最大的割据势力——波密的白马青翁政权的进剿。波密地理位置十分重要，西连工布，东界康藏，南接藏南，不把波密割据势力消灭，不但不能保证康藏的安全，也无法进军藏南。于是他派出一部军队，对波密展开了攻击。

波密之战是清军入藏以来最艰苦的一战，一路上"绝壁千切，山岭皆万年积雪，亘古不化"，"高山逼狭，时行山腹，时行河岸，军行甚苦"。几个月的苦战，终于打通了通向藏南的通道。

1911年春，清军越过雅鲁藏布江，进军藏南，一直前进到察隅地区，并在当地设立了察隅县。此时，英印当局已经开始向藏南地区进行扩张，并且开始勾结波密割据势力。假如清军不果断消灭波密割据势力，进军藏南，那么很有可能会导致英国势力侵吞整个藏南地区，并趁势扩张到波密，四川通往西藏的道路将被断绝，后果不堪设想。

从这一点看，清军的这次远征，可谓意义极其重大。

就在清军进军藏南、设立察隅县后几个月，辛亥革命爆发了。随着赵尔丰被处决，驻西藏的清军也发生兵变，官兵纷纷跑回了四川。十三世达赖趁机从印度返回西藏，一直到1951年，西藏保持了四十年之久的半独立状态。

清政府对西藏进行的改土归流和各项改革事业也如昙花一现，转瞬即逝，西藏又回到了之前那种封闭落后的状态中。

而下一次改革，就要等到1959年了。

古语有云，兵马未动，粮草先行。赵尔丰的风生水起，均得力于锡良"放手支持"的结果。光绪三十三年（1907）3月，锡良奉旨调离四川任云贵总督，赵尔丰的哥哥赵尔巽调任四川总督。"兄弟同心，其利断金"。举全川人力、财力、物力，为赵尔丰在藏区放手大干提供了各种保障。

镇压民族分裂主义势力叛乱，厉行改土归流，督办新式教育，发展新式产业，成就斐然。

这无疑是赵尔丰最为美好的人生时刻。不仅如此，赵尔巽还将川省训练成熟的一协新军交由赵尔丰统率。

　　平心而论，赵氏兄弟治下的四川，算得上晚清最为清明也卓有成效的黄金时期。短短四年间，赵尔巽可谓政绩不凡，他奏设"经征局"负责清理财赋，四川财政大大好转；四川是多民族地区，他设"平夷局"联络少数民族和汉族的感情，成效显著；他对凉山少数民族地区实行"改土归流"，为继任者奠定了良好基础；他在成都开展大规模禁烟运动，全民叫好，赢得阵阵喝彩……不仅如此，赵尔巽还设立矿务总公司、成立成都商务总会……四川近代经济十分活跃，稳步前行。

　　只可惜，美好的时刻总是短暂的。看似平静的人生大堤上，却是有看不见的激流和随时可能出现的管涌。

　　赵尔丰的好日子到头了。

保路运动风起云涌，云集在皇城的各色人等，表面上看起来热闹，实则暗流涌动。

蒲殿俊是赵尔丰手中的『提线木偶』？

1911年4月，赵尔巽调任东三省总督，将四川总督的接力棒交到了三弟赵尔丰手中。这一非常时期的非常提拔，表面上看，足以证明清廷对赵尔丰能力的认可。其实，早在1907年锡良离任时，赵尔丰就一度代理四川总督一职。本以为锡良走后，赵尔丰便顺理成章……可让人有些迷糊的是，1908年2月，朝廷却任命赵尔巽为四川总督，赵尔丰为驻藏大臣兼边务大臣（仅次于总督）。

这样的人事安排有些微妙，让当局者和局外人咀嚼出许多不一样的味道来。

1911年8月2日，赵尔丰到任川督。此时，清政府宣布铁路国有后，已经在全国激起了声势浩大的保路风潮。远在日本的孙中山和他的同盟会洞悉这一"历史缝隙"，借国内"民智未开"，在一条草拟中的粤汉铁路上大做文章，以此荡漾开来，致中国局势动荡不安。

四川尤甚。全省上下保路运动轰轰烈烈，早在6月份便成立了保路同志会，之后运动遍及全省。也就是说，赵尔丰在到任总督两个月前，四川的保路运动就已经呈星火燎原之势。只不过处境不同、角度不同、信息不对称，即使身处四川，赵尔丰也没能看到其中的"火势"。

按说，官场上数十年摸爬滚打的精明和四川近水楼台的隔岸观火，已经65岁的赵尔丰不可能不知道其间的暗流涌动。他为何明知山有虎，偏向虎山行？最大缘由可能是，"赵屠夫"这一名声在外的他，太相信自己的能力，太看重朝廷的器重了。真所谓当局者迷，这种自信已经到了刚愎自用的程度，就会严重影响对局势的判断。

还有至关重要的一点，赵尔丰从心底里以为，那些热热闹闹的叫喊声，就是一种蝇营狗苟的利益之争，他太轻视保路运动的复杂性和所蕴含的政治背景。

那是一条荆棘且充满血腥的路，赵尔丰没有看到那条"看不见的路"上，各路人等都想涉足其间，找到自己的位置，都欲将残存着各自的利益最大化（这一点另章重点分析）。

应该说他的哥哥赵尔巽多少看到了，可还没有给三弟点得太透就匆匆去到了"另一个火药桶"，以至于兄弟俩仕途双升的重要时刻，连面都没有见上就擦肩而过，更谈不上有什么体面的交接仪式。

这样的情形，大清两百多年历史上，也很少见。

兄弟俩就此永别，或许成为还活着的赵尔巽，余生最大的痛。集数十年政坛荣辱得失，有着政治领悟力的赵尔巽，帝国的特殊时期，应该已经嗅到了某种不一般的气息。其重要标志就是，赵尔巽离开成都之前，特地给赵尔丰留下一封信，信中赵尔巽谈了蜀中危机四伏的局势，指出眼下的关键，是要妥善解决好川人的保路运动问题。

这既是新旧川督的交接，也算哥哥给弟弟隐隐忠告。至于如何解决，信中没有提出明确对策，只是巧妙地引用了前人箴言："天下未乱蜀先乱，天下已治蜀未治"。

饱读诗书且从政经验丰富的赵尔巽，无疑在提醒他的同胞弟弟，主政四川，切切要审时度势，万不可操之过急。

事实上，时值帝国大转型的非常时期，朝廷能让赵尔丰就任四川末代总督一职，就是看重他在西藏事务中"赵屠夫"的这一"狠角色"。"当今"的思维不外乎是，关键时期有个性的封疆大吏最能"镇得住局面"。

鲜为人知的是，这一人事安排正是载沣和盛宣怀密谋的结果，他们把"宝"押在赵尔丰身上，认为只要有了一个赵尔丰，四川方面的事就都好办了。说白了，他们是在掂量其中的运道，可根本不谙"什么是真正的政治"这一帮政客，恰恰在帝国存亡之秋错用了一个最不该用的人，不但让清廷覆水难收，也让赵尔丰身败名裂。

这样的昏招，最为开心的，当然是朝廷眼中那一批想"乱"的"乱党"了。

严格说来，四川铁路的事，赵尔丰是清楚情况的。因为川汉铁路公司第一位专任督办，就是他赵尔丰。原来，新成立的川汉铁路公司就是一个官办的政府机构，只不过在"新政"之际，这样的"新生事物"以公司的面目出现而已，公司督办就是法人代表，相当于总经理。原来川汉铁路公司刚成立时，锡良任命四川布政使冯煦为公司督办，冯煦很快离任后又任命新的布政使许涵度为督办。

清代的四川不设巡抚，布政使又称藩司，是全省行政官员系列中仅次于总督的地方行政官员，主管全省的行政与财政。锡良感觉到主持一省事务的行政长官，兼任川汉铁路公司督办不是太合适，所以改派一位道员专任，因为特殊的关系，此时任建昌道员的赵尔丰自然成为这事实上的第一位专任督办。只是因为"巴塘事件"突发，赵尔丰"督办"了几个月便调往藏区。

此刻，赵尔丰也能掂量出形势的严峻程度——他万万没有想到的是，这一次却是他和他的朝廷面临的最大的"坎"。因而，8月2日上午刚刚到成都上任的赵尔丰，下午就小心翼翼去了成都岳府街保路同志会总部，他既是为了给蜀中士绅一个礼贤下士的好印象，还想探听一些最新动向，以便决策。

新晋总督这一重要的"时间安排"，令一些保路人士意外且兴奋。

"川汉铁路公司驻宜昌总理李稷勋为盛宣怀、端方收买，擅将川路股款七百余万两白银交付盛、端二人。"

"坚决请求朝廷收回铁路国有成命。"

"请总督大人代奏，撤查李稷勋，参劾盛宣怀夺路劫款。"

……

刚刚到任所办的第一件公务，就是刺耳和棘手的事，早已听惯了顺耳之辞的赵尔丰，虽然心里有些不悦，但还是一直耐着性子，闻听各路信息和意见。他认为"四川百姓争路是极正常的事"。当着众人的面，他做足了姿态，明确表示"用急电直达内阁"，电恳内阁"筹商转圜之策"。

"总督大人辛苦。"张澜等四川名流拱手对赵尔丰表达敬意。

奏折倒是火速进京了，朝廷的态度却让赵尔丰甚感意外。李稷勋不仅没有被免职、追责，反而由盛宣怀奏请，内阁钦派李稷勋为川汉铁路驻宜（昌）总理。

这样的人事安排，不难看出朝廷的"意气用事"，似乎有意与四川作对，有一种火上浇油的意味。更让赵尔丰有些难堪的是，朝廷还同时下达上谕。云："四川集会争路，为少年喜事，别有阴谋，饬赵尔丰严行弹压。"

难堪中的赵尔丰，隐隐感觉到了事态的严重性。

一边是悬崖，一边是绝境。性格里一直有种不服输的赵尔丰，心里很不是滋味："我赵尔丰半世英名，岂不是就付诸东流？"他心里的天平，在65岁那年不断摇摆着。

纸包不住火。朝廷的态度很快就四处传开了，形势更加复杂多变，一步步滑向失控的状态，赵尔丰这个"救火队长"也显得无可奈何。

7月1日，保路会、股东会召开万人大会，与会者群情激昂，同时宣布罢市、罢课，四川省数十州县响应。

与赵尔丰一样，一直身居满城将军衙门，隔岸观火的成都将军玉昆再也坐不住了。7月5日，他联衔奏请朝廷，力陈利弊得失，再次恳请朝廷三思。让两位四川封疆大吏没想到的是，固执的朝廷在电文中讲了一通大道理后，重点再次突出两个字："不准"。

此时的盛宣怀和端方为着几百万两银子，已经陷入自己的思维定式不能自拔。之后的那些日子，赵尔丰无疑像坐上了火山口，本来就缺少定力的他，思绪大乱。

（词条）

川人自保商榷书

同盟会员朱国琛、杨允公、刘长述等编印了题名为《川人自保商榷书》的传单，于1911年9月5日川汉铁路公司照例举行特别股东大会时，散发给入场的会议代表。《商榷书》以巧妙而隐晦的言词，一方面要川人"竭尽赤诚，协助政府"，"厝皇基于万世之安"；另一方面，又揭露清政府"日以卖国为事"，"夺路劫款转送外人，激动我七千万同胞幡然醒悟"，从而号召川人"一心一力，共图自保"。《商榷书》提出保护官长、维持治安、一律开市开课开工与制造枪炮、编练国民军、设立炮兵工厂、修筑铁路等现在自保条件和将来自保条件。《商榷书》还说："凡自保条件中，既经川人多数议决认可，如有卖国官绅从中阻挠，即应以义侠赴之，誓不两立于天地。"《商榷书》中虽然没有"暴动""革命"等激烈言词，但实际上是以"商榷"地方自治为名，鼓吹四川独立为实。赵尔丰果然上当，一口咬定《商榷书》是保路同志会的宣传品，所提条件"隐含独立"，"俨然共和政府之势"。把"背叛朝廷""图谋不轨"等罪名扣在立宪派的头上，并加紧调兵遣捕，于9月7日诱捕蒲殿俊、罗纶、邓孝可、张澜等保路斗争领导人，制造了屠杀成都保路民众的大血案。

7月26日，盛宣怀致电赵尔丰，说罢市罢课就是乱党，只要在布告里宣称"格杀勿论"就能相安无事，抓几个带头的就能息事宁人。

7月28日，赵尔丰致电内阁，要求将借款修路交资政院决议，以缓解矛盾，否则"大乱将作"。

8月29日，端方参劾赵尔丰"庸懦无能，实达极点"，请求朝廷派重臣将赵撤职查办。

8月30日，内阁两电赵尔丰，坚持铁路国有。

9月1日，赵尔丰联合成都将军玉昆弹劾盛宣怀，请求朝廷查办盛宣怀。

短短数天内的交锋可以看出，赵尔丰的表现已经令朝廷失望。来自各方面的压力，逐渐将赵尔丰逼近"矛盾的焦点"。

山雨欲来风满楼。一些朝廷重臣们却视若无睹，忙于内斗。此时，连英国驻成都领事都看不下去了，表示愿请示公使作出让步，将股款还给川汉铁路公司，川汉铁路仍为商办。赵尔丰似乎看到了"解决问题"的一缕曙光，他急电内阁，告以此事。

英国人愿意给清廷台阶下，而朝廷对此却置若罔闻，并未采取任何行动与英方交涉。

已如热锅上蚂蚁的赵尔丰，混迹官场数十年，从未感觉到如此窝囊和无助。无奈，他还是抱着试试的心理，向内阁协理大臣那桐发去急电，站在帝国存亡的高度痛陈利弊。

那个信息相对滞后的年代，远在千里之外的帝国决策者们，当然没感受到成都的"火药味"，他们按以往的条陈惯例，还以为是赵尔丰这位履新总督"夸大其词"，"软弱所至"。朝廷的态度不但没有缓和迹象，还以宣统皇帝的名义严饬赵尔丰"迅速解散、弹压非法组织"，否则将"被撤职，押解进京审判"。

此时，朝廷想要的，还是那个关键时刻能站出来的"屠夫赵尔丰"。

这样的语境之下，朝廷还在不断施压。9月2日、4日，上谕两次严厉申斥赵尔丰，强令赵尔丰平息保路风潮，否则治罪。同时，命令端方带兵两千，由荆州入川镇压保路运动。

事情至此，已经没有任何转圜余地。

步步催逼步步惊心。赵尔丰再也没有任何退路了，是站在朝廷一边？还是站在保路一边？这次他必须作出抉择，他清醒地知道，如果按照朝廷的意思再

宣统三年（1911）七月，四川总督赵尔丰镇压保路风潮的布告
（四川博物馆藏）。
章夫　翻拍

当一次"屠夫"，可成都的事实告诉他，他无论如何
"下不了手"。而如果不讲政治站在成都保路一边，
他也无论如何难以做到，弃刚刚到手的总督于不顾。

与朝廷作对？下场一定很惨；与同志会作对？更
会身败名裂。

已经65岁的赵尔丰，刚刚履新就站上了人生最为
艰难的十字路口。辗转反侧之后，几十年的宦海生涯
让他坚信，朝廷是他的最大靠山，此刻只能与朝廷同
呼吸共进退，与紫禁城保持同一个声音。

赵尔丰在一路尴尬中反复求『解』

非常时期，各色人等都在不停地打着算盘。保路会、哥老会、同盟会"三会合流"，已经形成了一股与朝廷对抗的强大势力。这些势力就是一个"火药桶"，燎原之火，只待一根引线。

各方势力都在用放大镜紧盯着赵尔丰，看他以什么样的方式抛出这根"引线"。

想法既定。赵尔丰决定召集"保路会"和"九大首领"议事……总督府内，两种不同类型的人分坐两排，阵营不同，泾渭分明。一边依次坐的是：蒲殿俊、罗纶、颜楷、张澜、彭兰芬、江三乘、邓孝可、王铭新、叶秉城。另一边坐的是：赵尔丰的表侄、布政司尹良，兵备处总办吴钟容，巡防军统领田征葵，教练处总办王淡，心腹幕僚饶风藻。

这次见面，赵尔丰很是花了一番心思，他特地穿上总督官服，头戴一品红珊瑚顶伞形红缨帽，身着有仙鹤的蟒袍，脚蹬粉底皂缎靴。这样严肃而正式的装束，向与会人员透露两层意思，一是皇权在上，以此在这特殊的场合显示大清的威仪；二是明白地告诉与会者，四川的天下仍在他赵尔丰手里，如果谁不听话，他是有权力有能力"拿下的"。

可赵尔丰的精心设计，却没有收到他想要的效果。这一不合时宜的装束在另一拨与会者眼里，甚至多少显得有些滑稽。蒲殿俊等人一看到总督这般模样，还以为"如此正式"有什么好消息。

那顶"一品红珊瑚顶伞形红缨帽"，那身"仙鹤的蟒袍"无疑是朝廷的象征。已经铁定"站在朝廷一边"的赵尔丰，更像穿起了戏服一般，他扮演起了"川剧变脸"，与先前保路态度的"赵尔丰"来了一个坚决的切割，张口闭口是"朝廷体恤川人，川人也应体恤朝廷"，"一切以大局为重"的大道理。

与这帮士绅耍嘴皮子，武人出身的赵尔丰肯定处处占下风。无奈之下，赵尔丰发怒了，他拿起一份事先备好的《川人自保商榷书》厉声质问："这是你们散发的吧？公然煽动全省百姓不纳粮、不纳税。就这一条，本督就可以治你们的死罪。"原来，那份叫《川人自保商榷书》的传单，明确提出"编练国民军、制造军械，实现川人自保"。按说，这样的声音与行动，已经不再是"人民内部矛盾"了。

为了不使局面太僵，赵尔丰还是强忍着屠夫的性子，也没把话说得太死，"本督部堂怜你们都是有功名的士绅，请你们来，是想开导你们，共同面对眼下的困难局面……"没想到他话音刚落，股东会会长颜楷就硬邦邦地顶了一句："有什么了不起，流血罢了，四川人还怕流血吗？"这一切虽在赵尔丰的预料之中，但他还是显得有些意外且尴尬，他血红的眼睛足足盯了颜楷两分钟，铁青着脸，不耐烦地手一挥："送客"。

按赵尔丰的秉性，这些人早就该"拿下了"，可这一次，他还是忍了——面对一盘难解的棋局，赵尔丰在反复求"解"。

赵尔丰似乎找到了这盘棋的唯一一下法：进则死，退则生。原来，静下心来的他，听从了智囊邵从恩的建议："大帅的势力在康区，那就干脆退回到康区，躲过这阵急风暴雨。只要手握兵权，还怕不东山再起？"

权衡再三，赵尔丰不得不"让"出总督位置——他当然不愿意轻易交出手中的权力。

深秋之夜，成都皇城明远楼内，一场政治交易在夜幕中徐徐进行。赵尔丰再次"变脸"——桌子两边分别对坐着先前同样的人，只不过角色稍稍发生了转变，一边是即将下野的"官"，一边是即将执掌川省七千万人命运的"绅"。

面对各省纷纷"独立"的现状，成都"独立条件"经过"民主协商，互谅互让"，就此确定。官绅们各得其所，实现双赢。

"条件"是按赵尔丰的要求制订出来的。"独立条约"规定：新政府名"大汉四川军政府"。新任都督蒲殿俊，新任副都督朱庆澜（赵尔丰原部属、新军统领）。赵尔丰自己则回川边负责，用他自己的话说，"替四川守西大门"。

军权仍然掌握在赵尔丰手里，朱庆澜只不过是他的代理人。后来有人愤愤地说，蒲殿俊等人"简直就是赵尔丰的提线木偶"。

赵尔丰的软着陆看似风平浪静，其实是在为更大的反叛蓄力。《清史稿》载——

会川乱起，尔丰还省，集司道联名奏请变更收路办法，不允。商民罢市，全省骚动。廷寄饬擎祸首，捕蒲殿俊等拘之，其党围攻省城。

原来，赵尔丰提前惊悉，朝廷已有意免去他总督一职。赵尔丰看清了，自己只不过是六神无主的朝廷某些人手中的一张牌。那些人眼里，他已经失去了利用的价值。赵尔丰心里明白，这是他最优的解决办法。总督肯定是当不成了，就是看谁来接替他，在这个改朝换代的风口，他无形中有了一定的筹码。

既然如此，何不自己做个人情？这样，也给对川督垂涎三尺的端方，一个有力的回应。

此时，端方的处境也好不到哪里去，只不过他比赵尔丰显得更加自信罢了——赵尔丰还看清了自己的处境，而端方，根本没看到自己身处何等危险之时。

《清史稿》载——

督办川路大臣端方劾尔丰操切，诏仍回边务大臣，以岑春煊代总督。

帝国真正的悲哀。像赵尔丰、端方这样的朝廷重臣都看不清前行的路，大清岂有不亡之理？

这个端方，可不是一般的人物。

托忒克·端方，标准的根正苗红的贵族家庭出生，光绪八年（1882）中举人，是晚清满洲高官中具有革新思想的政治领袖，于内政外交尤有心得，先是在考察归国后出任两江总督，后调任直隶总督，深得慈禧厚爱。身居豪门，忘乎所以，未曾想慈禧驾崩后，他跳前跳后要拦路拍照留念，引起圣怒，被弹劾罢官，闲赋在家。

像端方这样的"政治动物"，没有政治活动就意味着生命的终结。

宣统三年（1911）5月18日，朝廷复启用端方，任命他以侍郎候补充督办粤汉、川汉铁路大臣。其背景是，作为新政府改革的重要标志，首届责任内阁出台了铁路国有化改革方案，需要懂行的重臣去实施。朝廷认为，端方就是其中"懂行"的"重臣"之一。

大清末年的铁路，有如另一个巨型舞台，各路人等不约而同都陆续从幕后走到了前台。

曾是朝廷重臣的端方，1911 年 5 月被清政府任命为川汉粤汉铁路督办大臣，9 月奉命带兵入川镇压保路运动，11 月 6 日任暂行署理四川总督。行至资州（现资阳），被革命党人处死，最终性命不保。

章夫　翻拍

有了用武之地。南下赴任，端方特地绕道河南彰德，那是袁世凯的老巢。此间，袁世凯正闲赋在家面壁。虽说是不在朝堂，但他却时时关注着时局每一个细微的变化，朝野上下呼吁袁世凯复出的声音也越来越高。

这个时候去拜望袁世凯，主要是为了给自己找退路。端方知道，袁世凯最终是要出来主持局面的，毕竟他手中还有一支战斗力十分强悍的小站新军。袁世凯心里也明白，再次出山也需要端方等朝廷重臣的推举。

为了绑紧彼此关系，端方将独生女儿陶雍许配给袁世凯的爱子袁克定。这样的政治联姻真可谓门当户对，珠联璧合，筹码十足。

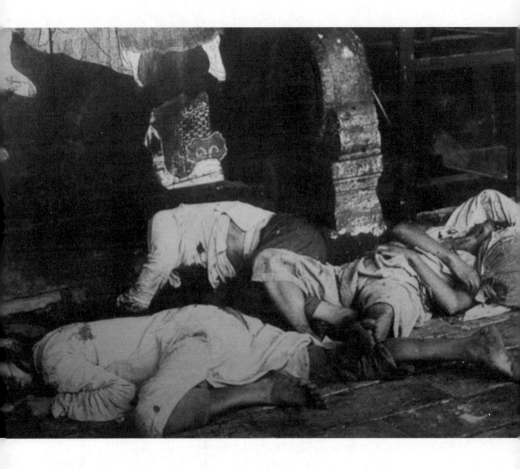

　　当端方得知朝廷越来越不满意赵尔丰在四川的工作之后，以为自己马上会咸鱼翻身。他火速弹劾赵尔丰，以此向朝廷表忠心，认为赵尔丰有失大臣风范，"始则恫吓朝廷，意图挟制；继则养痈遗患，作茧自缚"。恰逢北京主持此项改革的盛宣怀等人也认为，赵尔丰在四川保路运动中优柔寡断，镇压不力。赵尔丰下课在所难免，只是时间问题。

　　机会终于来了。1911年9月7日，成都血案爆发，四川局势急转直下。仅仅过了三日，清政府便神速免除了赵尔丰的总督之职，委派端方接管治理。春风得意马蹄疾，兴奋莫名的端方，率领湖北新军第八镇之中的第十六协第三十一标以及三十二标一部，共两千余名湖北新军赴川平乱。稍后，朝廷又命四川省水陆新旧各军悉听端方调遣。

1911 年 9 月 7 日，成都血案爆发。

"死刑是砍头或绞刑。他们习惯于拷打犯人，或把受刑人砍成几截，这简直是魔鬼的手段。中国人的正义观就是有仇必报。他们每天遵守的习俗和我们的完全不同，大体上讲，一切都是相反的。在这个国家，地上有许多坟墓，这些土堆里埋葬了成千上万人，远比活着的人更多。"

摘自路得·那爱德日记

法国人儒勒·乐和甘记载："衙门前堆满了尸体。所有的，绝对是所有的照片上的尸体生前都是没有武装的人，大部分是平民，老人和年轻人都有：有人手中还紧捏着蒲扇，人们手中连一根棍子都没有。"

儒勒·乐和甘 1909 年至 1912 年成都领事馆工作，之后他中国度过了他的整个外交生涯，直到 1945 去世。

（美）路得·那爱德 摄

词条

蒲殿俊　　　四川广安人，辛亥保路运动的主要领导人。1904年参加殿试，中进士，被授职主事，1905年公派日本留学。1909年蜀人公推蒲殿俊任四川咨议局议长，同年8月北京成立全国咨议局联合会，蒲殿俊被选为联合会副主席。1910年创办四川咨议局机关报《蜀报》，提倡民权。因为满清政府要收回川人筹股自办的川汉铁路，引起川人强烈不满。1911年6月蒲殿俊以咨议局和川汉铁路公司为基础成立四川保路同志会并担任会长，领导了轰轰烈烈的保路运动。1911年10月武昌起义成功后，四川宣布独立，蒲殿俊任大汉四川军政府都督。此后出任过北洋政府内务次长等职，后淡出政界。1934年因病逝世，终年59岁。

很显然，朝廷已经放弃和平的安抚政策，准备最大牺牲以武力平息因保路而引发的骚乱，恢复秩序，制止这种骚乱向周边向全国蔓延。

端方"打了鸡血一般"满血复活，星夜兼程携带"利器"入川。

犹如多米诺骨牌引发的连锁反应一般。不成功便成仁。却说重压之下的赵尔丰，关键时刻，"屠夫"性格暴露无遗，他要赶在端方进入四川之前搞定保路运动的事，他要向朝廷证明，四川的事，我赵尔丰还行，无须派端方来。这样的逻辑思维诱导下，赵尔丰采取雷霆手段，直接把自己推到了与四川人民，特别是数千万铁路股民的对立面，从而万劫不复。

端方到达四川境内后，后方的武昌起义发生，他所带领的军队也暗潮涌动、酝酿兵变。

1911年11月27日，新军哗变，端方带领的湖北新军发动起义，军官刘怡凤率领起义士兵将端方、端锦兄弟斩首示众。四川作家田闻一在《清末最后一任四川总督》一书中，生动详细地记载了27日那个特别的日子——

午后，几朵鸭绒似的薄云挂在红墙黄瓦，极似北京天安门的成都皇城上空。城中间那扇高大厚重的拱圆形的城门洞侧，破天荒地挂出了一个白底黑字的"大汉四川军政府"大牌子。市街上，到处的商店前、民居屋檐下，都斜挑起一根竹竿。竹竿挂起的白旗上，中间署有一个鲜红的"汉"字，十八个黑色的圆圈环绕在它周围，象征与川省相邻的中华大地上的十八个省份。

这个寓意特别，形状怪异的"汉字旗"，在瑟瑟秋风中，哗啦啦地飘舞得很欢实。

古城成都的两百多条大街小巷内，居民们无不站在这陡然挂出的军政府的旗帜下议论纷纷，不无惊异。

"这旗子咋怪眉怪眼的，大圈连小圈的，啥子意思？"

"蒲殿俊他们搞的啥子名堂呢？赵尔丰还在督署嘛，咋就成立了军政府？安逸，现今成都有两个政府，叫我们听哪个的？"

"天无二日，国无二君。以后还够得扯，哭的日子还在后头。"

夜幕降临。天上有苍白的月，四周有缥缈的黑云。惨白一月光不时洒向战乱中战栗不已的资中县城。这时，从荆州呼啸而来的端方已经在此守候数日，正守株待兔，伺机而动。

获悉赵尔丰将总督的红顶子擅自交与"外人"后，端方既气且怒，进退维谷。

这时部队又出现不稳苗头，当他得知成都城头变换大王旗之后，凶多吉少的预感顿时涌上心头。

令端方死不瞑目的是，出卖他的，竟然是他的卫队长杨毓麟。

起义官兵割下端方、端锦兄弟俩脑袋，装进盛石灰的子弹箱内。1200余名官兵连夜剪掉辫子，宣布起义。

多事之秋，任何意想不到的故事都可能发生。这支本来入川镇压保路运动的鄂军，在四川起义军的欢送下，返回了武汉。

说来凄惨，民国元年（1912）1月10日晚，端氏兄弟头颅被置于装洋油的铁盒之中，从重庆上船押解至武昌。鄂军都督黎元洪命令，将端氏兄弟头颅游街示众，武汉民众纷纷走上街头，几至万人空巷。

后，端方长子端继先几经周折寻回了头颅，运回北京。袁世凯当上大总统后，将儿女亲家端方的头颅和身体连起来，给予厚葬。

词条

托忒克·端方

字午桥，号陶斋，满洲正白旗人，官至直隶总督、北洋大臣。端方幼年时被过继给伯父桂清为嗣子，1889年，28岁的端方才正式受命做官，因其工作勤勉，仕途也还算顺利。1898年3月，在翁同龢与刚毅的保荐之下，端方第一次被光绪帝召见，由此获得了年轻皇帝的青睐。戊戌变法中，朝廷下诏筹办农工商总局，端方被任命为督办。对当时"志大心切"的端方来说，这既是一个重大机遇，但同时也是一个厄运的开始。戊戌变法期间，端方曾一天连上三折，全身心投入到新筹办的部门当中。戊戌变法很快被慈禧太后推翻，除京师大学堂予以保留之外，其他新政措施包括农工商总局一律撤销，端方本人也被革职。宣统三年起端方为川汉、粤汉铁路督办，入川镇压保路运动，为起义新军所杀。谥忠敏。著有《陶斋吉金录》《端忠敏公奏稿》等。

枭首示众，『赵屠夫』被『自己人』所『屠』

端方两兄弟死于非命之时，赵尔丰还蜷缩在成都这座城市最具权力的总督府中。

总督府里外两重天——外面，是一片嘈杂与喧嚣；里面，是死一般的沉寂。赵尔丰瘫坐在太师椅上，双目微闭，身处"孤岛"中央，他已经疲惫不堪，从未有过的孤独感笼罩，让他后背阵阵发凉。

作为四川末代总督，赵尔丰此时后悔莫及，他的政敌端方的悲惨结局，给了他极大的震撼，面对眼前残酷的现实，"屠夫"的勇猛与血性在他身上慢慢远去，他怕了……他不敢去想明天的自己。

悔不该在错误的时间来到这错误的地点，坐在这错误的位置之上。困在成都的赵尔丰似有所悟，有了自己的逻辑思维："端方若不逼人太甚，我不会轻易交权；我不轻易交权，他也就不会丢命。"

想及此，断不信神的赵尔丰仰天长叹，"这，果真是天意吗？"

《清史稿》载，武昌变作，资政院议尔丰罢黜待罪，而朝旨已不能达川。重庆兵变，会匪蜂起，军民环请独立，尔丰遽让政权于殿俊，殿俊自称都督。防军复变，殿俊走匿，全城无主。

辛亥年阴历十二月七日夜，川西坝子冬天特有的阴冷，整个成都寒风刺骨。

皇城，军政府灯火辉煌。刚上任的军政府都督蒲殿俊、副都督朱庆澜、军政部长尹昌衡正在研究第二天的阅兵事宜。其时，尹昌衡对蒲殿俊"放假十天以庆祝军政府成立"的决定虽然没说出口，心存狐疑。

果不出所料，次日上午阅兵仪式上，军乐队结束奏乐，春风得意的蒲殿俊刚说出"各位革命军人"，阅兵场上就响起了"不友好的枪声"，顷刻之间秩序大乱，一介文弱书生蒲殿俊吓得直往主席台桌下钻。

四川大汉军政府首任正副都督蒲殿俊（左）和朱庆澜（右）。

"……清清楚楚看见两个都督品排站在桌子跟前。朱庆澜身材高大，军装穿得巴适；蒲殿俊和他一比，不仅瘦小委琐，就是穿着也不合身，上装长了些，衣袖更长，几乎连手指头都盖过了，似乎有人在司仪，听不清楚吆喝了一些什么。只见朱庆澜两腿一并，向着国旗，不忙不慢地把手举在帽檐边。蒲殿俊也随着举起手来，可是两只脚仍然站的是八字形，而且五根指头也伸得老开，似乎还有点抖颤。"（摘自《李劫人选集》第二卷下册《大波》）

拍摄者那爱德在日记中坦言："11月27日，星期一，举行了就职仪式，我荣幸地为新总督和副总督拍照。"

（美）路得·那爱德 摄

又一场兵变发生了。刹那间，那些无拘无束的"散兵"变成了"游勇"，他们四处逃窜，横行霸道，逢物便抢……偌大个手无寸铁的成都城，成了他们掠夺的最佳对象。

关键时刻，尹昌衡站了出来，他带领四川陆军学堂千余名学生上街维持秩序。原来，赵尔丰到任之初，便委派尹昌衡为四川陆军学堂代理总办，那帮持枪的学生兵只听他的。

《清史稿》载，"商民请尔丰出定乱，因揭示抚辑变兵。而标统尹昌衡率部入城，自为都督，罗纶副之。"

顷刻之间，尹昌衡替代吓得半死的蒲殿俊，魔术般地成了四川省新的都督。

1911年阴历十二月八日，新一届四川军政府成立。值得关注的是，这一届军政府中，同盟会占了百分之六十的席位。大胜。

尹昌衡的当务之急，是彻底解决赵尔丰的问题。不关乎其他，他在乎的是赵手上那三千精锐。已经卸任总督的赵尔丰还霸占着总督署，他的精锐也时刻唯他马首是瞻。

这，是同样带兵的尹昌衡无法容忍的。

兵者，凶也。颇有些城府的尹昌衡心里明白，此患不除，必成后患。

犹豫再三，27岁的尹昌衡亲自独闯总督府。年轻老成的他，掐中了赵尔丰的任督二脉——总督府有如成都这条汪洋大海中的一艘孤船，赵尔丰不敢对他怎样，何况他身上还有一层外衣——他是赵尔巽起用的人，赵尔丰定不会有什么怀疑。身为民国名帅之后辈，田闻一用白描一般的文字，详细还原了那个历史瞬间——

"我今天来，并非要逼你。是想同你商量一个万全之策，将你的三千巡防军变一下旗号。如何？"尹昌衡率先出招。

赵尔丰一怔："你是要本帅俯首交出兵权？"

"不是。"尹昌衡摇摇头，"这三千边军不过是穿军政府的衣，拿军政府的饷，打军政府的旗，实质上仍然是你赵大帅的部队，完全听从你的命令。"尹昌衡开始给赵尔丰具体分析，"你现在已经没有财政来源，欠了边军士兵三个月军饷，如果不这样办，你这三千精锐还能维持多久？"

赵尔丰沉思良久，想想眼前这位年轻人还是二哥手上提拔起来的，也不至于"打翻天印"，何况自己手上已经没有多少牌可打了，只得照尹昌衡说的了。

尹昌衡见赵尔丰犹豫不决勉强答应，遂立即召集总督署的三千士兵训话，"你们名义上就是军政府的官兵了，给养、饷银完全由军政府负责供给。赵大帅欠你们的饷银，政府马上补发。"尹昌衡心里暗自一笑，"不过，你们仍然完全接受赵大帅的指挥。"

"赵大帅欠你们的，政府马上补发"这句一语双关的话在官兵中间很受用，他们心里有了底，赵尔丰心里也好像吃了一颗定心丸。

古人云，乱世出英雄。而乱世之中，能震慑住局面的，往往是这种能凝聚起较为稳定的中、下级军队群体、又心狠手辣的人物。尹昌衡就是这样的人。只是，直到此刻，赵尔丰不但没有看透尹昌衡，还在心里暗自感激这位二哥提拔起来的青年才俊。

尹昌衡心里，一场针对赵尔丰的阳谋，正有条不紊地进行。

(词条)

尹昌衡　　原名昌仪，字硕权，号太昭，别号止园。四川彭县（今彭州）人。光绪十年闰五月十九日（1884年7月11日）出生，祖父尹善志，熟读经史，不曾仕进。父亲尹仕忠是个塾师，舌耕不足，有时做点小买卖，以维持一家生计。尹昌衡自幼从其父诵读儒书，稍长，五经皆能成诵，曾应乡试不第。9岁时随家迁居成都，就学于锦江书院。光绪二十八年（1902）入四川武备学堂，后赴日留学。光绪三十二年（1906）加入同盟会。宣统元年（1909）回国，任四川军政府军政部长。宣统三年（1911）武昌起义后，领导四川革命党人起义，光复成都。同年12月8日平定成都叛乱，被推为大汉四川军政府都督。12月22日生擒并处决晚中复辟的原清四川总督赵尔丰。1912年4月任四川都督府都督。同年7月西征平息康藏叛乱。1913年被袁世凯骗至北京关押。1916年袁世凯死后出狱。1921年回成都闲居。著有《止园文集》。

1911年12月21日，尹昌衡大张旗鼓为自己操办婚典，以麻痹所有人。深夜三更过后，他突然下令："包围总督府"。

亲自擒杀赵尔丰的人名叫陶泽焜——都督护卫团团长。陶泽焜奉命率锐卒数十人组成敢死队，到督院西辕门赵尔丰住地，直闯赵尔丰卧室，生擒赵尔丰，解押到皇城内的四川军政府。

这个陶泽焜，说起来与赵尔丰还有些关系。

陶泽焜的母亲是赵尔丰妹妹的侍女，因为彼此关系要好，又结为姊妹。因而，陶泽焜一直把赵尔丰尊称为舅父。陶泽焜是四川苍溪人，清末武秀才，后考入四川将弁学堂。因赵尔丰推荐，留四川绿营任哨长（连级），侍卫四川总督锡良。之后，任四川绿营任管带（相当营级），侍卫四川总督赵尔巽。

苍溪县城东郊有个大坝，名叫"赵公坝"，盖因赵尔丰兄弟到过此地而得名。不难看出，赵、陶两家的关系，一度很是亲密。

或许正因为此，尹昌衡才将这个"重要任务"交给了陶泽焜，使他能顺利进入总督府。据悉，当晚陶泽焜以侍卫管带之名省哨，给赵尔丰值宿卫的卫兵根本没防备之心，让陶泽焜很容易就混入了赵尔丰的寝室。还是这个陶泽焜，在皇城明远楼前尹昌衡主持的公审大会上，手持大刀，亲自将赵尔丰首身分离。

《清史稿》载，尹昌衡以兵攻督署，拥尔丰至贡院，尔丰骂不绝口，遂被害。

陶泽焜还有两个身份，四川总督尹昌衡护卫长，强国委员会委员。应该说，他早已是尹昌衡的人了。这一点，赵尔丰死到临头，还蒙在鼓里。

陶泽焜能如此身先士卒，勇于担当"刽子手"角色，还是令尹昌衡感动。为奖掖陶泽焜"除暴有功"，尹昌衡特地安排"骏马八匹，大轿四抬，前呼后拥，荣归故里"。

风光还未散尽，报应很快降临。听闻赵尔丰被血腥枭首，其头颅挂在树上，示众三天。已升任为内阁总理大臣的袁世凯大发雷霆，特令四川陆军一个名叫周俊的师长"解决此事"。

身逢乱世，祸福难测。据载，陶泽焜及其一家老少七十余口，惨遭灭门。

原来赵尔丰与袁世凯是真正的儿女亲家，赵尔丰的女儿是袁世凯的三儿媳妇，而赵尔巽也是袁世凯的多年故友，赵尔巽认为三弟"既已交权，却遭残杀"，实在冤枉。

1911 年 12 月 21 日深夜，四川军政府逮捕赵尔丰。一周年之际，成都媒体以漫画的形式，形象生动地表达了尹昌衡派陶泽煊生擒赵尔丰时的情形。
章夫　翻拍

有儿媳妇为其父报仇，有好友为其弟鸣冤，加之赵尔丰死相如此凄惨，袁世凯当然要"主持公道"。

尹昌衡自然脱不了干系，他才是杀害赵尔丰真正的主角。袁世凯派人将尹昌衡扣押起来后，下令褫夺尹昌衡军职荣典，如果不是时任陆军总长段祺瑞出面力保，尹昌衡应该性命不保。袁世凯最后手下留情，仅以侵占公款的罪名，判处尹昌衡九年有期徒刑。

1916年袁世凯死后，黎元洪任大总统，尹昌衡被特赦出狱。自此以后，似乎看穿了人生与世事，尹昌衡常以诗酒、参禅自遣，了却漫长余生。

与赵尔丰一样，尹昌衡同样是一个值得研究的历史人物，这里不妨再多一些关于他的信息。光绪三十年（1904），尹昌衡因就读四川第一届武备学校成绩优异，被选送日本东京士官学校留学深造，与蔡锷是校友，与阎锡山、李烈钧、唐继尧是同学。

学成回国后，因被清廷怀疑在日期间参加过孙中山的同盟会秘密军事组织未被录用。时任广西巡抚张鸣岐看他是个人才，延聘去广西桂林办广西陆军学校，校长是蔡锷，尹昌衡任教务主任。第一期招生时由他全权负责，后来成为国民党大佬的白崇禧、李宗仁等，都是他当时招的学生。

这个时候在广西官场的四川人，还有清廷翰林颜缉祐、颜楷父子，还有晚清四川唯一的状元骆成骧。颜楷有个妹妹叫颜机，也是大家闺秀，看上了才貌双全的尹昌衡，颜家托骆成骧说媒，很快就订了婚约。

时年25岁的尹昌衡与同盟会走得很近，在广西呆不下去后，颜缉祐便推荐给时任四川总督赵尔巽，就这样，尹昌衡回到了成都老家。

应该说，尹昌衡急于除掉赵尔丰而乱天下，莫不与他的同盟会身份有关。辛亥年十月十八（1911年12月8日）成都兵变之日，尹昌衡正式宣布加入同盟会，成为革命党人。

乱世迷人眼，几人能看透？年轻老成稳重的尹昌衡，关键时刻还是没能沉住气，以致影响了整整一生。

"大汉四川军政府"都督尹昌衡宣判赵尔丰死刑的罪状是：暗通北庭，教唆兵变，图谋颠覆军政府……。

三弟被枭首的消息传到赵尔巽耳里，他重重地坐在总督府椅子上，半天没回过神来，他根本无法接受这一现实。骨肉相连，同胞之亲。他内心有一种深深的自责，正所谓百密终有一疏，回首过往，他不该让三弟回来接任这个看似光鲜的总督。

如果是他在，或许结局就会是另外一个样子。赵尔巽太清楚三弟的为人与秉性，所以，只要有机会他都会尽一个兄长的责任，给弟弟以某种形式上的暗喻或启示。

赵尔巽不禁回想起兄弟俩最后见面的那个刻骨铭心的时刻——

光绪三十四年（1908）夏末的一天，赵尔丰回到成都，隐约感觉要离开四川的赵尔巽，特地邀三弟到都江堰一游，是想彼此交心地深谈一次。

来到宝瓶口和伏龙观，"深淘滩，低作堰"，"遇弯截角，逢正抽心"的治水诤言让赵尔巽不禁感慨，"李冰说的是治水，其实治国何尝不是如此啊……只要得法，就能泽被后世，物阜民丰。"

"李冰当初条件如此简陋，竟做出如此伟业，创出了一个天府之国。"赵尔丰接过二哥的话，不禁畅想，"川、康、藏地域纵横万里，唇齿相依。你我弟兄珠联璧合，必将创千秋伟业。"赵尔丰春风得意，心情大好。

赵尔巽眼里，三弟除天性而外，看来真的是在山沟里钻久了，眼里只有打打杀杀。

风雨飘摇的晚清王朝，赵氏兄弟堪称干员，生活上公认的清俭，兄弟俩在朝中还有"西天双柱"之称。可面对积贫积弱随时可能改朝换代的关键时刻，身为朝中大臣的赵尔巽不由得隐隐为弟弟担忧，因为说不清为哪怕一丝火星，就会身败名裂甚至丢掉性命，所以必须处处睁大眼睛，看清前路，小心翼翼。

兄弟俩都没有想到的是，这竟是他们生前最后一次交心长谈。

赵尔巽是一个每临大事有静气的人，几十年宦海生涯，他看到了许多，也学到了许多。他显然更能准确把脉帝国的气息，因而惊闻三弟赵尔丰在成都枭首的消息，赵尔巽内心有一种说不出的痛楚。

按说，一个65岁的人应该享天伦之乐了，像赵尔丰还在藏区冲锋陷阵，真的罕见。

稳定川边、收复昌都、驱逐噶厦、威慑英印……这一连串的赫然功绩，有人将他誉为"左宗棠之后第二人"（左宗棠晚年收复了新疆）。再考虑到赵尔丰捐纳出身、高龄为官的履历，以及他在最后五年间，从权道台到实总督的蹿升速度，已经是一位朝廷重臣大器晚成的完美典型。

真正的历史是不完美的，完美的历史也不属于赵尔丰的历史。

晚节不保。成为赵尔丰人生最后的标签。或许，没有真正想到过自己的"晚节"，才是赵尔丰真正的为人风格，也正是生命临终前七个多月的四川总督生涯，让赵尔丰闻名于世。

1911年，是中国历史最应记住的一年。我们不妨再看看赵尔丰生命最后100余天的重要日历上，他生存的那片天空究竟发生了什么——

4月，赵尔巽调任东三省总督。

6月，四川爆发保路爱国运动，清廷严令弹压。

8月2日，赵尔丰接任四川总督。

9月7日，赵尔丰诱捕保路同志会领袖蒲殿俊、罗纶等九人。

9月8日，同志会组织民众在总督府前请愿放人，军警卫兵悍然开枪，当场射杀数十人，酿成震惊全国的"成都血案"。

9月10日起，四川各地同志会纷纷起义，旬月之间，四川大半州县被保路同志军攻占，清军处处失利，四面楚歌。

9月16日，赵尔丰召集各营军官训话，部署弹压保路风潮。

9月25日，四川荣县宣告独立，成为中国第一个脱离清廷统治的县级政权。赵尔丰无法控制局势，川军也不愿意接受清廷命令继续弹压同胞。

9月26日，清廷紧急抽调湖北新军入川弹压保路运动，导致武昌兵力空虚。

10月10日，武昌首义。

11月6日，赵尔丰被清廷免去四川总督职务，仅保留川边军务大臣。

11月14日，赵尔丰释放蒲殿俊等人，并表示愿意交出政权。

11月27日，成都宣布独立，成立四川军政府，蒲殿俊出任都督。

12月8日，成都兵变，蒲殿俊出逃，尹昌衡接任都督。

12月21日深夜，四川军政府逮捕赵尔丰。

12月22日，成都皇城坝对赵尔丰进行公审，当即处斩。

从封疆大吏落到死刑罪囚，从民族英雄沦为人民公敌，从大器晚成变成晚节不保……这一切过山车般的履历，赵尔丰只用了短短百余天。

那个风云突变的年代里，每个人物都如浮萍一般，在时代命运的海洋里随波逐流。潮头之上的好手，很可能在下一秒就坠入深渊。

赵尔丰，为国、捍卫了边疆的主权，为民、争得了自由与利益，是功。在错误的时间，错误的地点，担任了错误的官职，下达了错误的命令，成为手染鲜血的屠夫，是过。

严格而言，赵尔丰是从镇压边境叛乱的战场上，被紧急召回成都的。

成都血案，是赵尔丰一生中唯一在历史上难以洗清的恶名。事实上，他也不情愿这么做，而是为载沣、盛宣怀背上的恶名，最后，又被自己信任的军官以这种方式惨杀，真让人感慨万千。

每逢出大事之前，都会有很多征兆，四川的保路运动同样如此。

四川总督赵尔巽关键时刻离任，其弟弟赵尔丰到任之前，由布政使王人文代理。这个王人文也是精明，他知道"兹事体大"，晓之利害的他将屁股完全"坐"到了四川地方这一边，一直跟朝廷力争。但蛮横的朝廷亲贵，却不肯做哪怕丁点儿的让步，态度越来越硬。

上帝要你灭亡，欲先使其疯狂。这种情况之下，四川全省迅即成立保路同志会，成都的大街小巷都搭起了光绪皇帝的"灵位"，上书光绪戊戌维新时的"铁路准归商办"上谕，有了这个尚方宝剑，遍及各地的袍哥们十分活跃。

对此，高高在上的朝廷，还一厢情愿天真地以为，"普天之下，莫非王土；率土之滨，莫非王臣"。根本没有考虑到事情可能产生的后果，依然执迷不悟，连出昏招，不仅赶走了王人文，同时派端方率兵进川。

这个关键时刻，赵尔丰临危粉墨登场。不明事理，作风一贯强硬的他运气

命运各异的赵氏兄弟（上图为赵尔丰，下图为赵尔巽）

也太差，便自然地成了帝国的殉葬品。

凡事必有因果。思想决定境界，境界决定视野，视野决定格局，格局决定命运。

于是乎，保路运动在革命党和袍哥的运作下，变成了武装反抗，原来领导运动的立宪派士绅也被逼反，保路同志军遍地开花。

端方和赵尔丰，都是时代洪流之中的牺牲品。

"诸葛一生唯谨慎，吕端大事不糊涂"。赵尔丰兴冲冲地离开藏地之时，就已经注定了自己的结局。一个人走得太顺，往往蕴含着巨大的危机。赵尔丰的仕途生涯一路走来，先有锡良罩着，羽翼丰满之后，又有哥哥袒护，从一个无名小卒到一代朝廷重臣。

缺点一步步放大为错误，错误再一步步放大为妄自尊大。就像一辆高速行驶的车，失去了刹车之后，就只有滑向深渊。作为封疆大吏，没有人来管束，没有人能管束，也没有人管束得了的时候，灭顶之灾在所难免。

"晚清知兵帅，岑袁最有名；岂如赵将军，川边扬英声。"曾任中央文史研究馆馆长，著名教育家、政治家章士钊先生对赵尔丰在藏区的作为评价极高，并对赵尔丰的命运表示极大的惋惜，"政变始辛亥，全川如沸羹；纵贼舞刀来，丧此天下英"。

理塘冷谷寺堪布大喇嘛很会神机妙算，赵尔丰曾专门找他掐算过，这位大喇嘛捻着珊瑚珠串，眯着双眼，不紧不慢地说："大帅以后走西则善，走东则凶……"赵尔丰意外地一怔，向西是西藏，向东是内地，是成都。"我只能留在西藏？我不能回成都了？"

赵尔丰向来不信神。他之所以前去问卦，无非是想要冷谷寺大喇嘛给他这个朝廷一品大员说些吉利话，让他高兴，没想到大喇嘛却如此认真。当时他虽然闪过一丝不快，却也根本没放在心上。

不名垂千古就遗臭万年。用辩证的观点来看，能名垂青史和遗臭万年的，都不是一般之人。

赵尔丰当属此类。

成都新政步履蹒跚

自治，让精英与民众共舞

第五章

保路运动与成都『新』政

一个纯粹自愿的『经济行为』，不经意间演变成了强制的『政治运动』。他们只是『善于打破一个旧世界』，却未做好『善于建设一个新世界』的充分准备。新政，已经成为越来越绝望的人们，一次次企盼的唯一曙光。成都新政虽然步履蹒跚，却成效卓然。最明显的标志在于，推动了城市发展进程。

祭坛上的资政院

同样惨痛分娩的日本新政

以『夷』为师的痛苦抉择

保路运动复杂的前因后果

『他者』视觉的成都镜像

辛亥革命的前夜

一只股票引发的『骨牌效应』

一只股票引发的『骨牌效应』

大清的灭亡大戏，是伴随着一只股票的疯狂飙升，徐徐拉开帷幕的。

1910年3月29日，大清股市刚开盘不久，龙头股兰格志（一个橡胶公司的名字）股价便迅速攀升至1675两白银一股，发行价不过100两白银一股的兰格志，迎来了帝国历史性的疯狂时刻。

这辆"大清号"破车，以其强大的惯性呼啸而来。疯狂的人们都想抓住这最后的机会，掀起一轮又一轮抢购热潮。过山车般的红线持续上扬，形如红色警灯一般悲鸣，红了眼的人们很少看到其中的凶险。当时日本媒体报道，大清上海股市共吸引了6000万两白银，几乎是大清半年的财政收入。

股市虚假繁荣的泡沫，不到三个月便被刺破。美国宣布紧缩政策，大清股市立即出现"硬着陆"，龙头股兰格志从1600两一股，一路跌到了100两一股。大清的这次"橡皮股灾"，很多人归因于帝国主义"阴谋论"。说兰格志始终未种一棵橡胶树，本就是一家空壳公司，诱骗中国人跟风追涨，最后洋人卷款跑路，史称"兰格志骗局"。

股灾的爆发，引发了大清国的金融危机。股灾后，很多机构被套牢，现金流出现危机，最终形成了挤兑潮。钱庄纷纷倒闭，许多工厂破产，数十万人失业，数千万两白银蒸发。

大清国股市成了一地鸡毛的代名词。喜好赌博的中国人，很难按洋人制定的游戏规则，玩好股票这个"洋玩意"。

我们今天真的很难想象，自1869年上海从事国际股票买卖开始，到大清覆亡的数十年时间，中国的股票交易竟然是在茶馆里完成的，时人称之为"茶会"。

这样的情形极具画面感。每天早上，茶馆里人头攒动，看似来喝茶的茶客，实际他们都是来这里上班

1940 年兰格志拓植公司的股票

的商人。买卖双方神色各异，交头接耳，都在竖起耳朵打探最新的股票信息，不管这些信息真的也罢，假的也好。胆大的，直接将证券拿到茶会，一手交钱，一手交票。其实，茶馆里除了股票买卖双方外，还活跃着一批特殊的人群——掮客。当时的股票经纪人叫掮客，掮客们多呈神神秘秘，他们抛出的信息更是真假难辨，其目的旨在撮合双方，他们靠买家和卖家的交易来赚取佣金。所以，只要一旦成交，佣金到手，他们便匆忙物色下一批交易双方。应该说，他们才是茶馆里真正的赢家。

严格说来，这算是一种自发的市场。更让人难以理喻的是，这种茶会代行证券交易的方式，竟运行了近半个世纪。据载，"茶会"最早于宣统年间出现在上海南京路的惠芳茶楼，直到1913年才迁至四马路。一直延续到1914年上海股票交易公会成立，证券交易才开始逐渐走向正轨。

"天下熙熙，皆为利来；天下攘攘，皆为利往"。可以想象，种种不规范，巨大利益诱惑之下的股市，肯定存在很大的漏洞和操作的空间。因而，"橡皮股灾"让很多人从天堂跌到了地狱，四川铁路公司便是典型的一例。因为牛市的驱动，四川铁路公司拿出巨资投放股市，其结果是，股灾中巨亏350万两。据载，具体细节大致是，四川铁路公司驻沪经理把公司资金存入到几大钱庄生息，后又觉得股市回报率高，转而投向股市，心想赚上一笔套现之后退出来，没想到终至套牢。

后来"驻沪经理"被问责时，恰逢盛宣怀在幕僚郑孝胥建议下强势介入，宣布四川铁路国有化。

1900年后的大清王朝，试图以义和团驱逐洋人的幻想破灭后，痛定思痛，以前所未有的力度推动改革，这就是历史上有名的"清末新政"。

废科举，兴教育，办实业，建铁路是新政的主要内容。

公元1903年11月，清政府成立商部并颁布《铁路简明章程》，放手鼓励本国商民兴办铁路，全国官民热烈响应，在不到两年的时间里，就有北起黑龙江，南到广东的15个省建立了19家铁路公司。四川的川汉铁路公司就是在这一时代背景下成立的。

严格而言，在四川与湖北之间修建一条川汉铁路的计划构想很早，不过有这种想法的都是西方列强。早在1863年，英国商人所制订的中国"四干三支"铁路网方案中，就有从汉口入四川再转云南进而到缅甸的国际铁路线。这以后，无论是英国还是法国，有过多次修建川汉铁路的计划。英国人的想法更为大胆，他们眼里，甚至有着一条从埃及的开罗出发，经过中东与印度、缅甸进入云南，再经过四川往东直达上海的洲际铁路的宏伟构想。作为其中的重要枢纽，川汉铁路一直是其中的重要一段。1877年，当时驻英国公使郭嵩焘在一封致李鸿章的信函中说，他早在10年前就在上海看到了一份外国人绘制的《火轮车道图》，上面清清楚楚地有一条铁路由印度入云南，再"出楚雄以北趋四川以达汉江"。

铁路，无疑是二十世纪初叶的世界，最为丰厚的一块肥肉。修铁路，无疑是能够抢到这块肥肉最佳的途径。

1901年，晚清政府签订了丧权辱国的《辛丑条约》。条约中，铁路成为重要的符号。英国学者肯德公开在报上撰文，称："四川的财富和资源，是世界上任何地方都无法和它比拟的。"英国政府计划修建一条由上海经南京，过汉口、宜昌、万县到成都的铁路。甚至计划，要在英国人的势力范围内，将"条约港重庆"建成"远东的圣路易"。

就这样，在国际鼓噪和各方喧嚣声中，川汉铁路由策划到勘测，提上了重要的修建日程。

创办川汉铁路公司的，是四川总督锡良。

自1903年4月从热河都统的位置上调任四川总督后，锡良入川赴任时，由武汉乘船到宜昌，然后下船登岸，沿陆路入川，重在熟悉由鄂入川的道路。

当年7月，锡良就上奏朝廷，请求创办铁路公司。

词条

兰格志股票

"兰格志"系一个橡胶公司的名字。橡胶树的原产地是南美洲，后来也广泛在东南亚种植，但清代的中国人对它还是比较陌生的，只知道有一些专门做橡胶种植和贸易的公司，就叫它们"橡皮公司"。橡胶风潮19世纪末，随着汽车工业的迅猛发展，橡胶作为轮胎的必备材料，成为当时全世界的朝阳产业。伦敦、纽约等股票市场上橡胶热潮异常高涨。在价格和需求推动之下，世界各地的橡胶产业公司不断成立并发行股票，上海的金融市场也开始热炒橡皮股票。1908年，兰格志的交易价格是每股60两，甚至低于票面价格。到1909年5月，就已经是每股1160两了，相当于涨了18倍多。到1910年5月，继续涨到了每股1650两，远超过橡胶本身的价格波动。据日本学者菊池贵晴统计，橡皮股票最火热的几年间，华商总共投资在这类股票上的资金大概是4000万两至4400万两白银，而那时候清政府一年的财政收入是1亿两白银。橡胶的主要需求方是美国，1910年6月底，美国宣布了货币紧缩政策，同时限制了橡胶的消费。国际市场上的橡胶价格，以及那些橡皮公司的股票价格就开始应声下跌。

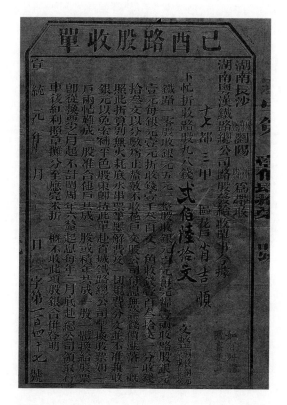

清朝末年，全国范围内各地都在纷纷发行铁路股票，已经成为一大热潮

1904年1月，川汉铁路公司在成都岳府街正式挂牌成立，这也是全国最早成立的省级铁路公司。锡良万万没想到，正是自己创办的这个铁路公司，成为颠覆他所效忠的大清王朝廷的"革命导火索"。

锡良从湖北入川，目的之一就是与当时的湖广总督张之洞商量两省共建川汉铁路事宜。

清朝政府的篱笆"扎"得很紧，虽然有外国资金觊觎，但在新政面前，人人都不敢当"卖国贼"。国家没有钱，咋办？"官招商股"。可招股方案一出台，他们才发现，四川可以募集的"商股"很少，官方有能力投入的更少，而修建铁路所需的资金至少在5000万两白银。资金缺口巨大。

得知英国、法国、美国有意加入投资铁路的消息，留日学生四川同乡会紧急行动，撰写了四川留日学生《为川汉铁路事敬告全蜀父老书》等数份热血澎湃的文件。其主旨是，川汉铁路必须自办，"以蜀人之力，修蜀中之路"，"绝不能落入外强之手"。并提出解决资金问题的三个办法——官款、地方公款、民款。还可以发行"公司债"。

为了清楚明白地说服他们的父老乡亲，那些热血满满血气方刚的留日四川籍学生，还特地用一口地道的四川方言，写下了《四川留日学生紧急修四川铁路白话广告》，其结尾是这样的——

望我们四川的人，个个晓得灭种惨祸，毁家破产，争修铁路。一面兴教育，办学堂，人人发奋，个个图强，打起精神，保我们四川，四川能保，以外各省更容易了。呜呼！我们的四川人，生死存亡，即在眼前。富的、贫的、老的、少的、男的、女的、大的、小的、贵的、贱的、智的、愚的、强的、弱的，七千九百四十九万三千零五十八人，其未睡醒耶？其睡醒耶！

就在留日学生四川同乡会紧急行动之后，又相继出现了《改良川汉铁路公司议》和《建议川汉铁路商办公司劝告书》，甚至还成立了"川汉铁路研究会"，其意见基本一致——

各省路事多归绅商自办，由官办都惟川路而已。

今日之川汉铁道……就公家言之，则仅利于一般豺狼之官吏；就私人言之，则仅利于少数牛马之缙绅。

破坏野蛮官立之旧公司，建设文明商办之新公司。

一句话，这个原本属于经济行为的商业项目，还未上马之前，便赋予了极其重要的政治色彩，其本身就是不正常的。无论是谁涉足其间，众目睽睽之下都难以全身而退。

火药味愈发浓烈。面对如此热血之鉴，加之"官办"之路太窄（官方没有资金），民间"商办"呼声日甚。锡良便上奏朝廷，"奏请改派川汉铁路公司官绅合办"，也就是将原来政府任命的"督办"改任为"官总办"。

公司从"官办"转为"商办"后，锡良终于松了一口气。他以为，"按租

為川漢鐵路事敬告全蜀父老

嗚呼。今者列強之滅國新法實行於中國各省而駸駸遂及我蜀我父老其知之否耶何謂滅國新法昔之滅人國者墟其社為滿其宮為廢置其君相為係累其子弟為今也不然握其政府財政之權奪其人民生計之路剝膚吸血使之奄奄以盡而國非其國矣英之滅印度也僅以區區十二萬金之公司取全印置之商團政治之下者數十年然後舉名實以入於英政府此稍誦歷史者所能知也德人之經營小亞細亞及南美洲也皆握其鐵道權礦權而制之死命也美人之縣夏夷也英人之囊杜蘭斯哇也以鑽石礦及金礦也美人之制巴拿馬也以運河也英人之輆埃及也先以外交敏捷之手段僅一夕話乃舉其王室所有之蘇彝士河股份而攫取之而埃及遂永沈九淵而不能自拔也日人之併朝鮮也先與俄羅斯戰於檀岨間取京釜鐵路權而扼之夫乃有今日也由此觀之百年以來亡國之跡歷歷可數何一非先由生計界實業界得寸進尺然後以政治權隨其後者乎嗚呼我父老十年以來列強所以處分中國之政策惟茲一事而

為川漢鐵路事敬告全蜀父老

川汉铁路公司成立后筹款困难，四川留日学生带头认购股本四万余金，并印发《为川汉铁路事敬告全蜀父老书》，此举激起不少川人热血行动。图片来源 四川保路运动史事陈列馆

出谷，百分取三，意在轻而易举，积微成巨"。可他很快就明白了，"中国召集民股，是为难事……骤欲集数百万股之多，此诚难之又难者也"。

更让锡良捉襟见肘的是，作为"官本之股"他只能拿出28万两银子。也就是说，作为四川总督，能代表四川全省官方家底的这28万，只够川汉铁路公司开办的筹备费。就纯经济行为而言，这样的"出资比例"当然没有任何话语权。

对于积贫积弱的大清各级政府而言，资金不足是当时商办铁路的最大问题，不仅仅是四川一省。譬如粤汉铁路广东段须投资近3000万两，但实际只募集了一半不到；湖南段须投资2500万两，而实际只筹集五分之一。日本情报人员在《东亚同文会报告》中透露，川汉铁路湖北段需要3000万两银子，必须筹集到三分之二方可动工，可一直到1909年3月，也仅筹到66万两。

《川汉铁路总公司章程》规定，股本以50两为一股，每年按4%的标准给付利息，规定"股东息银周年六厘，五两周年取息三钱，五十两周年取息三两"。所有集股收入全部用于铁路建设，铁路建成通车之后，利息继续每年发放，同时将扣除公积金之后的所得利润分为10份。3份"报效国家"，1份作为花红奖励员工，其余6份作为红利分配给全体股东。

这样的"规定"，应该说通俗易懂，妇孺皆知。百姓相信政府，也就没了后顾之忧。

1900年以后的大清政府，已经没有所谓的保守派了，人人都以通晓洋务为荣，因为按慈禧新政的精神，办实业、学西方，成为考核各级官员政绩的主要指标。然而这群争先恐后"大跃进式"办实业的旧式官僚队伍，对于近代经济与科学技术知之甚浅，所以在一哄而上的热闹场面中，一开始就留下了因为对其政策后果缺少理性预见的先天缺陷。

锡良也是这群官员队伍中的一员，他创办川汉铁路公司，确有筚路褴褛之功，但在一开始，也因种种原因留下了起步时的缺陷，后来所发生的一切，均与这些缺陷相关。

今天来看这个所谓的"川汉铁路股票"，实际上就是政府以公司的名义，付息向民间的借贷，远非真正意义上的股票。这样的优厚条件本应该是"集中力量办大事"的最佳办法，可清末的中国，不仅政府贫，百姓同样弱。地处内陆的四川更不例外，沿袭千年的小农经济社会，不可能有太多"肥硕的地主"。加之对于修铁路、买股票这些"新鲜玩意"，离普通百姓的认知实在太过超前，正如锡良所说，"川省地居避远，耳目拘隘，昔为邻省办矿等股，寸效未睹，至今人多畏之"。

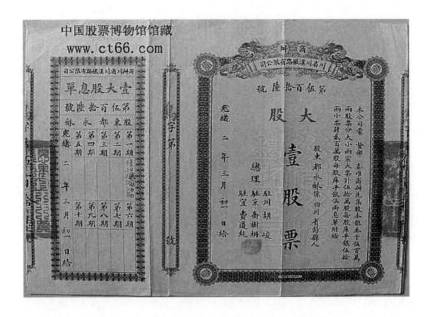

老百姓积极性不高咋办？只能政府主"导"。按多年来的老办法，"由官方进行收取"。说白了，就是一种变相的强制性摊派。

脆弱的中国农民历来都是逆来顺受，除非生存不下去了才会揭竿而起以命相搏。既然政府有困难，大家都来担着呗，何况还有不错的利息。因而稍后出台的《川汉铁路公司按租抽谷详细章程》操作性更强，每年收取租谷10石（10斗等于一石，一石等于120市斤）以上的农户抽取租股，"按租出谷，百分取三"。不到10石的农户免抽，抽取时不收实物，一律按市价收取银钱。

凡是抽够了白银50两的，就可换得一张川汉铁路公司的股票。

对于广大农户来说，这个所谓的投资，表面上是为了修铁路而"被租股"，实则是硬性摊派的一种负担。至于传说中的投资收益，对农户们来说，那更是看不见、摸不着，遥遥无期。

一时间，四川所有州县都专门设立了一个特别的新型机构——股票局，先行按乡、保、甲逐层核查田亩与租谷数量，登记造册，若有徇私舞弊者，"即禀请州县官将经查董保（董，即乡董，相当于后来的乡长；保，即保长，相当

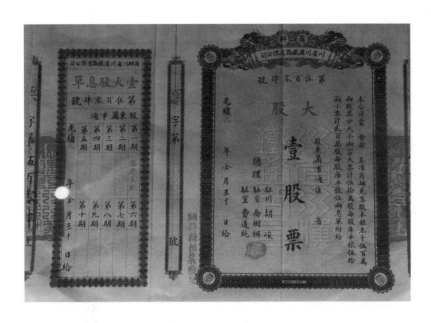

川省川汉铁路有限公司所制作发行的股票（影印件所呈现的两种不同面额的股票）

于后来的村长）人等提案分别就罚"。每年秋后算账，"由各乡董、保长、牌甲人等，于奉到州县榜示定期开收后，催令各户上紧赴城完纳。收成较早之处以十一月底为限，收成较晚之处以十二月底为限，一律完清。若有延欠之户，即由城局绅董开单送请州县官催追。"

就这样，一个纯粹自愿的"经济行为"，不经意间演变成了强制的"政治运动"。

本来十分贫穷的四川百姓，为修建川汉铁路承担了巨额的负担。四川荣县同盟会元老吴玉章后来回忆说，"全川六七千万人民，不论贫富，对民办铁路都发生了经济上的联系。"

这，无疑为后来的保路运动群情激愤、高烧不退，埋下了极其重要的伏笔。

1911 年 11 月 27 日，成都民众从四面八方拥进皇城，参加大汉四川军政府成立的庆典活动，欢庆辛亥革命在四川的胜利。当天，皇城内外摩肩接踵，势如潮涌。从皇城门洞向外看去，右侧为临街房屋，正中洞外是门额上刻着"为国求贤"的石牌坊。门洞内左侧是四川政法学堂，枝门木棚栏上插挂着白底黑字十八星"汉"字旗。明代末年遭受兵变的成都皇城，清康熙初年全面重建后，是四川学子进行会试的贡院。清末废科举、兴学校，四川的数所学堂均设于其内。清亡后，大汉四川军政府和四川都督府先后驻在其中。

（美）路得·那爱德 摄

清政府颁布"铁路国有"政策以后，由于拒不归还四川的股金，招致四川各阶层，尤其是广大城乡群众的强烈反对。这是 1911 年发表在成都的漫画作品，精彩而辛辣地讽刺了这一行径。

图片来源 四川保路运动史事陈列馆

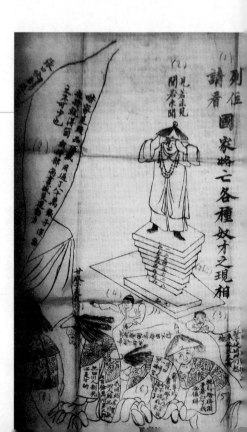

川汉铁路公司的股份构成中，76%来自全省农民的租股。有了政府的强力介入，筹款效果十分明显。截至1911年6月，共筹得各类股金收入1340余万两，加上生息与杂收入330万两，共有1670万两。

没有人想到，这本来"所谓的股票"。却被川路公司私自挪用，投放到了真正的股市当中，最后血本难归。加上清政府后来又以"洗钱"之法将铁路收归国有，几进几出，大批百姓的血汗钱所剩无几。这当然引起了川路公司股东们的强烈不满，也成为引发四川保路运动的重要诱因。那个"铁路国有"操盘手郑孝胥，本不是什么好东西。后来又追随溥仪，当上了满洲国总理大臣。这是后话。

为了维稳，清政府被迫从湖北调兵去四川，武昌防务因此空虚。

多米诺骨牌效应是指在一个相互联系的系统中，一个很小的初始能量就可能产生一系列的连锁反应，这样的"骨牌效应"直接决定了晚清的生死。

1911年10月10日，武昌起义爆发了，大清王朝自此进入读秒阶段，一段股灾引发的亡国史，也就此得以书写。

辛亥革命的前夜

黄绶是四川西充人（就是四川屠夫张献忠战死的那个地方）。辛亥年毕业于四川绅班法政学堂后，即选为当时的川汉铁路股东代表，旋任《四川保路同志会报告》编辑，他与保路运动几位关键人物蒲殿俊、罗纶和张澜，不但是同乡，还有师生之谊。中央文史出版社出版过《辛亥革命亲历记》一书，全书近70万字，通过"亲历·亲见·亲闻"的方式，邀请一些辛亥革命及保路运动的亲历者和当事人，以回忆录的方式再现那个特定的历史时刻。

其中有一篇"四川保路运动亲历记"的文章，口述者就是黄绶。故而，他的"亲历记"很有史料价值。下面摘要他眼中的辛亥革命的片段——

宣统三年（1911）七月十六日，四川咨议局密派我赴湘、鄂联合两省咨议局，并赴北京资政院请愿，要求惩盛宣怀借款卖路之罪，惩赵尔丰擅捕滥杀之罪，借以营救蒲、罗诸人。

四川咨议局议员姚厉渠送我路资100元，我即星夜赶至重庆，会见同盟会西部支部主任杨庶堪，为"实力革命"做全力准备。

次日，庶堪派同盟会员朱之洪，同我赴夔府谒端方，代表川民陈述赵尔丰的罪恶和保护路权的决心。等了两天，端方未到……我到长沙，即夜赴四川会馆，途中遇警察，听我操四川口音而严加盘问，因赵尔丰早有电致湘抚："四川保路会谋逆，派有人至湘联络活动，请查拿。"我变换姓名才设法躲过警察收捕。回到旅馆，我赶紧写了一张宣传四川保路事的传单，即油印散发，并邮寄各地。

旋即晤省咨议局谭延闿议长，请以二十二省咨议局联合会长名义，通电全国各咨议局，并电内阁资政院惩盛（宣怀）、赵（尔丰），释蒲（殿俊）、罗（罗纶）。否则，湘、川、鄂、粤联合起义，推倒清廷。谭延闿说："伯英（即蒲殿俊）等热诚组织同志会，争路，废约、拒债救国，前月已派人来长沙联合，共同反抗。今被捕，决立电二十二行省咨议局，合力电内阁及资政院抗争挽救。延闿并单独电阁院力争，贵省既已发难，敝省自当相机准备，决不后人。君可速去武昌请汤化龙议长力争营救。"

到武昌后，速见汤化龙，汤亦极愤怒。又速抵京，请四川同乡京官邓镕为我修改上资政院的请愿书缮呈后，谭延闿及22省咨议局联合会等请惩盛、赵的电文，已纷纷登载北京各报。我分别走访了由四川京官担任的四道争路代表御史赵熙、中书李文熙等，原来，宣统三年七月十五日，由前四川保路同志会从四川京官中举出的驻京争路代表200余人，在北京全蜀馆开了大会。他们俱称："四川乱事（指全省的罢市、罢课、抗粮、抗税）系盛宣怀一手造成，请求朝廷罢盛，以谢四川，并谢全国，否则即当罢我全川京官。"

众赞成，皆签名。

7月18日，赴京请愿叩官的争路代表刘声元及京官百余人、学生数百人散发传单："朝廷不罢盛宣怀，川京官辞职，学生一律罢课回籍。"刘声元等徒步奔赴庆王府跪哭请愿。拒见。

7月19日，清帝上谕："禁止四川旅京官、绅、商、学开会、递呈。"令拿刘声元。

大多数人还不知道的是，成都已经发生了一场大血案。

1912年，罗纶交卸了副都督，闲居成都少城东门街。我回成都时，即客居于他家。

蒲殿俊、罗纶等9人被捕的当天，成都全城戒严。而当局却忽视了一个重要常识，成都是一座"水网上的城市"，河网遍布，四通八达。"水电报"从城里的河里发出，一路顺江而下，将消息急告各地。所谓的"水电报"，即以木牌投江，木牌上书"赵尔丰先捕蒲、罗，后剿四川，各地同志，速起自救自保！"

1911年9月8日晨三四点钟，即有数千同志军开抵成都牛市口、大面铺一带，他们是最早接到"水电报"后，第一批开展营救的同志军。

9月8日晨，温江保路同志会宣布起义。9日晨抵成都南门外，驻乐群公园，将南门包围了；次日，郫县数千同志军攻成都西门；双流保路军起义后，一天之内，

四川保路运动发明的"水电报"曾风行一时。所谓"水电报",
即以木牌投江,木牌上书"赵尔丰先捕蒲、罗后剿四川,各地
同志速起自救自保自救"。从城里的河里发出,一路顺江而下,
像电报一样将消息急告各地。
图片来源　四川保路运动史事陈列馆

该地哥老会、同盟会等共同起事,积聚起 6000 起义军。

如星星之火,环邻各县,均皆呼号而起。无论党人(同盟会员)、民军与保路军,
都以保路同志军为标志。

崇庆的孙泽沛,灌县的张捷先、张熙、姚宝珊,华阳的秦载赓,郫、灌间
的学生军统领蒋淳风,彭县的刘丽生,新津的侯宝斋、周鸿勋、邓子完,绵竹
的侯国治,荣县的龙鸣剑、王天杰,仁寿的邱志云,井研的陈孔白等,都迅速
组织保路军,向成都增援。

　　真是一派喧嚣之势。"富者输财，贫者持械"（荣县县志），数千年间，"揭竿而起"的故事此起彼伏，今天，如此相似的一幕又出现了。

　　所有人都相信，要变"天"了。

　　果然，不及一日，聚集到成都周围的保路同志军已数十万人之众。几天之内，同志军与清军交战不下数十次，规模较大的，有武侯祠之战，红牌楼之战，犀浦之战，温（江）崇（州）间的三渡水之战。

　　相比之下，清军装备精良，几天下来，同志军伤亡数千人，损失惨重。

　　虽然号称"同志军"，其实都是各色人等组成的"杂牌军"。一天前，他们都还是工人、农民、商人、学生……只不过，为了一个共同的目标，他们走到一起来了。

　　清军虽然是职业军人，人数只有区区数千人。面对滚雪球一般的同志军，他们已经掉入了"人民群众的汪洋大海"。

　　全省响应，纷纷举兵。于清廷而言，川东告急。川南告急。川北告急。川西自不待言，早已是火药桶。各市州，各州县……均呈燎原之势，相继宣布独立。

　　一时之间，整个四川陷于"无政府状态"。

　　成都是块最难啃的硬骨头。同志军改变战略，先占领州县城池，再取成都。不到70天，四川省142个州县，尽入同志军之手：四路电杆砍断，阻其电讯；不许运输米盐进城，断其粮秣；不许运粪尿垃圾出城，阻其交通……赵尔丰及其清军，已经成了瓮中之鳖。

　　作为辛亥革命的前夜，成都保路运动真可谓风起云涌，精彩纷呈。一首《蜀中同志会记事诗》，十分形象地记载了当时的情形。诗云：

　　鱼凫疆域阵如云，弹雨枪林处处闻。
　　一百四十余州县，羽檄交驰势若棼。
　　吾不闻，革命党，大江南北皆枪攘。
　　又不见，同志军，全川西南戎马纷。
　　民军整，防军败，散而遇整不敢战。
　　防军少，民军多，少不胜多苦奈何。
　　城外防兵多失利，城中陆军无斗志。
　　锦城险作九里山，四面楚歌魂惊悸。

『他者』视觉的成都镜像

于中国而言，1910年注定是一个让历史记住的年份，成都同样如此。除了商业场等诸多新生事物之外，这一年的大学讲台，也正式向外国人开放。

1910年6月24日，在美国的伊利诺斯州安而拔那市，一位年仅31岁的教师路得·那爱德与来自成都的大清国四川高等学堂（今四川大学）总理主聘代理人任傅榜签订了教授一年化学和算学的《合同》，开始了一段只持续了短短三年的教学历程。同年7月7日，路得·那爱德乘日本的"汤巴马卢"号轮船离开美国西雅图。

在成都的两年多时间里，他以书信的方式给家人联系。留下了大量书信，这些书信以"他者"的视觉，无意中留下了一段特殊时间最为原始的历史档案。成为我们今天研究"1910年成都"的宝贵史料——

这个国家很腐败，然而看起来却一切运转正常。没有爱国精神可言，相反叛逆思想却到处盛行。人人都彼此畏惧。以后的 30—50 年将会讲述中国未来的故事。

他们处在变革的地位上，他们会抵制一切外来事物。但如今外国势力太复杂。中国也意识到这种形势，问题是现在变革是不是太晚了？是不是意味着崩溃和反叛永无休止，最后外国势力驻足并实行统治？在中国筹来用于修改铁路的钱太有限，又都被"侵吞"了，但他们不会让外国的势力借给他们钱用。

中国目前及过去的统治极其腐败暴虐，几年来培育出了反爱国主义精神和反抗精神。北方的满族人本身不是汉人。满人的势力越来越弱，汉人却越来越强大，直到如今人们再也无法忍受压迫，想要建立起自治政府。经常可以听到这句话："像美国一样的共和国"。

那爱德不久就发现，中国距离实际的革命和变革有多近了。1911年11月11日这个吉日，四川省的成都和湖北省的武汉爆发了起义，学堂被匆匆关闭。……一周之内，成都似乎完全和平了，街上很安静，人们又恢复了礼貌和规矩，所以学校又重新开课。

每一个总督和高官都是满族人，每个大城市都驻有满族的一个分队。只有满族人有枪，所以汉人显得力量薄弱，但他们人数上是100：1，满族似乎到了被颠覆的边缘。我们就要看到结果了。总督可能要无条件地让位。

如果满洲还是很强大的话，他们就还能派出士兵，重新收复中国。但俄罗斯统治着满洲北部，日本人统治着满洲南部，所以满清王朝看起来行将崩溃了。

四川的运动一直是以铁路问题展开的。总督没有抵抗，但最后很明朗了，他逮捕了所有的领导者，并派出军队到平原地区，那里"乱贼"占据着市镇。邮递业务已经停止，无疑是有抢劫的事发生，电报通讯也已经被切断，但军队很少，反叛者实际上掌握着控制权，于是邮递业务又像往常一样开通了。

词条

路得·那爱德　1910年6月24日，在美国的伊利诺斯州安西拔那市，一位年仅31岁的教师路得·那爱德与来自成都的大清国四川高等学堂（今四川大学）总理主聘代理人任傅榜签订了教授一年化学和算学的《合同》。同年7月7日，路得·那爱德乘日本的"汤巴马卢"号轮船离开美国西雅图，不远万里来到成都。

身着中国传统服饰的路得·那爱德在川大的花园里

　　当学堂在八月份开学时，那爱德觉得从没有这么顺利。他对成都北部和西部的地理条件作了研究，带回许多标本和照片，"令校方很吃惊（当然也极为赞叹）"。他盼着能安排好下一年的工作，但他也注意到中国国内时局不稳，百姓越来越不满和躁动。

　　那爱德描述中国就像"一座破旧的房子"。这个国家十分腐败，然而凡事都朝着看起来似乎比较令人满意的方向运转。

　　成都已经承受了太多的事，起义者没有枪支。在快枪和来复枪面前，他们像烈火中的薄纸一般倒下了，但人们相信总督一定会答应这些人的要求。据说，没有上层人物受伤，只有成群的像牛一样无知的苦力被杀害。

城外正在交火，城内却连士兵都没有。

那些苦力破坏了政府办公室，寻找银子或值钱的东西。沿江唯一不安全的地方可能就是遇到这样的团伙（袭击）。但在有些情况下，外国人在河边一直受到他们的保护。我确信我能摆平他们。这个32-40达姆弹步枪射入木头有手掌大的洞，山羊在300-400码外的褐色背景上只是一个褐色的小斑点，也很容易射中。我也能瞄准离吃水线很近的侧舷。

一些已经到期的传教士可能要在这周离开。我和其他人都认为这里很安全，没有得到领事馆要离开的指示。现在，我已经给你描述了这里的大致局势，目睹短暂历史片段会平添许多乐趣。

四川的士绅阶层很独立。过去50年来，他们组织了自己的议会，尽管这是被禁止的。中国无疑迟早会变成共和国。眼下的情形不会再继续下去的。

学校还照常开课，我们像平时一样进出城。街道上秩序井然，人们很有礼貌，这儿的人似乎不知道正在发生什么。

高等学堂的校园，是一个建筑迷宫，初来乍到的人很难找到出去的路。那爱德不久就在他的"新家"安顿下来，每天讲五个小时的课，周日除外。只有在中国新年、暑期以及其他几个中国传统节日时，正常的授课工作才会暂停下来。在教化学和算学课程之外，他又被授予地质学教职，虽然学校里另外有一位专攻采矿工程的教师。

因为那爱德也是一位很有才气的摄影师，无论他到那里，都会带上许多玻璃底片，然后毫不吝啬地按下快门。

路得·那爱德在旅途中，在川大领取高薪的他，当然有实力拥有一支如此豪华的人力队伍。那爱德在给美国亲人的信中写道："苦力挣的钱是铜板，大约 2350 个铜板兑换一美元。一个苦力每天可以挣 200 – 400 个铜板。"

好了，一场巨大的变革已经到来。四川在 11 月 25 日星期六晚上，完成了平稳过渡。现在所有的省都独立了，一些传闻称将会成立"亚洲合众国"或"中国"。

摆在我们面前的是和平。波浪已过，犹如一颗石子落入湖面后的平静。

10 月 27 日，星期一，举行了就职仪式，我有幸给新的总督和副总督拍照。

随着清的覆灭，新的中国诞生了。那天人们把头发剪成"洋式"，穿着各种样式的衣服，成为滑稽可笑的装束和打扮，……。人们简直不相信自己的眼睛，一天前还像是顽固的老人，头脑和身体好像木乃伊一般被缠裹起来，一天后却到处走着，按"外国礼节"握手（中国人经常握自己的手，而不是别人的），穿着各式服装，从男式衬裤到过时的长至足踝的大礼服，头戴扁帽，但所有这些都不是满族式样的，而是外国式样的。

  那爱德说，一个人想要了解中国的状况，最好是把他那一套无法实用的僵化的西方标准放在一边。"在中国，事情真的是完全不同"，他写道。人们用打手势招呼其他人，通过摆手来彼此问候。贫富之间的对比十分显著，等级差别是由许多文化习俗和不成文的法律所规定的。那爱德感到惊讶的是，在中国，人们竟然可以为一天十美分的工钱而辛辛苦苦地做工，而且还要想方设法靠这一点点钱过着相当舒适的生活。

  那爱德觉得自己适应了中国完全不同的习俗，特别是每月400块大洋于他很有诱惑力，直言"这儿的经历真的会宠坏我的"。他甚至"考虑再待上一年"。他还说，成都的学生和在美国教过的学生完全不一样。

我一走进教室，所有人都站起来鞠躬，就像下课时一样。他们从不恶作剧。整体上讲，比美国的学生更容易教导。教师和学生之间始终保持着一种有礼貌的节制。中国学生在求知乃至最高成就的意识上比美国学生更强烈，所以他们更加殷勤努力。

这儿一年四季鲜花盛开。现在正是菊花盛开的季节。我就在其中一个花园里拍了一张照片。空气中弥漫着大朵水仙花发出的香味。

然而，当他走出自己舒适的安乐窝，一切又是另外一种让他不安的景象。

一些苦工和满族人还留着长辫子，但为了出气而留成汉代样式。满族人曾经强迫汉人蓄长辫子，但现在不再会强迫他们保持这个习惯了。他们用骄傲而蔑视的眼光来回味过去，而且仅在几年前，一些传教士曾被告知，"你们不值得我们注意。"

……城市被彻底洗劫，而且很多人破产了。很多建筑物被烧毁，当人们带着物什逃跑时，成千上万的强盗和贼涌进城来。

我带着不多几件东西离开了城市，手持温切斯特火枪，皮带上挂着六响手枪，我遇见过这些团伙中的一个，他们手持长矛、三叉戟、钝的刀剑和燧石发火枪。我想我必须决定自己的态度，而不要任何俗套，可是我被放走了。他们的言语可能触犯你，但是形势很严峻。

四川经历了太多风波，实际上一直是独立的。四川在义和拳运动中就对外国人非常友好，在这次包围中也给外国人提供了一切保护。

那爱德的姐姐收到托马斯·托兰斯牧师的一封信，日期是1913年4月22日，信中说他在成都的加拿大循道会福音医院探望了那爱德。

只是一周前我才听说那爱德弟兄病了。那天我很忙，实在没有时间去看他。但第二天我就到医院去了。他躺在那里一点也不痛苦，只是身体被高烧折磨着。然而他却向我报以表示欢迎的亲切微笑。我说我听见他病倒的消息很难过。

为了让他高兴起来，我说我也病倒过，好容易才脱离了险境。临行前我告诉他，他康复之后一定要到我们家去。当我们道别的时候他点头表示感谢。

第二天，我们听说他偶尔陷入半昏迷状态，接着他又稍稍好转，最后他竟辞世而去。这消息让我们吃了一惊。今天,我觉得你应该得知你弟弟去世的消息。

哎!我希望我能在你悲伤的时候给你一些安慰。

那爱德的最后一封信是在他去世后,姐姐才收到的,信的结尾有一段很生动的话:

今天,我在窗边的芭蕉树下种了紫罗兰。有几朵就要开花了,这真叫人高兴,梅花也开了,气味很香。当然我现在周围的环境是在别处看不到的。我正改善这里的景象。我很高兴我又回到了成都。

好吧,晚安!爱你的弟弟,那爱德。

正是这位与成都有着极深缘分的年轻人,以当时先进的技术,留下了百年前老成都的样子,他亲历了因保路运动而发生的政变,他用镜头定格了那个珍贵的历史瞬间。也正因为有他的用心与专业,我们今天才得以身临其境般一睹百年前成都的模样。

那爱德从到达上海直至在成都去世,前后为两年零十个月。在这一千多天时间,那爱德用老式干板照相机拍摄了大量摄影作品。

于这个世界而言,照相机的历史还不算长。1826年,法国人尼埃普斯拍摄了世界上第一张照片;1840年,摄影术随鸦片战争传入中国;1844年,中国学者邹伯奇研制出中国第一台照相机;1888年,美国伊斯曼干板公司生产出柯达一号照相机。

十九世纪末至二十世纪初,中国封建社会开始解体,随着西学东渐,照相术开始记录中国历史。在维新思潮的推动下,地处内陆的成都市,迎来了第一批西方摄影家。

无疑,路得·那爱德就是这批西方使者中的一员。

那爱德先生不是外交官,不是传教士,也不是商人,他是一个热爱中国和中国人民的文化使者。他传播自然科学,记录历史巨变,最后,献身于他热爱的这片土地。

1913年4月19日,那爱德因病去世时,时年34岁,至今长眠在成都。

1913年4月22日,那爱德的姐姐尤雯塔收到一位牧师寄自成都的信,信中说他在成都的加拿大循道会福音医院探望了那爱德。"一周前我才听说那爱德

十分绅士的路得·那爱德

弟兄病了。那天我很忙，实在没有时间去看他。但第二天我就到医院去了。他躺在那里一点也不痛苦，只是身体被高烧折磨着。然而他却向我报以表示欢迎的亲切微笑。我说我听见他病倒的消息很难过。为了让他高兴起来，我说我也病倒过，好容易才脱离了险境。临行前我告诉他，他康复之后一定要到我们家去。当我们道别的时候他点头表示感谢。"写信人名叫托马斯·托兰斯，是在成都传教的一个牧师，"第二天，我们听说他偶尔陷入半昏迷状态，接着他又稍稍好转，最后他竟辞世而去。这消息让我们吃了一惊。今天，我觉得你应该得知你弟弟去世的消息。哎。我希望我能在你悲伤的时候给你一些安慰。"

四川大学档案馆里，至今保存着这样一篇《学务文稿》——

　　敬启本校化学教员美国那爱德君，由前清宣统二年前校长周延聘到校教授化学兼学期满又一再续约，聘定年限自民国元年十月一号起截至二年六月三十号止。水意该教员于本年四月十四号身染温热症进美国医院调治弗愈转为肺炎症，竟于十九号午后六钟卒于四圣祠美国医院。本校闻耗曷胜震悼，次早随集职教各员并为学生同往唁视，当即会同彼国人士送至东门外南台寺安厝。本校即于次日开会追悼，所有从优赠恤之处均照合同办理，至该教员遗存衣物器品等项，概由美国盖哈夫门先生收执，如该教员利害关系人请求偿还之时，即由哈夫门先生付给。

　　落款时间为"中华民国二年（1913）五月"。

路得·那爱德成都病逝后，四川出版的一份英文报纸在报道留下了如许评价——

教学之余，路得·那爱德在采风途中，头戴帽子脚着边耳草鞋的他，或许是在探询人文风情，或许是解决内急。他走出轿子，和轿夫一起交流，在他的眼里，东方的一切都是陌生而有趣的。

成都以其官立学堂中聘请有高素质的外籍教师而闻名。这些外籍教师中许多人都有崇高的理想，那爱德先生便是其中之一。

作为技术高超的摄影师，那爱德先生拍摄了不少珍贵的照片，并为此做了大量的笔记。他原本希望将来能通过这些照片写一部回忆录。

　　作为一个普通人，在那爱德身上似乎找不到任何污点，他的名字代表着一尘不染。两年多来，他在我们心目中始终是一个朴实、真诚的人。当他逝世的噩耗传来，每个人都不无遗憾地感叹道："他可是一个大好人。"那爱德先生崇高的品德、广泛的兴趣和朴实的生活本身就是绝好的称颂挽词，根本无需其它言语来褒奖……

　　那爱德老照片中，关于成都的历史记载价值极高。这里，有清末最后一次青羊宫花会，有大汉军政府成立时的万人大会，有晚清四川高等学堂，有民初成都商业街景，还有岷江挑夫、农村集市、川大学子、新军都督、藏区风光、民间游戏、都江古堰、彭州古塔，以及老皇城、明远楼、致公堂、青龙场等珍贵历史图片。镜头里的人们都呆呆地望着镜头，不难看出，这时候照相还是新鲜玩意儿，加之拍摄者本身是异族——他们眼里真正的西洋镜。本书所采用的不少关于百年前的成都图片，就出自那爱德的镜头。

　　尤其宝贵的是，那爱德在茂汶考察时，爬上山顶，从两个角度拍摄了地震陷落前的蚕陵古镇全貌，留下这座古镇陷落前的绝无仅有的写真孤品，为今天叠溪海子建设国家地质公园提供了可靠依据。那爱德摄影珍品，已经成为超越单纯摄影作品的巨大文化遗产，成为历史、文化、旅游、民俗、建筑、环境、地理、摄影、艺术等领域的共同遗产。

　　其实，清末民初之际，像那爱德这样行走在中国大地上的"他者"还有很多，是他们，或直接或间接地将一个真实的中国形象，带到了被认为世界主流的西方世界。

保路运动复杂的前因后果

"国人种族观念之郁积、晚清政治之腐恶及威信之失坠、新思潮之输入等等，皆使革命有可能性，所谓因也；铁路国有政策之高压、瑞澂（末代湖广总督）之逃遁、袁世凯之起用，能使此可能性爆发或扩大，所谓缘也"。

梁启超的一"因"一"缘"，恰如其分地说出了大清末路与结局。

作为近代中国革命中一次史诗级的革命运动，辛亥革命被无数专家学者、文人墨客所书写，作为辛亥革命前夜的四川保路运动，也留下了大量的文字。我以为，众多的文字中，印象最深的，要数四川大学教授隗瀛涛的成名作《四川保路运动史》、袁庭栋的《共和之光：辛亥秋四川保路死事百年祭》和李寻的《失去目标的"革命"：四川保路运动再梳理》。隗文和袁文重在以史家的眼光和思维，理清历史脉络，是谓史事；李文的叙事方式不一样，旨在表达某种思想和观点，是谓史识。他甚至发出无奈的感叹："这条在100年前激起一场巨大革命的川汉铁路，居然到现在还没有全线建成通车。命也革了，人也杀了，可是，众声鼎沸，誓死力保的那条铁路却没有了。"

的确如此，当年强烈反对铁路国有的川民们，在民国可以自修自办铁路后，在之后四十年间，却未曾在省内享受过哪怕是一公里的铁路便利。最为讽刺的是，四川在1903年成立了铁路公司，尚未修一寸铁路，几年下来却已是账目堆积如山，支出不菲。如此商办，粤汉、川汉铁路通车不知要等到猴年马月。

李寻敏锐地观察到，表面看似简单的保路运动背后，其实夹杂着三股政治力量，除了台面上的立宪派（咨议局议员或者说上层士绅）外，另外两股力量为革命党与民间会党。立宪派、革命党、会党是四川保路运动中闹得最凶也最有力量的三股力量。这三股力量中，没有一股是以保路为目标的。也就是说，当保路运动一开始转化为一场社会性的群众运动时，就已经偏离了它借以发生的目标——川汉铁路。

如此，我们才能理解，为什么命革了，人也杀了，而路却没有了的真正原因。四川六七千万所谓的"股东"中间，真正的"股东"或许早已沦为看客，或许长年居于闭塞的乡间一无所知。而那些以"股东名义"去维持股东权益的，却与股东没有半毛钱的关系。

这才是要清廷"命"的主要原因。

事实上，新政时期，鉴于革命党"排满"之风的兴起，清廷内部有很多有志之士也认识到满汉畛域问题的严重性。如1905年考察宪政五大臣出访回国后，即向清廷提出的"平满汉"举措，皇族载泽就提出，不能以整个国家的前途命运为代价，顾及满人的狭隘利益。奏表中，"看到了大海"的载泽，甚至直接要求结束满汉共治和族群隔离。

庆亲王之子、商务部尚书载振说得更激进，"以能力而不是族群背景来任命官员，才是唯一正确之途。"端方也认为，满汉关系类似于奥匈帝国的奥地利人和匈牙利人，他们的争斗分裂了哈布斯堡王朝。

这些爱新觉罗的子孙们，在漂洋过海"睁眼看世界"后，思维与观念当然就不一样了。

早在新政之初，身为旗人的端方就提议"民旗杂居，耕作与共，婚嫁相联，可融满汉畛域之见"，这次更是请求明降诏旨，"举行满汉一家之实，以定民志而固国本"，其中以"官员任免不分满汉"及"撤各省驻防旗丁编入民籍"为要。

历史转折的关键时刻，这些满族贵族无不担心，"革命党人"正是利用朝廷在满汉之间的族群差异，误导了大批公众。他们看得十分清楚，镇压不是解决办法，只会激起更大的麻烦。在那些君主与民众对立的国家，君主或许能赢得首次胜利，但最终的胜利绝对属于民众。

满人也知道，要想平息革命党的言论，最好的补救，就是实行立宪来燃起被疏远的年轻人的希望。只不过，满人执政者中能有这种眼光的，还不算太多，虽然他们的江山已经风雨飘摇。

革命党在四川的势力并不算小，如同盟会在日本成立之初，入会的川籍学生即有127人，仅次于广东与湖南。革命党以"搅动天下"为己任，路好路坏、国有还是商办并不是他们关注的焦点，他们要做的是抓住时机，颠覆他们所仇视的政权。在各地保路同志会成立后，四川革命党人就分别在7月中旬与8月初召开了"新津会议"与"资州罗泉井会议"，随时准备发动起义。

他们只是"善于打破一个旧世界"，却未做好"善于建设一个新世界"的准备。

会党是革命党所要争取的重要力量，而且是这次保路运动中的利益攸关者。四川一向被人称为"袍哥世界"，所谓"袍哥"，实则是哥老会成员。王闿运在《湘军志》中说："哥老会者，本起四川，游民相结为兄弟，约缓急必相助。军兴，而鲍超营中多四川人，相效为之，湘军亦多有。"战争期间，营中士兵多结拜为兄弟，原因是战场上需要相互救援而平时有事可免受人欺负，即便出营离散之后，困窘时也可相互周济。

因而，当时常有的营中怪相是，白天士兵听命于营官，而到了晚上，营官可能要拜在虽为普通士卒但兼为帮中大佬的脚下。

据称，哥老会原属天地会的分支，旗号同为"驱除鞑虏、反清复明"，这个帮派的迅速崛起与湘军的解散有莫大的关系。"袍哥"是哥老会在四川的俗称，其中又分"清水"和"浑水"两种："清水袍哥"有钱有权势，头头称"舵把子"或"社长"；"浑水袍哥"多从事赌博、走私等行当，头头被称为"老摇"，低一级的则叫"边棚老板""管事"。在袍哥组织发展成气候后，一些士绅富户也涉身其中，或借此保家，譬如罗纶的祖父就为当地会党的领袖，而同盟会员王天杰、龙鸣剑等人都是会党中的龙头老大。

清末四川有句话叫"明末无白丁，清末无倥子"。所谓"倥子"，就是指没有参加"袍哥"组织的人，可见当时的"袍哥"气势何等之盛。作为民间的秘密结会，"袍哥"组织既与政府对抗，但也不乏合作的一面，譬如当地民团就有不少是"袍哥"组织控制的，如王天杰是荣县民团督练所督办，川中知名的龙头老大秦载赓是华阳县（今双流县）的民团团总，也是辛亥年川东地区起义的重要领袖。

川汉铁路筹组期间，当地政府为征集租股而在各地设立征股局，而其中多为会党成员染指（催逼索要这些"脏事"是会党们的强项）。四川保路运动之所以掀起那么大的声势，和会党的介入有很大的关系，因为一旦停收"租股"，势必断了他们维系了五六年的财路，这是他们万万不肯答应的。

一旦有知识的革命党与他们联合后，其规模与目标就更上一层，由"保路同志会"发展成"保路同志军"，只是时间的问题。这是后话。

真正想保路的人应该是川汉铁路公司那些真正出钱买了商股的人，这些人的真正代表应是川汉铁路公司董事局的主席和董事。但是，在轰轰烈烈的保路运动中，这些铁路利益的真正代表者却越来越被淹没在后台，甚至没了声息。以至于我们发现那些活跃于保路运动前台的人物，如保路同志会的会长蒲殿俊、罗纶，川汉铁路股东会的会长颜楷、张澜等，究竟是不是川汉铁路公司的股东都不知道。没有资料证明他们是股东，更不知道他们拥有多少股份。我们只知道，这些人基本上都是留日的同学，出于共同的政治信念，走到一起来的。

历史上留下名字的，居然也全是那些与川汉铁路本身无关的人物。

还得说一说，那些最普通的广大农民，那些摄政王载沣想象中在铁路国有化中受益、获得解脱的最广大的普通农民，难道停止租股、减轻了他们的负担，他们不高兴吗？他们不支持朝廷吗？他们为什么不发出声音？

这，也许是载沣到死也想不明白的事。

高高在上的载沣更不明白，普通农民永远也代表不了自己，因而无论他们获得了好处、还是没获得好处，他们永远也发不出来自己支持或反对的声音，他们事实上一直被地方政府及其所支持的黑社会——会党所控制着，当朝廷的政策和地方政府以及当地黑社会的利益一致时，这些人就会团结协作，盘剥农民，农民尽管有怨言，也形不成有组织的反抗力量；而一旦朝廷的政策虽然对农民有好处，但是断了地方政府和黑社会的财路后，农民不仅形不成有效的对中央政策的支持力量，反而在地方官员、特别是地方黑社会的裹胁下，参加到反对朝廷的武装暴动中。

正所谓"皇权不下县"。自秦统一中国以来，皇帝的权力最多延伸到县一级。而县以下巨大的"政治真空"地带，有着极大的"操作空间"。

面对这样的现实，中国社会长期以来，真正和农民直接打交道的，既不是中央政府，甚至也不是地方政府，是各种形式的民间社会组织。在与农民直接打交道的过程中，那些带有黑社会性质的组织，已经形成了一整套控制普通农民的机制，这种机制不是中央政府一项惠民政策就能打破得了的。况且这项惠民政策给农民带来的好处也不大，如果载沣以"尽免全川农民所有租税"为号召，重建一套组织、控制普通农民的机制体系的话，或许还有胜算，但那已是革命了。

载沣不是革命家，他做不到这一点。

更为复杂的是，因为各自的利益和共同的目标，上述三股政治力量间是互相渗透的，更为麻烦的是，他们都已经渗透到了军队。

谁都知道军队是国家机器，谁掌握了军队就等于谁拥有了天下。革命党通过留日的同学关系渗透到了新军；会党则靠传统的同乡情谊及江湖义气与旧式的巡防营瓜葛甚深；立宪派也与军队中的留日军官关系密切。

在声势越来越大的群众运动冲击下，军队当然会发生分化。对于这一点，赵尔丰看得很清楚，这位在镇压民族分裂势力叛乱时绝不手软，落得了屠夫恶名的强人，意识到这次事件与镇压边乱不同，军队发生分裂，当然形成不了统一的镇压力量。

赵尔丰给皇帝的奏折中如实汇报了军心不稳的情况，说军人同情保路运动，声称四川人不打四川人。赵尔丰本意是请朝廷暂停铁路国有化改革，未曾想，载沣却误解为他向朝廷叫板，反而派端方从武汉带了两千兵马入川，准备取代赵尔丰。

信息的不对称和理解上的偏差，往往成为内耗甚至影响大局的关键因素。

最令人啼笑皆非的是，孙中山在民国初年上任为铁路督办时，提出了远比盛宣怀借款筑路更为大胆前卫的提议，即通过外国借款于5至10年内在中国建成可绕地球40圈的铁路。条件是给予洋人全部筑路权与经营权，在借款还完后收回。这样的决策和观点放在保路运动背景之下，肯定会成为众矢之的，可他却并未因此背下"卖国"的骂名。

同样一件事，不同的人做出同样的效果，评价往往却是天壤之别。

民国成立后的铁路政策与清末如出一辙，短短两年内，民国政府相继与湘、苏、豫、晋、皖、浙、鄂等各省八家商办铁路公司签订收路协议，其偿付金额连本带息共计6500余万元。事实上，这些款项并没有真正兑付，民国政府只是开了一些无法兑现的空头支票，在后来连绵的内战中，干脆就不了了之。

保路运动风起云涌，乱哄哄闹到最后，人也杀了，命也革了，钱也没了，众声鼎沸之下——那条誓死力"保"的主角——铁路，却在众声喧哗中沦为看客。

这样的咄咄怪事，怎能不让人唏嘘。

大清犹如一只"跌跌不休"的股票，到19世纪跌到了谷底。

幸运的是，内外交困多重打击之下，大清政权居然坚持了一个多世纪并且顽强地幸存了下来。与白莲教、太平天国和捻军等规模宏大的运动相比，1895—1908年一些小规模的分散的起义，似乎就微不足道了。清政府轻而易举地把它们镇压了下去。

只是，很多人不解的是，表面上与1895-1908年一系列事件没有什么不同的1911年一些事件，却导致了王朝的覆灭——这些小规模事件迅速发展成新形式的大运动，最后酿成了一个共和国。

很明显，在1908至1911年间发生了决定性的变化。那些变化只是一个很长的衰败过程的"最后一根稻草"。

清朝政制在1911年前一段漫长时期中已经在衰落，但不时出现复苏的迹象。即使清朝在诸如自强运动和1898年维新运动中失败了，但仍表现出一种传统适应能力的顽强韧性。1901年以后的几次改革是又一个例子。

大清在它最后的十年中，可能是1949年前一百五十年或二百年内，中国出现的最有力的政府和最有生气的社会。

清朝的历史并不单纯表现为漫长的衰败过程。按照这个观点，则1911年前后确有一个突变。清朝已经容许甚至鼓励新利益集团的发展，它已经在形成新风气和创立新制度方面作出了贡献，它已经放宽了参与公共事务的途径，并把公共事务交给公众讨论。至少在1908年前，它能够完全控制新思潮，以防止它们对原有秩序构成任何严重的威胁。大部分商会、学习会、自治会和其他新的组织的成员，依然是忠诚的臣民。

以『夷』为师的痛苦抉择

与之前不同的是，他们正在开始把自己看成公民。这种意识的增长，正是归功于"西潮入侵"。可以说，大清帝国真正的掘墓人，是挟现代理念又拥有洋枪洋炮的西方人。

这些"潜在的公民"，对清朝的要求增加了。到1908年，他们的期望惊人地发展了。例如，只在十二年前，大部分文人感到康有为过于激烈，不得不支持慈禧太后去反对他。戊戌六君子被推至午门问斩时，云集的看客中仍有不少在麻木中拍手叫好。

但，同样是这个清朝的领导集团，自己却来了一百八十度的大转弯，并且超过了康有为曾经打算做的一切。即便如此，那些"新绅士"们还立刻断言朝廷还走得不够远，不够快。在1910—1911年他们坚持新的要求，当他们不能得到满足时，这些要求就引起了普遍的不满和更广泛的反清大联合。

如果把眼光放远一些看看世界，就不难看出，这一切，是世界格局变化的结果。最著名的西化提倡者胡适就敢于认为，中国对世界文明的贡献在于，帮助西方人认识到"西方文明最伟大的精神遗产"是社会主义，正是因为"西方人不能正确认识自己文明的优点"。中国这个曾经以天朝上国自居的庞大王朝，逐渐由盛而衰，而在地球另一端的西方国家则以英国的工业革命为代表，开始了一系列划时代意义的变革，并出现了现代国家的雏形。工业的空前发展将贸易推向了全球化，西方国家迫切需要在世界范围拓展市场，地广人多的中国满足了西方国家对市场的种种热望与遐想，但是虚骄自傲的清廷统治者，却逆历史潮流而动，拒斥一切超限度的外来接触。

现代化的铮铮脚步中，西方国家肯定不会放弃中国这个潜在的市场，当正常的外交关系不能达成所愿，战争就成为政治与经济诉求的一种延续。鸦片战争，西方用坚船利炮叩开了中国的大门，这不仅是中西方综合国力的较量，也是两种文明的碰撞，更是社会向前发展的一种历史必然。

身处中国的美国传教士何天爵看得十分清楚。他说："这是人类历史上第一次，两个截然相反的世界的人们面对面地站在了一起，他们在互相审视着对方。先进的、富有侵略进取性的西方人，机警灵敏，满怀渴望。他们在东方遭遇了象征保守的、代表高傲自尊、雍容自若的中国人。进取与保守相碰撞。已跨入蒸汽时代、钢铁时代、电气时代的西方虎视眈眈，直逼尚处孔子时代的东方中国。"导致西人审视中国的态度，钱穆也有过精辟的分析："自十八世纪中叶以下，西方科学之发明，机械之创制，突飞猛进，而工商百业，骎骎有一日千里之势。社会实力之富强，遂闯破人类亘古未有之界限。此两百年来西方物质生活，扶摇直上急剧刺激西方人之内心，使相应而起深刻之变化。科学的唯物论，与夫生物的进化论，遂弥漫流行于西方世界之心里。彼辈对于其自身传统文化之看法，既已大异于畴昔。彼辈常以其目前社会居于历史进化之顶点，而又以其小我自身为社会之中心以为各自有其无限自由之发舒。彼辈遂以白色人种为世界优秀独异之民族。于是挟其富强盛势以临我，其视我如半开化之蛮人，盖与非、美、澳诸州土著相去无几。"

于一个国家而言，顶层的制度设计实在太重要了，它直接决定今后发展的走向。或许，19世纪应该就是世界范围内重新订立规矩的世纪。第一次世界大战过去，当人类静下心来仔细思考自己的前途与命运时，方发现以前的游戏规则已经不能适应形势的发展需要，于是纷纷扬起"变革"这面大旗，不断优化体制和制度。

美国当然自不必说，本身体制上陈旧的包袱就没有，从顶层设计上就先人一步。战争停歇之后，他们就开始了另一场旷日持久的战争，那就是宪法的订立。各界人士有各自不同的主张，大家唇枪舌剑，前后历时一年有余，1787年形成的《美利坚合众国宪法》，是世界上第一部成文宪法。建立在七个基本原则之上：人民主权、共和制、联邦制、三权分立、制约与均衡、有限政府、个人权利。这部宪法表明，美国在世界上第一次创造出既不同于英国君主立宪制的民主共和制，也不同于议会内阁制的总统制，使美国成为一个具有全国统一的中央政权的联邦制国家。这种政治体制和国家结构形式后来为许多国家所仿效，也是美国之所以成为全球三百多年来最强的国家的重要保障。

作为西方传统强国的代表，英国应该算得上世界上建立新式政治制度的第一个国家。早在17世纪中叶，英国以超前的勇气与魄力，通过了历史上最为重要的两大法案，一个是《权利法案》，另一个是《容忍法》。此举的重大意义在当时来看，可谓划时代的。

也就是说，当美国还躁动于腹中之时，已经有危机感的英国国会，就通过了《权利法案》，此法案旨在将王室的权力大部分移交国会。就在同一年，他们又通过了《容忍法》，进一步向民众开放了天主教以外的各种信仰自由，大大加速了政治文化世俗化的进程。

一个世纪过去了，时间来到18世纪，英国两党制的政党制度和内阁制度也最终确立。从而奠定了现代制度的雏形。政治权力逐步转移到下议院手中，国王任命下院领袖组织内阁，而内阁就一切政务向国会负责。内阁的形成标志着议会制的确立。由于新兴资产阶级在掌握政权后，积极推行有利于其利益的税收、贸易等经济政策，从而推动了资本主义经济的发展。

这一系列政治改革，使英国在1760年代便率先进入工业革命时代。

另一个有典型意义的国家，便是我们的近邻日本。明治维新的成功，让不少寻求"中国药方"的仁人志士羡慕不已，真正让中国人羡慕不已的，是一次在中国大地上的"现场教学体验"。

时间是1905年，那场以中国为战场的"日俄战争"（大日本帝国和俄罗斯帝国为争夺朝鲜半岛和中国东北而进行的战争），改变了世界对黄种人作战能力的看法，也改变了东亚政治的权势格局。而让世界大跌眼镜的是，作为战场主人，中国却宣布了"局外中立"。这场战争于中国而言，就是家门口的"现场示范"，正在犹豫的中国决策者们，结束了之前向谁学习的论争。

一时之间，去近邻日本学习，成为新政之下的中国最为时尚的举动。由是，一批又一批的公派留学生到了这个弹丸之地。

老老实实当小学生。从细节学起，东京街头的路灯、街饰、店招……哪怕一个垃圾桶的摆放，都是学习的对象。似乎一夜之间，我们什么都一无是处，洋务运动之下的中国各大城市，都双眼盯着"东京模式"的"新城市景观"，看看有什么直接或间接"为我所用"。比如成都市就有了广泛的借鉴，傅崇矩的人力车生意和政府特许区，"都归因于它们曾大量存在于东京画面的巨大影响力之中"。还有1909年所建的商业场，外表的花红叶绿，无疑也是"东京

7位同学正在四川高等学堂自修室里学习，桌上的油灯、地上的火盆和学生的衣帽服饰，展现出一幅冬夜苦读的场景。四川高等学堂初创于1902年，址设成都贡院（明代皇城）内，其前身是成立于清代早期、中期的锦江书院和尊经书院，是四川近代第一所文理科兼设的综合性高等学校。1912年，学堂停办，改名为四川官立高等学校，其后再未恢复学堂校名。学堂教师、职员中人才济济，学堂的毕业生中，不乏对四川或中国产生过重要影响的精英，最为有名的学生就是共和国元帅朱德。这所学校开学伊始聘请东洋、欧美教师前来任教，向学生传授国外先进的科学文化知识。当时在学校任教的美国教师也认为："中国学生在获得最高成就的意识上，比美国学生更强烈，所以他们更加勤奋努力。"

（美）路得·那爱德　摄

下的蛋"。特别是外墙上一面巨大的钟，很有"东京似的"那种"现代城市气派"。

20世纪初叶几年间，是开眼看世界的中国新政最为美好的一段时光。以成都为例，看得见的成果很快便有了不错的成效，一个在1909年拜访过成都的英国访客，留下了这样的评价——

成都毫无疑问是中国最干净的城市，或许也是所有纯粹本土城市中最为进步最为开明的一座。它的街道很宽，整理得很好，外国人在此可以随处走动而没有些许干扰之忧。几乎每一个街角都站着一名警察，许多街角都设有岗亭。警察们身着某种欧式制服，显得干净整洁，态度绝对的文明礼貌。他们头戴小型的黑色水手帽，比较讲究的还戴上了本地产的线织手套，手持结实的手杖。

总之，他们是我们遇见过的最佳类型的警察。也没有邋遢的，嘴里可怕地哀嚎着的乞丐。这是首长的一项了不起的功劳。几年前，成都的乞丐人数多达两万；但是他下定决心改变这个现象，也取得了全面的成功。

我们碰到了一大群衣着干净整洁的学童，得知他们就是那些乞丐的孩子。首长将他们召集到一所很大的学校里，在那里他们受到了职业教育，教育经费由市政当局支付。

更多的维新派官员和开了眼界的士绅们越来越觉得，"从事商业有如攻读诗书一般，对于文明化极具重要性"。

众所周知，明治维新之前，日本一直是一个落后的、以农业经济为主的封建国家。其领土被崎岖的高山和蜿蜒的海洋分割为许多自成系统的单元，从而助长了地方分裂势力长期存在，各自偏安一隅，也为以幕僚体制为特点的封建型政权提供了有利条件。

就这样，到19世纪中叶前，四面靠海的日本，已经实行"锁国政策"长达200多年，对外的交往仅限于中国、荷兰等少量贸易。是一个名叫马休·卡尔布莱斯·佩里的美国海军将领，率领他的舰队叩关以后，在武力的威逼之下，日本万般无奈被迫与美国等西方列强签订不平等条约，这一点与百年后的中国有着惊人的类似，开放港口、划定外国人"居留地"，授予列强在日本享有领事裁判权、协定关税权和自由贸易等特权。

带着屈辱的痛苦之后，日本闻到了来自海洋另一端清新的海风，尝到了大门开放的甜头，从而一发不可收拾。

我们不妨看看，当初的日本，无论在思想上还是在海关上，是如何一点点拥抱世界的。世界知名日本学家、历史学者唐纳德·基恩，给今天的我们生动展示了日本开化前的保守与落后——

1853 年 7 月，海军准将佩里率领一支美国舰队，千里迢迢来到了日本海，要求将华盛顿的文件提交给日本政府。

这是日本闭关锁国后，第一次近距离遇上来自西方如此规模的不速之客。

1853 年 5 月 26 日黄昏，佩里的舰队首次出现在日本海域，那次他的舰队驶进了琉球群岛的那霸。琉球群岛的政治地位令这些美国人大惑不解。琉球同时向日本（更准确地说，是向萨摩藩）和中国进贡，却又拥有自己的皇帝。佩里的五艘舰船靠岸琉球时，在琉球首都首里租了一所房子。谈判的结果令佩里很满意，他将农具和蔬菜种子送给岛上的居民，作为回报，当地人为他提供了燃料、淡水和食物。

京都对这一切一无所知。

1853 年 7 月 8 日，佩里有 4 艘军舰来到了离江户不远且防御森严的浦贺港。浦贺地方长官态度强硬，要驱离佩里的军舰，佩里并没理会，他慢慢掏出那份美国总统菲尔莫尔要求订立贸易条约的文件，交给日本的高级官员。

日本江户朝野一片恐慌，法律规定不得收受外国的国书，但是拒绝肯定会招来战祸。迫不得已收下了那份文件，以拖延战术称"将军病得很厉害，无法立即对重要的国事做出决定"搪塞。

两位高级官员看过那份文件后，认为应该接受美国人的开国要求。江户的政坛元老阿部正弘召集阁僚开会，意见难以统一。很多人认为，日本经过两百多年的和平，军备松弛，人心不振。最受幕府官员尊敬的政界人物德川齐昭心里很清楚，如果拒绝美国人而最终诉诸武力的话，会导致巨大的麻烦。

兹事体大。7月15日，京都接到报告后，着实吓得不轻。深感不安的天皇下令七大神社和七大寺庙进行为期七天的祈祷，希望四海静谧、宝祚长久、万民安泰。

8月5日，将军把翻译过的美国总统来信发给各位大名。此前，所有事情都是将军一人决定，但现在这套建立了两百多年的秩序看起来马上就要崩溃，将军别无他法，索性让各位大名也对国事发表意见。

最为坦率的是福冈藩的大名黑田齐溥，他认为在当前世界形势下，日本一个国家想保持闭关锁国是不可能的。应该满足美国人的开埠要求，但只限长崎一个地方，而且要设定五年或者六年的期限。他还同意让美国人使用某个无人居住的岛屿作为煤站，但不同意提供煤炭，因为一旦美国人享有这一特权，俄国人、英国人和法国人随后也会提出同样的要求。

无论如何，他接着说道，贸易特权应该只限于美国人和俄国人，因为后者在1804年就已经提出了要求，其他国家则应该坚决拒绝。如果其他国家反对，只需利用美国人和俄国人的力量来对付他们即可。如果认为不宜给两个国家贸易特权的话，那选择只给美国会更好。与他们保持良好关系会博得他们的感激，而且可以利用他们来对付欧洲国家。这是以夷制夷的策略。

如果断然拒绝美国人的话，战争肯定无法避免，而一旦发生战争，日本军舰将会到处受到打击，海路也会被切断。不仅江户连一天都撑不下去，冲突将会留下永世之弊。考虑到国防松弛，日本不可能取胜，现在首要目标应该是和平，以免俄国人趁机进攻并攫取日本的北方国土。

黑田认为最要紧的是海防。先废除禁止建造大型船只的法律，以西方为模型并进行改造，邀请熟悉造船和武器制造的技师和匠人到日本，并允许日本人有出国的自由。

黑田对日本军事力量的评价坦率得令人惊讶。幕府建立在武士阶级统治的基础之上，而且从未忽略过军事训练。但黑田明白，和外国人作战，日本取胜的机会微乎其微。而结束日本的闭关锁国状态，也正是德川政府统治的基础。

这是一张清末时期四川高等学堂部分教职员在学校的合影。学堂的高级职员和各科国学教员，多是取得过科举功名的贡生、举人，有丰富的教学经验，有的还在日本留过学，具备高深的专业知识和才干，经验丰富。无论从他们的装束打扮还是表情，都可以看出一种自信，是谓"腹有诗书气自华"。四川高等学堂，即四川省城高等学堂，起始于 1896 年创办的四川中西学堂。就在四川中西学堂正在走上正轨的时候，1901 年和 1903 年，清政府参照西方标准分别发布了壬寅学制和癸卯学制，开始推行高等教育学制改革。根据 1901 年 11 月 15 日清廷"饬各省速办学堂"的指示，时任四川总督的奎俊积极筹备在成都建立大学堂；1901 年，时任四川总督奎俊上奏清廷，提出仿京师大学堂组建四川通省大学堂，清廷于 1902 年同意办四川大学堂。1902 年，由四川中西学堂和尊经书院、锦江书院合并创建四川通省大学堂，后朝廷又规定除京师大学堂外，各省一律称"高等学堂"，于是年底改名为"四川省城高等学堂"，进士出身的翰林编修胡峻被推举为四川省城高等学堂首任校长（时称总理）。1912 年，教育家蔡元培担任临时政府教育总长，颁发了《大学令》《大学教育规程》等一系列教育法令，史称"壬子学制"，四川高等学堂改名为四川官立高等学校，后历经百余年，逐步发展为今天的四川大学。

（美）路得·那爱德　摄

　　宫廷还没有从佩里意外来访的震惊中恢复过来，令他们没想到的一幕出现了。

　　9月19日，幕府收到了另一个震惊的消息：一支由4艘船组成的俄罗斯舰队，在海军中将普加金的率领下，已经驶进了长崎港。不知是巧合还是掌握了可靠的情报，他们如法炮制，同样带来了一封俄政府关于两国贸易的信函。日本人眼里，这与"厚颜无耻闯入江户湾的美国人做法如出一辙。"

　　面对两个强大的敌人，日本人惹不起也打不赢。最好的办法就是拖延。

　　长期拖延肯定不是办法，于是坐上了谈判桌，谈判过程同样痛苦。直到1854年春天，仍不满足谈判结果的普加金离开长崎时，留下一句"我明年春天还会再回来"的话。意思再也明确不过了，日本人没有选择。

　　1854年3月31日，一番痛苦之后，幕府与美国人签订了《神奈川条约》，开放下田和函馆两个港口，这个和平友好的协定没有提及贸易，但贸易的基石已经铺下。下田和函馆两个地方都非常偏僻，日本人眼里，选择这两个地方，无疑希望敬而远之。

同年的冬天，大阪湾突然出现俄国军舰，普加金真的又回来了，比他承诺的春天早了一个季节。或许是听闻美国人已经签下协议之故？

谈判桌前，急于达成协议的普加金表示，只要日本允许两国间开展贸易，俄国政府愿意将择捉岛割让给日本，即使俄国有确凿的证据，证明这座岛屿属于他们。

谈判取得了明显进展，预计两天后进行第二次会谈。

一场大地震在此时光临日本，袭击了本州，随之而来的巨大海啸，给下田以毁灭性打击。谈判中断10天。让普加金高兴的是，在他第4次来到日本时，日俄两国的《下田条约》得以签订。

紧接着，荷兰的军舰也来了。之后，还有英国、法国……日本被迫洞开的国门再也关不上了。1857年12月7日，美国驻日本下田总领事汤森·哈里斯在他的日记中写道："面对德川家定将军，我列举了种种理由，说明由于蒸汽机和电报的发明，国家之间的通信已经变得极为便捷，现在整个世界已变得像一个家庭，每个国家必须和其他全部国家保持友好关系。我提出了两个要求：在其他国家的首都设立外交使节，允许自由贸易。"

哈里斯警告日本，假如英国无法取得通商条约，可能会对日本发动战争。英国海军很可能占领萨哈林和虾夷；如果当时正进逼北京的英法联军取得胜利的话，法国可能会占领朝鲜，而英国可能会要求清朝割让台湾。然而，美国只要求建立和平的关系。另外，假如日本依赖美国，就能拒绝英国和法国贪得无厌的要求。同时还警告，如果日英之间爆发战争，日本必败无疑。他承诺，如日本和美国签订条约，美国将保证禁止销售鸦片，借此表示和英国人有所不同。

哈里斯的警告和英国舰队的威胁有了效果。日本方面明确表示愿意开启双边贸易，但日本天皇孝明也亮出了最后底线，"不许开放京都地区的任何港口"。

原来，孝明多次向神灵祈祷，誓言将外国侵略者赶出日本。他向神灵请愿，假如日本和夷人之间发生战争，希冀神灵和13世纪摧毁蒙古侵略者那次一样，发一阵神风，把侵略者吹走。他还请求神灵惩罚那些忘记国恩的"不忠之辈"——那些同意开国的人。"他非常肯定，外国人（或者更准确地说，西方人）的出现是神国无法忍受的侮辱"。

清末的巡警。成都城内有大小街道约五百条，最宽大的当属东大街，虽然人们还身着长衫，大多民众的长辫已经剪去。随着新政的施行，警察上街了，成都大街上的秩序井然。从画面可以看出，这时的警察着装还略显简陋，也不用带警具，但同样着实管用。东大街是一条中等商业街，街道上铺石板，店铺檐下的台阶高出街道路面，屋檐向外伸出，刚好把店前通道遮着，以方便雨天来往顾客。左侧的门匾上写有"广东廖家第"，是当年有名的剪刀商铺。此时，街上站满店主、顾客和过往行人，两名巡行于闹市的军警站在人群最前面。
（美）路得·那爱德　摄

1858年3月6日，江户末期下总佐仓藩5代藩主、德高望重的幕府老中堀田正睦，特地代表幕府将军德川家定去京都看望孝明天皇，没想到孝明天皇态度依然故我，他还以退位相威胁，认为如果"夷人之辈"坚持要日本开放通商口岸，日本应该"不辞武力"，返回到"锁国之良法"上来。与此同时，88名公卿贵族也坚定站到了孝明天皇一边，强烈抗议幕府对外国人的妥协政策。

5月15日，堀田在极度失望中离开了京都。

幕府与宫廷的态度大相径庭，矛盾难以弥合。为了确保国家利益，被激怒了的幕府张开了"安政大狱"之网，目标是将京都反对幕府政策的人都"处理掉"。最为典型的，就是8名"尊王攘夷"的武士被处死，4名公卿被逮捕。孝明天皇感到了事态的严重性，他出面力保4名公卿未果，在睿智、果敢的幕府面前，天皇在关键时刻成了摆设。

1868年初，天皇发布《五条誓文》，宣布新政府的内政外交纲领。不久，日本在"殖产兴业""文明开化""富国强兵"等口号之下，开始了一场全面的社会与政治大变革。

这一幕，与清末的中国何其相似。

今天的日本，真的应该感谢那位名叫佩里的美国将军。与日本不同的是，同样闭关锁国的中国是被打入现代社会的，代价何其惨重。甲午海战后中国没有了海军，鸦片战争后中国的领土有如老和尚的百衲衣，任由外国诸强宰割，一系列不平等条约面前所折射的，是一次又一次的屈辱与隐忍。

中国不缺日本幕府里的明智之士，缺乏的是作为政府手中的权力与执行力。一批"睁眼看世界"的仁人志士在寻求中国的生存之路，邻居优等生日本，便是最好的效仿典型。

祭坛上的资政院

"千年未有之大变革"的最大诱因在于，"西潮冲击"的速度及强度令清廷有些目不暇接，以至手忙脚慌。梁漱溟慨叹"这么一个大的国家，几百年的统治，转眼间即被推翻"了。对此，历史学家罗志田深刻总结到，这个时候的"清季朝野"，面临着"政治方向、政治结构和政治伦理的根本变革"。他进而分析，假如没有西方的影响，清朝或不会那么快灭亡，即使灭亡也不过是易姓而产生一个新的朝代，但这一次却是"家天下"体制的结束和一种全新政治体制的开始。

20世纪初叶，大清根基动摇，民智开启，立宪大势所趋。继而有了触及灵魂的原动力和清晰的时间表——

1905年，清廷向全国人民宣布实行"预备立宪"；

1907年10月，清廷正式下令筹设咨议机关。

1908年，颁布九年预备立宪诏，清廷令各省设立咨议局。这一地方审议机构，初具西方代议制立法机构的雏形。

1909年9月，各省成立省级民意机构，选举咨议局议员。自此，中国历史上有了第一次民意代表选举。

推翻帝制是手段，推行宪政为根本。近代中国政法领域的核心问题，是如何厉行宪政。民国长才周荫棠对此有精辟的见解，他认为这次"易主"乃"士变而非民变"。历史上的改朝换代，除"体制内"的篡位、地方割据者的坐大和异族入主外，多是起于草野的"民变"；而"清朝的灭亡，不是由于铤而走险的民变，乃是由于激于大义、处心积虑、具有计划的事变"。起事的那些革命党人，多是"白面书生"。只有这些"白面书生"推动的"士变"，才有可能走向宪政。且立宪不仅被认为可以安皇室，也能解决满汉矛盾……各种问题。

自1905年始，立宪已成朝野共识。一度，"立宪"二字成为"中国士夫之口头禅"耳。有着千年文化土壤上的中国，任何新的东西都不容易。令人欣慰的是，这个转变非常迅速，且成为根本性转变，愈来愈彻底。

作为晚清君主立宪重要内容的"资政院"，虽然红极一时，似乎让所有人看到了中国的希望。但这个看起来光鲜的好东西，在众声喧哗中还是认为水土不服，近百年来终究与主旋律不搭调，而渐渐被人遗忘，其形象也一度被歪曲。

好在留下了一本"速记录"，从中可以洞见当时那些"白面书生"的苦心。原来，资政院第一次常年会召开之前的半年，就特别开设了速记学堂，旨在培养议会所需的速记人才，目的是录音机一般地踏实记录那些议员履职的所作所为——这才有了遑遑120万言的《资政院议场会议速记录》。2011年，上海三联书店整理出版了这本历史著作，是研究"资政院"最为详细、原始，也最为权威的第一手资料。

我如获至宝，花了一周时间读毕，也特别关注书中两次所涉的四川保路运动。第一次是宣统二年十一月初一（1910年12月2日）下午，"资政院第一次常年第二十三号议场"。此次会议共有14个议题，大体是新刑律、修正禁烟条例、著作权律、确定义务教育以谋教育普及议案、拟请明谕剪辫易服具奏案等。到场议员140人。

"四川铁路"的议案排在第一号。先是讨论关于四川铁路的几件陈请书是否可以作为议案，最后将三件陈请书一起交股员会审查。

下面就是议场的原始"速记录"——

一二一号（方议员还）发言：关于四川铁路的事，一件是杜德舆陈请的，说公司倒款的事很危险的，但本院不能去干涉这个公司内部的事。就本议员看，路政的事关于西南大局，邮传部不能拿《公司律》去拘束他，应该提出来议的。还有一件是杨重岳的陈请书，杨是四川铁路代表，说总理乔树枬种种背法不成事体，不能交会议陈请股，已经说无庸会议。还有一件是四川民人张罗澄所陈请的，这一件有不同之处，他不说内部事情，只说邮传部不担责有三，就是这个事体与那二件不同。这三件一件作废，一件交邮传部，一件作为议案，请议长咨询本院表决之。

一七七号（李议员文熙）：四川铁路事，现在虽有三件陈情书，然可以分作二项：一项对事的问题，一项对人的问题。对人的问题，可以谓四川一省私事，资政院不必干涉。对事的问题则不然，世界各国，其文明进化全恃交通机关之发达，故其国家对于铁路，无不尽力维持，以期交通便利。今中国铁路尚在萌芽，邮传部既绾路政，即应当提倡维持，方是尽其责任。现在邮传部对于商办的路亦复如是，本院为全国起见，亦当成为议案。况川汉铁路关系西南大局，其股本又系从院租股抽收，一般人民之负担较他省尤为痛切。现在倒款已达二百万之巨，邮传部既两接川人公呈，前后又连奉明谕，而淡漠置之，人民利害孰大于此！故本议员以为应当作为议案，万不可置之不理。（拍手）

百八十号（刘议员纬）：人民是国家的人民，所办的铁路即是国家的铁路，川汉铁路股款倒闭，虽是一省之事，然实关乎西南大局，关乎中国大局。四川人民因此有三件理由书陈请本院核议，今据陈请股员报告，只有一件请议长咨询本院决定是否作为议题。本议员以此三件陈情书之理由虽小有差异，然实因川民具公呈请代奏，与前两次上谕先后情形不同之点而发生，今既有一件可作为议题，余两件同一问题，故应请议长将三件陈请书一律作为议题。

一二一号（方议员还）：这二件陈请书大意是为亏款的事情，乔总理是不是吞蚀公款，那是不成议案的；至于对于邮传部的事情，以法律范围公司，可以说的。所以这二件内容不同，一件是对于内部说的，一件是对于邮传部说的，陈请书的意思总要请本院决一决为是。

一八二号（万议员慎）：邮传部看官办铁路、商办铁路是否全为大清国的铁路？官办的，邮传部管理；而商办的，邮传部何以就不管？去年四川铁路亏倒丰几十万，在都察院两次陈请，而邮传部终置之不理。我们非弹劾邮传部这一案不了。

一四八号（陶议员峻）：路政是全国的事，请议长咨询本院，邮传部既是应当维持路政，即请议长应当作为议题。

议长：现在咨询全院，这三件是作为一个议题，还是分开讨论？

一一七号（雷议员奋）：这三件事已有一件作为议题交本院会议，还有二件无论成立不成立，然既有一件作为议题，至于所有二件总要一块儿交审查股员会审查，共同参考三件，不必分立的，就请议长咨询本院以为何如？（拍手拍手）

议长：赞成雷议员倡议者请起立。

众议员起立赞成。

议长：多数，等将来指定特任股员后一并交付审查。

从上述记录中，我们不难看出当时的"议"，至少从形式上看已经有些像模像样了。言语之间，不仅可以看出议员水平之高下，还能看出他们的胸襟与担当。

1909年10月，四川咨政局在成都成立。总督赵尔巽、成都将军马亮、布政使王人文、提学使赵启霖、按察使江毓昌、巡警道高增爵、劝业道周善培、盐茶道尹良、成都知府于宗潼、成都知县史久龙、华阳知县钮传善等到会祝贺。

成立大会上，蒲殿俊当选为议长，萧湘、罗纶当选为副议长。

作为朝廷派驻四川的最高行政长官，赵尔巽在训词中提出了"六原则"。即，"融畛域，明权限、图公益、谋远大、务实际、循次序"，并特别承诺，"咨议局既经成立，则官所困难者，绅得而共谅之；绅所疾苦者，官得而维护之"。

词条

资政院　　　清末立宪运动的议会准备机构。成立于1910年9月，终止于1912年初。由民国临时参议院替代。此乃清政府仿照西方法规体制设立的中央咨议机关。清政府考虑到"中国上下议院一时未能成立，亟宜设资政院以立议院基础"，清末预备立宪系列措施之一，目的在于培养锻炼议员的能力，为成立两院制的正式国会奠定基础，是一个过渡性的立法机构。清光绪三十三年（1907）下谕设立，宣统元年（1909）颁布章程，1910年10月3日，资政院第一次会议召开。其时慈禧已死，摄政王载沣到会致开幕词。议会设总裁，在王、公、大臣内特简；副总裁，三品以上大臣内简充，下设秘书厅，有秘书长、秘书等。资政院议员分钦定、民选两种，共200人。钦定议员包括宗室王公世爵16人、满汉世爵12人、外藩王公世爵14人、宗室觉罗6人、各部院官32人、硕学通儒与纳税多额者各10人，以上均由皇帝委派。民选议员由各省咨议局推选，议员大多出身地方绅民。资政院的建制在各省地方叫谘议局，咨议局作为各省的议事机构，其权限是讨论本省应兴应革事宜，讨论本省的预决算、税收、公债以及单行章程规则的增删和修改，选举资政院议员，申复资政院或督抚的咨询等。

　　咨议局第一次会议从1909年10月14日开始，11月28日结束，历时46天。咨议局提出的18项议案全部通过。这些议案全部涉及民生，主要以财政和税收为中心（10项），还有实业（1项），文化教育（3项），司法（2项），民族问题（1项），征兵（1项）。按照历史学家王笛的说法，咨议局的成立，一定意义上开始了"民作主"的形式。

　　引人注目的是，咨议局第一次会上，总督赵尔巽提议的三项议案，有两项被否决。比如巡警经费问题，拟将旧日筹定团练经费截留二成以资练丁之用，八成划归警察；又仿外省开办家屋税、营业税，收入作为城厢警察用款。有议员主张全行裁撤团练，获通过。又如征税决议案，总督耐心地解释："蜀地偏远，本非交通辐辏之区，省个厅州县尤少列肆如云之处，或一椽仅庇，或庇下赁人，屋价本已不巨，赁值亦自无多。家屋课税重则力不能胜，轻则其细已甚，即令置民困于不顾，而筹款之初计亦只以敛怨终之而已。"许多议员还是不买账，从《四川咨议局第一次议事录》中不难看出，昔日高高在上的总督，对此也无可奈何。

　　新政之下，就连朝廷不可一世的大员都在韬光养晦，那些地方封疆大吏当然没有人敢顶风作案。人们乐见的是，四川咨议局成立后，为了自身的政治权利和经济利益，士绅和立宪派便与官府进行了面对面的过招，迫使地方统治结构进行重大调整。

　　川汉铁路公司当然成为咨议局的重要议题，议员们的共同感受是，公司已开办六年，管理不善。"未开工以前即以岁费巨万，若不切实整理，前受之病，行且益深"。议员提出的整顿内容有：筹集股本，修订章程，清查账目，整理财政。

　　大家的事大家"看着办"。不难看出，咨议虽然初次"试水"，这些议员都很认真。如果说咨议局第一次会议还有些新鲜感的话，那么第二次会议则已经由浅入深，开始真正履行其议员的角色，他们说话也更为直接，敢硬碰硬了。比如，《蜀报》第6期"省治汇录"报道，四川咨议局第二届年会上，根据《咨议局章程》第28条规定，"本省官绅，如有纳贿及违法等事，咨议局得指明确据，呈候督抚查办"。议员们提出了一系列纠举、弹劾不法官员的议案，如《纠举巡警道周肇祥违法案》提出，周肇祥自到任以来，"寻隙苛罚，滥使权力"，以修理街道为名，偶有触犯，辄罚石板数十百块不等。而且"轻骑四出，夜无故入人家，声称拿赌，茫无所得，而人家已受其蹂躏者不一而足，是以省垣商民，岌岌不安"。要求川督"从严查办，以肃宪政，而惠蜀民"。

新政之下的大清帝国，已经完全放下昔日高傲的身段，平视这个世界。尤其是原来根本没放在眼里的日本，最大的进步是学会了"以夷为师"。那些拖着辫子的清廷官员也与西装革履的洋人坐到一条凳子上了。
（美）路得·那爱德　摄

又如《纠举崇庆州牧张溥酷虐玩法案》。揭露张溥"任刑残酷，狱多冤滥"，违法滥刑，诸如"满底抬槛""懒板凳""鸭儿浮水""塌背烧香""马鞭条子""吊高笼"等酷刑，其受刑者有"骨疼欲破，求死不得"，有"号器声嘶，汗出如沐"，有"挂如死蛇，惨不忍睹"，有"肉烂脂流，血流如瀑"。要求对这一酷吏"从严查办"。

四川咨议局不是一个孤立的存在。当初在筹办咨议局的同时，四川据宪政编查馆奏订的《城镇乡地方自治章程》，已经开始筹办"地方自治"，设立"自治公所"，以地方士绅为"乡董"，以"议事会"为机关，"辅官治之不及"。

由省到县，已经从制度形成了"议"的氛围。这样的顶层设计，是很令人欣喜的。是时，地方自治问题已为地方士绅和立宪派所重视，把它看作是实行宪政之不可缺少部分。《蜀报》也发表文章给予高度评价：

> 往岁地方自治章程已颁布矣，设城镇乡会以议政，议董事会以行政，上补官吏之不逮，下勖人民以有为，法至善也。然观于吾蜀，除通都大邑人民能自举其职而外，往往以官吏而侵自治之范围。指名选举者有之，反对议案者有之，甚至有不肖之乡绅与官吏联为一气，朋比为奸者有之。二三清流之士方将高举远引激而为厌世之思。夫民气之不申，公德之不立，乃吾国之所以衰弱也。

为了防止长官意志或运动式反弹，必须从制度上筑牢夯实。赵尔巽督川后，四川在全国率先实行地方自治，首先设立了"全省地方自治局"，内设法制、调查、文牍、庶务四科，"一切法令之解释，章制之编制以及各属筹办地方自治各事宜皆由该局考核主持"。以布政、提学、按察三使为总办，巡警、劝业、盐业三道为会办。新力度之大，改革速度之迅，不难看出这种刀刃向内的勇气和决心。

应该说，那时的自治机构在四川省的普遍设立，是地方自治结构及统治秩序变化一个引人注目的现象。"是年夏间四川已成立城会49处，镇会14处，乡会17处。"1908年，护理川督赵尔丰设立"成都自治局"，旨在筹备成都自治事宜。1910年10月，从赵尔丰向清廷的奏报可以看出，星星之火已经堪成燎原之势。1911年，护理川督王人文又奏："四川省已成立城会100处，镇会130处，乡会67处"。

苟延残喘的清朝在病入膏肓之际，还是显露出少有的回光返照迹象。而赵尔丰，就是那个让四川人看到"古老帝国一丝新气象曙光"的人。只不过，事业遂顺的赵尔丰，意外地掉进了一个巨大漩涡，从而一失足成千古恨，事败身死，留下骂名。

这也正应了那一句古训，倾覆之巢，安有完卵？

成都新政步履蹒跚

我们印象中的"近代中国"乱多于治，可以说没有十年的安稳日子，与两千年"传统中国"的治多于乱、总有一千多年的安定形成鲜明对照。近代中国为何久乱而不治？一言以蔽之，没有一个文化、社会、思想的重心。对此，章太炎观察很到位，"六七年来所见国中人物，皆暴起一时，小成即堕。"重要的是，"一国人物，未有可保五年之人，而中间主干之位遂虚"。对此，胡适也有同感，"十年来的人物，只有死者能保住盛名。"研究近代史的罗志田教授也感叹，"那是一个整体失范的时代，中间主干之位的空虚是全面的。"

之前是日本，后来是八国联军，人们或许都有这样一个共识，中国是被"打"入现代国际社会的。千疮百孔，百废待举，唯一的办法就是向先进学习。明治维新后的日本，便是学习的最好典范。一大批中国青年带着梦想与使命，来到日本这个数百年他们祖先鄙视的岛国，躬下身子虚心求教。

毕竟趋新已成大潮，经过短暂的磨合，新政成为炙手可热的新词。从文化到政治，新旧间的尴尬皆存而未泯。江湖之间，或可轻松放言；庙堂之上，仍须拿捏分寸。清末民初传统派史学家胡思敬观察到，那时"人人欲避顽固之名"，故端方、赵尔巽"庚子以前守旧，庚子以后维新"；同时"人人欲固卿相之宠"，故荣禄、瞿鸿禨"公庭言维新，私室言守旧"。即是说，姿态不能没有，却不妨存几分扭捏。新旧其实更多是一种辩证的对峙，紧张永远存在，冲突也不可避免。但很多时候是立场超过主张，态度先于"是非"。晚清学问涉猎甚广的孙宝瑄（其岳父李瀚章曾任两广总督，系李鸿章兄）一语道破个中玄机："号之曰新，斯有旧矣。新实非新，旧亦非旧。"真所谓，新的外衣，旧的皮囊。社会意义的新旧往往大于思想意义上的新旧。

相较于全国而言，应该说四川还算大胆。时任四川总督锡良在这方面也特别开明，他大胆选派四川青年学生官费留学日本，为四川培养了一大批传播新文化、新技术的专门人才。有数据可证，1903年四川官派留日学生57人，1904年增至322人，1905年为393人，1906年超过了800人，这个数据竟占全国留日学生总数的十分之一。

1903年，光绪二十九年。此乃大清第259年，距清王朝告别历史舞台只剩下最后8年光阴。这一年4月，50岁的蒙古镶蓝旗人锡良受清皇室重托，从热河都统任上调任四川总督，接替曾一度被赞誉为"能臣"的岑春煊。锡良此次四川之行的重要目的，就是安靖地方，推行新政，挽王朝之危难，扶大厦之将倾。

始踏上这块版图，锡良眼里的四川，已经不是物阜民丰的天府之国，而是危机四伏的荆棘之地。一年前那起让帝国惊心动魄的事历历在目，1902年9月14日晚上，四川义和团起义军最高首领、年方16岁的女英雄廖九妹（当时被神化为"廖观音"）率领一支小分队渗透进成都总督衙门，差点刀劈时任总督奎俊。

惊慌之中奎俊拣了一条性命，岑春煊接任奎俊，火速到任川督。

政坛老手岑春煊决心杀一儆百，以儆效尤。上任三天，就在成都北门外昭觉寺摆下刑场，诛杀义和团官兵百余人。为彰显大清威严，又借此在全川进行疯狂镇压。

1903年1月15日，廖九妹被活捉后，惨杀于成都。

自古有云，天下未乱蜀先乱，天下已治蜀未治。或许是岑春煊"杀"气太重，他的老师、清末光绪二十八年暂居四川盐茶使的云南剑川人赵藩，特地撰写攻心联悬于成都武侯祠劝诫学生，联云：

能攻心则反侧自消，从古知兵非好战；
不审势即宽严皆误，后来治蜀要深思。

不难看出，在老师眼里，此时的四川遍体鳞伤，需要的不是高压与杀伐，而是用真正的良策安抚民心。因而，岑春煊来川仅仅一年便调离（能量不小的他，后来又任袁世凯政府的粤汉川铁路督办），朝廷派以开明、开拓、开朗著称的锡良入川。头脑比较清醒的锡良，主要任务便是在清末变法的大背景之下，如何有效开辟四川新政。

此间，映入锡良眼里的四川，是这样一般景象——

"贫而乞丐者至众，省城每际冬令，裂肤露体者十百载道，号呼哀怜者充衢盈耳，偶遇风雪，死者枕藉，相沿有年，匪伊朝夕，南北各省皆所未见……"

与锡良笔下文字相映成趣的，是四川当时留日学生出征前的景象——

"四川虽以殷富闻，自咸同以来，地丁而外，津捐各款，名目繁多。近年来，兴学、练兵、办警察、筹赔款，竭泽而渔，势已不支。而外洋货物充塞内地，工徒失业，农商亦因此受亏。生计艰难，迥异昔日，疮痍满道，乞丐成群。节衣缩食，卖儿鬻女，而不足以图生活供丁赋者，比比然也。"

总督与学生，两类不同类型人眼中的四川景况，却惊人一致。这便是当时四川真实的现状。

新政，已经成为越来越绝望的人们，企盼的唯一曙光。

（词条）

劝业场

一种销售百货的商场。也叫"劝工场"。清朝末年，国门洞开，商业越来越受到人们的重视，全国各大城市纷纷设立劝业场以发展城市经济，以城市应有的活力。成都劝业场地处总府街与华兴街之间的春熙路北口，这里面积不算很大，但寸土寸金之地。劝业场分前场、后场，场中间辟有东西支路，前场口南向总府街，后场口北向华兴街，前后的两个场口均辟有舆马场地，专备游人停驻车马。这里是成都市中心城区，商业一直十分活跃。整个商场建筑为砖木结构中西式楼房。商场一开张，就被各路商家一"租"而空，并迅速成为成都周边地区最大的一个大商场旺铺。劝业场毗邻的春熙路是四川最早的近现代商业街，因为劝业场的诞生，这里也成为四川乃至西南现代商业的开端。

成都的商业经济历来十分发达，特别是休闲与展会业，根本不用愁人气。
自清光绪三十四年（1908）起，成都青羊宫花会的物贸集市被冠以"劝
业会"之名，民国初年停办。在长约 25 天的会期结束时，都要进行参
展产品的优选活动并举行授奖仪式。劝业会将台搭在二仙庵外，台上站
满了朝廷官员、军警，还有一般的百姓代表。场面很热烈，人们的情绪
都很好，用竹、木材搭成的简易授奖台上，摆放着方桌和太师椅，方桌
上放着包好的钱币以作奖金，看似简陋但氛围却很浓，特别是"授奖台"
三字烘托出的效果，很不一般。台口左右柱上插挂清朝龙旗迎风飘扬，
一官员正立在台口接受台上人颁发的奖状、奖品。如此体面的场合，于
获奖者而言，奖品似乎并不重要，哪怕上台露脸也很快活。
（美）路得·那爱德　摄

　　20世纪初叶，整个中国迎来了千年未有之大变局，城市便成为这大变局中
最为重要的窗口。因而，中国现代城市管理的概念，便是中国城市的"现代文
明"，这个概念也是从20世纪初开始的。这个"现代文明"最为直接的体现，
便是中国城市核心地带以设立商业中心（当时称为劝业会或商业劝工会）和公
园为起点的。

　　重农轻商横亘中国数千年，历代各级官僚治理体系中，根本就没有商业一
说，在他们大脑皮层深处，根本不存在"管理"（只有统治）二字；公园更是
达官贵人的私人奢侈品，与一般百姓毫不相干。

　　不负朝廷重望。4年川督任上，锡良一直积极推
行新政。他忠实地执行清朝中央政府的新政政策，极
其艰难地全力推进四川的近代化改革与建设，在编练
新军、兴办新式教育，发展工商矿业、整顿吏治、安
定边防等各方面均有建树。

　　成都得"现代文明"之先。1903年9月9日锡良
抵成都上任四川总督，在他的雷厉风行之下，仅用了
三个月就成都设立了官办的川汉铁路公司。1904年，

成都青羊宫内二仙庵门外的楠木林，是花会期间的苗圃鸟市所在地，不少人到此购买树苗、盆花、盆景和各类禽鸟，或来这里游逛，右侧苗圃中摆放有树苗花草，右后方的大棚内悬挂着许多鸟笼，游人有的打着黑色遮阳伞或头戴草帽，有的手搭凉棚，其时尚未入夏，气温却已不低。

（美）路得·那爱德　摄

成都劝工总局出台"仿日本劝工场办法"，还设立了产品陈列所，用以促进工商。不仅如此，劝工局和总商会还搜集数百件传统和西式商品，专门在商会总部展览。由此，新型的公共商品陈列场所迅速发展起来。成都方真正有了"商元素"。

1905年，成都总商会"仿外洋赛会之意"，提出将省城青羊宫花会改名为商业劝工会。其后，遂将每年春在成都青羊宫举行的花会改为劝业会，"征求各属所出之天然物品及制造物品，于此时运省赴会，陈列出售，籍资观摩砥砺"。劝业道把青羊宫的传统花会变为商业劝工会后，这里可以销售来自整个四川地区的货物。

真可谓货畅其流，一通百通。1906年春，第一次盛会展出了3400多种源于各店铺、工场及作坊的货物，并提供了住宿、休闲和娱乐的场所。这样的盛会在1911年前后，成都共举办过6次。

花会期间，农村中常见的运输工具"鸡公车"以其价廉，很受人们喜爱。城市也借机修建了第一条大马路，并提供马车以方便民众。

花卉是成都人的最爱。花会在成都最有传统号召力，就是这座城市历朝历代最为盛大的节会。宋代最为兴盛，每月花样翻新的各种节日，"花"都是其中的主题。按惯例，花会在农历二月底结束，但不断上涨的人气使其时间不断延长，甚至到农历三月中旬才闭幕。为持续人气，自1919年开始，花会还办起了一年一度的武术比赛。之后，军阀混战停办多年后重新开放时，又花样翻新增设了赛马活动。

为活跃氛围，吸引大众，官方还举行评奖活动，参观者无不留下深刻印象。一张白纸好写最新最美的文字——这一新的"玩法"，大大推动了城市改良的进程。因而每年春季，商业劝工会就成为成都一大游览胜地，也成为人们观光的一大期许。

1909年成都劝业场建成，容纳150多家销售高质量产品的店铺正式营业，且主要以展览国外和地方产品为特色，酷似我们今天的商品贸易会。劝业场充分展示了清末民初成都新兴的商业空间和文化。

时光来到1910年这个特殊的年份。这一年，劝业场更名为商业场。一定程度上讲，这个时候的劝业场，仅仅体现出成都新兴商业文化的萌芽。即使如此，这个集购物中心和公众娱乐于一体的场所，不仅吸引了众多消费者（准确地说，很多人不是前去消费，是看稀奇）前往，也一定程度改变了成都的城市景观和公共设施的面貌。

从"看得见"的变化做起，向"看不见"的地方渗透。成都新政虽然步履蹒跚，看起来却成效显著。人们有理由相信，有那么好的民意基础垫底，还有什么事办不成？

从一座城市的微观计，新政肯定大大推动了历史进程。但从恶疾缠身已陷于诡论性处境的大清而言，则是一个寿终正寝前的回光返照之举，基本上是一条不归之路：不改革则不能解决问题，要推行新政就需要花钱；且多一项改革举措，就增进一步经费的窘迫，直到破产。

费正清最有才华的学生芮玛丽一语中的，"正是清政府的改革，摧毁了这一推行改革的政府，因为它不能控制其自身政策造成的加速度"。哈佛大学终身教授费正清有"中国学研究奠基人"之称，他学生的眼光同样不凡。

自治，让精英与民众共舞

百日维新前后，地方自治概念开始引入中国。"自治"这一概念就是由黄遵宪首先由日本引进的。他认为只有当地居民自己承担起本地区的责任，才能解决他们自己的问题，因而主张实行地方自治，通过训练人民的自治能力，为将来开设议院奠定基础。

康有为也认为，中国传统政治的"大病"，在于"官代民治，而不听民自治"，因而主张立宪政治。因为当时民智未开，不能骤立议院，只有先从地方自治着手。康有为的学生梁启超也明确提出"民权之有无，不徒在议院参政，而尤在地方自治，地方自治之力强，则其民权必胜，否则必衰"。认为地方自治是实行立宪的基础。

光绪三十四年十二月颁布了《城镇乡地方自治章程》，朝廷随即发布上谕："地方自治为立宪之根本，城镇乡又为自治之初基，诚非首先开办不可"，并责令"各省督抚，督饬所属地方官，选择正绅，迅即筹办"，拉开了在全国推行地方自治的先河。与此同时，朝廷还推出了一个时间表，决定1-7年内完成城镇乡地方自治和厅州县地方自治。

在成都，允许自治机构自身权力的扩展，人们对此产生的改革社会的热情，远远超过了他们对于公民自由概念的兴趣。

1909年秋天，总督赵尔巽在省议会第一次会上的讲话，表达了他对官员们和议员们能够在一起和谐工作的信心，尽管"人人"都预言了在他们之间不可避免地会发生冲突。赵尔巽还是明智地宣称，"一切权力都属于国家"。由104名代表组成的第一次会议开会历时一个半月，闭幕式上，面对官僚们和议员们的摩擦，十分开明的赵尔巽还是忍不住警告代表们，"你们对于'监督管理'兴趣太大，而对'帮助管理'兴趣不够。"无可厚非，相对于之前不可一世的

大汉四川军政府成立前后，驻扎在成都的不少军警仍循清末旧制，在这列军警中，有的军服肩章上写着"第六十七标"字样。"第六十七标"是清末四川新军第十七镇所辖部队，显然，这列队伍仍采用新军番号。若谈成都警察的创建，则可追溯到清光绪年间，至1093年，成都城内的华兴上街已设立有警察总局，隶属于四川巡警道。到1909年辛亥革命前夕，成都市有警察局、所50余个。

（美）路得·那爱德　摄

封疆大吏，议员面前的末代总督显得比任何时候都要窝囊。但似乎感到权力在手的议会主席蒲殿俊还是显得咄咄逼人，"人民被拒绝给以机会，对于官方如何使用人民为了帮助政府的管理工作而奉献出来的资金进行检查和评估的话，那么人民将不会再愿意提供这种帮助。"

1910年，成都、华阳两县组成的市议会，也召开了第一次会议，市议会由从6个市区选举出来的60名代表组成，成都县3个区，华阳县3个区。有了市议会的存在，城市依法管理更加有章可循。

无论是市政建设，还是警察执法……有了一双双监督的眼睛，至少显得规范与小心。

随着地方自治愈加深入，议会的权力也越来越明显。四川省议会成立两周年之际，其最大的成果，竟然成功弹劾了省警察局警长周肇祥，让人无比欣慰。

欣慰的还远不止于此，1910年秋天成立的《蜀报》势头更猛，该报自称是咨议局的喉舌，刚刚发行6期，就敢严厉批评总督——这在一年前是想也不敢想的。这张报纸潜藏着一批精英人士，比如吴虞、徐子休等，他们以"新闻自由"为口号，以"推动宪政"为使命，他们"不按规矩出牌"，严重干扰了成都既定的政治生活，一度让很多官僚"严重不适应"，却在广大民众中大受欢喜。

很多人至今怀念那个时候的成都，因为这个时候的成都，是历史最为舒心的成都。

或许正因为有了空前未有的自治垫底，才有了随后保路运动的空前活跃和一发不可收拾的局面产生，这样的因果关系是成立的。

保路运动初起，成都掀起了全市罢工、罢市活动。美国布法罗大学历史系教授司昆仑，对此作了深入的研究和详尽的描写——

1911年8月24日清晨，刚刚到任川督的赵尔丰派出高级别的官员来到街道上，敦促商人们开门营业，但大多数商人只是当官员们在场的时候才将关闭他们商铺前面的门脸，抽掉几块板子作为敷衍。罢工运动延伸到了学生和工人们当中，还包括那数千个逃离了城门的乞丐和搬运工人。搬运工要给城市供水及运走生活垃圾。警察仍然在执勤，游行的组织者也发出呼吁，要求帮助维持城中的秩序。

罢工开始两个星期后，进入官方和精英之间共同合作监督成都事态的最高峰……协会领导者们为城中居民因罢工而遭受到困难提供帮助，警察局也同意暂时停止向茶馆和戏院收取强行的税款，所有这些行动都是为了保持新政机构的运转。比如，警察在保路运动期间就淡出公众的视线。

在成都，新闻和铁路冲突之间，人们一直维持着一条清晰的界线，这正是地方自治所产出的"正面效应"，虽然仅仅施行了短短一年多时间。司昆仑以"他者"的眼光观察得很仔细也很到位。

新政改革起源于清朝统治的最后十年，反映出人们对国力的关注。因为他们已经普遍相信，一国之力的特定标志，完全以是否达到现代"文明化"而定。

成都新政缘于帝国的统一指令，而能够像成都那样推进得有声有色的城市，在清末却不多见。是因为成都有一批热爱这座城市，也憋足了一口改革求变的"气"——这让一些"开眼看世界"的管理者有了施展的舞台，也让人们看到了这个特殊的精英群体——他们有胆识，有见识，有知识，有能力。

周善培就是其中"开眼看世界"的一位。周善培是一个清朝县长的儿子，他是清末国家存亡之际，最早东渡日本"取经"的年轻人之一。他身上所体现出来的精气神，从一个侧面反映了成都这座城市的气质——他们与这座城市，构成彼此的幸运。

1902—1912年，周善培先后服务了坐镇成都的六位四川总督。这十年，恰恰是中国"千年之大变局"中最为关键的十年，作为一个成都历史的参与者与见证者，周善培其人，也成为后来研究成都近代历史专家学者所关注的不可或缺的重要人物。

周善培像许多其他晚清时期的知识分子一样，常常使用一个词义模糊的短语来表达他对成都改革的意图。就这样，"开风气"成了他的口头禅。

地方自治之下，晚清时的成都"开风气"的事情有许多，其中让成都最为洋盘的，要数劝业场了。1907年，周善培还是四川劝业道（劝业道，官署名，相当于今天的商业厅厅长并交通厅厅长。清光绪年间各省陆续设置，掌全省农工商业及交通事务。此即

词条

地方自治

清末新政最大的成果，便是"预备立宪"及"地方自治"的提出。清末光绪三十四年（1909），清政府颁布《城镇乡地方自治章程》，宣统元年（1910）颁布《府厅州县地方自治章程》和《京师地方自治章程》。依章程规定，城、镇、乡的自治事务以教育、卫生、道路工程、实业、慈善、公共营业等为限，城、镇、乡议事会及选民会为议决机关，董事会为执行机关。府、厅、州、县自治范围是：地方公益事务；国家或地方行政以法律或命令委任自治机关办理的事务。议事会及参事会为自治议决机关，府、厅、州、县长官为执行机关。京师地方自治事项为教育、文化、卫生、道路工程、实业、善举、公共营业等，议事会为议决机关，董事会为执行机关。清末还通令各省、州、县成立自治研究所进行地方自治试验。

1923年10月，颁布《中华民国宪法》，规定"中华民国之国权，依本宪法之规定行使之；属于地方事项，依本宪法及各省自治法之规定行使之"，并专章对"地方制度"作了详尽规定，并曾颁布《市自治制》《乡自治制》《县自治制》《地方自治试行条例》等法规。湖南、广东、浙江、四川、福建、贵州等省并起草、颁布了各自的省宪法，开展自治运动。但因中国内外政治环境所限，地方自治始终没有脱离专制政治的窠臼。

辛亥革命后各省实业厅前身)。他决定修建成都劝业场,虽然是劝业场,修建伊始,已经是一处实实在在的现代化商业场所。比如这里有几家高档的服装铺子,店前的橱窗里摆着高档的布料、绸缎和毛呢,顾客可以在这里选购自己喜欢的料子,有高级技工现场量体裁衣——从未有过的一条龙服务,让人们倍感新鲜,此举开了成都商业的先河。

在周善培等人的打理下,类似的新鲜层出不穷。成都出现了多以集股、股份有限等具有现代意义的商业公司,商业活动也逐渐向现代化演变。比如,仿国外博览会的成都第一次商业劝工会,大开了人们眼界。虽然是首次尝试,"开风气"确是肯定的。这次"农商并重"的商业劝工会,于1906年3月10日至4月13日在青羊宫举办,开幕当日,锡良亲自到场训辞:"乃今纵观会场,周历区域,土产则种类繁多,名物赅博……制造劝工导风,商会健举,进拙于巧,化窳为精。""自今伊始,勿侈游观,而忘竞胜;勿矜形式,而昧精神;勿以固步自封,自以一得自喜。行见我成都商业劝工会必由一次以逮于亿万次,而永远不辍也。"

商业劝工会将青羊宫分为四区,按区域陈列展售物品,凡"百货物各以类从,陈列井然,有条不紊",四区之中还"各有招待所、休憩所及诸游戏品,或标以旗帜,或榜以牌匾,规模具备",真可谓"聚中外货品以资工艺改鉴,而贸易之盛遂十倍畴昔"。

这样的现代思维,无不是借他山之石。不仅周善培在日本开了眼界,1903年劝工局总办又赴日本参加了工业博览会,旨在积累经验。因而,次年3月第二次商业劝工会规模更盛,同样取得成功,正如护理(在清代,低级官员临时充任高级官员时称为"护理")总督赵尔丰的训辞所称,"四川商业劝工会之续办也,已足为全蜀工商界放一异彩矣。"

不难想象,积累千百年的激情与热情。老百姓何时看见过新玩意儿?犹如一道能量巨大的堤坝,一旦决堤,汹涌澎湃是肯定的。

世界著名城市人文学家理查德·桑内特在《肉体与石头:西方文明中的身体与城市》中特地形象地提到,人类自希腊以来的城市发展史被浓缩概括为三种身体形象,分别以身体的不同器官来命名,相应再现了三个重要时段的身体体验与城市形象的相互关系——"声音与眼睛的力量","心脏的运动","动脉与静脉"。桑内特认为,四通八达、畅通无阻的道路犹如人身体中的血液的动脉和静脉,而循环系统成为城市结构中最中心的设计。桑内特试图告诉我们，文化在创建和利用城市空间方面曾经起到过重要的影响，但现在的城市理念却在造成文化的缺失和人们心灵的麻木。人类只有重新回归身体，回归感觉，才能真正恢复被现代城市文明所排挤掉的人的身体和文化。诚然，某种意义上讲，人的身体就是一把重新梳理城市发展史的钥匙。因而关注成都这座清末拥有30万人口的城市而言，这座城市中的"人"，对这座城市的意义，显然是最为重要的。周善培很幸运，在这千年未有之变的关口，成为其中的典型代表。

周善培还参与了少城公园的决策。用历史的眼光来审视，不得不承认少城公园是清末成都这座城市，一个具有标志性意义的"特区"。作为四川第一个城市公园——无疑，这是新政的重要成果。要知道，整个清朝时期，所有城市几乎没有"城市管理"这个概念的。而行使城市管理职能的，往往是商会、同乡会，还有袍哥组织这些民间机构。

地方自治的收益是丰硕的。对于这座古老的城池而言，任何一个举措都是"新"的。我们不妨以成都市近现代著名的悦来戏院为例，来认识一下百年前的成都之"新"。这所以川剧表演为主，成立于1906年的戏院，迎来了地方自治的春风——警察特许他们向妇女售票。从三从四德一路走来的清末社会，虽说实行了新政，但在妇女如何解放这个问题上，思想还难免有些保守。所以警察局很快又撤销了许可。成都清末文人傅崇矩对此的解释是，因为"人们认为妇女（公开露面）是一件奇怪的事情，会有许多意外之事发生"。

这个傅崇矩在清末的成都，可是一个有影响力的人物。他不但创办了成都第一家公众阅览室"阅报公社"，出版了成都第一张科学性报纸《算学报》，还创办了成都第一家民办报纸《通俗启蒙报》。而他留给后世最大的成就，却是记录清末成都社会万象的一部百科全书——近70万言的《成都通览》——这本书成为后世研究清末成都不可不读的教科书。

警察局几经研究权衡，最后还是向妇女开放。要求悦来戏院设计两个完全分开的入口，一个供男人进出，通向主要的座位区；一个入口专为女性设置，通向用屏帐隔开的楼厅。

这样的"新"试验，让很多批评者"感到满意"。也正如司昆仑所说，"成都这座城市位于上海以西，距离超过2600公里，离广州也有1900公里之远。尽管它远离外国势力在中国的中心地带，成都市作为四川省的首府，具有了一种政治上的特别之处，使得不管是中国还是世界上任何一个城市革新的消息，都能很快地被成都的活动家和积极分子们所获知。"

第六章

最后的『八旗将军』

成都将军就是驻满城的最高军事长官，朝廷赋予的实际权力，特殊时期比总督还要大。少城公园就是一个历史舞台。那个特定的历史转型时期，诸多时代经典画面在此粉墨登台，激情呈现之后，又闪电般消失。保路运动纪念碑矗立在这样一个特殊之地，可是纪念那死不瞑目的少城？

纪念碑上的保路运动

少城公园，成了又一个历史舞台

神秘的大门，终于徐徐打开……

清朝末年，满城就是一个火药桶

成都『变天』，满城能否确保无恙？

总督衙门内，一场血溅惊魂收场

总督衙门内，一场血溅惊魂收场

时间是观察历史最好的通道。有的如陈年老窖，时间越久，越是甘醇，而有的却越是激荡和神秘，留下的印记越深。

清朝末年，成都末代"八旗将军"玉昆属于后者。不仅仅因为他的身后就是"大革命"，更重要在于这位末世将军有着清醒的头脑，是一个"有益于成都人民"的人。成都人大多能记住他，记住他关乎成都的好，记住他一手建设起来的"少城公园"。从这一点而言，成都百姓真的纯朴善良，当局者只要有一点儿好，他们都会记住并传扬开来。

1911年11月27日,大汉四川军政府成立之日,有组织的市民进入皇城。而城门外广场的氛围不同寻常。是日,来到这个被叫做"皇城坝"集市的群众远远多于平时,场坝的地上放着蔬菜、水果,还捆立着几根甘蔗。场内人多货少,站在集市前列的人大多手搭凉棚向南观望,正是中午十二时艳阳高照。场坝北端是学校大门和木棚围墙,左右门柱上挂着"学堂重地""禁止入内"的木牌。围墙里面有石狮一尊,石狮左边是仅显露石柱顶端的牌坊,坊额上"为国求贤"四字隐约可见。左右边坊刻有"会昌""建福"四字(照片上看不见)。石牌坊的北边,即皇城的大门。

(美)路得·那爱德 摄

　　玉昆(号石轩)系满洲将军,清宣统元年(1909)从凉州副都统调升为成都将军。我甚至在想,当他翻秦岭、过剑门,马蹄声声、风尘仆仆来到这座少风的四川盆底之时,一定是被这座城市的悠闲和宁静所吸引。之后,才有了他后来因地制宜,让成都人记住的举动——建造一座真正意义上的"四川第一座公园"。

　　翻阅中国近代史,1909年绝对是一个与"动荡"和"风云"紧密相连的非常之年。大变革前夕,人心浮动,加之"朝廷筹备立宪,废除旗米供给制度"。而废除旗米供给制度后，顷刻之间旗人生计发生困难。由是，刚刚上任的成都末代"八旗将军"玉昆便承受着很大的"维稳"（维持稳定的简称）压力——一方面是八旗军人心惶惶，另一方面是与长期汉人的紧张关系。当时孙中山领导的"革命党"、川中"哥老会"都在图谋反清，且驻防成都的旗籍人口猛增，清制又规定旗民不得务农经商等，昔日生活优渥的旗民，面临着朝不保夕的生活。

保路运动如火如荼的时候，人们都裹挟其中，热血沸腾。只有一个人头脑最为冷静。他，便是成都将军玉昆。某种意义上讲，也正是因为玉昆的冷静，不仅有效控制了保路运动向更坏的方向延展，更是确保了满城内惊惶失措如惊弓之鸟般的所有旗人平安无事。

事情是因赵尔丰实施抓捕保路同志会领导人开始的。1911年9月初，保路运动已经出现了"质变"的苗头。那份旨在武装夺取政权的《川人自保之商榷书》一面世，赵尔丰紧紧盯着其中"编练国民军、制造军械"等内容，直觉告诉他，这不是一起简单的保路事件，事件的性质已经发生了质变——这简直就是一份武装起义的宣言书。

随着事件的深入，赵尔丰在心里已经得出结论，有人要借保路运动颠覆清政府。

"有人"指的是哪些人，赵尔丰还不是太确定，但他已经做好了充分准备和最坏打算——枪打出头鸟。蒲殿俊等9人便是他首先要解决的"出头鸟"。以往的经验告诉这位"屠夫"，如果把保路同志会的领袖蒲殿俊、罗纶以及川汉铁路股东会的领袖颜楷、张澜等人控制起来——群龙无首，就能控制住事态往坏的方向发展。

赵尔丰此策，是缘于蒲殿俊一直"不合作"的态度，加之赵尔丰以为《川人自保之商榷书》系蒲殿俊所为，所以他要解决的第一个对象，就是蒲殿俊。

"调外省巡防密布各街"。赵尔丰任命总督衙门下属营务处总办田征葵，担任全城布防总指挥重任。"调及多兵护卫治城，及调外邑巡防军数百人到督署保护，又分发各军将铁路总公司并铁道学堂围守，又将交通、督署各路口用兵扎住"。

一切准备就绪。9月7日上午，赵尔丰以"北京来电有好消息立待磋商"为由，通知四川保路同志会领导人蒲殿俊为首的19人，是日下午两点到总督衙门议事。当时正在铁路公司开股东会的罗纶、邓孝可、江三乘、张澜、王铭新、叶秉诚6人即行前往。不久在学务公所的彭兰村，在家中的蒲殿俊、颜楷亦相继抵达总督府。

名单上的与会人员一进入总督衙门，即行被捕。另有胡嵘当天从家中抓至督练公所，次日送到总督衙门。有趣的是，成都府学堂毕业生阎一士自称是

历任成都将军　★任职者　☆任期

★明亮	☆乾隆四十一年–乾隆四十三年	★宝兴（兼署）	☆道光二十三年–道光二十四年
★特成额	☆乾隆四十三年–乾隆四十九年	★琦善（兼署）	☆道光二十八年–道光？年
★保宁	☆乾隆四十九年–乾隆五十一年	★裕诚	☆道光二十八年–道光三十年
★鄂辉	☆乾隆五十一年–乾隆五十五年	★倭什讷	☆道光三十年
★孙士毅（兼署）	☆乾隆五十五年–乾隆？年	★奕湘	☆道光三十年–咸丰十一年
★成德	☆乾隆五十五年–乾隆五十六年	★裕瑞	☆咸丰一年–咸丰三年
★奎林	☆乾隆五十六年–乾隆五十七年	★乐斌	☆咸丰三年–咸丰六年
★观成（署）	☆乾隆五十六年–乾隆五十八年	★有凤	☆咸丰六年–咸丰十年
★观成	☆乾隆五十八年　嘉庆三年	★王庆云（兼署）	☆咸丰八年–咸丰？年
★富成	☆嘉庆三年–嘉庆四年	★东纯（署）	☆咸丰十年
★庆成	☆嘉庆四年	★全亮（署）	☆咸丰十年–咸丰？年
★阿迪斯	☆嘉庆四年–嘉庆五年	★福济	☆咸丰十一年
★勒保（署）	☆嘉庆五年–嘉庆？年	★崇实	☆咸丰十一年–同治十年
★德楞泰	☆嘉庆五年–嘉庆十年	★全亮（署）	☆同治一年–同治？年
★庆成	☆嘉庆十年–嘉庆十一年	★吴棠（兼署）	☆同治十年–？
★特清额	☆嘉庆十一年–嘉庆十六年	★魁玉	☆同治十年–光绪三年
★丰绅	☆嘉庆十六年–嘉庆十七年	★恒训	☆光绪三年–光绪七年
★祥保	☆嘉庆十七年	★托克端（署）	☆光绪七年–光绪？年
★丰绅	☆嘉庆十七年–嘉庆十八年	★岐元	☆光绪七年–光绪十七年
★常明（兼署）	☆嘉庆十八年–嘉庆？年	★托克端（护）	☆光绪十二年–光绪？年
★赛冲阿	☆嘉庆十八年–嘉庆二十二年	★恭寿	☆光绪十七年–光绪二十四年
★德宁阿	☆嘉庆二十二年–嘉庆二十五年	★刘秉璋（护）	☆光绪二十年–光绪？年
★呢玛善	☆嘉庆二十五年–道光四年	★恩存（署）	☆光绪二十四年–光绪？年
★德英阿（署）	☆道光一年–道光？年	★裕祥	☆光绪二十四年–光绪二十五年
★陈若霖（兼署）	☆道光三年	★绰哈布	☆光绪二十五年–光绪二十六年
★冲阿（署）	☆道光三年–道光四年	★奎俊（兼署）	☆光绪二十六年–光绪二十七年
★戴三锡（兼署）	☆道光四年–道光？年	★长庚（未任）	☆光绪二十七年–光绪三十年
★德英阿	☆道光四年–道光？年	★长寿（署）	☆光绪二十八年
★瑚松额	☆道光五年–道光九年	★苏噜岱（兼署）	☆光绪二十八年–光绪二十九年
★戴三锡（署）	☆道光八年–道光？年	★绰哈布（署）	☆光绪三十年
★寅	☆道光九年–道光十年	★绰哈布	☆光绪三十年–光绪三十四年
★那彦宝	☆道光十年–道光十三年	★马亮	☆光绪三十四年–宣统一年
★瑚松额	☆道光十三年–道光十五年	★苏噜岱（署）	☆光绪三十四年–？
★鄂山（兼署）	☆道光十五年–道光？年	★赵尔巽（兼署）	☆宣统一年–宣统？年
★宝兴	☆道光十五年–道光十六年	★玉昆	☆宣统一年–宣统三年
★凯音布	☆道光十六年–道光十九年		
★廉敬	☆道光十九年		
★经额布	☆道光十九年–道光二十年		
★德克金布	☆道光二十年		
★廉敬	☆道光二十年–道光二十八年		

《川人自保之商榷书》作者，主动投身自请逮捕。据彭兰村后来回忆，"当予等入督署也，有砍刀一柄随于后，手枪两支伺于旁，步枪兵士环绕数周，房上墙上、近街各口、外庭内堂，均布满武士。予等左右则用四八股绳严挚以待。"

真可谓草木皆兵插翅难飞。"上帝要其灭亡，必先使其疯狂"。待将抓捕之后，赵尔丰又派一名叫唐廷牧的管带，率兵搜查了川汉铁路公司和保路同志会，宣布："奉赵大帅令，保路同志会、股东会都不准开了"。同时，查封了铁道学堂和股东招待所，查封了保路同志会机关报《西顾报》和支持保路运动的《启智画报》。

此时，十分率性和任性的赵尔丰，"赌徒+屠夫"的性格完全彰显了出来，他决定一不做二不休，将蒲殿俊等人处死，旨在"做给不相信他的朝廷看"。

事态正在滑向"不可收拾"的局面，一直处于"旁观者"角色的一个关键人物出现了，他就是成都将军玉昆。

人们不禁要问，成都将军缘何设立？官职何来？朝廷意欲何为？一言以蔽之，成都将军就是驻防成都八旗兵的最高军事长官。

成都将军，全称为"镇守成都等处地方将军"。武职从一品，于乾隆四十一年（1776）平定金川之役后特设，系清朝最后一处设置的驻防将军。最初考虑驻扎打箭炉（今四川康定），经过战略考量后又改议驻扎雅州（今四川雅安），因成都与雅州相距近百公里，如果将军与总督两地相差过远，遇紧要情况恐难即刻商榷定夺。再则，雅州地处高山峡谷地带，加之供给条件甚差，满兵难于挚眷。此种情况下，将军遂移驻成都，为周全计，将提督移驻雅州。

相对于从"龙兴之地"发迹的赵尔丰，玉昆才是正宗满族人，也是一个遇到大事不糊涂的政客。表面上看，有些神秘且深居简出的成都将军其权位虽在总督之下，但因其地位特殊，任何人都不敢小觑。

朝廷的任命官员序列中，此时的四川，除了封疆大吏的总督赵尔丰，就要数将军玉昆了。他们都是朝廷一品钦差大臣，某种意义上讲，朝廷赋予玉昆的实际权力，特殊时期还要比赵尔丰大。

乾隆四十一年（1776）开始设立成都将军管辖满城。事实上，这样一个"特区"就是四川总督也管不了。其间的特殊性，可以从"乾隆上谕"一窥端倪。

乾隆四十一年三月辛巳上谕：

所设之将军，若不委以事权，于地方文武不令其统属考核，仍与内地之江宁、浙江等处将军无异，尚属有名无实。但番地事宜仍由地方文武办理，仅禀知总督而行，而将军无从过问，非但呼应不灵，即于绥靖蛮陬之体制，亦不相合。

现在文绶为总督、明亮为将军，自不虞有掣肘。若将来接任之员，或彼此稍存意见，即不能资和衷任事之益，且恐不肖员弁，久之故智复萌，不免仍蹈前辙，尚不足为一劳永逸之计，此乃善后事宜之最切要者，不可不及早酌定章程，俾永远遵守。

自应令成都将军兼辖文武，除内地州县营汛不涉番情者，将军无庸干与外，其管理番地之文武各员并听将军统辖。凡番地大小事务，俱一禀将军，一禀总督，酌商妥办。

所有该处文武各员升迁调补及应参、应讯并大计举劾各事宜，皆以将军为政，会同总督题参，庶属员有所顾忌，不敢妄行，而番地机宜，亦归画一。若日后将军或因事权专重，擅作威福，扰及地方，干与民事者，总督原可据实陈奏。

又或总督轻听属员之言，于番地情形动多牵掣，致误公事者，将军亦当据实奏闻。朕惟按其虚实，秉公核办，以定是非，必不肯有所偏向。

随后，乾隆又令："成都新设将军，控驭番地，兼辖文武。其体制即与总督无异。"

言下之意，成都将军不仅负有保护居住在成都满城上万满人之责。且，凡重大事务，必须有四川总督和成都将军同时签字方可定夺。

成都将军的直属部队称"军标"。共中、左、右三营马、战、守兵1000人，设中营中军副将、左营中军都司、右营中军守备各1员，分别统领各营部队。

"将军"从何而来？早在清朝统一江山后，为了巩固政权，弹压各地反抗因素，便在全国设立了14个驻防将军府，以此驻防全国各军事要地。14个驻防将军府分别是绥远将军府、江宁将军府、成都将军府、西安将军府、宁夏将军府、荆州将军府、杭州将军府、福州将军府、广州将军府、盛京将军府、吉林将军府、黑龙江将军府、乌里雅苏台将军府、伊犁将军府。其中荆州将军府势力范围最大，所辖为今天的湖南、湖北两省军务。

所以，除了一般意义上与紫禁城的通道之外，将军衙门还有一条特殊通道通往金銮宝殿。这是身为将军的满族大吏的特权，虽然大清几百年过去了，关键时刻，朝廷还是更加相信一个"满"字。

从成都出发，由驷马桥出口一路北上，是历来进出朝廷的官道。晚清时期每天进出四川总督衙门的公文多达1000多件，因为有140多个县长的公文要上报，还有省政府要保持与皇帝和朝廷的联系，总督随时有三班人马向北京发送公文。

毋庸置疑，这是一支特殊且庞大的"情报部队"。自古以来，这支"情报队伍"的"进京路线图"是这样勾勒而成的，出城门沿着北大道，一路北上，经广元，越秦岭，抵西安……直达京城。今天算来，这条道路相距2500多公里，官员如果应召进京，差不多要两个多月时间来完成，就是紧急公文的送达，也需要20余天。平常情况之下，是通过数百个驿站的马匹轮换接力长跑完成的。

旗营的地位和作用显然不一样，他们如果有重要的军情密报，则是走另一个特殊通道，通过不同的途径来完成情报的抵达，一来为了安全与保密，二来显示其非同一般的地位。包括送信的信使，也都是信得过的八旗"自己人"。

这样的待遇，是所有总督都十分羡慕却不能企及的。

按理，这是四川属地的职责，作为一个专事军务的角色，玉昆本不该过问此事，但为着清朝大局计，也为了满城的八旗子弟前途与命运计，他必须出面收拾这个烂摊子了。

玉昆在四川保路运动的态度一直十分鲜明，"同情"与"支持"。

"是时，手缚绳，刀指胸，步枪、手枪、砍刀环绕，有不枪决即刀劈之势。不意外面传呼将军至，而杀机暂告停止矣。"从彭兰村的回忆不难看出，赵尔丰的确已经作好了"最坏的打算"。

其实，赵尔丰在如何对待张澜等人问题上虽然已打定主意，但必须征得玉昆同意，所以来得正好。玉昆不同意赵尔丰"治乱世需用重典"的意见，作为同僚，他提出了自己反对的理由："诸被逮者均系绅士，非匪人，徒以政见不合，责任难卸，非叛逆也。"道理已经说得够明白了，这些人不是土匪，是很有影响的士绅，他们每个人的身后，都站着数以万计的支持者。一旦他们有什么三长两短，四川必然大乱，到时候想收场也没有机会了。

"杀人容易，可人头不是韭菜，割了又会长出来。"玉昆看赵尔丰态度还有些强硬，进而提醒到，"这样的大事为何不请旨朝廷？"

"朝廷尚郑重，予何敢孟浪作证杀人乎？弟意仍以请旨为是。"特别是被捕人中的颜楷，还是尚未去职的翰林院侍讲，按大清律令，地方官是无权对他用刑的。玉昆再次告诫赵尔丰，"未经部令褫革，日后必将罹擅诛近臣之罪。"

赵尔丰当然知道其中的利害，可面对朝廷和地方两边都不让步，他着实感到窝囊，但又进退两难，想不出什么好办法向朝廷交差。

对于玉昆的劝言和坚持，赵尔丰犹豫了。他知道，一向很少迈出将军衙门的玉昆，这个时候前来进言，必然非同寻常。身为朝廷栽培，在官场耳濡目染数十年的命官，"大局"与"小我"之间，赵尔丰感觉到了如山的压力与非常。

关键时刻，玉昆起到了"定盘星"的作用。

无奈之际，甚为沮丧的赵尔丰看了看在场的"省级主要班子成员"（即"六司道"），只有布政使尹良和盐运使杨嘉绅二人默认赵尔丰的决策，而提学使刘嘉琛、巡警道徐樾和劝业道胡嗣芬，则表示支持玉昆的判断。

（词条）

袍哥

袍哥，是指四川的哥老会成员，被大家称为袍哥，这个组织也被称为袍哥会。是清末民国时期四川地区（主要为今川渝）、云南、贵州盛行的一种民间帮会组织，在其他地区被称为哥老会。与青帮、洪门为当时的三大民间帮会组织。袍哥曾是四川的民间秘密组织。分为清水袍哥和浑水袍哥。"清水袍哥"一般有其他固定的收入来源，不是靠参与袍哥搞钱；"浑水袍哥"是职业袍哥，加入袍哥是解决生计问题，尽量想搞钱，所以难免做作奸犯科的事情。参与袍哥的人分布非常广，不仅有知识分子、军队人士、政府官员，还有社会底层的农民、乞丐、苦力、做小生意的人等。他们日常使用隐语和暗号交流，遵循一套自定的教义规则，形成了一个具有一致身份认同的江湖联盟。辛亥革命之后，它长期成为四川大多数成年男性都直接加入或间接受其控制的公开性组织。追溯袍哥的源起，有两种解释，一说取《诗经·秦风·无衣》："与子同袍"之义，表示是同一袍色之哥弟；另一说是袍与胞谐音，表示有如同胞之哥弟。

成都『变天』，满城能否确保无恙？

　　一切也正如玉昆所预判的那样，事态正在向"不可收拾"的方向滑行。

　　原来，玉昆还未走出总督衙门，督院街北面的联升巷突着大火，警务公所提调路广钟即刻封锁城门，全城戒严。原来，这正是赵尔丰导演的一出戏，欲嫁祸于蒲殿俊等人阴谋暴动，企图烧毁督署，提前安排

满城，一直是一个精致的异数
（美）路得·那爱德　摄

的预谋。而已经备好的雕版印刷告示也正欲张贴，
云：

> "只拿首要，不问平民。首要诸人，业已就擒。
> 即速开市，守分营生。会既解散，谣言休听。拥挤上院，
> 格杀勿论。"

赵尔丰没有想到的是，他的这一计谋已经被另
几路人"将计就计"，目的就是"以子之矛，攻子之
盾"，尽最大可能将事态影响无限扩大。

所以，当蒲殿俊等人被捕的消息不胫而走之时，
被激怒的人们不约而同地聚集起来，欲冲入总督府抢
人。赵尔丰下令卫队开枪，不少人手捧写有"光绪德
宗景皇帝之神位"的"先皇牌位"（光绪皇帝宾天不
久），齐齐前往督院街……不同力量的促成之下，
"成都血案"还是发生了，清兵开枪射杀了无辜平

词条

玉昆

玉昆，满洲镶红旗人，字石轩。1902年（光绪二十八）任凉州副都统。1909
年任成都将军。成都将军是清朝在成都的驻防将军，官衔全称就是"镇守四
川成都等地方将军、统辖松建文武、提调汉土官兵、管八旗事"。玉昆是最
后一任成都将军，于1909年上任。因举止沉稳，态度雍容；思想开放，目光
敏锐，顺天应时，敢有作为，任内与四川教育界学校以及哥老会关系较
洽。保路运动发生后，四川总督赵尔丰残酷镇压保路群众，并逮捕蒲殿俊、
罗纶等人，将加杀害。他亲赴总督衙门表示反对，且设法营救蒲、罗等人。
辛亥革命时期，成都宣布独立后，玉昆审时度势，缴出所有枪械，最终和平
易帜，解决了旗人安置问题。在革命军的护送下安全离开四川。

民。次日大雨竟下，"赴南院求情之街正、商民被枪击毙者众尸累累，横卧地上，犹紧抱先皇牌位在手不放。赵帅下令三日不准收尸，众尸被大雨冲后腹胀如鼓……"

这一切，"当局者迷"的赵尔丰，根本不相信自己会被人利用。而"旁观者清"的玉昆却看在眼里，急在心头。

此次血案，官方记载死者32人，伤者无数。而玉昆在给他儿子的信中承认"军队开枪，伤亡愚民百余"。他还写道，"民与官结仇，愈剿愈仇"。玉昆信中无可奈何地哀叹，"赵屠夫不知如何结果耶！"

事态也正如玉昆所预料，"成都血案"成为保路运动一个重要的转折点，遍布全川的保路运动由此转入全面武装起义，多支起义部队开始围攻成都。

9月25日，四川荣县的保路同志军宣布独立。这标志着，四川已经进入全面战争状态。

这一天，盛宣怀终于意识到了事态的严重性，他上奏清廷，请求按四川护理总督王人文之前提出的方案，即将700多万两现银退还四川，其余已用的路款转成国家保利股票。

为时已晚，辛亥革命的脚步声清晰可闻。作为"震中"的成都，满城能否全身而退？是玉昆最为担心的。

事实上，保路运动引发的辛亥革命，使全国各地20多个满城遭遇到不同程度的破坏。

西安尤为惨烈。革命军攻打了一天一夜，西安满城被攻破，士兵如潮水般从南面和西面涌进城内，占领西安大部分军事基地，仅剩下西安将军文瑞镇守驻扎的满城。

"日方午，东门破，进满城，终夕巷战。"文瑞率八旗兵奋死抵抗，经过一天的激战，满族大部分兵力被起义军杀害，西安巡抚也在战争中被俘。"旗兵死者二千余人，余皆屠杀。麾下壮士从者十馀，及其子熙麟而已。于是环请引避图恢复。"

文瑞要求和谈被拒，支持同盟会的新军和哥老会使用了炮轰、火攻、巷战等办法，一天便被攻克。文瑞眼见大势已去，怃然曰："吾为统兵大员，有职守不能戡乱，重负君恩，惟有死耳！"乃口授遗疏，趣熙麟书之，命乘间达京师，而"自从容整衣冠赴井死"。他的幕僚秦鹤鸣收敛了他的尸体之后，亦投井自尽。

一位名叫凯特的英国传教士事后调查，"无论长幼，男女，甚至小孩子，都同样被杀……房子被烧光抢光。""革命军在一堵矮墙后，放了一把无情的大火，把鞑靼城焚烧殆尽。那些试图逃出来满城的人，一出现在大门，就被砍倒在地。"

"当满人发现抵抗徒劳无益，他们在大多数情况下都跪在地上，放下手中的武器，请求革命军放他们一条生路。"杀戮极其残酷而且彻底。凯特的记录十分详细，"当他们跪下时，他们就被射死了。""有时，整整一排都被射杀。""在一个门口，十到二十人的一排旗人就这样被无情地杀死了。"

三天后，革命军下令停止屠杀。据凯特的估计，旗人死亡的人数"不下万人，他们为了避免更悲惨的命运，要么被杀，要么自杀"。

传教士李提摩太在《亲历晚清四十五年》中同样证实，"1911年10月22日，陕西省首府西安爆发了可怕的流血事件，一万五千名满族人（有男人、女人还有孩子）都被屠杀"。

清末 14 位驻防将军

01 盛京将军赵尔巽（同时也是东三省的总督），驻扎盛京，辖辽宁
02 吉林将军（1907年4月，清政府撤掉吉林将军，改为吉林行省，清朝末期赵尔巽任职），驻扎长春，辖吉林
03 黑龙江将军程德全，驻扎齐齐哈尔，辖黑龙江
04 江宁将军穆尔察·铁良，驻扎江宁，辖江苏
05 福州将军朴寿，驻扎福州，辖福建
06 杭州将军增韫，驻扎杭州，辖浙江
07 荆州将军寿耆（没有真正去荆州赴任，辛亥革命荆州破城，举城投降），驻扎荆州，辖湖广
08 成都将军玉昆（辛亥革命爆发，玉昆和革命志士和平谈判，使当地免受战火，当地旗民也得以妥善安置），驻扎成都，辖四川
09 广州将军凤山（上任路上被革命志士李沛基杀掉），驻扎广州，辖两广
10 绥远城将军·岫，驻扎绥远，辖归化、绥远、土默特
11 西安将军文瑞，驻扎西安，辖陕西
12 宁夏将军台布，驻扎宁夏，辖甘宁
13 伊犁将军志锐，驻扎伊犁，辖新疆、天山南北
14 乌里雅苏台定边左副将军奎芳，驻扎乌里雅苏台，辖唐努乌梁梅等

西安满城最终毁于一旦，驻防旗兵全军覆没，城内满族同胞大部被杀或自杀。有记载称，两万人剩下不到一千。其惨烈程度，可见一斑。

那个名叫文瑞的西安将军，钮祜禄氏，满洲镶红旗人。其时上任不过三年，作为驻军统帅，负责在西安领导八旗军队。来西安后，文瑞与当地的巡抚一同合作力主改变八旗人的生活困境，由政府拨款修建学堂和房舍，并且选取优秀的八旗子弟进入学校，改革进行很顺利，只可惜没有给他更多的时间。

还是那句古训，倾覆之巢，安有完卵？

辛亥革命的首义之地武昌，四大满姓家族（扎、包、铁、布）均被杀害，八旗会馆被完全摧毁。据武昌起义领导者之一熊秉坤回忆，1911年10月12日反清暴力达到了顶峰，直到汉口11名外国领事出面干涉后，才于13日下令停止杀戮。一名路透社记者于14日来到武昌，他"发现到处都是满人尸体"。美国历史学家周锡瑞认为，对武昌的旗人来说，"那差不多就是屠杀"。

湖北荆州的满城也是一片血腥景象。美国历史学家路康乐在《满与汉》一书中，有这样一段记载："一个将要被杀害的旗人妇女可怜哀求：'我们是无罪的，我们也憎恨我们的祖先，因为他们虐待汉人'。另一位老夫人哀求：'杀死我们这些没用的妇女和孩子，你们能得到什么呢？为什么不释放我们以显示你们的宽宏大量呢？'士兵们虽然有所触动，但不敢回应，还是将她们杀了。"

据悉，杭州、河南等地杀满人，把砍下的人头扔进井筒子里，一个一个的井筒子，填得满满的。辛亥事变后，广州满族宣布和清脱离，后人叫"和平易帜"，放下武器、脱掉军装、走出八旗军营。他们以为这样可以免遭杀戮，即使如此，也未能幸免一场血灾。一些活下来的旗人纷纷逃离满城，到乡下隐名埋姓，改称汉族。据统计，光绪年间广州旗人有三万左右，辛亥革命后只剩下1500多人。一直到20世纪80年代，不少生活在广东的旗人才恢复自己的满族族籍。

清政府没想到的是，建立满城的初衷是为了更好地控制主要城市，到了战争发生的时候，各地的满城却成了最好的靶子。长期"圈养"在满城内的满人无生活一技之长，一旦走出满城，很容易被人分辨出来成为攻击目标。

史料记载，辛亥年，凡是有满人的地方，大多出现过滥杀的情况，只是程度上往往因地而异。

可，倾覆之巢，也有完卵。

成都是个例外。血腥风暴中，成都的满族（包括蒙古族）却惊险而平安地度过了这一劫，没有一人伤亡。据载，成都满城的局势当时已被成都军政府知晓，为了防备旗人拼死一搏，尹昌衡已派军队将满城团团包围。作为满蒙八旗在四川的最高长官，玉昆在旗人中有很高的威望，在总督府中也有广泛的汉人缘。

是玉昆的足智多谋，妥善处置，方使少城免于血光之灾。

"鄂变，川中乱甚。玉昆虽想抗击，无奈川督赵尔丰被斩，援军端方也在资州被杀。川人谋攻旗营，成都旗兵仅有3营，不堪战。遂降。"

这封发往紫禁城的电文，短短数十字，玉昆将自己的想法及处境，总结得恰如其分。

另一个原因还在于，成都驻防方面虽只有三个营的兵力，由于经常操练，枪炮声时时震荡在成都市郊上空，外人难摸清底细，不似西安、荆州旗人那般萎靡不振。

能化险为夷委实不易。要知道，满族统治中国近300年间，各种各样的反抗可谓层出不穷，盘踞在成都的各种势力，大多对满城与满人不满，稍有不慎，都会鸡飞蛋打。

词条

将军衙门

清朝驻防八旗的最高办事机构。将军为八旗兵的最高长官，从一品。将军和将军衙门的名称，都冠以所驻地名，如盛京将军、盛京将军衙门，绥远城将军、绥远城将军衙门。各衙门所辖官兵数、内部机构设置情况不尽相同。成都将军，全衔称"镇守成都等处地方将军"，武职从一品，于乾隆四十一年平定金川之役后特设，为清朝最后一处设置的驻防将军，初议驻扎打箭炉，后改议驻扎雅州，又因成都与雅州（今四川雅安）相距较远，将军、总督两地相差甚远，遇紧要情况，不能即刻商榷；同时，雅州地方地势狭隘曲折，满兵难于挈眷，故令将军移驻成都，而命提督移驻雅州。成都将军衙门源于乾隆四十一年，初置将军即设衙门于此，同治七年将军崇实扩建门庭。大门前有高大的照壁，两旁有栅栏式的东、西辕门，分别悬挂"望重西南"，"声教中外"的巨匾，大堂前矗立牌坊一座，上题满汉文对照"控驭岩疆"四字。

清朝末年，满城就是一个火药桶

如火如荼的保路运动，就在满城一墙之隔的大城进行。这个运动在成都，在四川，在中国几乎闹翻了，而满城内却出奇地宁静。

对于四川总督而言，满城也是他管辖之外的"一块飞地"。

俗话说，世上没有不透风的墙。其实，墙外的保路运动，令满城上下紧张至极。实际上，辛亥革命之后的成都满城，一直如惊弓之鸟，他们甚至已经做好了玉石俱焚的思想准备。赵尔丰政权交出后，成都宣布独立，少城内的旗兵震惊，以为大祸临头，每个人似乎都感到没有了生存希望。此间，满城内实业街的三英小学，就成了商讨对策的据点。白天晚上都有很多旗人在此推演讨论，怎样化险为夷，应付这一历史巨变。

每一个人都很悲观地认为，与其束手待毙，不如拼个鱼死网破。

这样的大势之下，驻扎在满城的旗人，已经做好了绝地反弹的充分准备。除了荷枪实弹的三个营的兵力之外，还把库存已久的刀矛等落后武器取了出来，分发给青壮旗丁。要知道，旗人可是全民皆兵的，他们虽然疏懒操练日久，但"基本功"应该尚在，至少比城外那些临时起意的义勇要强。

天府之国这块版图之上，区区两万满人毕竟太少，他们也知道没有任何胜算的可能，因而也十分绝望。世界的末日既然已经到来，那就殊死一搏吧。据成都满蒙协会的一些满蒙后裔回忆，这个特殊时节，每一个人都做好了宁为玉碎的心理，许多人家把家里仅存的一些好吃的全部吃了，只要风声一变，老幼妇女先行自杀，精壮的就冲出满城，拼出一条血路。

情势之紧张，令挨近少城居住的汉族居民同样惊惶不安，谣言时起。

古语云，杀人三千，自损八百。可以说，关键时刻是玉昆救下了满城两万人的性命，也确保了成都不再有血光四溅。

早在筑路风潮开始的时候，四川总督赵尔丰用高压手段对待抗议的人，将军玉昆站出来明确表示出反对意见，不仅救了保路运动中最关键的9人性命，也为后来满人的命运走向，至关重要。

大汉四川军政府领导人蒲殿俊、罗伦等都是清廷科甲出身，与革命党不完全一样，脑海里还没有极端的排满思想。某一天，副都督罗伦甚至来到少城，约同绅士赵荣安（是罗伦同期举人，又是同在咨议局当议员）一道去见将军玉昆，商谈和平解决的办法。

旗人心里都清楚，清朝末年，孙中山领导的革命军，口号直指爱新觉罗家族——排"满"。辛亥年是爱新觉罗家族的生死之年，一些省份在这风浪中多半对满族都大加杀伐（对八旗中的蒙古族也一律认为满族），不分男女不分老幼，只剩一个"杀"字侍候。

这个"杀"字，最先是自上而下展开的。特别是1907年徐锡麟刺杀安徽巡抚恩铭的事件，引起了慈禧太后对"满汉畛域"问题的高度重视。徐锡麟出身官宦世家，乡试中名列副榜，他曾于1903年留学日本，后在表叔俞廉三（曾任山西巡抚，恩铭为其门生）的推荐下出任安徽警察处总办、巡警学堂监督等职。

被杀的安徽巡抚恩铭系荆州八旗人，举人出身。他在推行新政过程中不遗余力，口碑甚佳，对徐锡麟也颇为倚重。恩铭或许怎么也不会想到，自己会莫名丧命于徐的枪口之下。

徐锡麟被擒后，在供词中承认恩铭对汉人并无特别的敌意，自己对恩铭也无个人私怨。更为重要的，他的仇恨是针对"全体满人"的：

> "满人虏我汉族将近三百年矣，……抚台是好官，待我甚厚。诚然，但我既以排满为宗旨，即不能问满人作官之好坏。至于抚台厚我，系属个人私意，我杀抚台乃是排满公理。"

审问中，徐锡麟扬言蓄志排满已有十余年。计划在刺杀恩铭后，再杀端方、铁良、良弼，为汉人报仇。

这一事件震动朝野，对慈禧太后触动很大。清廷随后一个月内连下两诏，允许各级官员及普通士人，通过都察院就满汉问题各抒己见，新政中朝廷已经全面启动"平满汉畛域"。慈禧太后颇感委屈，她对外务部尚书吕海寰说，"悍匪徐锡麟声称满汉之间存在歧视，但我们选任各省大员时并不存在什么偏见"。

梁启超列举触发辛亥革命八大诱因时，一针见血地指出，政府就是"制造革命党之一大工场"。并从"以消极的手段间接而制造"发展到"以积极的手段直接而制造"，此说无不入木三分。"种族问题"就是这样被朝廷制造出来，并成为革命的导火索。浅显而深刻的道理在于，"政治上之利害，非尽人所易明。故就政治而言，革命者其受动之人也少；一旦因联想以及于种族，则于脑识简单之人，不烦理解，小煽即动"。

人们也就不难理解，为什么"自上而下的改革"，如何走向了"自下而上的革命"。

虽则如此，朝廷上很多人依然高高在上昏昏欲睡。一些清醒的人却看清了这一"利害"，不惜上书当朝，痛陈利弊。端方就是一个典型的例子。身为两江总督，端方提出了四条建议，旗人编入旗籍，与汉人一律归地方官管理；旗丁分年裁撤，发给十年钱粮，使自谋生计；移驻京旗屯垦东三省旷地；旗籍臣僚一律报效廉俸，补助移屯经费。

曾任巡警部右侍郎的赵秉钧，甚至大胆提出逐步取消八旗制度。他的计划具体有三个步骤，一是彻底核定旗人数目，确定领俸之人；二是向有功的旗人家庭授予特殊荣誉（但非金钱）；招募年富力强的旗人担任新军士兵、警察和宫廷杂役，年老和孱弱的旗人可以支付薪水直至他们死亡。至于旗中的年轻人，应被送到学校和工厂学习技艺，那些无薪而懒惰之人，将被送到东北去耕种旗地。

这些建议虽颇有见地，却都遭到了大批旗人的强烈反对，尤其什么"搬出北京"、前往"东北当农民"，对旗人而言，认为更是带有侮辱性质。

是啊，世代过惯了养尊处优的日子，有谁愿意放下架子去吃苦？只是这些人不知道的是，清廷大厦将倾，他们的好日子真的不多了。

赵尔丰被枭首示众。少城内的旗民们顿时惊恐起来，防备更加严密。祠堂街和西御街中间，东城根街与羊市街中间的两个小东门；小南街和长顺街的小南门，长顺街和宁夏街间的小北门等，一时间高度紧张，城门紧闭。

青壮旗丁不断在东城根街、八宝街和南校场一带巡视。三营士兵防守各城门，旗汉两方居民都神经紧绷，惊惶万分。为防万一，军政府也派兵防守地处西御街的川东公所，南校场城墙上和君平街、小北街等处，也都有兵逡巡，情势异常危急。

少城的旗兵和汉族士绅都深感畏惧，稍有不慎，便会酿成大的流血事件。本来他们一直和清廷还保持着深厚的历史渊源，思想上本无成见。再加上一个重要的背景，那就是一个月前的巡防军焚烧抢劫，成都人民惊魂未定，大家都不希望有什么意外冲突。否则，对这座城市及城市的居民，都是一场大的破坏。

这样的情形之下，就有了共同的心理预期。

冬月初四日，徐炯、周凤翔（紫庭）受军政府的使命到少城商谈。同时，旗营士绅赵荣安也来到军政府。徐、周是日中午来到少城印房，会见少城三个协领，文锦章、广兴廷、文钧安和士绅陶芝生、赵子厚、文蔚卿、吴国杰（士庵），商谈缴枪事件并提出优待条件。最终形成了一个两全齐美的方案："旗兵缴枪后，军政府一次发给旗兵每名三个月的饷银，继后陆续再发三个月；所有住房一律发给营业证，许其自由买卖；另外再拨20万元建工厂，容纳穷苦旗民学艺，解决他们的生计。"

据此，12月24日，所有旗兵在玉昆的亲自监督之下，于西校场交出了全部枪支弹药。"带头缴枪的叫全璧成，大家看见他缴了，也就一齐把枪架起，等待发了命令，才把枪送往小东门（西御街），由军政府的军队携去。"

对于玉昆和另一位重要的将军衙门官员四川都统奎焕，军政府认为他们"于川人争路及十月反正之事，两公均能深明大义，苦心维持，并剀切开导旗军，一律呈缴枪械，故川人对两公异常感佩。"因而，按照他们"希望回归故土"之意愿，特地派员安全护送回北京。

军政府在满城内的东城根街开办日用品工厂，生产毛巾袜子等日常用品，用以解决生计困难的旗人家庭就业问题。工厂命名为"同仁工厂"，意即新时期五族共和、一视同仁。其后，工厂所在的东城根原来的城边通道，慢慢形成了一条街道，命名为同仁路。即今天成都同仁路上街和下街所在地。

一场涉及生死存亡的风波，竟这样幸运地度过。原以为最为棘手的旗人问题，汇聚各方智慧之后，没有流一滴血，未曾毁一间房，得以和平圆满解决。

事实上，这场大变革迟早要来的，只不过时间迟早问题。清朝近三百年以来，各处驻防旗兵受军营制度的限制和官威的压迫，本来平常不敢有越规反抗的事。未曾想，当时间指针指向光绪三十三年（1907）秋天，成都满城旗兵营内部，竟然发生了数千旗兵围攻将军衙门的惊人事件，几乎酿成大祸。

满城旗人将这次事件称之为辛亥革命前夕，满城天翻地覆的一次预演。满蒙后裔刘显之在他的《成都满蒙史略》中，详细记载了"打将军衙门"事件的前因后果——

　　成都驻防将军绰哈布，探闻清廷有裁旗的意图，想要邀功，同时知道黑龙江某将军有屯田的办法，他准备把成都东门外沙河堡的马厂田（清朝初年拨这里土地给旗兵养马，后来马匹减少，就招汉民开辟耕种缴纳租金）向汉民收回，分给旗兵耕种，作将来裁旗的准备。

　　但，绰哈布没有深入考虑，工作粗糙。

　　这个时候，有个佐领叫忠孝的，因为没有升补协领，心怀怨望，同时也想向旗兵要好，在奏折还未发出之前，故意把这个消息泄漏出来，再结合驻防官吏的贪污舞弊和对旗民的压迫，旗民早已恨透他们，尤其田里操作旗民也不习惯，恐怕分田以后，粮饷一停，生活发生问题，心里非常不安。

　　一天，新威营士兵在西校场操完，便集合着一齐闹到将军衙门，大声吼叫，无法制止。一阵老幼男妇越来越多，竟达几千人，声音闹得更大，开始打门打窗，秩序大乱，官吏自协领以下都赶到头门来劝阻。那知旗民们一见这些官吏更加愤怒，瓦片石块像雨点一般打去，佐领桂星五左额被打伤，血流满面。

　　将军绰哈布出来，站在排列刀矛兵器的威武架旁边，一人忽然上前推到架上大刀打来，协领景运慌忙用手挡住，方没有打着。正在纷乱中，有看见佐领忠孝便高呼忠青天，忠孝赶紧退下。

　　群众声势越发不能制止，从辰到午，还没有平息。正当喧闹的时间，有回族叫达贯之的在总督衙门当差，他就急忙向总督赵尔巽报告，说旗兵反了。

　　赵尔巽马上调动巡防军，布防在西御街的川东公所同君平街的圣寿寺等地方。他自己简单地带了几个人从西御街、祠堂街打探着来到将军衙门。

　　这时新威营士兵业已散去，剩下只是些妇女老弱几百人，看见总督来了，大家一齐跪下哭诉，赵尔巽看了也觉难过，答应同将军商量不分田不裁旗，叫大家回去，不要在这里停留，群众听了，才渐次散走。

　　虽是满城内自己人旗营间内部的事，处置起来却一点也不手软。因佐领忠孝有煽动嫌疑，革掉了官位，远赴新疆乌鲁木齐充军。不仅如此，一千多旗兵青壮也跟着倒霉，悉数到川边巴塘，虽未明确，跟充军无异。

　　辛亥年（1911）清朝被推倒了，政体改变。忠孝方从新疆回转成都，而那些流放到巴塘的青壮旗兵，竟没有一个活着回来。

真所谓山雨欲来风满楼。

"辛亥革命之后，不知是什么人的见解，说胡同是满洲名词，不宜存在，因而废去，一律改为街巷……"李劼人在其著作《大波》一书中，从"胡同"这个细节入手，来回应那个逐渐远去的时代。

随着一浪高过一浪的"革命"呼声，少城在战战兢兢中孤立无援。

少城中的胡同是辛亥革命以后，1912年首先拆除北端的少城城墙（八宝街到老西门城墙），随后又拆除南段的城墙（包家巷到西南校场之间）。到1921年，东城根街（西御街西口到羊市街西口）被拆除，最后留存在人民公园到小南街的一段，等到1935年也被拆除。今天映入我们眼帘的少城街道，是在不断拆除城墙中，把胡同这个名称全部改为街巷的。最终，少城里的胡同名称，逐渐隐入漫长的时间长河之中。

东城根街的城墙在辛亥革命不久被拆除后，当时四川反袁浪潮高涨，时任蜀军总司令熊克武担任四川讨袁军总司令，1915年到云南参加蔡锷的靖国军的护国战争。由于当时此街无名，讨袁将领熊克武与但懋辛（字怒刚）曾筹组于此街，袁倒台后，此街取名"靖国路"。并在东城根街中段与东胜街东口邻街处，立碑上书"靖国路"，落款为"但怒刚书"。直到20世纪50年代，因扩街把碑挖掉了。此后，又根据这条街的大体位置命名，遂有了东城根街。

"少城苑"三字出自成都著名书法家刘奇晋先生手笔，其建筑比较集中地展示了少城原来的风貌。尤其是大门上的一副楹联"名园依绿水，归雁远青天"，甚为形象地表达了昔日少城的神韵。少城苑现为少城公园（现人民公园）内一处露天茶社，此处小桥流水，绿树成荫，一把把遮阳伞下面是石头桌子加上竹制凳子，砖砌的围墙配以碧绿的竹子，令人神情怡然，不愧休闲品茶的好去处。

章夫　摄

少城中的胡同面貌、格局、院落建筑，因历史原因、政治原因，还有很多人为因素，多次改建，经过辛亥革命，抗日战争至民国的再改造，"文化大革命"的无情洗礼，现代城市飞速发展……清代格局的少城面貌，早已面目全非。

作为"满城"血脉的延续，刘显之对少城发生的一切都十分感兴趣，并有着较为深入的研究。那条形如"蜈蚣"的城池一直活跃在他的眼里和心里。其实，在每一个成都满蒙人甚至成都人心里，都保存着那只文化和历史意义上的"蜈蚣"。

　　历史大潮中，文化与政治往往是一对不可调和的冤家。政治面前，文化显然要做出必要的让步甚至牺牲，而那些标有历史符号的文化载体，往往是易碎品，常常成为"革命者"被"革命"的对象。

　　古今中外概莫能外，对于成都满城而言，辛亥革命更是如此。

　　直到公元1912年"大革命"之后，打破了满汉界限，改"满城"为"少城"，改"胡同"为"街巷"。"少城"在得到完全解放的同时，也受到了极大的伤害，城内的满蒙居民由鼎盛时期的两万余人，锐减至两三千人。这个时候，少城的城墙和城门在一片破旧立新中变为瓦砾，少城内的建筑也大都被拆建或改建。

　　留下的，仅仅只有昔日老街的格局和满目的疮痍。有"中国左拉"之称的李劫人先生，在成都少城居住过很长一段时间，他在文学作品中这样描述"大革命"之后的景象："……变得顶厉害的，是把一个近二百年的极为幽静的绿阴地区，变为个极不整齐、杂乱而不好整理和改建的住宅区。"

　　秦张若时的"少城"行政级别是县治，号成都县。虽然平时是商贾互市的经济中心，一旦有警，少城又成为大城的屏障。这种设计的英明，屡屡被历史上的战时成都所印证。由成都建城的故事，可以看出其悠久的历史和中华文明幽深的防御之术。少城在靠西边的位置，因为兵患往往在西侧，所以这里至今有营门口等地名。

原少城书院在祠堂街，与关帝庙相对。同治十年四川总督兼署成都将军吴棠为了使八旗学生得到深造机会，特捐廉银八百两，将下四旗官学房屋拆卸，并添购木材砖瓦修建。下属司道府厅州县等官亦各有捐助，共得银5200两，发成都府交商生息，每年息银624两付山长（主书院教授）薪俸和学生用费。山长每年备银200两，柴火银100两，学生每年考课10次，分别给予奖金计文生（秀才）超等6名，每名银1两5钱，特等6名，每名银一两。童生（一般学生）上取3名，每名银一两，中取5名，每名银八钱，斋夫1名，月支银二两。山长节礼，每节银四两，余作修缮及办公费用。由该管协领按季呈报。同治十年兼署将军吴又续捐银1000两，创设师课，仍交成都府发商生息。自同治十一年一起，按月1分行息，由该府按月移交该管理协领收存。每月师课文生前3名每名一两，启9名每名五钱，童生前三名每名五钱，后5名每名二钱，由山长酌定名次发给。光绪七年将军恒训添建房舍24间，按月捐廉奖励优秀学生，随又捐廉1000两发成都府交商生息，按月交息银10两，连同查出马厂多余地亩升租作为官员引见路费，中拨出100两以及简章课银220两，共440两提高奖额。超等文生6名，第一名银3两5钱，余5名各2两5钱，特等文生加至8名。每名银一两六钱、上取童生加至五名，每名一两五钱，中取童生5名，每名银1两1钱。每月一课，共发银41.8钱。一年10课共银418两，下剩22两作闰月支用（曾有札文未录）。现在的少城书院只留下一个符号展存于少城公园（人民公园）。

章夫 摄

就像一篇历史论文，时刻印证着成都这篇古文延绵的主题。只是随着历史的不断演进，少城当初的功能早已不存。千百年来，伴随着成都共荣辱同患难，少城有过苦难深重的日子，也有过花团锦簇般幸福时光。可惜的是，随着成都城池的长高长大，少城已经淹没在很大很大的"大城"之中了。少城的旧时模样，也只残存在一些老人的记忆之中。

如此说来，我写下的如许文字，对后来的读者或许有一些可考之处。

对成都人而言，满城一直是一个神秘的所在。这样的神秘，可以从一位传教士留下的文字一见端倪："这个营地里大部分土地上一片绿荫，已经开垦成了菜园，但是叫我疑惑的是，这些趿拉着鞋跟、衣衫不整、一副懒洋洋样子的鞑靼人，是否有这个能耐去栽种足够的蔬菜，以补充政府发给他们的禄米之不足。"这位传教士名叫亚历山大·霍西。而另一位参观过满城的法国人埃梅-弗朗索瓦·勒认德尔则有着更深层次的困惑与不解："这些全副身心把玩着宠物的年轻人，他们尚武的祖先从坟墓里抬身看见他们这般模样，一定会痛心疾首。"

上述文字撰写的时间，是1883年。这两个在成都的外国人，热情地受邀参观满城后，也并没给当局面子，说什么好话。外国人眼里，20世纪初年，成都的旗营成了满洲帝国衰败的一个重要表征。当他们路过旗营外寂静的街道，看到两旁一行行破败不堪的围墙和行将倾圮的营房时，这样的感受就越发强烈。

此情此景之下，还能有什么好话相送？

不仅衣食不保，而且旗人住所也成了问题，有的甚至居无定所。对此，咸丰十一年，成都将军崇实在任内，甚至采取筹款施粥的方法拯济八旗孤贫。一般旗兵家大多是最初时分得的三间官房，而这些房屋大都是年久失修的陈年老屋，东倒西歪，以至于一遇到吹风，家里就不能点灯。

"不少兵丁家里的情况是，屋内一间两间破床，几张破桌破椅，一口破锅是唯一的生活工具。"

"有些人家，因屋漏瓦稀，把房后的瓦匀到前面，后面盖上谷草，或用竹笆上面糊上灰泥。而那些没有房子的，就三家五家住在城墙上的堆子房里。"

"堆子房是预备军务时，守城住的，他们住在里面，地上铺着谷草，草上放张破席，砖石作了枕头。"

这种乱七八糟的局面，与其说是兵营，还不如说"栖留所"（清时乞丐住的地方）。

不过，成都旗军中的一些满族人和蒙古族人中间，也有离开军营去自谋生的成功案例。据载，一位旗兵看着满城内的退化与堕落，下决心放下刀枪去学厨师，其拿手好菜"满汉全席"一次可以宴请多达一千多客人。毕竟这样的例子太少太少了，最为普遍的，是在满城军营里虚度光阴，无所事事。

大清末日之际，一些旗人家的四周墙垣倒了，因无力再筑，就"四通八达"。串人家不由街道或巷路就能到你想去的地方，而且比较近。比如东从永兴街北走，可以到红墙巷八宝街，西从井巷子可以到西二道街和西大街。

清代末期（辛亥革命以后），财政困难，官府腐败，裁旗停饷，驻防八旗的粮饷难以到位。其惨境，可以从1914年成都驻防上书大总统的一份奏章一览无余：

> "停饷已七十余日，拯贫之日所领之款，尚不敷以偿停饷以前之债。智穷计竭，有仰药自杀者，有将所领之款交付父母而投河死者。有家累之人，于万难之际，亦只能从事于负担提篮，各图小贸，以图暂时之苟活。夫十里之城，聚增无数之小贸。供多用少，无路畅销，终旧鲜济……旗人束手无策，呼诉无门，儿啼街旁，妻缢于室；甚至白头之父母，不忍重累其子，因而自杀其身；男女老幼，中宵举家自尽者不可一二数。凄惨之状，见之痛心，闻之酸鼻！"

不难看出，旗人的政治地位和经济地位，随着大清帝国这座大厦的轰然倒地，已经荡然无存。

少城公园，成了一个历史舞台

成都忆，缘分不寻常。
四载侨居弥可念，几番重访并难忘，
第二我家乡。

成都忆，家近浣花溪。
晴眺西岭千秋雪，心慕当日杜公栖，
入蜀足欣怡。

成都忆，常涉少城园。
川路碑怀新史始，海棠花发彩云般，
茶座客声喧。

位于现人民公园（原少城公园）内的鹤鸣茶社，始建于1923年，是成都现存、全国历史最悠久的茶馆之一。鹤鸣茶社原是上世纪二十年代初大邑龚姓人家所建，偶然看到刚刚落成的少城公园里溪水环绕，绿树成荫，便起了念头想在这里修建一座亭式厅堂建筑，用以品茗休憩。1923年，相传他租用当时少城公园一块地皮的当晚，就梦到此处紫光缠绕，一方池塘中伫立着几只白鹤嬉戏，引颈长鸣，于是取名为"鹤鸣"。拥有百年历史的鹤鸣茶社，初为两层中式古典建筑，不仅是人们品茗聊天的最好去处，同时也是百年来人们聚会的地方。风起云涌的民国时期，少城公园内六大茶馆——鹤鸣、枕流、绿荫阁、永聚、射德会及文化茶园都会聚集不同身份的茶客，鹤鸣的茶客大都是学校的教职员工和"进可为官，退可为教"的公务人员。鹤鸣茶社内一副烫金楹联，恰到好处地阐释了茶社百年的风雨历程。联云："四大皆空坐片刻不分你我，两头是路吃一盏各走东西。"
章夫　摄

此为叶圣陶先生1980年怀念成都时，在上海填的《望江南》词中三阕。叶公在抗战期间（1938）入川教学，在重庆、乐山度过四年，在成都亦度过四年，对杜甫草堂及少城公园时萦怀想。

清末，八旗子弟生活艰难。据说某天玉昆同幕僚商议："成都旗民生计日窘，奈何？"一幕僚献计说："现今仿效西法，上海等通都大邑均已学西洋各国，建公园供百姓游憩……""劝业道"总办周孝怀趁机附议："何不利用少城……"玉昆闻之，欣然道："我明白你意。如今，旗民生计不能不代谋出路，而堂堂天府之国岂能无供百姓游玩之地，让外人之讥？建造公园当有一举三得之效。"

玉昆的"一石三鸟"之策收到的奇效便是：缓解日益加深的满汉两族矛盾；替部分生计困难的满族、蒙古族旗民谋出路；改善成都城市面貌。对此，《成都市市政年鉴》用寥寥数语，做了十分精辟的描述——

"本市未辟有公园以前，市民娱乐之所，厥为茶社、酒肆，或终年不出户庭，如郊外之名胜，私家之园林，非因令节，决难往顾。是以相聚烦嚣，病役时出，卫生之道既乖，人民之体质日弱。清末驻防将军玉崑有见及此，兼利旗民生计，辟少城公园，任人游览，以旷怡心神。"

"是园创自前清宣统三年，时驻防将军玉崑因清廷有裁兵归农之诏，乃于旗营培修营房之款内，划拨银五千两，建筑公园、戏园，谋公共娱乐，藉作旗民生计。就祠堂、关帝庙后段水田菜圃数百亩，并正蓝旗箭厅、马廐数处地址，鸠工造成。"

作为成都将军，此时的玉昆更像是所有旗人的家长。他从培修旗营的专项经费中调出五千两纹银，用于修筑少城公园及戏院，主要还是为了解决旗人的生存半径和生存困境。

清宣统元年（1909）莅任之初，经一番筹划，玉昆破例把将军衙门（今金河宾馆）外边南面原为备荒用的稻田、菜畦及原正蓝旗所用的马棚与附近一些旗民的住宅，包括正蓝旗驻地的永平胡同（约人民公园原游泳池一带），把衙门东边荷花池的一角（今祠堂街南边）、东抵今半边桥、南邻今小南街统划作公园范围，再加上祠堂街关帝庙后侧数百亩水田荒地……只需半年有余，昔日一片空坝旷野，已魔术一般亭园密布，花木葱郁。

原来，这里初为八旗兵箭厅、马厩和柴薪库。清时八旗官兵柴粮都由城内金水河运入半边桥水栅内也均贮藏于此，后来这里又开辟有稻田、菜畦……小桥流水、稻香菜碧，一派闹市中村野风光。辟为公园后，出售门票任人参观，不但解决了旗人最基本的生计，同时公园设楼亭卖茶卖酒饭，且开放少城，不限民族任人游观，"令旗民执事其中以谋生计，汉人也可入园经商"。

对于少城公园的修建过程，修成之后"园"内的状况，《成都市市政年鉴》说明文一般，予以详细且温馨地介绍——

鹤鸣茶社旁边，就是少城公园人工湖。坐在吱吱呀呀的竹椅子上谈天品茗，眺望不远处蓝天白云下的碧水湖泊，天光倒影，水天一色，置身其间，定会有一种怡然自得之感。

章夫　摄

　　至民国元年，园务荒废，弊窦丛生，且觉园址尚狭。由旗绅推举代表，重新经营。二年改隶内务司、司长尹仲锡擘画经营、重加修理，折旧永济仓，推广园址。南至于少城城墙，东至于半边桥，开河壐山，砌山洞，筑小桥，以疏流水。又以永济仓地址，辟为体育场，嗣后通俗教育馆公共体育场工竣，该场即改建杨森威将军筑路纪功碑及佛教说法堂。

民国五年，该隶警厅，园务又复萎靡。至十一年改属公所，十三年改组后乃大事经营，始有今日之盛况。园位于旧少城之内东南隅，因以少城名焉。地广数百亩，园之擅胜者，即以金河蜿蜒、楼台倒影、茂林参天、桃柳护岸、群山起伏、渔艇待渡。每当春夏之际，游人云集，竞赏芳华，流连美景，良有以也。

园有三门：以在园之西，与公共体育场毗连，是为正门；一在园之东，是为后门；又一门在园之北，通祠堂街马路，交通便利，游人出入大半由此，是为侧门。万春戏园住侧门之右，左为元记照相馆，延河东行，则见绿杨掩映，中有西式洋楼一幢，即枕流浴室。过浴室数十武，得一桥。

金河由此湾环、回流作半月折，至戏院之前方，对岸为鹤鸣茶园，弹子房及木球场附之，与鹤鸣茶园左侧对衡望宇。而在金河之南岸者，厥为绿天茶社。

茶社右侧有草地数亩，周建花坛，中竖杨督理筑路纪念碑。碑后有梵字一区，飞阁流丹，庄严净肃，即佛教说法堂也。碑前左侧，公园事务所在焉，循绿天湖金河而东行，右岸有永聚同春茶社，左岸有浓阴茶楼，楼北有古树数十株，老干虬拿，枝叶扶疏，广荫数十亩。

每当夏日，都人竞纳凉其间。又有老柏数十株，植楼之四面，更觉绿意宜人。浓阴对岸，有大荷花池，中建一亭，仲夏之际，芳气袭人。池畔即金河之堤，堤徧树桃柳，灼灼依依，天然图画。

与亭正对为通俗图书馆，馆之左侧，有梅花数百株，寒香古色，不减岭头风味。晋龄饭店亦在附近，且与群山相对。山麓有小溪，溪水由教育馆通出，至园之东北隅，与金河合流，山上有柏树数百株，登山一眺，全园在望。

由图书馆东行，过木桥，桥头植紫薇花树数十株，夏时花开，如火如荼。桥东为国技馆，馆中有演武台及射圃，以供一般锐意国技者操习。

与改馆遥遥相对者为后门，通半边桥马路。后门左方，为聚丰餐馆。复溯金河而上，过小桥，有荷沼广约数十亩，舞叶迎风，殊饶幽趣。

沼中累石为岛，高数十尺，上植花木多种，俨然有蓬莱三岛之概。再溯河而上，重经枕流浴室，至侧门即出园矣。

1914年少城公园又有了新的扩展，拆除园南之永济仓库，少城内的金河水（又称金水河）自通顺桥凿渠被引流出来，绕鹤鸣茶社、荷花亭（今湖心岛）东流入半边桥。

公园一旦有了水，便更加灵动起来。为之时髦的假山、亭台楼阁更显都市浪漫情怀，因而人们都愿意在节假日及茶余饭后，到此休闲。一时，少城公园游人如织。

1919年至抗日战争时期，这里更成为成都各进步团体演讲、演出、聚会、募捐的首选之地。

1924年2月，杨森主理川政，任四川省省长，特邀卢作孚到成都任四川省教育厅长。此前，位卑言轻的卢作孚仅是《川报》的一位主编（之前主编系李劼人，李赴法国留学后，卢接替主编位置），仅过了两年，不安分的卢作孚又辞职，去泸州当了教育科长，欲实现自己的教育梦想。杨森极赏识卢，认为其"为人谙练有识，劲气内敛"。哪曾想卢作孚却不领情，不为别的，他认为"职位太高"，愿"由小而起"，因而选择去创办通俗教育馆。

这事让杨森不解，他不知道卢此举也是事出有因。原来，卢作孚很看重教育救国，教育科长任上专程赴浙江考察教育，并拜会了大实业家张謇，受益多。通俗教育馆（后改为民众教育馆）就创办在少城公园内，卢作孚任首任馆长。作为市民眼里的新生事物，通俗教育馆很受人们追捧，故而又在园内修建体育场。一度，园区内各种陈列馆、博物馆、图书馆、运动馆、音乐馆、动物园……一应俱全，甚是热闹。

———(词条)———

少城公园

成都人民公园原名少城公园，始建于1911年。原系满城的一部分，公园有金水溪、金鱼岛、盆景园等著名旅游景点。位于成都市区祠堂街少城路处，占地112639平方米，是一座集文化文物与休闲娱乐于一体的综合性园林。少城公园之由来，与旧成都的城池命名直接相关，成都城基原有大城和少城之分，早在公元前311年秦惠王时，成都便有太城（亦称大城）和少城（亦称小城）了。民国二年（1913），尹仲锡（字昌龄）策划扩建。为了纪念辛亥革命前夕四川爱国志士发动的保路运动中的死难者，由张澜、颜楷等联名提议修造一座纪念碑。民国二年至民国三年，为了纪念保路运动中的死难烈士，民国川汉铁路总公司在园内修建"辛亥秋保路死事纪念碑"（现全国重点文物保护单位）。民国三年扩建公园，拆除园南之永济仓库，又自通顺桥凿渠引金水河入园，绕鹤鸣茶社、荷花亭（今湖心岛）东流入半边桥。民国十三年，杨森主理川政，邀著名实业家卢作孚到成都任教育厅长。五四运动至抗日战争时期，少城公园更是成都各进步团体演讲、演出、聚会、募捐的首选之地。民国二十七年在公园东（湖心岛）建抗日殉国将领王铭章纪念铜像一座（1952年拆除）。民国二十八年九月二十七日和民国二十九年七月二十七日，少城公园先后两次遭受日本飞机轰炸，园内金石陈列馆、体育场、动物园、纪念碑等处都受到了损坏，死伤数千人。民国三十五年，少城公园、成都市图书馆改为"中正公园"及"中正图书馆"，拨款维修，稍改旧观。1949年，胡宗南部在园内驻军，砍伐树木、拆毁门窗、烧毁存书，使公园又遭浩劫。1949年12月10日，成都解放，少城公园更名为"人民公园"。园内景观有金水溪、辛亥革命保路运动广场、金鱼岛、鹤鸣茶社、枕流茶园、兰草园、新东大门假山广场、盆景园、人工湖。

每天游客过万，一时被誉为"成都最安逸的去处"。

也正是有了创办通俗教育馆一年多的历练，卢作孚有了更大的想法，萌生做"一种新的集团生活的试验"。这为他其后创建民生公司，终至成为著名的实业家提供了诸多经验。这是后话。

为迎合民众精神需求，当局又从小南街引金河水经后荷花池、君平街，绕芙蓉清溪转北汇合于半边桥，凿渠之土均堆于东南隅成为假山。

一定意义上讲，位置极佳的少城公园，成了大变革时代各种势力政治表演的舞台。1937年，一场特别的川军出川抗战欢送会在园内光明电影院举行，时任川康绥靖公署主任、四川省政府主席刘湘，又被委任为第七战区司令长官，欢送仪式盛大而热烈。张澜代表各界致欢送辞，川军将领邓锡侯也情绪饱满："出川抗战，成败利钝，非所计也。要做到哪里黑，哪里歇……"刘湘更是慷慨激昂："为了抗战，决心率部出川，并贡献四川的人力物力……"之后，抗日名将冯玉祥还在这里发动过一次"慰劳前线将士献金大会"。据载，此次活动参加者过万，人们情绪高涨，不少人当场将金戒指、金手镯等私人贵重物品往台上扔，这种救亡运动感染了很多有热血的四川男儿，不少因此成为300万抗战川军中的一员。

此间，来蓉的古典文学研究专家陈友琴在其《川游漫记》这样形象写道："少城公园规模颇大，楼阁杰出，花木扶疏，有类于北平之中央公园，每日游人杂沓，或射箭，或拍球，或驰脚踏车，士女徵逐往来，厥状甚乐。"

一座公园的命运与城市与国家的命运一样，多舛命运，荣辱得失往往只在一闪念间，任人打扮——

1938年在公园东（湖心岛）建抗日殉国将领王铭章纪念铜像一座（1952年拆除）。

1940年9月27日和1941年7月27日，少城公园先后两次遭受日本飞机轰炸，园内金石陈列馆、体育场、动物园、纪念碑等处都受到了损坏，死伤数千人。

1946年，少城公园、成都市图书馆改为中正公园、中正图书馆，拨款维修，稍改旧观。

1949年，胡宗南部在园内驻军，砍伐树木、拆毁门窗、烧毁存书，少城公园又遭浩劫。

　　成都末代将军玉昆的英明之处，就在于使长期隔绝的满汉两族，得此往来交融。

　　透过少城公园这个特殊窗口，还可以看出在成都实现的满汉平等的一大进步（相对于之前满蒙人的特殊地位），已经失势的旗营管理者，一直在小心翼翼遵循成都新政下的改革步伐。随着少城公园1910年夏天落成开业，旗营的其他部分也逐渐向汉人的商铺开放，使得这里的旗人居民可以通过出租地产而有生活保障。

　　公园开张第一天就售出了门票3200张，有上千个男人买了戏票去看演出（女人禁止去戏院看戏）。对此，玉昆写信给北京家人时，十分自豪地透露，"他们（指旗人）要为我立一块纪念碑坊，以铭记我的功劳"。

　　已经离开成都的玉昆没想到，两年过后这里真的有了一座纪念碑，不过不是为他而立。

　　1913年，少城公园内矗立起一座高耸的黑白纪念碑——"辛亥秋保路死事纪念碑"。这便是纪念两年前保路运动的一个纪念碑，也是中国唯一的一尊纪念保路运动的纪念碑。

　　就是今天，虽然四周已是高楼如林，但不论从哪个方位哪个角度看，这座纪念碑仍凸显出少有的大气与霸气。

　　百年过去了，作为独有的城市地标性建筑，保路纪念碑一直傲视群雄。

　　这座特为纪念保路运动死难烈士而造的纪念碑，极具象征意义和纪念意义。原来，清朝推翻以后，川汉铁路公司鉴于"政府假取犒军，数日辄尽"路款，经张澜、颜楷、彭芬等联名提议，将剩余路款为保路死难烈士建造一座纪念碑。为此，还专门组成了一个筹建会，全碑造价共花费大洋一万元。由曾在日本学习土木工程的双流人王楠（次灵）设计，傅丙森开办的丙森建筑公司承担。

　　放眼望去，雄浑且厚重的纪念碑高31.86米，为方形砖石结构，由碑台、碑座、碑身、碑帽四部分组成。碑座高约10米，有月台式的平台，台前雕嵌"中华民国二年川路总公司建"的汉白玉石版，方位为北偏西56度。

　　据载，纪念碑仿照北京白云寺、山西凌云寺塔型，融中外文化于一炉，于1913年4月开工兴建。碑身呈四方形，四面均嵌有不同字体的"辛亥秋保路死事纪念碑"阴刻碑文，字径大一米见方。今天，纪念碑掩映在一片绿色之中，透过栋栋高楼，不管从哪个方面聚焦于此，仍不失蔚为壮观，一种少有的浩然之气随时荡漾开来。

　　纪念碑四面以真、隶、篆不同字体书写。书写者都是成都近代史上的名流。

　　向南一面的魏碑体，乃清代翰林、华阳颜楷（字雍耆）所书，他也是保路运动中出现的川汉铁路股东会的会长；北面的汉碑体，为清代进士、官江西道监察御史、荣县赵熙（字尧生，号香宋）所书；西面的篆体，为清贡生、灌县（今都江堰市）张学潮（字夔阶）所书；东面的隶体，为尊经书院讲习、《蜀学报》主笔、国学院学正名山吴之英（字伯羯）所书。

词条

辛亥秋保路死事纪念碑

辛亥秋保路死事纪念碑位于四川省成都市市中心人民公园西北部，建于1913年，系砖石结构，坐北朝南。由川汉铁路公司筹款，川路总公司在当时少城公园内修建。全碑由台基、碑座、碑身、碑首组成，碑高31.85米。碑台仿照铁路月台修建，呈圆柱形。碑座（包括基脚、台基、碑座）全高约10米，从基脚经台基至碑座共六层，最下层（即基脚）最宽周围约20米，呈圆柱形，为本碑之基础，意喻坚如磐石。中间两层（即台座）宽度较小于基脚，亦呈圆柱形，属于"月台式"的平台，可以由基脚石阶上下。第一层有石阶十级或"八"字形登入，台前迎面雕嵌有"中华民国二年川路总公司建"汉白玉石度约为十五米，呈方柱形，东西南北四方各镶嵌长条青色石板，上面分别用不同字体书写相同的"辛亥秋保路死事纪念碑"十个大字，每字一米余见方，书写人都是当时著名的书法家，即北面为张夔阶（字学潮，清末贡生，工笔画家）的汉篆，东面为吴伯（字之瑛，清末成都尊经书院院长）的汉碑，南面为颜楷（清翰林编修，川汉铁路公司董事长）的北魏碑体，西面为赵熙（清翰林编修，文学家）的汉碑。各具特色，苍劲挺拔，堪称书法杰作。碑身为本碑的主体，高于碑身，建有尖塔，围以四座小塔，取五岳朝天的样式，碑顶上的瓦作二龙戏珠图案，装饰有云龙和蝙蝠，象征碑高耸入云霄，并寓有"祈祷"之意。

碑座四周，塑有铁轨、火车头、枕木、转辙器、信号灯等浮雕图案。四川有铁路虽然已是半个世纪之后的事了，这些图案无疑寄托着人们对未来美好生活的向往。那些可怜的"股东们"（更多的是处于社会最底层的农民伯伯），生前没能等到铁路映入眼帘的那一天，甚至连铁路是个什么样子都不知道。能够有幸上省城成都看看这个"纪念碑上的铁路"者，也可谓凤毛麟角。于更多的人而言，铁路只是他们心中一幅美好的图画——遥不可及的一幅画。当初，他们"被购买"的其实根本就不是股票，是一种想象中的美好——乌托邦一般的梦幻。

我理解，碑上的图案应该还有一层意思，就是回答那些"牺牲的人为什么而死"。碑顶云头，有蝙蝠图案，象征碑高入云，并含有"祈福"之意。

纪念碑风格中西合璧、典雅宏伟，成为成都不可再得的近代标志性建筑。是时《蜀报》报道曾赞誉："此碑当成传之不朽矣！"

碑座台阶右边嵌《辛亥秋保路死事纪念碑》简介，曰——

辛亥秋保路死事纪念碑矗立于成都市人民公园，尖首方趺，蓝天相衬，四围花木扶疏，极显巍峨壮丽。清宣统三年（一九一一年，农历辛亥年）夏，四川人民为反对清政府将民办的川汉铁路修筑权出卖给英、法、德、美银行团抵押以借款，纷纷组织保路同志会开展斗争。同年九月七日，四川总督赵尔丰为此诱捕了保路同志会首领蒲殿俊等十一人，当日民众赶至督署请愿，竟遭赵尔丰镇压，枪杀二十六人，伤者数百，遂激起全川武装反抗清廷，并影响武昌起义的爆发。

一九一二年四月中华民国四川军政府成立。全川统一，次年立碑以纪，碑通高三十一点八五米，为方锥形砖石结构，分台基、碑座、碑身、宝顶四部分。于碑座四面刻制机车、路轨等浮雕图案。系双流人王楠设计并施工。碑身四方题字，自东向北分别由书法家吴伯褐、颜楷、赵熙、张夔阶同文异书，字径逾二尺，书法朴茂雄浑，神采动人。全碑显示中国人民反帝反封建的爱国意志和牺牲精神，永垂昭于后世。

是碑于一九四一年七月二十七日曾遭日机投弹炸损，建国后人民政府几经维修，始呈现今日之风姿，一九六一年七月十三日四川人民委员会公布为省级文物保护单位。一九八八年一月十三日国务院公布为全国重点文物保护单位。

纪念碑不仅经受了1933年叠溪大地震和1941年日军的轰炸，还经受住了

2008年汶川特大地震的考验。百年风雨洗礼，这处1988年被国务院批准为"全国重点文物保护单位"，今天仍是成都这座历史文化名城重要的历史遗存。

美国作家哈利·弗兰克被誉为20世纪上半叶世界最著名的游记作家，他在《百年前的中国》一书里，把笔触伸到了保路运动纪念碑视野所及的满城——

满城的城墙依旧矗立在城内，占据着一大片区域，那里环境更好，人也少一些，没准还能见到不少满族人。满族女子个子更高，也更显端庄，也许还穿着旧式的衣服。如果这些还让你辨不出她们的身份，那么天生一双大脚肯定一看便知。

她们看上去并不穷困落魄，与汉族女子和睦共处。这个昔日完全由满人居住的城区里有一条荷塘小溪，有些汉族女子会跪坐在溪水岸边，一双小脚藏在身后，有的把衣裳浸泡在水里，有的按照中国的传统做法，用一把刷子在锯木架板凳上搓洗。由于大部分满族人在辛亥革命之前是八旗兵，几代人以来都懒散到不知如何谋得生计，因此生活每况愈下。年老体弱的只能靠乞讨为生，年轻力壮、四肢健全的也不一定总能找到活干，就算找到了也不见得能够干成。有的被杀了，有的投河自尽，有的死于营养不良，有的死于无家可归。

由于害怕满族人就此亡族，各旗都统最后列了一张表，整理了现在活着的满族人的人数以及生存状况，打算上呈中央政府大总统，请求支付拖欠已久的生活津贴。这些钱可是当年清帝退位之时允诺的。

我们在北京的时候，听说这笔津贴已经有50个月没有发放了。每年一到冬天都要发动首都的警察置备几百具免费的棺材，装的满族人还真是不少。

好在成都终归暖和许多，日子也要好过不少。

这位美国作家眼里，"杨森时代的城墙"被认为是中国最为壮观的城墙之一，颇让人意外——

城墙宽到足以晒谷子和大把的红辣椒，还可以干其他需要大片空地才能干的活儿。墙面虽然抹上了水泥，不过上面已经杂草丛生。过去十年间战祸时有发生，雉堞上随处可见缺口。这里的城墙一般有三层楼高，和北京的长城一样宽，是中国最好的步道之一，整洁干净，兜来绕去最后总会回到开始的地方，不过肯定是走了不少弯路。

1918 年 12 月 6 日庆祝协约国胜利，中国、法国、英国和日本等国代表在"辛亥秋保路死事纪念碑"前合影。作为第一次世界大战战胜国之一，中华民国政府于 1918 年 11 月 28 日在故宫太和殿举行庆祝协约国战胜大会。阅兵之后，大总统徐世昌发表演讲。中国是 1917 年参战的。这一年的 8 月 14 日，冯国璋发布《大总统布告》，声明自当日上午 10 时起，对德国、奥匈帝国宣战。

　　遗憾的是一路上障碍不少，城墙上或者周围经常出现带刺的灌木，使散步的人无法通行。有一段路被成都的老造币厂的熔铸车间切断了，专门铸造四川的银圆和大铜圆……

　　从城墙上望过去，虽然能够看出城区面积广阔，却不是很清晰。市区跟周围的平原地势一样平坦，几乎全都掩隐在绿树丛中。鸽子咕咕叫着在空中盘旋。城内不远处有大片菜园子，格子架上挂着白色的果实，有点像南瓜，长长的一串串像中国的灯笼。

　　其实，"新生活时代"的杨森，在成都新官上任之际颁布了不少举措，其中一项便是将那些私占土地者从城中心清理出去。就在一年前，恐怕不会有任何游客能够想到这儿居然是一处公园。公园的中心地带依旧矗立着那座有名的"铁路纪念碑"。……雷厉风行的杨森，让少城公园一夜之间有了另外一种模样：关动物的笼子清理得一干二净，荷塘面向游人开放，让人们得以纵情泛舟，一座商业博物馆正运营，还新开了财务处茶馆和娱乐场所，其中包括一座露天电影院。

　　少城公园就是这样一个历史舞台，每一个当政者都会按照自己的喜好与审美情趣，将公园打造成自己喜欢的样子，在那个特定的历史转型时期，诸多时代经典画面在此粉墨登场，极情呈现，又迅速消失。

　　曾在民国时担任过"民众教育馆"馆长的邓穆卿先生，曾撰文回忆少城公园"解放前的情形"，他记忆中最有趣也最深刻的，便是"老虎吸毒"的故事。说是少城公园的动物园内养有一只东北虎，虎圈内设备差，不安全，老虎的饲养员是一位成都人，名叫温兴发。此人原先在成都做小生意，因为胆子大，他被选入喂养老虎，人称"温老虎"。对于老虎的习性，温兴发也是个外行。但他是个大烟客，鸦片瘾一上来，成天吞云吐雾，没想到这气味同样让老虎着迷，老虎对温兴发越发友善了，"温老虎"开始还有些想不明白，是什么让凶猛的老虎"皈依佛法"的？慢慢地他发现了个中端倪，专门靠近老虎抽大烟，老虎也很享用吞云吐雾的快感，后来竟任由"温老虎"的摆布。

　　一时间，"温老虎"成为成都的明星级人物。由于驯虎有功，"温老虎"的几个儿子和老婆也被特招进动物园工作。

　　因为地处成都市中心，这里一直游人如织，我也无数次造访过人民公园（即少城公园），或喝茶或徜徉或观花展……每每驻足观望，我都在畅想，如果站在碑的顶部，古少城应该是一览无余了。作为全国唯一纪念这段历史的纪念碑，无疑具有极其重要的标志性作用。我们的后人，或者后人的后人，再来研究这段历史，这就是一个活的物证，他们一定会从中品味出诸多的感觉来——无论从哪方面去解读。仅从这一点去窥见，就不难理解为什么会被国务院批准为"全国重点文物保护单位"了。

有时我还突发奇想，这碑矗立在这样一个特殊的地方，似乎还有另一层意义，可是纪念那死不瞑目的少城？

第七章

胡同里的竹枝词与旗人

从皇太极始，历代清帝都强调『清语骑射』为立国之本，要求旗人奉为『列朝圣训』，以此警戒爱新觉罗子孙。

满洲贵族集团沉浸在骄奢淫逸之中，他们从精神到物质抛弃『祖训』。

据说，朝廷害怕扎扎成都的旗人耽于城市享乐，竟打算把满城搬迁到远离城市的荒郊野外，这个计划遭到了驻防八旗和家眷们的强烈反对。

随着八旗制度的衰落，成都的驻防八旗基本上成了一群养尊处优的闲人。

『竹枝词』里的满城风物

生活在竹枝词里的『旗人』

『胡同』与『巷子』在成都杂交

发黄的账簿，留驻多少帝国机密？

不知不觉中，『骑射』便堕落为一种『表演』

满人汉化，是有过历史教训的

满城是一只巨大的『鸟笼』

透过满语这个特殊『管道』，一窥全豹

『竹枝词』里的满城风物

选择一个春天的下午，徜徉在懒洋洋的宽窄巷子，仍可呼吸到两条巷子不一般的旧时光。

坐在巷子的一角，滤过那世俗的喧嚣，泡上一杯浓茶，斜躺在散发着芬芳的竹椅子上，手上摆弄着一本咸丰年间彭县人吴好山的《成都竹枝词》，再微微闭上双眼，从身到心你便会渐渐穿越到满城的"气息"之中——这样的"通透"，让你全然感受到一种"八旗公子"的惬意与慵懒。

"满城"城在府西头，特为旗人发帑修。
仿佛营规何日起，康熙五十七年秋。

顺手一翻，就会从这看似顺口溜的文字里，找到一首为满城量身定做的竹枝词。

成都竹枝词通俗易懂，易于流传又极具文采，受到历代坊间的喜爱。百余年来，在成都十分活跃的市民社会生活中，有着极强的生命力。时间虽渐渐离我们远去，但竹枝词里所记录的"满城模样"和"八旗模式"，今天再仔细品味，仍让人分外亲切。

嘉庆版《成都县志》载——

满城，在成都府城西，康熙五十七年建筑。

《大清圣祖仁康熙徨帝实录六》又载——

康熙五十七年（1718）八月庚寅，四川巡抚年羹尧疏言"川地居边远，内有土司番人聚处，外与青海西藏接壤，最为紧要。虽经设有提镇，而选取兵丁，外省人多，本省人少，以致心意不同，难以训练。见今驻扎成都之荆州满洲兵丁，与民甚是相安。请将此满洲兵丁酌量留于成都。省城西门外空地造房，可驻兵一千。若添设副都统一员管辖，再将章京等官照兵数量选留驻，则边疆既可宣威，内地亦资防守。第今正值用兵之时，应将此事暂缓，其修葺城墙，盖造兵丁住房之处，理应预为料理。"

得旨，"年羹尧欲于四川设立满洲兵丁，似属甚是。著议政大臣等会议面奏。"

至是，议复"……其盖造兵丁住房等项，交年羹尧预为料理。"从之。

以上文字透露出这样几个信息：一是对于偏安一隅的成都，驻防十分重要；二是位于成都府以西的"满城"自成一统，是一个相对封闭的地域空间；三是四周城墙，规定只能八旗人居住，禁止非旗人入内，作为"城中之城"，享有"特区"之优渥。

作为城中之城，首善之区。其中幽静与幽深，都掩藏在青砖黑瓦间，高墙深院里，给外人一种高深莫测之感。

一个多世纪以来，竹枝词在成都坊间流传。只因朗朗上口，信手拈来，因而一代一代在民间口授相传，流传至今。众多竹枝词中，关于成都和"满城"的数量不在少数。而作者也是层出不穷，上至鸿儒雅士，下至田夫俗子。

词条

竹枝词

竹枝词，是一种诗体，本巴、渝一带民歌。唐代刘禹锡作为把民歌变成诗体的文人，对后代影响很大。竹枝词在漫长的历史发展中，由于社会历史变迁及作者个人思想情调的影响，其作品大体可分为三种类型：一类是由文人搜集整理保存下来的民间歌谣；二类是由文人吸收、融会竹枝词歌谣的精华而创作出有浓郁民歌色彩的诗歌；三类是借竹枝词格调而写出的七言绝句，这一类文人气较浓，仍冠以"竹枝词"。之后人们对竹枝词越来越有好感，便有了"竹枝"的叫法。

值得一提的是，那些口授相传的竹枝词，看似信手拈来，每一首都有相关史料足以佐证，真是"成如容易却艰辛"。也就是说，这些以竹枝词体例表现出来的诗歌，有如一段段俏皮的"说唱历史"。如果谱上曲，形成民谣般的歌曲传唱，一定是大受欢迎的流行音乐。

很大程度上讲，是它们，将一个鲜活的成都，一代一代延续了下来。那些广为流传的竹枝词，就似我们今天的短视频一般，具有极强的传播力。如：

> 本是"芙蓉城"一座，"蓉城"以内请分明。
> "满城"又共"皇城"在，三座城成一座城。

短短四句，形象地将成都的历史过往和满城在成都的地位，说得一清二楚，这便是竹枝词的魅力所在。如果要给这首竹枝词添加一个注解的话，应该是长长的一段文字——

秦惠文王时，仿咸阳筑大城，并在大城西侧筑少城。

隋代，蜀王秀在城西南二隅增筑少城。

唐僖宗时，高骈又筑罗城。

明初，朱椿修建蜀王府城。

至清代，人们在明城基础上重建大城，蜀王府被改建为贡院，并四面筑城墙，即"皇城"。

西南隅"满城"修建后，成都的城市格局发生了巨大变化，形成了以皇城为中心，三重城的套城格局。

因为有了都江堰，所以成都有"水网上的城市"之说。一直到清代时，成都在大城之内还有几条人工河，尤其以金水河和御河为名。金水河系唐代大中七年（852）由西川节度使白敏中主持开凿，引都江堰水系穿城而过。御河是明代洪武年间修造蜀王府时所凿，河道环绕蜀王府，金水河、御河横穿满城而过，但两条河却互不相通。

有河就有桥，所以成都又是架在"桥梁上的城市"，而关于以桥为主题的竹枝词，自然格外生动。

右"半边桥"作妾观，左"半边桥"当郎看。

筑城桥上水流下，同一桥身见面难。

"城根"内外"半边"存，满汉分开莫乱论。

铁桥作桥真个好，"小东门"又"水西六。"

以上两首竹枝词均以满城内的"半边桥"为切入点，前一首形象地以人作比，情境化描述印象深刻；后一首则以满汉为喻，同样生动而情趣。这里需要说明的是，由于满城对于汉民属禁区，故而满城内的金水河航船也就止于满城水关。半边桥就是在这样的奇观面前，出现的奇特现象。

满城内有一奇特景观，城墙骑桥而筑，桥的一半在满城，一半在汉城。同治《重修成都县志》云，"半边桥，半满城内，跨金水河"。"城根"指位于满城城墙边的大街（现在还存有东城根街和西城根街）。两条城根街之间的区域即为满城，之外为汉城。

嘉庆《成都县志》说满城"门五，大东门、小东门、北门、南门、大城西门"。"小东门"，位于半边桥边。出小东门，即为大城内的"水西门"。

此首竹枝词中，"满汉分开莫乱论"是为点睛之笔。既一语道破满城高深莫测的封闭性，又深刻地揭示了政治上的不平等（据说有清一代，一般人谈论满城，会有牢狱之灾风险）。徐孝恢遗稿《关于成都"满城"的回忆点滴》中也提到，"宣统以前，汉人很少进入少城。旗人也少到大城活动，彼此界线森严"。

"鼓楼"西望"满城"宽，"鼓楼"南望"王城"蟠。

"鼓楼"东望人烟密，"鼓楼"北望号营盘。

对竹枝词颇有研究的黄平先生，站在竹枝词的角度研究满城，可谓视角独特，别有风味。对这首竹枝词，黄平作如许点评："作者杨燮巧妙地以'鼓楼'为立脚点，展现出全城的直观映像满城众多狭长的胡同，体现其城宽。'王城'（皇城）盛大。东面是大城，工商业聚集，'人烟密'。北为绿营练兵场地营盘。"从中也不难看出，这首竹枝词有如活证，所述与同治《重修成都县志》中省城图基本吻合。

南文北武各争奇，东富西贫试可疑。

一座城中同住下，然何分别竟如斯。

从这首吴好山笔下的竹枝词中，我们不难看出，吴好山精明地从东南西北四个方位，形象地对成都城市社会功能分区作了注脚，真乃拍案叫绝。吴好山先生不愧是个学养深厚的有心人，就像串起来的珠子一般，信手拈来，轻轻放下，看似落地无声，实又重似千钧。要从那些散落各处的竹枝词里，挑出与满城密切相关的且准确找到与之对应的历史沿革，没有通透的学识和丰厚的积累是难以企及的。

清末时满城里的一个片断。水、城、人、桥、楼、栏杆、窗户，这些符号有机连结在同一画面里，看上去浪漫而又温馨，还有高高的城墙作为厚重的背景，共同构筑起一个曾经神秘的满城。
（美）路得·那爱德　摄

> 不将散处失深谋，蒙古兵丁杂"满洲"。
>
> 四里五分城筑就，胡同巷里息貔貅。

满城的人口由满洲、蒙古八旗构成。因而，人们才得以看到"蒙古兵丁杂满洲"的场面。"康熙六十年，由湖北荆州拨防来川时，满洲蒙古共二千余户，丁口五千名余。""四里五分城筑就"更是直白地介绍了满城的大小。嘉庆《四川通志》这样介绍满城，"城垣周四里五分。计八百一十一丈七尺三寸。高一丈三尺八寸。"

八旗兵就住在"胡同巷里"。"每旗官街一条,披甲兵丁小胡同三条。八旗官街共八条,兵丁胡同共三十三条。"同治《重修成都县志》却说胡同是三十二条。其实,这两个数字都源自不同时期的统计。原因是后来由于人口增多,又新建了一些坊巷,兵丁胡同最终达到四十二条。

于成都而言,因为有了外来的八旗兵,所以也就有了外来的胡同。是那些生活在北方的满人,将北方的胡同带到了成都。众多的胡同,以今长顺街为线,左翼东四旗,右翼西四旗,承担起帝国长达百年的"成都驻防"重任。

作为一种特殊的诗体,竹枝词长期盛行于巴蜀民间。据考证,已经流行上千年的竹枝词,起源于四川东部的一种与音乐、舞蹈结合在一起的民歌。主要内容是咏风俗、歌民情、传历史。细大不捐,题材广阔,地方色彩浓郁。意思直白,朗朗上口,通俗易懂,深受广大百姓喜爱。而流传最广影响最大的一首竹枝词,要数唐代诗人刘禹锡的代表作——

> 杨柳青青江水平,闻郎江上踏歌声。
> 东边日出西边雨,道是无情却有晴。

作为一种诗体,竹枝词也叫竹枝曲、竹枝歌、竹歌,这是由古代巴蜀间的民歌演变过来的。四川是熊猫的故乡,也是竹子的故乡。竹枝词最初的起源,应该与巴蜀民歌中的《竹枝》有关,这类民歌流传年代久远,白居易有诗云:"幽咽新芦管,凄凉古竹枝"。

据载,从民歌(《竹枝》)演化为文人诗体(竹枝词),要归功于初唐诗人刘禹锡。是他,开创了"竹枝词"这样一种鲜活的"诗派"。长庆二年,刘禹锡任夔州刺史时,无意中看到当地百姓表演的唤名为《竹枝》的民间歌舞,人们无拘无束,边唱边舞,吹笛击鼓。身临其境,刘禹锡也不由起身,载歌载舞,继而诗兴大发,遂仿效屈原作《九歌》的方式,作《竹枝》九篇,成为当时民间竹枝词歌舞的新词。

"杨柳青青江水平,闻郎江上踏歌声。东边日出西边雨,道是无情却有晴。"当人们唱起这朗上口、妙趣横生的词牌时,欢喜得不得了。这种歌咏地方风俗及男女之情的格律很快便流行开来。"击鼓以赴节,歌者扬袂睢舞"。没有了七言绝句的平仄对仗,没有了高高在上的斯文。有的,只是轻松的快意人生和简单的诗意表达。

　　这，才是生活，才是自由，才是田野里的泥土芬芳，才是带露珠接地气的生动。

　　当那些新"词"源源不断杂糅到《竹枝》当中后，就诞生了一个新的名词——竹枝词。渐渐地，集乐、歌、舞于一体的竹枝词，类似于顺口溜，因为太接地气，直接反映蜀地民俗民情民风民声，不但赢得人们的喜爱，很快便吸引了最为敏感的文人眼球。于是，文风十分活跃的初唐时期，就形成了竹枝词——这种流传甚广的新的诗歌体裁。

　　据载，现存最早的代表作是唐肃宗时诗人顾况所作的一首竹枝词，词曰："帝子苍梧不复归，洞庭叶下荆云飞。巴人夜唱竹枝后，肠断晓猿声渐稀。"而贡献最大、影响最大的，还得力推刘禹锡。他在夔州刺史任上，有的是机会了解社情民意，有的是时间采风创作，以至著名诗人杜牧都无不羡慕，以诗盛赞："楚管能吹柳花怨，吴姬争唱竹枝歌"。

　　"志土风而详习尚"。文学要真正体现为大众服务，方显现出强大的生命力。从这个意义上讲，刘禹锡无疑算得上竹枝词的奠基人物。对此，刘禹锡也颇有感触。"竹枝，巴歈也，巴儿联歌，吹短笛，击鼓以赴节，歌者扬袂睢舞。"他在《竹枝词序义》里如是袒露心迹。

　　或许，正因为有刘禹锡这般著名诗人的喜爱和大力推广，原本根植于民间的竹枝词，才慢慢流向城市，成为一种新的诗体，至今不衰。

　　成都的"闲"与竹枝词的"软"，可谓天作之合。可以形象地说，诙谐的竹枝词与休闲的成都城，就是天造地设的一对绝配搭档。成都这块以闲适著称的土壤里，生长出来的一定是那种老少皆宜的巴适与安逸，而成都这座自古怡人、好玩、自得的城市，以其强大的气场，在不断滋养着类似竹枝词一般的文化精品。从这个意义上讲，竹枝词不愧为纯正的"成都造"。

　　只有成都，能将下里巴人般的竹枝词，赋予强大的生命力，烘托起阳春白雪般的高贵来。

生活在竹枝词里的『旗人』

成都竹枝词涉猎成都民众生活的各个方面，堪为成都风俗民情之实录。毫不夸张地说，竹枝词所涉及的历史触角，可与历史笔记等私家史乘一道，共同担当起修正和丰富正史之重任。

江山代有才人出。真有人来做这件事，有位名叫林孔翼的文人毕其数年之功，网罗殆尽以前的各类竹枝词，上自唐代下至清代，洋洋2710首，依作品年代顺序为经，按事物类别归纳为纬。经纬交织，纂组成文，辑成《竹枝成都》一书，可谓"古今竹枝词大成"。其针对旗人的，却只是一个小小的分支。即便如此，这个"分支"也显得蔚为精彩。比如：

> 父母心肠皆爱子，学文原未可粗疏。
> 从头尾起连篇去，好看旗童倒读书。

> 各家字体各家风，自古鸾龙异样雄。
> 试看旗人开笔阵，清书不与汉书同。

这两首竹枝词，十分诙谐地刻画了清代旗人使用满文读书的情况。满文与汉文均为竖排，但是读法有所不同，汉文是从右往左看，满文都是从左往右看。"从头尾起连篇去，好看旗童倒读书"。并非孩童怠于读书，将书都倒拿"读望天眼书"，而是当时旗人还读满文，故旗人科举考试中所考所学与汉人有异。

乾隆十六年（1751），副都统萨拉善创办八旗官学，结束了成都满城内没有学堂的历史。其官学费用，均由政府支出。另，驻防旗营所有的水旱田、佃户屋基所租银两，都用于支付学生纸笔费用。官学里的课程，主要分为文书和射击。文书课上，儒家典籍四书五经译成满文或蒙古文，学习的类型分为识记、写作和翻译。萨拉善此举培养出了不少满蒙人才，自重

花会期间，成都二仙庵门外的一片旱地上就会搭设席棚专卖茶酒饮食店。这座搭在苗圃后的草顶竹木大棚，坐台很高，规模较大，据说举步入厅要登梯20级，厅堂外围是四方凭栏，正门屋檐下搭有牌坊，左边门檐下的店招"聚丰餐厅"迎风舒展，一伙计正在打望有没有客人前来。当年这家餐馆本部设于少城公园里，当年在蓉城颇有名气。青羊宫花会期间，成都各名餐厅都要在场内设临时摊点，无不受到人们的喜爱。
（美）路得·那爱德　摄

开文武乡试后，成都旗人中举者竟达71人，其中超过4成做了知县以上的官员。

乾隆四十八年（1783），成都八旗官学的学生总数达到320名，320个名额平均分配于各旗，即每旗建一所官学，每所官学里有学生四十名。每所官学配两名教习，一正一副，以五年为届考核，优秀者提拔，不合格者取消资格。

同治十年（1871），祠堂街东口又诞生了一座书院——少城书院。此为吴棠对培养八旗人才的光大之举，吴棠时任四川总督兼成都将军。身为汉族的吴棠，算得上具有相当眼光的清朝官员，他带头捐出养廉银，上行下效，各司、道、府、厅、州、县各级官员纷纷解囊，共捐白银6000两，此项白银作为专用资金交典商运作，每年产生利息624两，用作办学经费。这一"鸡生蛋"的构想，酷似现代教育基金。

值得一提的是，吴棠还在少城书院设立了特别的奖学金制度，只要你足够优秀，读书不但可以挣钱，还足够养家。对于那些无一技之长的贫穷旗人家庭而言，无疑具有极大的动力。

> 城南十里尽栽花，翠翠红红处处遮。
> 最爱路边连理枝，愿教移植在农家。

吴好山写就的竹枝词众多满城篇什里，不乏诙谐而幽默的佳作，让读者轻松愉悦地掌握了满城里很多鲜为人知的"掌故"。

很大程度上讲，吴好山的竹枝词已经到了出神入化、形神兼备的境界，他不仅能将风土人情这些软软的东西写得逼真而贴切，就是写旗兵、旗人的生活，也栩栩如生，活灵活现，比如描绘八旗军从湖北到成都的情况，就是其中典型的例子：

> 湖北荆州拨火烟，成都旗众胜于前。
> 康熙六十升平日，自楚移来在是年。

四川西控西番，南控云贵，战略地位突出。清在四川的驻军多，军事移民在四川记载非常多。吴好山有一首《老人村竹枝百咏》这样描写军队情况：

> 翔游麟凤眽清时，久戢貔貅静六师。
> 山外忽惊排蚁阵，山头设卡守鸡池。

最后两句"山外忽惊排蚁阵，山头设卡守鸡池"，无不体现出作者对此的蔑视与不屑。当然，军队无战事也打猎作乐，同时还有北方少数民族军队游牧的生活习性使然。比如下一首：

> 给牌挂号赴官围，猎犬奔驰兔欲飞。
> 携得山禽兼野兽，知从野外打枪归。

这首诗所体现的，是旗兵围猎娱乐的情形。估计这些平时在满城里的旗兵们，走出这个笼子时也有一种放飞的感觉，他们把民族的天性呈现在成都百姓眼中，无不透露出游牧民族的遗风。这类竹枝词甚少，因而也尤显珍贵。

成都竹枝词作者阵营，可谓人才济济精英辈出，远远不止一个吴好山。杨燮同样留下了很多脍炙人口的上乘之作。如：

"鼓楼"两爆火声传，夜望红光昼望烟。

此地从来防备水，麻钩林立万家连。

这便是清乾嘉时成都文人杨燮所写的百首《锦城竹枝词》中，所涉及的满城中的一首。对成都了然于心的杨燮又有自注，称，《华阳记》载，汉武帝时蜀郡火烧数千家，不独栾巴之酒灭火、廉范之不禁火也。乾隆年间，城中失火，延烧至大半城。古城一般为土木结构，一旦失火，就会火烧连营，形成"麻钩林立万家连"的情状。

成都的春天是特别妖娆的，人们纷纷走出家门春游，看花会、乘花船、踏青去、放风筝……，成都人爱花历史久远，清末民初花会的热闹盛极一时，于是就产生了这样的竹枝词：

（词条）

吴好山　此乃对清诗人吴乔的雅称。吴乔，又名殳，字修龄，自号沧尘子，江苏昆山人。明末清初江南极具影响力的诗论家。一生困阨，惟与冯班、贺裳等美学见解多有所合。他在其重要的理论作品《围炉诗话》中，提出的诗学思想，如"以意为主""诗中须有人""诗文之辨""诗需比兴"等有极大的理论价值。认为"情"与"境"在构成"诗意"的要素中，起着主要的作用。但"情"生于"境"，"人于顺逆境遇间所动情思，皆是诗材"。提出"诗以情为主，景为宾"的命题，指出"景物无自生，唯情所化。情衰则景衰，情乐则景乐"。

> 暮春天气踏青游，笑向阿郎话不休。
> 蝴蝶也知侬意乐，双双飞上玉人头。

> 青羊宫里似星罗，乘兴家家戴酒过。
> 小妹戏呼阿姊语，今年人比往年多。

这类竹枝词，将花会的繁花似锦，赏花人的喜悦心情，表现得淋漓尽致。那些在花会中打秋千的男男女女，所呈现出的千姿百态妖娆妩媚，不时跃然纸上：

> 血色罗衣映日鲜，瑶阶步步艳生莲。
> 秋千戏罢桃花下，红雨缤纷润一肩。

乾嘉年间，成都东校场是放风筝的好地方。写放风筝的竹枝词也应运而生，诙谐而生动，比如杨燮写的这一首：

> 春来东角校场前，赌放风筝众少年。
> 马尾偏牵羊尾小，一群高放美人边。

还展示春天时节，孩子们放风筝时尽显天真烂漫的神情，尽收眼底：

> 微和澹荡锦官城，柳色青青天气晴。
> 三校场中宽敞好，儿童逐队斗风筝。

为了让更多的人能看懂，得以广泛流传，善于作注的杨燮，在写下这些竹枝词后，又特别加以注解："风筝如美人、鹰、蝶等式，多以大为贵，独羊尾以小见奇，且连放三四五个，如羊群摇尾于上，是又以多出奇也。"

作为反映老百姓心声，记载小人物苦乐，描绘琐细的日常生活，状写民风民俗的场景，竹枝词又传承着历史与人文。也如清人王士祯所说："竹枝咏风土，琐细诙谐皆可入，大抵以风趣为主，与绝句迥别。"就像一座文字博物馆，竹枝词向我们展示种种远逝的老成都四季风情，恍然如昨。带着这样的思维与想象，如果把目光回溯到三个多世纪前，那是一派蒸蒸日上的景象：地处边陲一隅，只占中国人口百分之一的满族，挥师入关，建立了中国历史上第二个由少数民族统一的王朝。

最后一个王朝，前朝的利弊得失，治乱兴衰，历历在目。"资治通鉴"够多的了，入关前期各朝君臣，无一不希望王朝长治久安，传之万世而不竭。乾隆皇帝给子孙名字的第一个字排出三个：永、绵、奕，道光皇帝又排了五个：载、溥、毓、恒、启。连在一起，正是万世一系的心思。让他们始料不及的是，"溥"字刚开始清朝就结束了。

我们除了从一些"正史"中了解历史的大体脉络之外，更多的，是从类似竹枝词一样的"民间博物馆"，来洞悉一朝一代的得与失，一城一池的兴与废，并从中吸收信息和营养。

之前的二十余个王朝，如多米诺骨牌般应声倒下的情景言犹在耳，清王朝通过若干代的努力，把王朝大堤可能出现管涌的地方，看似都"严防死守"：大臣朋党、外戚专权、母后临朝、宰相擅权、宦官横行、士民结社……列为历禁，严密防范。然而，制度形成的自身的顽症，犹如"灯下黑"一般，却是无法避免的。加上科举取士、标价卖官、浮赏滥举、荫庇世袭所造成的官员素质下降，朝廷虽屡有明谕，臣工时时条陈，但终究是饮鸩止渴，奉行如常。

爱新觉罗王朝不可避免地继承了历代王朝的弊政，如同一辆快速滑向深渊的滑车，惯性和体量太大，没有人能起死回生。

"少不入川"是句咒语。成都是块温柔之乡，再强壮刚烈的人，在这温柔乡里，也会被安逸招安。安享富贵的八旗子弟，当然概莫能外。

一切"俱往矣"。好在手里有本《成都竹枝词》，从竹枝词那嬉笑怒骂的每一个汉字里，我仿佛找到了"我们"和"旗人"的影子。

『胡同』与『巷子』在成都杂交

胡同代表着中国北方民风民俗民情，已经成为中国北方民居建筑的标志性符号。也许现在很多人还不知道，地处南方的成都和北京一样，也有胡同。

作为北方人的尤物，成都胡同的形成当然与战争分不开。遥想当年战事频频，百姓不得安宁，才有了八旗兵少城安营扎寨。

成都的胡同在哪里？在少城。是那些骁勇善战的八旗兵，把胡同带到了成都。

随着湖北荆州调兵驻防成都，八旗兵入川之后，四川总督在原来少城遗址上重修满城，给旗兵作步营。这些旗兵营修建按京城格局，南北是道，东西是路，及胡同。如北京皇城后有煤山（就是崇祯皇帝吊死之地）一样，成都皇城后面也一样有煤山（今成都市后子门体育中心所在地）。因是军营在古代有严格的等级制，并且规制严谨，兵营巷道狭窄，房屋矮小，一个小宅院只能修之用平房，故很多空地种菜，挖池塘。因旗兵从北方来川，建筑格局和式样以京城为模板。

既然主人来自北方，北方将街道习惯称之为胡同，入乡随俗，何况得天下的旗人是强势阶层，所以那形似"蜈蚣"的满城街巷，自然而然便唤名为胡同。应该说，这也是心理上的需求，试想，皇城根下本来叫惯了胡同，那就是一种尊贵的代名词。旗人眼里，离开了京城那都是乡下。某种意义上讲，无论是档次还是心理优势，"巷子"都无法与"胡同"相比。

成都满城内，金河两岸民居的模样。
章夫 翻拍于成都市博物馆

如今，在成都最能代表那种异乡特色的"胡同文化"，也仅存宽巷子和窄巷子了。

胡同是中国北方文化的产物，巷子是中国南方文化的产物。当南北文化交错在一起的时候，长此以往，它们便产生了化学反应，融乳一起，共生共存，相得益彰。

可以这样说，成都就是"胡同"与"巷子"杂交之地。宽巷子和窄巷子内外所透出的，就是这样一丝丝一缕缕，让人敬且畏的博物馆的气息。

不论是北京还是沈阳、内蒙古、山西以及成都少城的胡同，都存有一个规律，它们的建筑之间通道的方位都是东西方走向。因为胡同很短很窄，院坝建筑又低矮，这些宅院建筑都要通风，见阳光，故东西方才会见太阳，日照时间也最长。

可以断言，在成都，几乎每一条胡同都藏着一段跌宕起伏的故事。至今住在宽巷子恺庐里的"八旗后裔"羊角先生，把少城内的数十条胡同作了一些分类——

一是取吉祥如意型的胡同。比如：永清胡同、永顺胡同、永兴胡同、永平胡同、永济胡同、永盛胡同、永清胡同、永明胡同、永升胡同、永乐胡同、永发胡同、永安胡同、通顺胡同、五福胡同、长发胡同（出自《诗·商颂·长发》之"长发其祥"）、吉祥胡同、如意胡同、太平胡同、兴仁胡同、光明胡同、上升胡同、联升胡同、清远胡同、延康胡同。等。

二是体现军事元素的胡同。比如：都统胡同、左司胡同、右司胡同。等。

三是以纪念为主胡同。比如：君平胡同、积善胡同、广德胡同、忠义胡同、集贤胡同、忠孝胡同。等。

四是以花草树木为名的胡同。比如：翠柏胡同、丹桂胡同、甘棠胡同、槐树胡同、松柏胡同。等等。

身居南方的我们不禁要好奇地问，"胡同"二字从何而来？成都的胡同与北京的胡同有区别吗？

但凡带"胡"字的东西都与少数民族有关。从字面上理解，胡同应该与古代北方少数民族有关。比如胡豆、胡椒、胡琴、胡杨、胡服、胡麻、胡马等等。而人们最先想到的，可能就是"胡人"。我们潜意识中，大抵说到胡人，就会想到一种对少数民族的蔑称。不可否认，相对于汉人，胡人在物质上先进程度较低，风俗也不尽相同。江统在《徙戎论》中说得有些极端，"非我族类，其心必异，戎狄志态，不与华同"（《晋书》）。已经把胡人当成另类了。

或许是因为历史上，胡人对汉人留下诸多麻烦。所以，一些文学作品和艺术作品的表达上，难免有一些蔑视、轻侮之意。

史载，"胡人"的历史十分悠久，最早出现在战国时期，最有名的是赵武灵王"胡服骑射以教百姓"（《战国策》）。既有胡服，那么穿胡服的定是胡人了。西汉政治家贾谊在《过秦论》中，也有"胡人不敢南下而牧马，士不敢弯弓而报怨"之语。这里的胡人，指的是匈奴人，或者说主要是指匈奴人，也包括其他游牧民族，比如东胡，它因居于匈奴人之东而得名，也有专家认为东胡其实是"通古斯"的转音。东胡后来演变为鲜卑，契丹，蒙古等民族。

（词条）

胡同

胡同，源于蒙古语gudum。学术界对"胡同"一词含义和来源的解释主要有三种：一是水井。在蒙古语、突厥语、满语中，水井一词的发音与胡同非常接近，在历史上，北京吃水主要依靠水井，因此水井成为居民聚居区的代称进而成为街道的代称，由此产生了胡同一词。二是元朝时遗留的名称：蒙古语将城镇称为"浩特"，蒙古人建元朝后，按照自己的习惯，将中原城镇街巷也称为"浩特"，后来"浩特"演化为"火弄"或"弄通"，进而演化成今日的"胡同"和"弄堂"。三是胡人大同。认为胡同一词是元朝时政治口号"胡人大统"的简化版，"胡"是古代北方游牧渔猎民族的自称。同通"通"，简单理解就是胡人的通道。

汉语中的胡同一词，最初见诸元杂曲关汉卿的《单刀会》中。

成都满城最后的模样
章夫　翻拍于成都市博物馆

因而，"胡人"二字在中国古代，更多的是对北方边地及西域各民族的称呼。历史上并不关乎"褒"与"贬"。

据说金末元初蒙古人灭金和南宋后，总结历代建城和建筑体制，开始兴建大都城时，制定了严格的规范。规定，城中的皇宫建筑是南北走向，东西两边是通道，通道两边是城内居民住房。按片分开，通道之间没有高墙隔阻，以街为界。

"大都街制：自南以至于北，谓之经。自东至西，谓之纬。"元末《折津志》以言简意赅的文字，清楚明了地说清了胡同的来历与功效。

这种条件下，大街背后就造就和衍生了胡同。也就不难理解，有了大城之下的广袤区域，成为普通老百姓世世代代赖以生存的空间。所以，胡同永远是普通百姓的代名词。

"大街二十四步阔，小街十二步阔。三百八十四九巷，二十九同通。同通二字本方言。"

从史籍中不难看出，"胡同"一词的来历十分咙襗，其称谓从元朝到清朝就有十余种。比如，弄通、火弄、火疃、火巷、火弄、胡洞、衙同、胡同、忽调等。

作为蒙古人的后裔，身居宽巷子的羊角先生考证，胡同最初应是蒙古语，本系"水井"之意。他称，蒙古语、突厥语、满语中，水井一词的发音与胡同非常接近。直到元代蒙古族人进京后，吃水主要依靠水井，有水井的地方才有烟火，才得以居住。由此产生了胡同一词，进而成为街道的代称。

由此看来，胡同一词的历史并不久远。

汉语世界里，胡同最初见诸元杂曲。元代是元世祖忽必烈的天下，当时盛行的元曲杂剧戏词中，不止一次提到"胡同"。

　　享誉历史的剧作家关汉卿的"关大王独赴单刀会"中，就有一句"直杀一个血胡同"之说。另外，李好书元杂的"沙门岛张生煮海"中说得更具体，张羽问梅香："你家住哪里？"梅香说："我家住砖塔儿胡同。"

　　成都著名作家李劼人在其代表作《大波》中，记录了风雨如磐之时，满城胡同状况，兹录于下——

　　辛亥革命之后，不知是什么人的见解，说胡同是满洲的名词，不宜存在，因而废去，一律改名街巷，而且原来有名字，也改过了。例如这里的君平胡同，即今之支矶石街，下面的喇嘛胡同（一名蒙古胡同），即今之祠堂街，下面的有司胡同，即今之西胜街是也。

　　再，以前满城住宅面积，不以亩分计，而是以甲计。一甲地，即是一名披甲人应分得的一片地。地之大小并不平衡，而是以所隶之旗为等差，其中马甲又略大于步甲。

　　等差如下：正黄旗、镶黄旗、正白旗，谓之上三旗，所分地在满城北段，地面较大，大者每甲有七八十平方市丈，小亦在六十平方市丈以上；又镶白旗、正红旗、镶红旗，谓之中三旗，所分地在满城中段，地面较小，大者六十平方市丈，小者不过五十平方市丈；余为正蓝旗、镶蓝旗，谓之下二旗，所分地在满城金河以南，地面虽大，但地极卑湿。

　　此等规划，经历一百余年，也有了变化。到清末变化更大，即是有了兼并的原故，不过不是公开的。

　　辛亥以后，地皮有了买卖，逐渐就面目全非。

　　一九四九年以后，变化更大了。

　　少城内仅存的宽窄老巷（胡同）绝不仅仅是成都历史文化的脉络，它更是成都普通老百姓生活的场所，是民风，民情，民俗，也是文化的活教材，更是历史文化发展演变的重要舞台。它记录了历史的变迁，时代的风貌，并蕴含着浓郁的民情文化气息，它好像一座民风民俗的风情博物馆，而且烙下了各种社会生活印记。

　　忙忙碌碌的我们平时根本感觉不到，可当那一条条看上去很不起眼的胡同（今小巷），渐渐从我们视线里不断消失时，才发现少了些什么。

　　由是，心底的某种情愫才会油然涌起。

"橘生淮南则为橘，生于淮北则为枳"。对于成都这座特色鲜明的南方城市而言，"胡同"毕竟是一个时期政治和军事杂交留下的产物，一旦失去了这两者的庇护，便会瞬间土崩瓦解。

可以想象，当神秘的满城五道大门（东面北首为东大门，名迎祥御街大东门；南首为小东门，名崇福羊市大东门；北门曰延康；南门曰安阜；西门则仍用大城清远西门旧名）吱吱呀呀向贩夫走卒打开之时，昔日的"胡同"便会随之进入生命倒计时。

待改朝换代过后，那些标注着满汉文字的"符号"，也一并丢进了历史的故纸堆里。只留给一些文人和学者，去慢慢咀嚼"胡同"的前世今生。

发黄的账簿，留驻多少帝国机密？

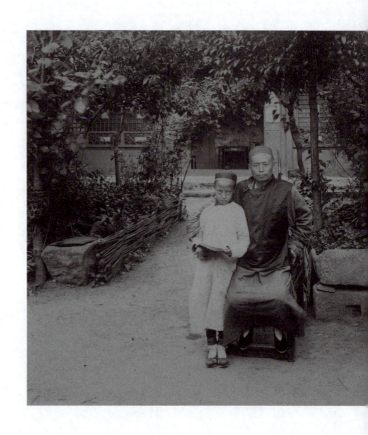

　　虽然，每一个"旗人"自认为都是朝廷派来的"特殊移民"，他们的主题词在北京，他们是天子脚下的人，他们应该天然地吃着"皇粮"，领着"皇饷"。

　　然而，自他们从荆州出发动身那天始，一直由"地方上"的百姓豢养着。朝廷顶多只是"出台政策"，根本没动用过一两黄金白银。今天我们明白了，除了满城兵营系成都"纳税人"修建起来的外，那些"吃皇粮"的兵丁，也都是由成都市周边各地老百姓"供养"。依照这种供养关系，严格而言，这些

成都满城内的殷实人家的确日子比一般百姓好过多了。
（美）路得·那爱德 摄

八旗兵应该是成都百姓的子弟兵——他们理应保卫他们的衣食父母。而生活在成都这块"飞地"上的他们，看上去却与成都没有丝毫关系——他们与紫禁城的主人是同胞。他们理应高高在上。他们是来统治和管理地方的。

有了这些因素作铺垫之后，其神秘与高大便油然而生。由是，成都百姓只能远远地、仰望着满城里神秘的一切。

笔者看到过一本特别的账簿，那是200多年前与满城有关的"各县承购数目"。兹录如下——

成都、华阳各2288石，新都、双流、温江、郫县各承购1834石，灌县（今成都都江堰市）、新津、金堂、崇庆（今成都崇州市）、广汉、什邡、彭县（今成都彭州市）、崇宁、新繁（今成都新都区）九县各购1144石，以上共计22208石，全系兵丁食米。

此外，另有官员食米，系由八旗马厂租米支给。

我们今天好奇的是，那些不是"皇粮"的"皇粮"，究竟是如何分配的？十多年前的一次访谈中，我惊喜地发现了几本已经发黄的账簿，系满族老人苏成纪所收藏。账簿是用蝇头小楷写成的，书法功夫好生了得。

仅就部分账簿清单抄录以示——

镶黄旗三甲

协领一员：白米二口，中米二十八口，马九匹半，共银一十四两九钱五分；

佐领一员：白米二口，中米十八口，马七匹，共银十两零五钱七分五厘；

防御一员：白米二口，中米十二口，马四匹半，共银七两零五分；

骁骑校一员：俸银五两，白米二口，中米十口，马四匹，共银一十一两一钱七分五厘；

前锋六名：每名饷银三两，中米十口，马二匹零半匹之半，共银四十二两九钱；

领催六名：每名饷银三两，中米十口，马二匹零半匹之半，共银四十二两九钱；

马甲五十四名：每名饷银二两，中米十口，马二匹零半匹之半，共银三百三十二两一钱；

……

正黄旗三甲

佐领一员：俸银五十二两五钱，白米二口，中米十八口，马七匹，共银十两零二钱二分二厘；

防御一员：俸银四十两，白米二口，中米十二口，马四匹半，共银六两八钱一分五厘；

骁骑校一员：俸银五两，白米二口，中米十口，马四匹，共银十两零九钱六分九厘；

前锋六名：每名饷银三两，中米十口，马二匹零半匹之半，共银四十二两零七分；

领催六名：每名饷银三两，中米十口，马二匹零半匹之半，共银四十二两零七分；

甲兵五十四名：每名饷银二两，中米十口，马二匹零半匹之半，共银三百二十四两六钱三分一厘；

委甲兵十名：每名饷银二两，米折银二两，共银四十两；

炮兵十名：每名饷银二两，中米七口，共银六两八钱七分五厘；

匠役四名：每名饷银一两，中米八口，共银十两零五钱七分三厘；

步兵十八名：每名饷银一两，中米二口，共银二十五两三钱九分五厘；

以上俸银九十七两五钱。

白米六口：每口一月二斗，四升一合六勺六抄零，共白米一石四斗四升九合九抄零，每斗折银九分，共折银一两三钱零四分九厘。

中米七百八十二口：每口一月二斗四升一合六勺六抄零，共中米一百八十八石九斗七升八合一勺六抄，每斗折银八分五厘，共折银一百六十两零六钱三分一厘四毫

饷银一百七十两

马一百六十四匹，每匹一月豆五斗八升，共豆九十五石一斗二升，每斗折银一钱共折银九十五两一钱二分

草每匹一月二十九束，折银一分共草四千七百五十六束，共折银四十七两五钱六分。

委甲共饷米银四十两

迈拉松阿佐领下于光绪十一年八月分支领俸饷银白米中米豆草折银米折银总共折银六百一十七两一钱一分六厘。

已故甲兵双瑞之孀妻一口：月支饷银一两，中米五口，共二两零六分二厘五毫；

已故甲兵松安之孀妻一口：月支饷银一两，中米五口，共二两零六分二厘五毫；

已故甲兵定昌之孀妻一口：月支饷银一两，中米五口，共二两零六分二厘五毫；

食孤独银两已故前锋顺遂之孀妻一口；已故甲兵新春之孀妻一口；已故甲兵长吉之孤女一口；已故甲兵酉生之孀妻一口；已故甲兵龙寿之至女一口；已故养育兵双贵之孀妻一口。

为此。

佐领迈拉松阿；防御讷依阵图；骁骑校恩禄。

上述文字结尾处，盖有"镶黄旗蒙古佐领之图记失"朱红大印。

时间是"光绪十一年七月"。

签字是"佐领松林（汉文名），防御万昌，骁骑校桂芳"。除汉文之外，还有龙飞凤舞的满文签名。

需略加解释一下，"佐领"和"骁骑校"都是清代八旗军营中的军官。八旗军营中的高级将领，依次按牛录（佐领）—甲喇（参领）—固山（都统），这些名称依次构成了八旗都统的管理机构。"佐领"，正四品，置于协领之下，大约统辖200—300人。主要掌管所属户口、田宅、兵籍、诉讼诸事。"骁骑校"，正六品，与佐领额同，即每佐领下设一骁骑校。

我看到的那些发黄的账簿，就是八旗军营的日常记载。

账簿的背面，已经被当成"再生纸"写成养生内容的药书了。看来这些已经成为珍贵档案史料，早年并不被人们看重。后来到了苏成纪手里，有多年文物经营及其收藏经历的他视为至宝，一直珍藏着。

据悉，那些用于八旗兵丁的粮食，都集中存放在成都市内一个名叫"永济仓"的地方。永济仓在安阜门（今小南门）内。此地原是镶白正兰二旗协领衙门，后来改建永济仓，后来也就有了"永济胡同"。辛亥革命后，此胡同更名为仓房街，一直延续至今。

值得一提的是，这里提到的"马厂"，大约在成都东门外十五里，一个叫做金井湾的地方，周围十七里八分，是雍正五年副都统赫塞会同四川巡抚，奏请朝廷划作旗兵牧放马匹之用。按距离测算，大概是今天锦江区三圣乡与龙泉驿区交界之地。

时值乾隆二年，副都统永宁又以这里水土不适放牧，奏准"开作水田二千四百零六亩"，租银收入作为"旗兵恩赏"，借支基金"同培修官署公所之用"。

因为没有什么格外的收入，这种开源节流的方法在满城很常见。后来田亩开辟逐年增加，所有增收租银除垫购官员上熟食米外，余款移作增设养育兵饷额之用。

八旗兵的主要功课是"骑射"，以备随时可能的战争之需。满城的整个城池，也都是围绕"骑射"二字展开的。这里成天都是刀光剑影，战马嘶鸣的"准战争场面"，酷似我们今天的影视拍摄基地。

满城里，汉语标识随处可见，与满文居同等地位，一些大的匾额都用满汉双语示之。内壁所挂"行军简明纪律"同样如此，左是满文，右是汉文。

满城时期的演武厅在少城西校场，这里专供八旗兵集合操练之地。每年大操，将军、副都统均在此检阅。还有最为壮观的场面，便是升调官兵缺额。曾经一度，演武厅甚是威严和气派。厅凡两进，前是至公堂，中挂嘉庆十三年颁发的御制《八旗箴》，旨在教训八旗官兵勤习骑射。内壁挂乾隆四十九年颁发的行军简明纪律。

满城里可谓机关林立，名目繁多，令人目不暇接。比如城内的公所除了演武厅之外，还有什么恩赏库、火药局、箭厅、盘查厅、马棚、军器库、卡子房、将军碾……真可谓五花八门，闻所未闻。如在西校场南的火药局和设在马棚内的军器库，凡武器军装旗帜都存储在军器库里，且武器时有添置。

我从八旗后裔保存的资料中，还看到这样一些记载——

雍正十三年，副都统乌赫图报奏，修建存储三年炮位乌枪火药一万二千六百斤。

乾隆十六年，增储乌枪火药二千七百斤，炮位乌枪三年铅弹，共二万五千五百三十八斤四两以备紧急之用。

乾隆二年，副都统永宁奏请添置盔甲一千六百具。道光二十一年，将军廉敬捐银添置长枪四百四十杆，抬枪七十二杆，藤牌八十柄。

咸丰二年，将军裕瑞增铸铁炮五子炮外，又置单刀五百把，交该军器库，以备应用。

最为典型的，也最让我大开眼界的，要数马棚了。

马，是旗人的另一种生命。满蒙八旗祖辈均以骑射为本，每一官兵配备的马不止一骑。成都驻防官兵名额是2487名，马匹就有4031匹。让我有些意外的是，每年饲养马匹的开支，均超过官兵的饷银。

冷兵器时代，战马是战场上不可或缺的"士兵"。满城里的那些战马，以前是由兵丁在家饲养，也就是养在胡同里，因而我们今天在宽巷子和窄巷子残存的墙壁上，都可看到当年用于拴马的拴马墩。

雍正八年，副都统乌赫图因马匹倒毙甚多，奏请兵丁各养马一匹，余下的以每匹折银八两，共25600两存在藩库，如遇需要再行添购。

乾隆十一年，又改设官棚养马，二十四甲各设一所，集中饲养，兵丁有现役的仍在家饲养。乾隆四十六年，将军特成额奏请马匹倒毙由饲养兵丁赔偿，实属不能负担。

如果倒毙之数不超过十分之二的，不令赔偿，计为三百二十匹。如以倒毙后节省的草料同马的皮张脏腑折价，约可得银四千四百余两，已够补买马匹之用"奉旨照办"。

这些原始的记载，透露出很多鲜为人知的信息，其中最重要的一条告诉我们，养马并不是一件简单的事，战马也很脆弱，弄不好就会死亡。

故，乾隆四十六年，将军特成额奏请，"马匹倒毙，若由饲养兵丁赔偿，实属不能负担。定为倒毙的，不超过十分之二不赔。"后来马匹日益减少，每甲仅有十多匹，甚至不足，并雇汉人饲养。"虽偶有倒毙，也不负责赔偿"。

因为"家养"效果不好，后来又扩充官立马棚，将兵丁在家饲养的马悉数集中饲养。乾隆十一年，又改设官棚养马，把马集中由饲养兵丁负责放牧。那条清时叫做"仁德胡同"的街道，才有了"后清时代"的另外两个名字——东马棚街和西马棚街。

"东马棚，西马棚，胖娃儿打个光胴胴"。有了东马棚街和西马棚街，也就有了关于这两条街的童谣。

故名思义，东、西马棚街就是满蒙八旗集中喂马的地方。据上了年岁的八旗子弟回忆，儿时，胡同里有很多竹木搭建的马棚，养了"数不清的战马"。

东马棚街长约420米，因地处长顺街东边而得名。就是这条不长的街道上，后来办了两所名气不小的学校，一所是四川公立外国语专门学校，1912年从昭忠祠街迁到东马棚街，1919年，15岁的巴金以李尧棠的名字，与他的三哥李尧林一同考入此校，从补习班到预科、法文本科，直到1923年春天离开成都取道上海去法国留学，都在此学习。另一所是省立成都女子中学校，创办于民国24年（1935），直到20世纪50年代初期，才改名为四川省成都第一中学校。

于满城时期的"仁德胡同"而言，之后的东马棚街已经是题外话了。

却说到乾隆五十年，因"马吃人粮"的现象日趋严重，饷额有一定限制。将军宁保以八旗兵丁人口渐多，生活困难为由，上奏"裁马八百匹"，节省的银两作为添设委甲兵240名的饷额。

没有"开源"只有"节流"。此"奏"虽一定时间内可以缓解供需矛盾，长此以往，对一年比一年多的旗民生活所需，仍然不是治本之策。

《清史稿·兵志》开宗明义："有清以武功定天下。"

词条

国语骑射

国语骑射为"旗人之要务"。国语，又称清语，即是满文。骑射是骑马射箭，这是满族的特长。为了巩固和壮大满洲统治政权，使满族旗人官兵成为清王朝的军事支柱，清帝规定"国语骑射"是入旗的根本。雍正、乾隆两代皇帝曾多次下达谕旨强调"骑射国语，乃满洲之根本，旗人之要务"。提倡"国语骑射"的目的，是要求八旗人员保持本民族的特长、习俗，防范全盘汉化。八旗汉军学习清语，自雍正七年（1729）始。"如不能以清语奏对履历者，凡遇升转俱扣名不用"。同时下令"蒙古旗人习学蒙古语，如汉军例焉"。鄂伦春族人"语言各别，住址无定，通满语文字者尚多，知清语者甚少，若选用校长，非通晓满语满文，熟谙性质者必难教授"。

《圣武记》直接宣称，满族的特征就是"城郭土著射猎之国"。

入关以后，各地派驻的驻防八旗便担负着"以武功定天下"的使命。兵丁数量很少的满营在那个"枪杆子里面出政权"的朝代，何以能"定天下"？从女真族的兴起到入关后一统山河，八旗军的"武功"与满城的"辉煌"如何"长久"？是当政者最为担心的问题。

自皇太极始，历代清帝都强调"清语骑射"乃立国之本，要求旗人把它奉为"列朝圣训"和"国法"，并经常以金、元朝的衰亡，归咎于放弃国语骑射这个祖宗留下来的传统，以此警戒他们的子孙。

最初几任大清皇帝，十分清楚这样一个普世的哲学命题——"我是谁"。"我来自何处"。因而，不敢有丝毫懈怠的他们，有一个共通的特点，那就是把骑射这项冷兵器时代的"基本功"，视为满族身份的全部——那是从祖先的血液里留存下来的生存基因。那些高高在上的"圣"，都会以不同的形式，时时处处告诫其后代，此为满族在中华大地上安身立命之本。因而，皇太极甚至说："我国士卒，初有几何。因娴于骑射，所以野战则克，攻城则取。"也正因为此，皇太极骄傲地认为，天下人称我兵曰："立则不动摇，进则不回顾"。

不仅如此，皇太极、玄烨和弘历几任清帝，都有用鹿角制成的椅子，背面刻有祖训，不敢有丝毫懈怠。《啸亭杂录》记载一则轶闻，称道光皇帝年仅九岁时，一连三次射中目标，令其祖父乾隆帝龙颜大悦："俾我后世子孙臣庶，敬谨遵循，学习骑射，娴熟国语，敦厚淳朴，屏去浮华。"

不难看出，要想成为一个真正拥有尚武精神的满族人，乃其根本的骑射至高无上。

为了保持并弘扬这一"根本"，清王朝还特地将骑射给予量化和细化。他们根据步射和骑射把八旗兵分成三个等级，没有达到相应考核标准，会受到相应的惩戒。《国语骑射与满族的发展》透露，一个佐领中有10人或10人以上没有通过测试，该佐领将受不善教练之罚，乃至夺俸；比如一旗中有600或600以上不称职的士兵，该旗的都统同样会受到惩戒。

康熙之前，清王朝历经有天命、天聪、崇德、顺治四朝。天聪八年皇太极谕：

朕闻国家承天创业，各有制度，不相沿袭，未有弃其国语反习他国之语也。

事不忘初，是以能垂之久远，万世弗替也。蒙古诸贝子自弃蒙古之语、名号俱学喇嘛，率致国运衰微……朕缵承基业，岂可改我国制而听从他国嗣后我国官名及城邑名，俱当易以满语，勿仍习总兵、副将、参将、游击、备御等旧名……其沈阳城称曰："天眷盛京"；赫图阿拉城曰："天眷兴京"，毋得仍袭汉语旧名……若不遵新定之名、仍称汉字旧名者，是不奉国法，恣行悖乱者也。

察出，决不轻恕。

懒惰乃人之天性。即使在皇太极开疆拓土时代，也不免有骑射不精之时常发生。皇太极也只有苦口婆心，循循善诱：

今之诸子弟，惟知游行街市，以图戏乐。

在先代上下贫苦时，日行围用兵则乐。有从仆者甚少，各自看守马匹，煮饭，敷陈马鞍而行。如斯辛苦，尚各为主效力不绝。

国势日隆，非由此劳瘁而致乎？今之诸子，凡遇行猎出兵之时，或言我之子妻有病，或言我家有事者甚多矣，不知发奋，惟贪恋家室妻子，国势能不衰乎？

然而，打江山难，坐江山更难。一个仅有区区20万人的满族，要想统治中国偌大的版图，可谓难上加难。人都是有惰性的，长此以往，满洲贵族集团面对眼前的荣华与富贵，很难不沉浸于骄奢淫逸的生活之中。他们在自觉和不自觉的潜意识中，从精神到物质已经抛弃了"不适宜"的"清语骑射"。"其俗俭约，不尚华靡，其人憨直"的传统，在种种诱惑面前，似夏天的冰棍一般，渐渐消亡于无形之中。

让满族统治者更为尴尬的是，这些以"骑射为本"的原始练兵方式，已经不适合世界大势的需要，淘汰是必然的。抬眼看世界，"冷兵器时代"也正在以不可逆之势，快步告别历史舞台。面对面大规模肉搏之战，已不再是战争的主要形态。大洋彼岸的洋枪洋炮改变了战争的格局，"热兵器时代"不以人的意志为转移，悄然到来了。

练为战。长期没有了战争的"练"，很大程度就是一种形式。当"骑射为本"趋于表演之后，日渐堕落便成为必然。

这样的现状，看在眼里急在心里的朝廷，同样看得很清楚。朝廷害怕驻扎成都的旗人耽于城市享乐，打算把满城搬迁到远离城市的荒郊野外。据说，这个计划遭到了所有驻防八旗士兵和家眷们的强烈反对。清道光年以前，成都的将军和手下的副总统们还骁勇善战，但随着民族融合的加剧和八旗制度的衰落，成都的驻防八旗兵基本上成了一群养尊处优、只知道吃喝的闲人。

满人汉化，是有过历史教训的

享乐乃人之天性。古往今来，一个人也好，一个民族也罢，要想腐蚀它，就让其充分享乐，穷尽一切享乐的东西献上来，使其意志消没，精神萎靡，温水煮青蛙一般，舒服中慢慢死去。

汉文化就是这样一个神奇的东西。对于女真这个少数民族而言，文化这个东西看不见摸不着，他们更不会去花心思探究其中的子丑寅卯。汉文化不愧为一个"大染缸"，什么样的东西只要一丢进这个染缸里，任时间慢慢发酵，都可以完全变成另外一个样子。

如果用唯心的道理去阐释，这是"上天"要帮助"汉"这个民族生生不息的关键。

历史上的中国，有两个中国，一个是王朝中国，即十五史里的中国，乃治乱兴衰的中国；还有一个是文化中国，是一直在发展、从未衰落的中国。世界文明古国大多衰亡，唯有中国活着，其根源就在于中国的本体是"文化中国"，其现象才是历朝历代的"王朝中国"。

一个国家王朝灭亡了，那只是统治阶级的事；一个国家文化灭亡了，才是真正地消亡了。

孔子不愧为中华文明史上伟大的圣哲。从孔子开始，中国文化第一次有了历史意识，孔子去世以后，留下一部《春秋》，为中国立史。钱穆说，中国人以历史为宗教，有道理。如果修正一下，说儒者以历史为宗教，那就更为合适。儒者的思想，经常是以"历史的经验教训告诉我们"来开头的，以历史为据，而非以公理为前提，乃儒者的思维方式。

《春秋》立史，道统有载体，中国亦有文化可倚。历史，是文化中国的围城——"囗"（"国"字最早出现在西周初年的"何尊"上，云："余其宅兹中或，自之义民。"其中的"或"是为地域，用围城围起来，即"囗"，就成"國"了）。

遛鸟曾经是满城内八旗子弟的最大爱好。今天，遍布成都的各大公园和休闲娱乐场所，均可看到人们的这一"雅好"，很大程度上，已成为部分中老年人的最爱。

修史，如修长城。孔子的历史观似烽火台一般，监护着历史。

历数中国历史，基本上沿袭这样一个怪圈在进行："身逢乱世——夺取江山——几代盛世——又入乱世"。历史的发展，如同陀螺的运动，不停地旋转，一圈又一圈，周而复始。

对于芸芸众生而言，是谓"黄宗羲定律"，即通过税费改革解决"农民负担问题"。历数各朝各代，历次初衷都是好的，可一次又一次的改革，农民的负担非但没有减轻，反倒愈益加重。明清思想家黄宗羲称为"积累莫返之害"。

大凡一朝一代，开国君王都会雄心万丈，励精图治，都誓言将开辟永世基业，千秋万代。理想很丰满，现实很骨感。一次又一次的改革，有多少出于统治者的一己私利？又有多少看似朝堂议定，背后却是一纸手谕遮天？

爱新觉罗集团领导的大清帝国一路走来，看似有三代盛世，却只是表面上的。往骨子里分析，可以说从入关那天开始，执政团队就"严重的不自信"。因而这种"顶层设计"下出台的若干政策，"出发点"已经出现严重偏差，"落脚点"当然是南辕北辙。

查阅典籍，我看到了这样一些陌生的词汇——"佛满洲"和"伊彻满洲"。建州女真人被称为"佛满洲"，其他满族人则被称为"依彻满洲"。"佛"汉意为"旧"，"佛满洲"即为"旧满洲"，指原始的土著的满洲；"伊彻"汉意为"新"，"伊彻满洲"即新满洲之意。

原来，即使在满族内部，也有若干等级之分。爱新觉罗一脉的建州女真人才是最为"纯正"的满族血统。虽然早在进入紫禁城前五年，皇太极在一封致崇祯皇帝的信中如是写道："自古天下非一姓所有，天运循环，几人帝，几人王？"可深入骨髓的"纯正意识"，难道不是另一种"一姓所有"？

"纯正"二字时刻折磨着大清王朝的君王们。

对此，历史学者鲍明一语破的："皇太极既想夺取全国政权，又不愿入关，主要还是避免辽金元入关后，本族人汉化的后果。"它既企图保持清语，又不愿大量吸取汉族文化；它顽固反对旗人"沾染汉俗"，但统治阶层却率先接受汉俗；他们置身于汪洋大海的汉族地区之中，却企图用"满城"把旗人封闭起来，防止与汉人接触。

一句话，统治者矛盾心理背后的种种努力，都是企图实现那不可完成的"洪业"——"满"化中国。

清朝统治者对于文化问题的态度，很大程度上取决于他们所关注的主题。原有的各种身份认同意识，被融入新的八旗认同意识中。最为极端的，就是强迫汉人削发。历史学者罗友枝指出，满人把许多来自不同文化传统的人纳入八旗组织，力图把这些人塑造为满人——用同样的法律、着装规范和社会规则来管辖。作为个人，他们着意于保持爱新觉罗氏的血统，外加征服者精英集团的地位。

违背规律，终将会被规律所违背。

清朝初年，紫禁城采取火与剑的手段，在全国所有民族强制推行薙发和满服，意图一体"满化"。当清统治者发现汉族文化博大精深，远远超出他们的想象，事实上不能从表面上简单地取代时，又转而不得不提倡汉族封建文化，实行"以汉治汉"作为巩固其统治的必要手段。

最初，皇太极组织人力把《刑部会典》《孟子》《三国演义》等书翻译为满文。到康熙时期又大力提倡程朱理学，编写《性理精义》，篡辑《朱子全书》等。并鼓励贵族子弟学习《四书》《通鉴》等书，以吸取历代统治经验。

脍炙人口的成都竹枝词，深刻地记录了当时旗人学汉学的情景——

康熙移驻旗人来，嘉庆八年旗学开。《满汉四书》念时艺，蓝衫骑马伴游回。

嘉庆八年（1803）开始设旗学，将汉人的经典著作《四书》翻译成满文供旗人学习。从这些表象不难看出，统治者对旗人教育甚为重视，他们坚持使用自己的语言，并勤练"骑射"，以保证满族的纯正。

只是，井底之蛙的他们没有想到的是，语言只是皮毛，内容才是根本。将汉文化的经典著作翻译成满文，不仅是舍本求末，更是本末倒置，可谓愚昧之极。何况世界潮流已呈浩浩荡荡汹涌澎湃之势，只能是顺之者昌逆之者亡。

心态的不平衡，导致清政府政策总是彼此矛盾，首尾难顾。一方面，在清代，降民、俘虏、投奔者，无论何种民族，都被满族贵族编入八旗名录。后来，每旗又分设满蒙汉固山，使得八旗变为了二十四固山，又设内务府"内三旗"，导致满族滚雪球般膨胀，至清朝中期已经达到600万人。另一方面，满汉通婚却被禁止。所谓"龙兴之地"的东北，竟在辽宁和内蒙古修建起一道壕沟，沿壕植柳，称为"柳条边"。忽而设置"柳条边"禁止汉人迁入，忽而又开禁以充实边陲。抱着这样的心理来统领如此庞大的帝国，肯定会心有余而力不足。

光绪以前，成都旗人均在八旗内部缔婚，严格地遵守旗汉不通婚的禁令，满族和蒙古族之间通婚较普遍。光绪帝解除禁令以后，由于旗汉间长期隔阂，彼此往来较少，旗汉通婚的情况同样不普遍。

不难看出，种种矛盾心理所折射出的，是极其不自信的危机感使然。紫禁城威服四海，龙椅高高在上，看似君临一切，内心却极度羸弱。

实际上，这样的悲哀早已种下了。追溯到大清首任皇帝顺治帝时，就已经在私下里"率先汉化"了。史载，顺治皇帝在宫里经常穿汉式服装，还曾头戴明朝皇冠、身穿明朝皇袍，对镜沾沾自喜。从心底里忍不住称赞，"汉服比满服舒服多了"。

要知道，此间顺治皇帝身边的太监全是汉人。据传，顺治十一年（1654）二月，顺治帝一时兴起，甚至将明朝的朝服从内廷拿到了内院，行为有些反常地向大臣们展示。令顺治帝没有想到的是，众人都说好。

面对如此严重的"政治问题"，顺治帝当时竟没有任何反应。看在眼里记在心里的汉臣陈名夏，误以为"机会来了"。这位弘文院大学士、进少保兼太子太保向另一位大臣宁完我吐露心声："只须留头发、复衣冠，天下即太平矣。"不到一个月，同朝为臣的宁完我便对陈名夏发难，弹劾陈名夏行事叵测、结党营私、纵子行贿等多条罪款。

作为顺治皇帝十分欣赏的重臣，"陈名夏案"很是让他棘手。

审讯开始了，陈名夏除了"留发复衣冠"一条承认外，其余罪行一律否认，可单凭"留发复衣冠"这一条，就足以"斩立决"。或许顺治这时也清醒意识到自己的诸多失态，才造成如此后果。犹豫许久，将朱批"斩立决"改为绞刑。

就这样，忘乎所以的陈名夏，虽然服侍过崇祯、李自成、顺治三朝帝王，还是没逃过一死。他在北京宣武门内灵官庙被绞杀时，时年54岁。

据载，陈名夏被绞杀的那一天，顺治帝竟"悯恻为之堕泪"。

汤若望是一名来自德国的耶稣会传教士，很快就成为顺治帝的座上宾，不仅官至正一品，其先人还被大清追封为贵族。史载，仅1656年一年间，顺治移驾他的府邸达24次之多，且多是"突然回临，免行君臣之礼"。每每"畅谈至深夜方休，举凡天文、政务、天主教，无所不谈"。

汤若望的府邸，俨然成了顺治帝的串门常客。顺治心里，汤若望的位置可见一斑。

虽然以西方的科技示人，汤若望没能忘记自己传教的本职身份。只可惜顺治最终还是与上帝擦肩而过，汤若望也不禁感慨："人多怀诡诈，尤以东方人为然，连上帝的信仰也无能为力。"

据载，让顺治接近上帝的最大阻碍，竟是"守贞"。换句话说，在于一夫一妻制。汤若望曾问顺治，何以奉行一夫一妻的欧洲人，会比妻妾成群的中国人有更多的小孩？这个妙问让顺治语塞。

　　翻开一部女真史，康熙也好，乾隆也罢，他们都可以看到，历史上他们的祖先，是如何在文化面前走向败亡的。因而，十分警惕让自己的子孙后代不要再蹈老路。只可惜，在文化这个十分强大的敌人面前，意志再坚强的人也无能为力。

　　无疑，这些不可一世的君王们，其"政治眼光"输给了"文化眼光"，最终不可逆转地融入了儒家传统文化的汪洋大海之中。

自古以来，生长于成都平原的百姓都喜欢鲜花，或许成都的天空少太阳，常常买一束花回家以增添一些颜色。自宋以来，十二月市中许多都与"花"有关。或许因为喜欢花草的旗人到来后，成都人更加深了这一讲究。慢慢地，成都花会就演变成了商品交易会，特别是清末的花会期间，每一把太阳伞下面，都在讲述一个不一样的商品故事，比如青羊宫内的篦梳摊点摆有"李记德顺合"等厂商老号制售的黄杨木梳和南竹名篦名优产品，摊上的篦梳，既可打开零售，也可整包批发，经营十分灵活，故而人气很旺。

（美）路得·那爱德 摄

满城是一只巨大的『鸟笼』

《成都县志·学校》记载，道光二十三年上谕中，《御制八旗箴》明确规定："国语勤习，骑射必强"是八旗官兵的座右铭。平时不得习汉语、汉文，即使"学习汉文，亦取其清通文义，便于翻译。"

清廷太过自信，在"满化中国"的道路上，他们不顾实际，从本民族狭隘的观点出发，出了很多险招，甚至做了不少蠢事。比如，利用八旗体制的束缚，严格推行"国语骑射"为"国法"。

为了防止旗人"沾染汉俗"，清统治者在各地以"满城"为区划，画地为牢，作茧自缚。

八旗制度对旗人实行严格的地域封禁，把旗人束缚于狭小的天地内，阻止其接触广阔的社会生活。

努尔哈赤在建旗初期，为了军事上的需要，把八旗人户都编入作战体系中，旗下人对王公贵族有强烈的依附关系，旗人家属也置于佐领的管束之下。

"夫佐领之管所领下人，无异州县之于百姓"。

清中叶以后，八旗制度的地域封禁政策曾一度加强。道光六年，成都将军瑚松额"饬令各佐领下，官街及各胡同巷口，建盖栅栏各二所，共计一百所"。栅栏是一种防范措施。"满城"内关卡林立，实际上是画地为牢，要旗人裹足不前。

作为军事驻防城，满城的存在巩固了清朝的统治，维护了地方的稳定，但同时也限制了城内驻防旗人及其亲眷的生活。驻防旗人的子女生长在满城，出生、婚嫁都要到城内的八旗衙门登记入档并领取赏银。男子成丁后要在城内的演武厅比武考试，然后披甲当差。人死后便安葬在城外的满茔义冢之中。驻防旗人生老病死基本都在满城，很少接触城外的世界。

满城的盛衰与清朝的兴亡相伴始终。晚清太平天国起义曾一度占领杭州等满城，之后湘军、淮军崛起，八旗驻防体系日益衰落，列强的炮火也曾给一些满城造成过严重破坏。清朝灭亡后，八旗驻防也随之结束，一些军阀推行民族歧视政策，有些满城遭到摧毁，如宁夏满城就被马步芳的军队夷为平地。

"笼中之鸟"就是这样喂养出来的，满城成了他们与世隔绝的"铁笼子"。

民国时期，一些生活无着的原驻防旗人，拆满城城墙卖砖以求生计。之后，不少附近百姓也来拆城砖回家盖房，使得原来的满城建筑千疮百孔。

清代满城遗迹如今尚存的，有如下一些：庄浪满城城墙保存得还算完整；绥远满城将军衙署的主体房屋建筑尚存，大门对面照壁上的"屏藩朔漠"四个大字仍清晰醒目；新疆巴里坤满城也有部分残址；成都、广州的街巷中可以寻觅到旧日旗营布局的痕迹；青州满城的东门海宴门和绥远满城的南门承薰门的石刻匾额，已被当地博物馆收藏……如今，我们只能通过这寥寥几处文化遗存，来遥想当年那一座座特殊的城市，讲述它们的传奇与落寞。

一道高高城墙所隔离的，不仅仅是彼此不通的信息，还有生活习俗、生活方式、行为方式、思维方式。看似一道有形的高高在上的墙，久之，这道有形的墙就会在人们心里筑成一道无形的墙。这也意味着，有形的墙容易推倒，而无形的墙，却很难革除。

成都驻防八旗里，清人徐孝恢撰文证实："在宣统以前，汉人很少进少城游览，旗人也少到大城活动，彼此界限禁严。"不与大城通人烟，八旗制度的地域封禁政策，也严重地阻挠彼此的经济文化交流。

康熙以后，不准旗人从事工商业是贯彻清语骑射的措施之一。《成都县志·武备志》载："我朝自发祥以来，列圣垂训，八旗兵丁均以弓箭为生，必须永远遵行。"八旗是职业性的军事组织，满族人向来家里有几副甲——有几个当兵的——就吃几份粮。八旗制度下，旗人的出路只有两条，第一是挑补当兵，第二是有文化的选拔从政当官。此外的人，就成为八旗闲散，靠着父兄的俸饷，过寄生生活。

清王朝不准旗人从事其他职业，并不是为了解决兵源问题。在入关以后，八旗子弟只需要部分从军，随着"生齿日繁"，兵有限额，造成大量八旗闲散人口，以及随之而来的旗人生计问题。随着时间的推移，这个问题愈来愈成为清王朝的重负。

"八旗子弟"这个特殊标签，除了彰显一时的地位和身份招摇过市之外，还有什么意义？渐渐地，这个标签就被纨绔子弟、游手好闲、好吃懒做所替代。

清代的制度规定，满蒙八旗原本是"全民皆兵"，所有男子生下来就是士兵，就是八旗军队的一员，就由政府按月发给饷银与粮食。女性作为官兵家眷，同样按月领取供养。所以满城中的所有旗人都是不从事，也不准从事任何生产性或经营性职业的。虽然不练武了，不作战了，但也只能成天吃喝玩乐。

满城内最多时大约住有旗人5100多户，计21000多人。很难想象，这么多常住人口，竟连一个商店也没有。一直到辛亥革命之前几年，已经是"礼崩乐坏"的年月了，才在祠堂街辟出了一个公园，出现了几家茶馆。

清政府不复存在了，再也没人给这些旗人发放饷银和粮食了，旗人皇粮断炊，求生无技，一下子断了生路。赵尔丰与蒲殿俊等人所订的《四川独立条约》中虽然有一条："驻防旗饷照旧发给，事后再为妥筹生计"，可条约墨迹未干，又换了新的军政府，这一帮旗人的生计问题，少有人关心。

住在旧少城内的旗人，政治地位虽高，清代中叶以后生活便趋于贫困。用我们今天的俗语来说，就是"死要面子活受罪"。而这一切，并不是旗人自身能够解决的。一家老小就等着每月的固定供给，没有粮的（就是不在军营编制内的）差不多无法生活，更谈不上婚配。又才增设养育兵（作为正式兵的后继，不足年龄的，每月有少量配给）。可这显然是权宜之计，不能彻底解决问题。

由于生活拮据，不少八旗子弟闲散一生无粮饷收入，贫不能娶妻生子，严重地影响人口结构。史载，从康熙六十年到光绪三十年（1721—1904）183年间，成都旗人的人口增长不过4.2倍，而同时期四川全省人口增长达到了24.1倍。

旗人没有工、农、商业的知识和技能，缺乏谋生的本领，加之世代迁徙留下的习俗，往往有钱就花，攒不下钱。由于食口渐增，粮米有定。而"有定"的粮米也不过温饱，稍"不会吃"便会饿肚子。

至于副食品，只是些蔬菜，非有客或喜庆的事，是不会有肉的。

豆芽、萝卜、青菜等是常吃的。没有钱买菜的时候，就去西校场菜园捡青笋岔或大头菜须须和挖白菜根，都是农民不要的。

有的还去寻找野菜，如地胡椒、尼秋蒜，枸杞芽、荠荠菜、地菠菜等。

因之，不少旗人每天只吃两餐，甚至还有吃一顿饭的现象。致使"食不常饱，面有饥色"。民国初年，北京警察局有一份统计表明，在北京内城，赤贫人口超过10%的警区有3个，其中有两个是旗人聚居区。在以旗人为主的内城右翼三区，赤贫人口达到15.8%。据载，民国初年北京旗人的生活水平普遍大幅下降，很大一部分陷入贫困或赤贫状态（四口之家每天收入不足35枚铜板）。当官府断绝对他们的拨款或接济，他们很多人也就没有了任何衣食来源。

由于数百年间养尊处优，旗人普遍缺乏谋生技能。从内心深处讲，他们也不愿意外出谋生。部分旗人宁愿饿死，也不愿去劳动，认为"劳动很丢人"。有人宁愿把自家地板上的砖撬来卖掉，也不愿去干活挣钱。一份调查各旗官员因饥寒而死的分析册表明，有许多京师满族官员生活极端贫困，平时依靠救济，不少人终因生活困难而饿死。

词条

八旗子弟

八旗子弟泛指八旗人的后代，又称旗人。八旗子弟并非贵族，只是兵丁，八旗中官员子弟多为纨绔子弟。八旗制是清代满族的军队组织和户口制度，以旗为号，分正黄、正白、正红、正蓝、镶黄、镶白、镶红、镶蓝八旗。这些旗的编制，是合军政、民政于一体的。各旗当中因旗源不同分为八旗满洲、八旗蒙古和八旗汉军。满洲、蒙古、汉军同属一旗，旗色亦相同，八旗军人数最多时有27万人。清代八旗作为一个特殊的社会群体，是由不同民族共同组成的，除了满族、汉族和蒙古族外，还有鄂温克、达斡尔、锡伯等。八旗根据组成成员亦可分为八旗满洲、八旗蒙古、八旗汉军。

普通旗人如此，就是皇亲国戚也难例外。据载，溥仪的堂兄弟溥涧家产吃完，靠卖画为生；庄亲王的后代饿死在南横街的一个空房子里。末代睿亲王中铨因生活无着而私掘祖坟，以典当其中的财宝。即便如此，旗人生活奢侈的传统习惯，却依然没能彻底改变。1918年11月，迪特莫发表在《经济季刊》一份调查显示，满族人将他们收入的大部分，用于购买奢侈品。

成都的满人也不例外。一些不会过日子的旗人为了有钱用，有的把配给的食米预卖几个月，当然价钱就比市价低。预米卖了以后，接下来就是当卖衣物……据说，当时有个满族石老六的，住在成都东二道街，手中比较宽裕，在小南门外君平街开一个大油米铺，专门买"预米"来卖，赚取差价。

不少旗人的衣着，除少数官员比较整齐外，一般当兵的差不多都穿得比较破烂，最穷的冬天没有棉衣或者棉被，经济情况稍好的也经常和当商打交道。他们成了当铺的常客，当了又取，取了又当，一时无钱取而怕"死当"的（当期满期不取，即由当商处理），就赶紧去把利息付清延长当期。有的缝了一件新衣，珍重地放在柜里，或做客或新年才穿一下，一件衣服要穿好几年。还有的，一个人出去做客或是参加亲友的喜庆，没有像样的衣服，就去找人借来临时穿后再还，绷一下面子。

有个别走投无路的旗人，因为碍于高高在上的旗人面子，死也要体面地有尊严地死去。有一位八旗妇人跳水自杀之前，还专门用针线把自己的衣裤缝得密密的，怕死后露出自己的身体。最让人痛心不已的例子，就是正兰头甲金某没有钱过活，把一套军服当了。春季合操须穿军服，他没有钱取，借了几处也因别人闹贫不曾借得，一时情急，便用明火枪自杀——他先把火药铅子装进枪膛，枪口对准胸部，然后用一根长烟杆吸叶子烟，把剩余的烟头点燃药，轰的一声铅弹穿过胸部，立时倒在血泊中。

清人周洵谈到成都驻防旗人的处境时，有如许文字立存："多有数支子孙共食其祖遗之一分马甲者，至……前清中叶以后，穷褛不堪者居多，因房屋为官给，甚有摘拆瓦柱，售钱度日，仅留住一间以蔽风雨者。"

文化落差过于巨大，人口对比也过于悬殊，注定了处于原始阶段的满语，在积累发育了数千年的汉语面前，缺乏起码的抵抗能力。

骑射无疑是这个草原民族最为骄傲的资本。而相比骑射，"国语"却是他们难以逾越的大山，因为"它超出了意志力所能控制的范围"。

虽然那些从草原上横扫千军万马的大王们，大脑中"国语"这根"弦"从来就没有放松过，但却仍然节节败退，无能为力。历史学者张宏杰的分析不无道理，平心而论，满语的失利不能归因于执政者。文化的侵蚀不以人的意志为转移，无论你是怎样英明的帝王。皇帝们已经竭尽全力了，作为爱新觉罗的子孙，他们可以用武力征服广袤的华夏大地，他们却难以撼动强大的汉文化。

大清历史上，乾隆无疑是爱新觉罗家族中最为成功的皇帝。令乾隆想象不到的是，满语的急剧衰落，正是发生在"乾隆中期"。虽然这个心高气傲的大皇帝，绝不容忍祖先的语言在自己任期内衰亡，却难以阻止"历史的必然"。

雍正六年（1728），当偶然听见身边的护军用汉语相互开玩笑，"以汉语互相戏谑"时，这位名叫爱新觉罗·胤禛的大清第五位君主（1722—1735年在位）十分震惊，当即召集众侍卫，严厉批评，教训他们"嗣后各宜勉力，屏弃习气，以清语、拉弓及相搏等技，专心学习"，而且小题大做，把这件事写进谕旨郑重诏告所有满族人，以示防微杜渐之决心。

雍正的担心与决心是有道理的。他的爷爷清太宗爱新觉罗·皇太极在位时，就随时以汉人为对象来警醒满人。称，若仿效汉人服饰制度，宽衣大袖，左侧挟弓，废骑射之术，则社稷将倾，国家将亡。

　　朕发此言，实为子孙万世之计也。在朕身岂有变更之理？恐日后子孙，忘旧制，废骑射，以效汉俗，故常切此虑耳。我国士卒，初有几何？因娴于骑射，所以野战则克，攻城则取。天下人称我兵曰：立则不动摇，进则不回顾。

　　一种语言的传播需要两个必要的条件，一是日常用语的习惯，二是语言的环境，这是语言的传播与坚守不可或缺的要素。

　　成都将军向雍正皇帝奏报驻守旗兵满语退化情况时，这位以励志而严厉的帝王颇为尴尬："驻防官兵其子弟多在成都生长，非但不曾会说（满语），亦且听闻稀少，耳音生疏，口语更不便捷。即有聪颖善学习者，又因不得能教之人为之教习。即令现在学习兵丁，除本身履历之外，不过单词片语尚能应对，如问相连之语，即不能答对。"

　　帝国各地耗费巨资建起的"满城"，丝毫无助于防止汉语的入侵。

　　虽然百般防范，然满洲军人毕竟不能不与周围的汉人打交道。一旦接触，汉语的魅力就不可阻挡。从听评书、听地方戏开始，到请老师教孩子学"四书五经"，这些全是汉语的天下，满语在"满城"里越来越式微。

　　"汉化"是必然的，只不过满族皇帝通过卓绝的意志接力，延长了"汉化"的过程。

　　不论你是什么样的帝王将相，只要你进入了"汉"这个巨大的"特殊磁场"，任何文化都逃不脱过度汉化的命运。由此也不难看出数千年东方文明的古老与强盛，这是不以任何人意志为转移的现实。

　　面对强大的汉文化这个庞大的主体，你只有想尽一切办法去拥抱她，适应她，学习她，从而将她发扬光大。除此，别无他途。

　　据载，最早忘掉满语的是北京的满族人。刚刚进关的时候，"舌人"（特指古代翻译官）是朝廷各大机关中最为举足轻重的角色，离了这些职位卑微的人，满洲贵族们都成了睁眼瞎。

　　然而，入关不过二十年，这些原来的"稀缺人才"却纷纷失业了。原来，几乎所有的满族官员都已经能说一口漂亮的北京话。于是，朝廷便有了这样尴尬的决定。康熙十年（1671）堪称一个明显的"文化分水岭"，这一年的秋天，康熙爷降旨："满洲官员既谙汉语，嗣后内而部院，外而各省将军衙门通事，悉罢之。"

这意味着，大清帝国正式取消了政府中的翻译编制。

这不仅是紫禁城的尴尬。到康熙后期，北京胡同里那些满洲人已经开始操"京片子"，"闾巷则满汉皆用汉语，从此清人后生小儿多不能清语"。

清代各皇帝中，乾隆是对使用满语要求得最严格的一个，为了维持满语的地位，他采取了几乎所有能够采取的措施。大清灭亡之前，大多数最高统治者都会讲多种语言，乾隆皇帝弘历尤其如此——

乾隆八年始习蒙古语；二十五年平回部，遂习回语；四十一年平两金川，略习番语；四十五年因班禅来谒，兼习唐古拉语。是以每岁年班，蒙古、回部、番部到京接见，即以其语慰问，不藉舌人传译……燕笑联情，用示柔远之意。

词条

满语　　是东北亚地区产生并发展起来的一种语言，过去由满人使用。一般认为满语属阿尔泰语系通古斯语族满语支。学者一般认为通古斯语族共有12种语言，主要分布在中国、俄罗斯和蒙古。中国有满语、锡伯语、赫哲语、鄂温克语、鄂伦春语、女真语6种。漫长的历史演变中，古老的貊人、肃慎人，通过不断地与周边融合，满语也随之从肃慎语–女真语演化而来。和北方其他语言一样，满语在其形成过程中主要受到了蒙古语的影响，但满语与蒙古语属于不同语族，双方无法直接对话。满文是在蒙古文字母的基础上加以改进而成的一种竖直书写的拼音文字，书面语中辅音有29个，其中3个用于拼写汉语借词。元音有6个，无长短之分，有复元音。因书写交流不便，以及没有新词产生，现在满语仅限研究领域使用。

即位初期，乾隆听到"宗室、章京、侍卫等……在公所俱说汉话"，即下决心进行整顿，谆谆告诫满洲人等"只要是在办公处或者满族人碰面聚集的时候，不可说汉话，应说清语，在办公处清语尤属要紧"。

他命令这些侍卫抓紧学习满语，除亲自进行考试外，还严格规定"其优等者，格外施恩。倘不学习，以致射箭平常，不谙清语者，定从重治罪"。他命令王公们给自己的孩子聘请满语文教师。不能请老师的，必须把孩子送到宗室学校学习。在每年举行的两次考试中，"如有不能清语者，在学则将管理宗人府王公教习治罪，在家则将其父兄治罪"。

不仅如此，乾隆皇帝还是第一个把满语水平和仕途升迁挂钩的皇帝。"在例行考核官员的年份，必须清语熟习，办事妥协者，方准保列为一等。其不能清语者，办事虽好，亦不准保列"。阅读满族官员的奏折时，乾隆皇帝非常注意其满文水平。一有瑕疵，即大加挑剔，有的官员甚至因此被罢官夺职。

整个乾隆一朝，类似举措何止千百。但，还是无法阻止满语的汉化之路。

润物无声不无道理。语言的蚕食犹如夏天的冰棒一般，慢慢融化不可逆转。最让头顶"满"字的大清皇帝们无法接受的，是被皇帝用柳条围起的"龙兴之地"东北这个"大本营"，也渐渐被汉语侵蚀。乾隆十二年（1747），东巡沈阳的乾隆皇帝在召见当地满族官员时，发现这些地地道道的满洲人居然"清语俱属平常"。

"满洲根本之地"原本"人人俱能清语"。显而易见，这些地道的满人已经开始普遍使用汉语。

情形每况愈下。至乾隆十七年（1752），皇帝在接见盛京笔帖式永泰和五达二人时，发现他们"清语生疏"竟然已经到了"不能奏对"的水平。

这便是满族人面对的最大危机与悲哀。

通观有清一朝，满语的命运一定程度上就是王朝的命运。换句话说，大清王朝近300年的平仄起伏，完全可以从满语这个特殊的"标本"，一窥全豹。

皇太极时期自不必说，上至权贵下至百姓，作为满族人的母语——满语，几乎是他们语言交流的全部。待顺治亲政之后，面对一个庞大的"汉语王朝"，满语被陷入重重包围之中，就像满人被重重包裹一样，虽然处于金字塔尖，贵为王侯，却"高处不胜寒"。

文化这个"看不见的东西"犹如空气一般，无形中浸润和影响每一个"社会人"。从不以政治的指挥棒意志为转移，何况为了统治的需要，就算再伟大的统治者，也需要说百姓听得懂的"人话"。

就算康熙、雍正精通满语与汉语，但旗人逐渐深受汉文化的影响已是不可避免。虽然乾隆写了很多汉语诗，也不遗余力推行满语，多个正式场合的训诫都使用满语，更多的，是显示政治正确——象征意义大于实际意义。到了道光一朝，连皇帝身边的侍卫满语也都讲不标准了，作为满族八大姓氏的叶赫那拉氏代表人物，尊为"老佛爷"的慈禧本人，满语同样不好。

到了溥仪一代，这位末代皇帝晚年回忆，他只会满语中的一个词，就是"起"。

他们也在躬身自问：从何时开始，大清皇帝不会讲满语了？

"种族灭绝"自文化始，文化消亡自语言始。正所谓，用武力征服一个民族，难；用文化征服一个民族，则难上加难。

如同所有的"前朝"一样，满人离开那个叫做"帝王"的金銮宝座，既是天意，也是宿命。

第八章

一巷宽窄，一念天地

宽则通达天下，窄处麻辣人生。成都的休闲，自然源头在都江堰，文化源头在『两条巷子』。

推开最窄的门，走向最宽的路。探寻成都风情的人，只要时间足够，都会不成规矩地来走上一遭，做一次真正的茶客。

两条巷子透露出的『宽窄哲学』，是中道精神的粲然落地，成为步入成都深处的秘道。

如果说三千年成都是一本大书，那么宽窄巷子就是它的装订线。

拴马石就似一枚书签，轻松地嵌入少城

一个『八旗子弟』命运品鉴

他们身上，留下了少城优雅的倩影

宽窄巷子酷似成都这本线装书的装订线

宽则通达天下，窄处麻辣人生

一个天然的静音器

推开最窄的门，走向最宽的路

拴马石就似一枚书签，轻松地嵌入少城

少城虽然历史悠长，但明末清初，少城只剩下一个名号。这里是杂草丛生，酷似一片废墟。

成都人对少城的情节，很大程度上缘于成都人对平民生活的情节。少城的生活方式一直左右着成都人的休闲方式，那就是人们今天习惯说的"成都方式"。

直到清末之后的很长一段时间里，少城不存，只剩下几条巷子。于是乎，几条巷子便担当起如此重任，人们把对老成都的记忆寄放在这里，如果有人想动它一下，都会引起广泛关注。在这里，你能找到成都老百姓传统生活中原汁原味的元素，徜徉其间，时间凝固了，世外桃源一般，不知魏晋与秦汉。

宽窄巷子里，至今还残存着不少这样的拴马石，成为来这里旅游者争相合影的最佳对象。
章夫 摄

这样的情景与氛围下，在宽巷子窄巷子行走的川籍诗人孙贻荪，信笔留下如许诗文——

两条巷子是位容天容地的收藏家，
收藏系在长辫子下面的梦呓，
收藏从三寸金莲下绽出的笑声。
墙壁上晃动的人影是前朝连续皮影戏，
阶前石板上深深浅浅的脚印，
恰像一局未下完的残棋。

我来了，叩响虎头门环，抖落它通身铜绿，便轻松地走进了历史的线装书。

成都的众多节日，有花与关的占了绝大部分。在成都，花卉早已成为一大产业，难怪不少外地人打趣地称成都人都是"花痴"。

往来于宽巷子和窄巷子之间，有很多卖花人。这些徘徊在成都边缘的人们为了装点这个城市而奔波，花价便宜得很，几十块钱就可以买一束花来取悦自己或别人。有着养花和赏花习俗的成都人和外地人，都会习惯性地掏出零钱，买上一束或几束，放在离自己最近的地方，让花自开自谢。

成都人与花的情感，相当一部分缘于那些对花草有着特殊爱好的"八旗子弟"，他们的祖先从草原而来，草原最为生动的音符便是漫山遍野的花花草草。或许正因为此，草原上的民族对花就有一种格外情愫。他们的这一习俗便原汁原味地保留了下来，带到了远离草原的成都。

满蒙时期的少城便是一个大花园，家家户户，房前屋后，花香不断，令人喜之不禁。

或许自那时始，这一时尚的生活习惯，便在成都人生活中传遍了开来。今天的成都平民中也延续了这样一个传统，哪怕生活再艰苦，也不能让家里没有花的芳香，买花、送花、赏花，成为成都人生活中不可或缺的重要元素。

很多年过去了，生活在巷子的老人对我说，尽管这里拥挤、潮湿，远不如现代楼房住着舒坦，但他们从内心舍不得离开。住惯了，特别是那份宁静与悠闲，是别处寻找不到的。也如孙贻荪笔下所感悟的那样，透过岁月的烟尘，依然能辨别出昔日的气质。每个院落的大门，都匠心独运，各抱地势，标新立异，各领风骚。如众多丹青妙笔，在一幅长卷上泼墨，珠联璧合，一气呵成。

我坐在巷子的一角，凝望着逐渐发黑的一砖一瓦，想起了老作家李劼人先生以成都为背景的小说《死水微澜》，小说里生活在这里的人们，男的大多提着鸟笼，哼着京戏，一副不知稼穑艰难的公子哥儿派头。女人哩，头上盘着高高的发髻，身穿旗袍，着没有后跟的鞋。走起路来，扭着腰肢，似乎想证明她们的高贵。

只是，这里的一切都随着一场改变中国命运大革命浪潮的冲击，彻底改变了。住在这里的，早已是寻常百姓家。每个庭院都繁衍成多户人家。世异时移，这里的人家却依然保持一种宁静祥和的生活态势。门前的石墩擦拭得不染灰尘，虽经历了浩劫般漫长的文化荒芜岁月，石磴上的浮雕竟出奇地完整无损，仅这一点，恐怕背后就蕴藏着许多动人的过往。

　　一路走来，只见一些特色鲜明的匾额，从尘封中走出来，高悬在门楣之上，唤起了人们对往事的追忆。

　　少城在成都作家李劼人的笔下，犹如一个精神的原乡。"一个极度幽静的绿荫地区"，"一个极消闲而无一点尘俗气息，又到处是画境，到处富有诗情的地方"。无论从建筑还是文化角度，成都正处于南北影响的交汇区。

　　当然，宽巷子和窄巷子也不例外。这也不难发现，今天看来，以宽巷子和窄巷子为代表的少城片区，既有北京四合院的形制，又有川西民居的风格，这种南北融合的建筑，形成了独具魅力的"成都风味"。

　　在成都，老百姓一提起"两条巷子"，都知道是指宽巷子和窄巷子。成都有句老话："宽巷子不宽，窄巷子不窄"。此话所透露出的意思是说，宽巷子并不是达官贵人的专利，而窄巷子也不是平民百姓的代名词。其实两条巷子从来都与"达官贵人"搭不上边，自成为兵营那天开始，都是老百姓的所在。我们看到的拴马石，也千万不可用现在思维去判断，认为一定是大户人家特有的产物。满蒙男女都擅骑射，一旦出门，多半是以马代步，所以住房的门外墙上，家家户户都有拴马石。

　　今天仍在的宽巷子和窄巷子旧墙上的拴马石，也不过是普通兵丁练骑射的标志罢了。

　　或许正因为平民气息重，宽巷子和窄巷子才得以保存至今。有专门研究"巷子文化"的学者称，宽巷子窄巷子的四合院平面形制规整，中轴线明显对称，房房相连，檐口相对较宽，结构为穿斗式，天井面积较大，为采光演变为院落。

　　人们不禁会较真，"宽巷子不宽"，究竟有多宽？专家们会认真地回答，宽巷子宽7.7米，长391米。东起长顺上街，西止下同仁路，清建满城时曾名为兴仁胡同，又称仁里头条胡同。民国时称宽巷子，是相对于窄巷子而言的。

　　那"窄巷子不窄"，究竟又有多窄？专家们又会给出答案，窄巷子宽5.5米，长390米。位于宽巷子之南，与之相邻而平行，因较宽巷子稍窄而得名。清建满城时曾名为太平胡同，又称仁里二条胡同。

　　末了，专家们还会补上一句，同样是民国时改称为窄巷子的，是相对于宽巷子而言的。

　　今天看来，宽巷子窄巷子这两条小街，少了些北方胡同曲径通幽、别有洞天的悠长韵味。相较于北方的四合院，台基低矮，屋身也较矮小，屋顶坡度平

时光雕刻下的重重斑驳已成故影，它们带走了一段厚重的历史，却带不走属于这座城池的记忆。
章夫　摄

缓，又没有南方四合院那种情调与韵味。正如成都作家蒋蓝笔下所形容的，铺
小青瓦，每开间有二至三片"亮瓦"，房屋上部梁柱间有只用竹篾片编织分隔
的，便于通风。屋脊平直变化少，也没有屋檐装饰。厢房多设为单层。

　　一句话，这种只剩下北方胡同风格的四合院，就是"改良了的"四合院。

　　史料告诉我们，作为普通的兵丁胡同，宽窄巷子像普通的所有的兵丁胡同
一样，均严格按照兵营规章条例建成，每家每户皆是同一式样的老官房。官房
呈马鞍形，三间屋，正中的一间屋开间尺寸略大于两侧屋，而两侧屋面积基本
相等。

　　我们不妨计算一下，三间屋约为40平方米左右。中间屋为外屋，吃饭待客全在这间屋里。外屋的右侧里屋是家里女性回避生人的地方。这与满族入关前的住房建筑不同，满人入关前建筑特点是"口袋房，万字炕，烟囱出在地面上"。由于兵丁久居满城，繁衍子女，原有的三开间已经住不下一家人。据悉，院内则由三间增至五间，保持单数。仍是正房较大，4米或4.5米×8米或10—12米不等，由长辈居住。厢房晚辈居住，排列在正房两侧。厢房比正房稍低，整个建筑仍呈马鞍形布局。

　　从宽巷子和窄巷子的建筑风格不难看出，这些多呈北方样式的建筑，几乎是"速成品"，艺术价值和文物价值都不算很高。"屋脊用料多为石灰，或者用小青瓦堆砌，下面柱础即磉磴多为鼓形，以防柱脚潮湿，又增加了建筑的庄重。大门入门处呈八字型展开，正中大门为双扇门，两侧为单扇门。"

　　兵营嘛，又不是艺术建筑，肯定以实用为前提。也难怪，要在短时间内将千余名兵丁安顿下来，修建兵营的速度一定很快，几百年后的文物价值怎样，那是考古学家们的事，他们绝不会考虑到那么长远。

　　不过，两百多年后的今天，那些拴马石虽然已经风化斑驳，仍可读出当年战马和兵丁潇洒的影子来。

　　在"少城"早已变为"新城"的今天，两条巷子之所以会成为成都的一张人文名片，一来跟这里典型的民居建筑风格有关系，二来跟成都人的人文感情有关系。倒退十几年，在成都随处可见这样的老式民居。颓圮的老墙，脚下可以点到墙边延伸过来的青苔，弥散潮湿的阳光，以及高大的银杏树，街边的插着布幡的小茶馆……这些似曾相识的景象，让人激荡起许多内心深处对这座城市的回响……成都，本身就是这样一座让人怀旧的城市。

社会迅猛发展，时事变迁太快。这些老式民居经历过历史的风云变幻，也日渐苍老而稀少。逐渐留下的，只是残存的记忆。相比之下，宽巷子和窄巷子就会变得愈发稀贵了。

成都是闲适的，如果说这种闲适是成都的文化，那么宽巷子就是这种文化的根儿，一条街都给人这种轻松闲适的感觉。青灰色的街巷、黑色的屋瓦、低矮的砖墙，竹椅、茶室、麻将、小吃，一副老成都的面孔马上映入了人们的眼帘。

现存成都喧嚣繁华的闹市中，如果说宽巷子窄巷子是清朝遗留下来的还算较为完整的古街，经过若干次的维修和改造，最多也只能保留其精气神了。但无论如何，它都像一部"活"历史，向世人讲述着老成都的斑驳世事。

"恺庐"，这两个白底黑字，用石灰作原料砌成，立体感和人文感很强。它是宽巷子的标志性建筑——来宽巷子的人没有不见过，只是它用钟鼎文写成，很多年轻人不识它罢了。

恺者，快乐也；庐者，茅屋也。"恺庐"者，快乐自在的居住地是也。

传说百年前，宅院主人曾经留洋归国。归来后把自家的旧时门庭焕然一新，将原来院门砌成了带有"洋味"兀起的拱形宅门，门的上方又嵌入中式传统石匾，匾上采用大篆阳刻"恺庐"二字，抒写当时心境之余，也用那种人们仰望的"洋"，标榜自己的与众不同。

宅门石匾上方由青砖砌成硕大的椭圆形图案，酷似一面镜子，据说正是为了辟邪，主人才特别"制"了这高悬的"避邪镜"，意在使宅内人永保平安。由于有了这面"镜子"，整个宅门的造型很是特别。围绕"镜面"的砌砖组成了高矗的形，仿佛有用力挥臂的一瞬，让人在澎湃的气概中，感受出流畅而又凝重的美丽，既潇洒又庄严。

"恺庐"二字一直嵌在宽巷子11号斜斜的大门顶上，大门面朝西北，与长长的宽巷子形成45度夹角。据说因为风水的关系，"恺庐"大门西北歪斜得厉害，恰恰是设计者独特的审美情趣，让这种特别招人眼的"斜"，吸纳更多的阳光深入庭院。甚为奇特与雄壮，成为宽巷子在人们眼里不可替代的风景，某种程度上成了宽巷子的"发言人"。

据载，解放前夕的"恺庐"曾是刘文辉部下、川西电台台长陈希和的私宅。蒋介石到成都时曾专门来过这里，后来解放大军势如破竹，据说刘文辉给解放军的降电就经此宅发出。

而现在"恺庐"的主人，是宽巷子里唯一的八旗子弟拉木尔·羊角的居住地。羊角家居住着老宅右侧次间和后面小半花园，再加一个后厢房。每每看到南来北往的人们来此以"恺庐"为背景合影留念，弄美术的羊角，心里都有一种说不出的欣慰。

由"恺庐"同进的11号宅院里，原来有6户人家，同样是典型的四合院格局，只不过显得有些狭小。沿着窄窄的小巷道迂回前行，约莫十米开外，便是羊角先生的家了。

"这院子原本三面环绕不及两米的高土墙，院中植有梅花、芭蕉、海棠，还掘有一口老井。"大约十余年前，宽巷子刚刚改造的时候，指着已是残骸的老院子，羊角先生有些哽咽地对我说，"很多……都物是人非了。"

曾经，门是中国百姓传统住宅风水中最为讲究的。宽巷子的四合院也是如此，甚为考究。院子设三道门，采光良好。大门斜对街面而开，进大门两三步是二道门，二门又称中门，平时关闭。人分走左右两道屏门，只逢家有迎亲、祝寿、升官等大事时，才供人进出。宅院分上房、中房和下房，供家中不同成员居住。

民国以来，这些"考究"便逐步破除，后来慢慢淡出。再后来，一番大干快上之后，面目全非，看不出一点儿老古董的影子了。我们只有随着羊角手指的方向，在他的介绍中想象昔日光景了。

羊角是一位个性鲜明的人，很长一段时间里，他在自己的房门上写着："保护历史，此房不卖"。这栋"不卖"的宅院，虽说没有了当年的风范，可在画家羊角眼里，却是独一无二的。十余年前我来到他家的客厅时，同样感受到了这一点。客厅其实就是古时的厢房，踩在吱吱作响的实木地板上，只见红漆已经斑驳，豪华正在散去。屋内尽显悠远的竹椅和摞满书画的画案，这样的零乱，竟然使屋子蓬荜生辉。

"你看看，这是宋代的机杼坠子，这是汉代的瓦罐，这是唐代的陶器。"羊先生随手从简陋的茶几上拿起几样古玩意儿，骄傲地说。他说那些都是他多年来在宽巷子和窄巷子里给"淘"的。再环顾另外几个房间，同样堆着各式各样的古董，其中有汉砖，唐罐，陶俑……还有打破的宝贝堆在一起……他热爱艺术，更喜爱老祖宗留下来的那些"摆件"。每当创作之余，羊角都会把玩那些成百上千年的古物，静静地与祖先作深层次的对话。

羊角的后花园里花草十分茂密，就像主人一样，那些花啊草啊也很肆意地疯长着。花草覆盖深处，我看见三个红色石刻大字——"仙井"，字的上面

拉木尔·羊角，和他的居住地"恺庐"。
章夫　摄

立着一男俑石雕，那男俑憨态可掬，自然而随意，高贵而典雅，一看就知是出自方家手笔。雕像下面是一眼小小的水井，它可真是太小，小得来放不下一只桶。一看这微缩的小井景观，就知道是供人把玩之物。

不知其故，请教羊先生。他却故弄玄虚："你知道此井有多大年龄？"我摇了摇头。"这可是汉代之物。"羊先生的话吓了我一跳。"不可能吧？"我反问道，低头看了看水井，原来井里还真的有水。"我考证过，那是真的。"羊先生一本正经。

曾供职于四川音乐学院的羊角，却以画画为生。"艺术嘛，都是相通的。"客厅里那幅成吉思汗的画像就出自他的手笔，而画两边的楹联甚是有些气度不凡："圣主马背惊天下，后辈拼搏看今朝"。此楹联由汉、满两种文字完成，也是羊角的作品。

"现在能写满文的不多了。"望着老祖宗的画像，羊角喃喃自语。

成吉思汗确是羊角的老祖宗，生在成都长在成都的他，却是地地道道的蒙古族人。一身豪爽，一脸风霜的羊角，谈起自己的民族和身世，脸上总会荡漾起一种特有的自豪来。据羊角介绍，其祖爷属镶红旗三甲等级，按清律规定，不能住居头、二的宅院，只住得了兵丁集中的东二道街。而他的祖爷却不是一般兵丁，系"衙门信使"，可能相当于今天的通讯兵。天长日久，随着职务的升迁，送信范围也一直到了京城。据说，有一次其祖爷送信至京城皇宫后，内

拉木尔·羊角
章夫　摄

急，不慎踩了茅房机关，突然一木制的女佣递来便纸，大惊。由于惊吓过度，回成都不久便因病离世。

羊角的爷爷名叫奎木特，汉姓孙，名玉清，为清时武举。那个时候朝廷对八旗官兵管得甚严，男丁习武当兵，女子学习家务，皆不能染指商贾买卖。奎木特主要在军中教习武术。

说起清时官兵的习武之风，不得不说成都的少城公园。那个时候，每年春秋两季的比武大会在少城公园设擂，甚是热闹。据说一度以比武的成绩优异程度而领取俸银，后来有不少专家却对此产生疑问，但不论与否，这一习俗却影响至今。每到节会期间，成都恢复旧时传统"打金章"，那些习武之人便纷纷报名"打擂"，头名会获得一枚金灿灿的奖章，成都人俗称"金章"，这算是清八旗比武大会的一种延续。

羊角的身世及家世，无不是"八旗子弟"一个缩影。身居成都的他们，祖上有过荣耀甚至辉煌，随着时局的变幻莫测，也有过没落甚至屈辱。命运往往难以掌握在自己手中，只能如一叶小舟，随风飘荡。

成都，这块老天恩宠厚爱的异乡，像一湾没有风和雨的港湾，成为他们及他们的后代真正的第二故乡。

按八旗律令，满蒙人不得与汉人通婚。奎木特22岁那年，与一位家住三道街的镶蓝旗满族女子成婚。婚后育有两子一女，长子在辛亥革命时投身于孙中山先生的同盟会，住新津，留有与孙中山合影凭证。奎木特40岁时念子心切，从成都前往新津看望，孰料途中遇雨，染伤寒，不治离世。

那时，拉木尔·羊角的父亲杨炳新年仅12岁。

到杨炳新这一代，几乎没有什么生存技能的八旗子弟日子就更加不好过了。饷银不能按时拨下来，许多旗人仅留一二间房以蔽风雨，其他的房屋低价出售，以维持起码的生计。一些练了一身武功的旗兵，当了武术教练，有文化的则选择去学堂做了教书先生……一些八旗子弟还去延安投身革命。

不得已，有的家里将每日三餐改为两餐甚至一餐。这个时候，精明的山西典当商人聚在少城门外，开了好几家大的典当铺。八旗后裔中，家道没落的妇人断了生计，举众迁到真武宫（今八宝街）租房栖身，直到新中国成立后，仍有不少旗人在此以卖针线、凉粉、烤红薯为生。

新中国成立的前五年，整个中国大地激烈而动荡。这一年，拉木尔·羊角来到世间。此时，他的家已从满城里的东二道街，搬到了满城里另一条"官街"

长顺街。为度时日，父亲变卖了原来的宅子，一家在此靠租房居住。窄窄的一间屋子里，挤了4口人。

为了养家，父亲杨炳新摆杂货摊。水果、油条、纸扎什么都卖，不得已时还得外出打杂工……羊角幼小的眼里，父亲"什么都干过"。

拉木尔·羊角这个名字本身就有些滑稽。"拉木尔"系他蒙古族中的姓氏，后改为汉姓"孙"，又改姓"杨"，后来自作主张改姓"羊"，再后来他到派出所的户口本上也改为"羊角"，彻底与"杨"姓告别。

我问他其原因，他笑了笑，说："没什么特别的原因。喜欢。"或许羊本来自草原，久居城市的草原民族，对辽阔的草原一种本能的思念吧。

一辈子醉心于艺术的羊角也是命运多舛，干过"喝饱打杂跑腿"的营生，可谓吃得苦中苦。1984年羊角先生又回到祖辈早年住过的满城——宽巷子11号。其实这只是妻子蒋仲云家的私宅，妻子远在美国教书。11号老宅只剩下羊角和儿子居住，那是满蒙人的祖屋，羊角要在这里坚守。

羊角生于斯长于斯，踩着宽巷子的碎方砖，沐着这里的民风民俗，一年一年长大成人。成都的水土虽然养人，但羊角身上却依然飘荡着一种蒙古人特有的气质，轮廓分明，皮肤铁红，两眼似铜铃般……有北方民族骑射风范，厚发、方脸、粗犷、练达……就是在成都街头偶遇，你也不会把他归为成都人那一类。

即使这样，并不影响他对成都的热爱。几十年，满城，宽巷子，窄巷子，支矶石，井巷子……那些与成都胎记有关的名字，都是他从小的最爱。

他研究满城，研究宽巷子和窄巷子，他能说出少城内每一条街道的历史变迁。羊角还告诉我，他准备以满城为背景，写一些自认为很有用的文字。比如，今天少城内的那些街道以前为什么叫胡同？少城内有多少口井？满城内的名小吃是怎样影响成都的？为何满蒙人门前都会有受之不尽的花？有哪些名人住过、造访过满城？……羊角是一个十分爱琢磨的人，他经常自己给自己拟一些题目，然后自己去寻找答案。

这样，古少城、满城的轮廓在他的脑海里越来越清晰起来，曝光显影之后，就成为他最为真实的史料。

为此，不少新闻媒体和人文研究者，都把他视为少城的活字典。不时有人来请教他，他也经常蜗居在家里，他的家在外人看来难免显得简陋，可羊角却身居陋室而一直不改其乐，欣欣然。

对于中国而言，一个民族的历史，就是一部人民的苦难史。权倾一时的爱新觉罗家族也不例外……他们默默无闻，他们无私奉献，他们无怨无悔……他们还原历史，他们在努力用自己力所能及的力量，给后人研究成都乃至中国那段特殊的历史，留下一份份宝贵的遗产。

站在他们面前，看着他们那执着的表情，有的已经谈吐不清，有的已轮椅相伴，有的已神情恍惚……我却一直感动不已，为他们的精神，为他们的执着，为他们的态度。

1990年"第四次人口普查"中，我看到一个惊人的数字，成都旗人后裔大学文化比例达到25%，专业技术人员比例达到17%。赵宏枢老人那份《辛亥革命后成都满族后裔的文化知识统计纪实初稿》，同样印证了这个数字。一长串名人榜里面，我还看到了一些耳熟能详的知名人士。比如著名生物学家赵尔宓，比如著名骨伤科医学家何天祥，比如骨伤科专家杜琼书，还有核工业专家傅尚炯、电力设计专家刘溥，沼气专家赵锡惠，铁道专家刘宝善，水利专家苏性若、包晴川……他们在成都的人口绝对数不多，但他们中的杰出人物名单却可排很长。

他们的骨子里有着他们祖先的傲骨，他们的血液里蕴涵着他们祖先不屈的因子。

何潆氚对满蒙史的研究，已达到"准专业"的程度。他到蒙古时，仍不忘去寻觅祖先的脚印。相对而言，何潆氚的父亲何天祥在以另一种方式传承祖先本业——"何氏骨科"传到他这一代，已经是第五代了。"屈指算来，我们何氏骨科已经有200多年的历史了。"10多年前采访时，已是耄耋之年的何天祥坐在我面前，思维特别清晰，说话也特别严谨，慈祥而和蔼，真可谓鹤发童颜。

何天祥

何濬氝

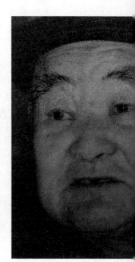
刘沔

　　何天祥祖辈都是"八旗军医"，代代相传。"满蒙行医有句口诀，叫做'行医必习武'，祖辈都是'功夫医生'。"何天祥六岁跟父亲学医，"行医习武"练就一身绝技。"我们那个时候学医真的是玩命，不仅要天天练习武功，还要找很多标本研习筋络。"何天祥还向我讲述他少时一些学医的故事，"我们很注意观察一些从医院抬出来的死人，暗中跟踪，当这些人被埋过后，我们半夜便悄悄来到新坟前，将死人挖出来，仔细探摸其骨骼。"我听得有些毛骨悚然，心里一阵发凉，"你们就不害怕吗？""害怕什么？机会难得，是生动的现场教学体验。"何天祥进而解释说，"最后还要将坟复原成当初的样子。那个时候学习条件差，也是没有办法的办法。"

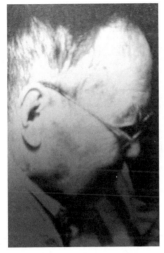

　　赵宏枢　　　　　　　　　苏成纪　　　　　　　　　赵尔寰

　　何天祥的岳父是国民党时期的"少将军医"，天时地利人和成就了何天祥的成就。新中国成立后的"何氏骨科"名震海内外，多支国家运动队的随队医生都有"何氏骨科"的传人。

　　八旗子弟在成都的绝对人数不多，彼此多有姻缘关联。赵尔宓的父亲就是何天祥的岳父，赵家8个兄弟姊妹中有5个都在从事与医药有关的工作。家传的深厚和自己的不懈努力，使赵尔宓成为赫赫有名的中国科学院院士。

　　赵尔寰是赵尔宓的弟弟。"我们家族在营门口附近买有一片地，点长明灯，吃糍粑，那个时候我刚七八岁大，也要随父辈按照牌位拜祖先。"赵尔寰幼小的心里，记忆最深的莫过于每年秋天的祭祖，"这个时候是家里最热闹的时候，亲朋好友都要来，他们穿着长衫，要庆祝10多天才算结束。"赵老遗憾地说，"直到抗战胜利后，这样的活动就再也没有开展过了。"

年近九旬的刘沔老人是刘瀛臣之子，其父刘瀛臣，字海元，成都驻防镶经旗蒙古族人，生于1884年，初入八旗高等小学堂，后入四川优级师范深造。毕业后，任清真小学和少城小学教员。刘沔老人小心翼翼地将父亲"四川优级师范"的毕业文凭展现在我面前时，近百年过去了，依然完好如初。我看见，那份颁发于清朝宣统元年（1909）硕大的毕业文凭，还盖有四川末代总督赵尔丰的大印。

刘瀛臣有了自己的工作，基本上改变了他那八旗家庭生活艰难的命运。由于刘瀛臣德高望重，解放前被选为私立少城小学董事长，解放后任成都市人民代表及中国人民政治协商会议成都市西城区委员会副主席。1957年满蒙人民学习委员会在他的努力下成立，又经推为该会的主任委员。

回忆起父亲及祖上的生活，刘沔仍滔滔不绝，身体健硕的他一点儿也看不出他是耄耋老人。"父亲一家8口人只有祖父一份'官粮'，父亲小时候同其八旗子弟一样拉弓射箭练骑射挣'份粮'，后来废科举设学堂，父亲到少城学堂读书，由于他的成绩很好，方改变了'旗人无工作，不得经商'的出头之日。"

新中国成立后，刘瀛臣相继任教于成都县中，树德中学。他长于数学和理化科，由于教学认真，颇受学生欢迎。令刘沔无限感慨的是，由于"官学"不要钱，生活在少城里的旗人中，男人没有一个是文盲的。由是，直到今天，大多数旗人都保持读书习文的良好传统。

刘沔指着书房里120册清朝版《资治通鉴》说："我一直保存着数千册图书。"

满族老人苏成纪是解放前的地下党员，出生在过街楼的他，对自己祖辈的历史甚为关注。在文物商店做经理时，他一直在做着拼接历史碎片的工作。自打记事开始，苦难便伴随着他，8岁那年父亲生病死在重庆后，与母亲和姐姐相依为命，靠卖小东小西过着紧巴巴的日子。妻子赵枫也是八旗后裔，蒙古族。儿子刘永江在四川省古建筑研究所工作，写得一手好书法，让苏成纪欣喜的是，儿子也在继承着他的工作，接力拼接"历史碎片"。

赵宏枢也是八旗子弟，满族。他说辛亥革命后那些衣食困难的八旗子弟都

刘显之

集中两个地方，一是真武宫，二是同仁工厂。他记忆深刻的是，那些难有一技之长的旗人，只有靠卖针线、补衣服度日，只要能有口饭吃，什么都干。我们交谈时，回忆起小时候头戴着玩那些八旗官员留下来的翎子、珠子时，他仍掩饰不住孩童时的喜悦。

赵宏枢住在女儿家里，辛劳一生，喜欢向人倾诉，但讲话时已口齿不清，语速缓慢了。他的女儿说，父亲几十年的研究成果颇丰，现在已经不能再继续了。跟笔者一起看望赵老的羊角，表示将接过重任，继续研究。

尤其值得一提的是，身居成都的满蒙老人，一直在关注着他们祖先那段特殊的历史。他们不少人数十年如一日，收集整理着满蒙的历史遗存，比如赵宏枢，用了整整八年时间，走家串户，整理出了《辛亥革命后成都满族后裔的文化知识统计纪实初稿》；比如刘显之，同样一直关注记录着旗人的命运。作为蒙古族的刘显之老人，对满蒙在成都的历史，有着很细的研究，只可惜在103岁高龄时，辞世而去。

走在昔日满城窄窄的街道上，虽然满眼不乏个中的"窄"，却隐隐间感受到这些小街编排得甚为精致。这里首先是军营而非居民区，所以远远不能满足人们习惯中，一个标准的"家"的需求。接受采访时，已九旬高龄的八旗后裔刘沔老人告诉我，自打小时候起，他们一家数口人就挤在一个十分狭小的空间，很是逼仄。实在挤得不行，他父亲设法在房屋外搭建了一个偏屋。这一举动也引得其他人家纷纷效仿，几乎一夜之间，那些"违章建筑"便雨后春笋般应运而生。

满城的住宅面积以"甲"计不以亩分计，一甲地即一名八旗披甲士兵应分得的一片"自留地"。而这些"自留地"的大小也不完全均等，以所隶属之旗为等差，"马甲"略大于"步甲"。由于这些"自留地"系八旗士兵及其眷属的家，所以一定程度上讲，这些地盘成为他们生活资料的全部，故而十分珍惜也十分在意。

这样的熟人环境很具亲和力，让小孩子们受用，他们可以肆意在这有限的空间里撒欢。令刘沔终生难忘的是，那些看似狭小之地，却给了他儿时许多乐趣。随着人口的日益增多，"用地"矛盾也日益突出（满城极其有限的区域内，最多时住有两万余人）。事实上，满城内拖家带口的每家每户都不宽裕，大家都挤在一起，也其乐融融。

宽巷子和窄巷子似一母所生的弟兄，许多地方都极相似。这一来，也就营造出一种悠闲与宁静的韵味。巷子两边的民居已经老态龙钟，敦实的门柱在红色木门两侧，岁月的剥蚀已经风烛残年的拴马石，很容易把人带回遥远的年代。行进其间，我忽然觉得自己身着长衫，正活在异族的治下，脑门后也有长长的发辫。一扇往昔的门被打开了，这使我觉得时代是不重要的，文化的积淀从时光的远处望去，"反清复明"或者"驱除鞑虏"的口号，都像是可有可无的台词。

汤因比与池田大作对话时说，如果可以选择生存的时空，他最愿意活在汉末佛教传入中国以后的敦煌。很多时候，我在走入宽巷子时也在思量，不知康乾盛世如何，其实晚清也不错，李鸿章称之为"千年未有之大变局"，却是一个春秋以来最激动人心的时代。生逢其时，荡气回肠，也不枉走一遭。

经历了漫长的风雨侵蚀，宽巷子窄巷子显现出几分苍老，墙垣坍塌，油漆斑驳，不时从墙头上探出几株衰草，在风中轻轻摇曳，似乎向行人吐露老宅沧桑的往事。

皇城根下的富贵气跋山涉水，到了西南烟瘴之地，总还剩下些余势在。我们可以这样说，老成都的底片儿，就是羊角和他的父辈祖辈们生存过的，一度破旧残缺的宽巷子和狭窄悠长的窄巷子。那些甚至生了锈的路牌，蓝底白字间时刻都在讲述"昨天的故事"，它们时有时无地残存在成都的闹市中。

老成都的文化浸淫其间。那些用时间刻上灰红色的铁锈，在无声地暗示着曾经的沧桑。宽巷子不"宽"，窄巷子不"窄"。其中的"宽窄哲学"，是中道精神的粲然落地，更成为步入成都深处的秘道。这些中和、中道的哲学深处，蒋蓝归之为大地上的"赋形"与"赋性"。

宽窄巷子酷似成都这本线装书的装订线

成都历来就是一座平民城市，哪怕你是达官贵人，来到成都这个特殊的气场，也会平生几分平民气来。就是今天也随处可见，比如成都的美食多在窄小、平矮小屋的"苍蝇馆子"（此说，系成都人对这种味道好，价格低，人们如苍蝇般排队进出的爱称）。无论之前是蹬三轮车的贩夫走卒，还是坐高级轿车的达官贵人，不管彼此认识还是不认识，只要进入"苍蝇馆子"，顺手找一个小方凳，往那张矮桌前一坐，再找一个小碟，免费自助取一份"洗澡泡菜"（这种泡菜又叫隔夜泡菜，都是头天晚上小店打烊之前，将一些新鲜蔬菜泡下的，十分脆嫩），放上小桌上自己的那个位置上。大家都是平等的食客，哪怕三五分钟，一碗味道精美的小面和着"洗澡泡菜"入肚，嘴巴一抹，大呼过瘾。

早些年，到了饭点的时候，一些坐三轮车的大方车主，在下车时碰到一家"苍蝇馆子"，便会特邀车夫一道，一人要一碗面，车主付费。大家吃完各奔前程，互不认识。

这是成都作为"平民城市"一道不可多得的独特风景。

这种和谐，大概在中国其他城市十分鲜见。这样的情形，肯定是初来乍到的八旗军们万万不能接受的。所以他们来到这块"飞地"之上，将那块本来叫做军营的满城，街道的名称也按照北京旗营的称呼，叫做"胡同"。其街道的布局也要与"平民的成都"区分开来，满城形如一片树叶——那些叫做胡同的街道，就似一条条叶脉，从一条南北方向的主干道向外铺排，与成都这棵大树区别开来。

自19世纪始，成都这座城市就很招西方人的喜爱，他们以各种身份，不远万里栖身于此，不断打望眼里这个陌生的城市。慢慢地，他们也在这里繁衍生息，把成都视为第二故乡。1897年，一位名叫马尼爱的法国人，就这样描写他眼里的成都——

　　大街甚为宽阔，夹衢另筑两途，以便行人，如沪上之大马路然。各铺装饰华丽，有绸缎店、首饰铺、汇兑庄、瓷器及古董等铺，此真意外之大观。其殆十八省中，只此一处，露出中国自新之象也。……广东、汉口、重庆、北京皆不能与之比较。

　　数月以来，觉目中所见，不似一丛乱草，尚有城市规模者，此为第一。

　　这评价似乎有些夸张，从中也不难看出此时的成都，已具大商业城市的气派。此时的满城却是一个例外，马尼爱所不知道的是，这里只有从事着玩枪与习武的军人，还有休闲与养鸟的公子哥儿，以及无所事事的女人们。

　　于外人而言，满城当然是一个神秘的所在。哪怕你就住在满城的隔壁，同样如此。既然是兵营，当然就得有严格的管理，可满城还不是完全意义上的兵营。严格一点来说，起初的满城是兵营。慢慢地，随着"军属"的增加（军人所带家属进入满城，繁衍生息后，几代旗人共处一室），满城又形如一座兵民混杂之城。

　　只不过杂居其间的他们，都有一个共同的名字——旗人。

　　面对这样的神秘，一位名叫亚历山大·霍西的传教士，留下过这样的文字——

　　这个营地里大部分土地上一片绿荫，已经开垦成了菜园，但是叫我疑惑的是，这些趿拉着鞋跟、衣衫不整、一副懒洋洋样子的鞑靼人，是否有这个能耐去栽种足够的蔬菜，以补充政府发给他们的禄米之不足。

　　而另一位参观过满城的法国人埃梅-弗朗索瓦·勒认德尔，则有着更深层次的困惑与不解——

　　这些全副身心把玩着宠物的年轻人，他们尚武的祖先从坟墓里抬身看见他们这般模样，一定会痛心疾首。

　　这两个在成都的外国人，看到满城模样的时间是1883年。他们文字里的满城情形，是受邀四川当局参观后留下的感言。我有些纳闷的是，当时的总督邀这些老外来"丑化满城"，该是怎样的一种心态？是故意为之？还是不小心泄露天机？

　　不得不感谢这些"他者"眼光留下的客观记载。或许正因为此，不断堕落的旗营，后来成了西洋人眼中，满洲帝国衰败的一个重要参照。

　　世事如烟，风轻云淡。八旗兵没有了，满城又回到平民中间。

　　很多时候，在宽巷子吃、住、玩的外国人比老街坊还多，为小巷增添着别样的情调。店子就在眼前，只要你需要就喊一声，自然会有人出来招呼，这里不是商业繁华区，也不需要奢望有星级服务。推门进去，几根青藤随意垂下，不知屋里是否有人，感觉青藤已是主人，便会别有一番天地。

　　过去闲淡的光景已被今日的喧嚣所替代，但骨子里的那份老成都的安逸与巴适，却一直存留着。

　　中国的很多城市，人的生活状态经常是不由自主的，如同人在江湖身不由己。人们自我对生活满意度的感受通常不重要，你一定要去顺应周围环境对生活满意度的标准。所以活得很累。

旧茶馆
章夫　摄

　　成都是个例外。在成都，不少人可以根据自己认可的幸福标准去订制生活。也正如宽巷子和窄巷子，望着如此平凡的一切，你真的很难想象它的名气是怎么出来的，如同两条巷子，之前一些地道的成都人还没感觉到，而外地甚至国外的名气却如雷贯耳，甚至成为某种意义上休闲成都的代名词了。

　　这虽然是近20年前的事了，但即使如此，你也不可轻易妄言，成都是一座没有理想的城市。可能有过王榭家的风致雅量，可能有过金谷园的浮华气魄，也可能有过"墙内秋千墙外道，墙外行人，墙内佳人笑，笑渐不闻声渐消，多情却被无情恼"的幽思暗恨。以至于到后来，落得个透过门隙，越过墙头，能够展示给我们的，大多也就只剩下依然笔直的木椽，几进几出的隔墙，堆堆落落的老砖，还有日益茂盛的绿叶了。

一个城市的记忆，都必须打上文化的烙印。也难怪老成都的房子大都有这样一个特点，很多窗户几乎都是占满一面墙，然后在玻璃内再设扶手。这样的好处是充分引入阳光的同时，也不免引来过路人的眼光，传统意义上缺少阳光的成都人真的很懂享受。

古往今来，平民意义上的成都，体温一直是诗歌的体温，成都的气味始终是诗歌的气味。历代骚人墨客浸淫于成都的博大与精深，留下了千古绝句，也留下了千古绝唱。

宽窄巷子散发成都城市的味道，是一种特别的令人向往的味道。成都市文联原就在这里，前门开在窄巷子，后门开在宽巷子。一栋带天井的仿古小楼，天井里放着一些盆栽，我的印象里，文联园内一直悬挂着与成都有关的文坛大腕画像和简介。巴金、郭沫若、李劼人……

有意思的是，窄巷子的另一头就是成都画院，两条窄窄的巷子，就这样无形中担当起了成都的文脉。穿过仁厚街和支矶石街，画院就在尽头。门前两株大银杏依然繁茂，院子里面却已变了茶座。跨进四合院，门窗紧闭，檐下一片寂静，地上的砖缝间生着青草，四方的天井把人的视线引向房顶的瓦与檐、引向外面的天空。正房仍然锁着，从前那里好像就是展厅。我印象最深的一次，记得里面有万启仁的一幅油画，正午的阳光和一匹马。让人想到康斯泰勃尔那幅著名的《干草车》，画上强烈的顶光令人目眩神摇。可是，我们并没有康斯泰勃尔。两边的厢房，从前都是画室，一些爱闹的小朋友在画画的间隙跑进跑出，现在都成了展厅，关起来了。

坐在成都画院内茶座的竹椅上，仰头是巨大的红宫灯，悬在黑漆的柱子间，穗垂下来，随风轻轻拂动。阳光投进四合院，在檐柱和窗櫺间慢慢移动，像是穿越了时光久远的廊柱。古色古香修造精致，三进院落与葱郁的银杏古木相互掩映，和浓厚的人文底蕴融为一体。袁庭栋先生告诉我，这里在清代是关帝庙，民国时逐渐废弃。现在的建筑是城内拆迁时将三个院子的材料搬过去拼起来的。不过拼接得还算有水准，一眼看上去以为是旧屋。来这里的多是些画家和诗人，他们是精神贵族，聊艺术的，聊诗歌的，还有聊人生的。

十分幸运的是，成都画院不再像成都文联那般命运，顽强地留在了这里。

人以地雅，地以人雅，喝起茶来自然就觉得有韵味许多。两株百年的银杏树耸立在成都画院门口，它们见证了两条巷子的兴与衰，荣与辱。特别到了金秋，粗大银杏树洒下一片金黄，引得无数人前来打卡。紧邻着像兄弟一样平行相依的宽巷子和窄巷子，使整个旧时少城的氛围铺上浓墨重彩。大树与巷子，彼此相得益彰。

被遗忘在时间之外，在静谧的充满了青砖木门潮气的窄巷子轻轻走过，难免不会进入戴望舒的诗境，想象着去逢着一位撑着油纸伞的像丁香一样结着愁怨的人。

阳光从银杏树叶间穿透而下，那斑驳的墙壁和脱漆的柱子，仿佛在静悄悄地诉说着一代又一代人的故事……此情此景，时间和生命或许都已经停滞，剩下的只有老巷与世无争的宽容与美到极致的静谧。

成都天造就是留给文人的尤物。在《成渝口水仗》一书中我曾说过，成都的名人排行榜在很大程度上就是文人的排行榜。古老的人文的厚重的成都，是由古今中外来此驻足的文豪和艺术家们一点一滴地奠定而成的。正所谓"自古诗人例到蜀"，成都自古本是"文人的坛场"。

"世事由心，宽窄有度"。休闲安逸慢生活，宽窄巷子传递着老成都的烟火气，也把成都人会生活善享受幸福感强的生活滋味弥散开来。

如果说三千年成都是一本大书，那么宽窄巷子就是它不折不扣的装订线。

宽则通达天下，窄处麻辣人生

巷子不宽，巷子不浅。虽然一步之外熙熙攘攘，但菜馆却分外的宁静，不会车水马龙。这里做的还是朝见口晚见面的生意，不用吆喝，不用招揽，来的人很自然地坐在熟悉的、习惯的座位上。固定的那几个座位已有固定的人坐，空着的座位表示今天还有人没有吃饭。

正所谓，宽处通达天下，窄处麻辣人生。

一条有名的街巷，绝对是靠几家有名望的店铺"撑"起来的。宽巷子如此，窄巷子同样也如此。在宽巷子，我比较熟悉的有香积厨和散花书屋，而在窄巷子，我对白夜情有独钟。

熟悉香积厨，是因为与李亚伟是多年的朋友，这个吃饭兼娱乐的地方，早在玉林小区的时候，我们就经常光顾。

李亚伟是一个诗人，其代表作就是后来颇有影响的长诗《中文系》，其中比较有名的句子，很多诗人都能信口吟诵——

中文系是一条撒满钓饵的大河

浅滩边，一个教授和一群讲师正在撒网

网住的鱼儿

上岸就当助教，然后

当屈原的秘书，当李白的随从

当儿童们的故事大王，然后，再去撒网

有时，一个树桩般的老太婆

来到河埠头——鲁迅的洗手处

搅起些早已沉滞的肥皂泡

让孩子们吃下。

在河的上游，孔子仍在垂钓

一些教授用成缕的胡须当钓线

以孔子的名义放排钩钓无数的人

当钟声敲响教室的阶梯

阶梯和窗格荡起夕阳的水波

一尾戴眼镜的小鱼还在独自咬钩

当一个大诗人率领一伙小诗人在古代写诗

写王维写过的那块石头

一些蠢鲫鱼或一条傻白鲢

就可能在期末渔汛的尾声

　　出版人张小波称，从李亚伟的诗中，能感受到所谓的"男人"特质有这样几个方面：一是野，二是粗。野体现在我行我素，天马行空；粗体现想爱就爱，随心所欲。他以为"男人"在这里不是一种性别的记号，而是一种权力的记号，因为每个男人骨子里都有做"王"的企图。而王者的天下是打拼出来的，打拼总是从肇事开始。诗人李少君也深情附和，就像金斯堡之于"跨掉的一代"一样，真正能体现第三代人诗歌运动的流浪、冒险、叛逆精神与实践的，无疑是"莽汉"诗派，尤其是李亚伟本人。无论从哪个角度来看，他都可以称为源头性的诗人，直接启迪了"后口语"的伊沙和"下半身"的沈浩波等人。

　　大概诗人身上都有一种不着调的本性。早年在北京做书的时候，李亚伟成天更多的时间是在打牌和喝酒中挥霍的，不分白天与黑夜，一帮兄弟耍得昏天黑地。而隔壁的工作室，就坐着他的员工在拼命地帮他挣钱。有一年我到北京出差，与他的表弟梁乐（也是诗人兼书商）造访他的工作室时，李亚伟在牌桌上"斗"得正酣。这时，李亚伟一手拿着扑克一手夹着面条："你们吃没？来一碗？"我一看时间，已是下午两点过。估计是饿得不行了，才忙里偷闲从隔壁面馆"喊"了一碗面条当午餐。

　　这一幕，我印象极深。作为莽汉诗派的创始人，于李亚伟而言，"莽汉"二字真是恰如其分，他就是大块吃肉，大碗喝酒，大度交友的那类男人。

　　不少人怀疑，就是这样一个"不着调"的诗人，能把实体做好？可李亚伟自有他的招数，原来，他的摊摊儿是其弟弟在具体打理，他只是老板，基本上不管"具体事"，顶多当个"形象代言人"。

　　李亚伟的主要时间，就是成天变着花样耍。因而，我与朋友每次光顾香积厨时，李亚伟只要在的话，都会抽身过来坐一坐，喝一杯酒。一来表示老板的礼貌，二来表达自己的身份。或许正因为他的这种大大咧咧的经营，才吸引了不少似我这般"回头客"。

宽巷子这条熙熙攘攘的街道上，云集着不同风格的门店。从名字来看，香积厨是我最为喜欢的。平时也没太在意，只是觉得好听且有内涵。仔细深究，方觉这样一个清雅的名字，源自《维摩诘所说经》。再究，又方知里面还藏着一个不俗的神话故事，据说有一天维摩诘病了，佛陀便派弟子们去探望，维摩诘借机宣讲大乘佛法。临近中午，舍利弗动了个如何吃饭的念头。维摩诘骂他，你是求解脱的，怎么能念念不忘吃饭？既然你想吃饭，就给你吃从没吃过的饭。他凭借神通，到遥远的香积佛国，向香积佛求来一钵香米饭，馥郁、清冽的饭香，弥漫了整个城市，饭看起来虽少，却使在场的大众都得以如愿满足，不少人因香而悟道。

自此，寺院就把厨房取名为香积厨，希望弟子们能够因饭香而悟道。

稍有一点宗教知识的人都知道，维摩诘是古印度毗舍离地方的一位富翁，家有万贯，奴婢成群。但他勤于攻读，虔诚修行，能够处相而不住相，对境而不生境，终得圣果，被称为大菩萨。维摩诘才智超群，又擅论佛法，也是有诗佛之称的唐代大诗人王维心中的偶像。

有着豪猪之称的李亚伟，能把如此既有诗意，又有文化，且极具商业味的名字揽下，真的该他享福了。

其实，作为超级玩家的李亚伟一直没闲着，生意上的红火并未消减他的诗情。2018年，他又折腾出了一本《人间宋词》。"他们曾经从天上来，在人间写下无数壮丽绚烂的作品，如今他们已返回自己的星宿，在遥远的银河里凝视着我们。"当我读到他快递给我这本《人间宋词》自序的时候，不禁为这只豪猪叫好，"莽汉还活着"。在那篇题为《大宋再大，也只是宋词的一部分》的序言中，李亚伟说，他要"打开"宋词的每一个句子，"擦亮"其中的每一个字，让读者仔细感受到宋朝的细致美感和情感心声。

不得不承认，李亚伟对这些经典宋词作家的品读，总是独辟蹊径。品秦观，题为《销魂的境界》；读柳永，关键词为"娱乐至死"；写辛弃疾，则是《英雄更有伤心处》；他甚至还写了宋江的一首《念奴娇》，题目叫做《强盗的风流自与常人不一样》——竟然让宋江入选，却遗漏了陆游（这正是莽汉的独到之处）。这点在著名作家阿来眼里，既不理解，也不认同。虽则如此，阿来仍对这部《人间宋词》十分推崇："李亚伟写每一首词，都兼顾这条大河来处与去处，向来处回溯，向去处展望。"

李亚伟是语言的顽童，是诗坛的游侠。如果说诗歌是语言的黄金，按照这个比喻，李亚伟不愧是一个手握重金的人。

散花书屋离香积厨不足百米，是一条街上的邻居。散花书屋以前只是卖书，向人们推送精神食粮，后来看这条街上处处飘着色香，也禁不住诱惑，经营起世间烟火。

能跻身于满城的两条巷子里。无疑，书，才是其主业。

散花书屋女主人廖芸是我多年的朋友，她对宽巷子的"宽"有自己独到的解读，因而肩负起散花使命："我做的一切，就是要一路去散花。"作为一个成都人，她还有另一层责任，"我要把成都的美一路播撒，让所有人都能走到中国这样一个文化之美地去。"这些话看似大道理，但廖芸和她的团队这些年所做的，也正是在"成都"二字上着力，注入丰富的文化内涵，精心包装过后，把成都"卖"出去。

"散花书屋"四字，是成都文化名人流沙河老先生题写的。此名源自成都四大名楼之一的散花楼。现在的散花楼，就在琴台路的尽头，矗立在锦江边，成为成都地标性建筑。

成都最早的散花楼，是隋唐蜀王杨秀建立的，一度成为文人雅士聚集的圣地。后来虽毁于战火，但名字却不折不扣地传了下来。

很大意义上讲，廖芸所做的，也正是文化传承。从小书摊做起，一步一步走到今天，至少在成都重要的文化气场里，大都能看见散花书屋连锁店的倩影，还有了规模不小的散花书院。

这是看得见的成都血脉。

无论是香积厨还是散花书屋，表面看上去是经营场所，而又不是一般性的经营之地。他们不是来表演的做给人们看的，他们实实在在以文化这个点切入，让文化支撑着经营，潇洒地走下去，这正是宽巷子和窄巷子最具魅力的地方。

其实，在两条巷子间迈着潇洒脚步，类似香积厨、散花书屋的符号还有不少，比如白夜。

白夜是翟永明的孩子。20多年来，诗人翟永明一手一脚拉扯长大。与诗人李亚伟一样，翟永明成为诗人之后，同样没有运营经验，他们只是想潇洒地"耍"，又想能够"耍"得起——融酒吧和书店于一体，"做一件不用上班、既体面又能养活自己的事"。

于是想到了营造一个"耍家"的"家"——先让那些同流合污的"耍家们"，众人拾柴养起这个"家"，再以自己的姿色化缘寻求买单人。

这样的商业逻辑，也正是企业从小到大的传统经营模式。翟永明走得却不太容易，尤其是初始阶段。在讲述"我和白夜的故事"时，翟永明这样娓娓道来——

1998 年，一天上午。我路过离家很近的玉林西路。路口，一家未开门的服装店门上，张贴着一则招租广告。

这是一个扇形店门，从风水学上说，它位于非常好的路口。坐北朝南、门面宽阔，斜对一个丁字路口。前面，是通畅的玉林西路，右边，是一条小街。我考虑了一分钟，就从卷帘门上，揭下这则广告。

那时，我整天思前想后，想做一件不用上班、又能养活自己的事。这一刻，让我的生活，发生了重大改变。

1998 年的冬天，寒冷无比。风，格外有耐心，吹得我骨冷心寒。但是，许久才迸发一次的灵感告诉我：把这家服装店盘下来，开成酒吧加书店。

白夜开张当天，煞是热闹。朋友们都来狂欢。连着几个月，都是人满为患。那真是白夜短暂的辉煌时期呵，当然，后来再也没出现过。

白夜和写作，纵贯了翟永明生活中二十年的时间，也纵贯了她生活的这个城市二十年的变迁。

新白夜的变迁，发生在 2007 年。

老白夜场地太小，不适于做活动。况且，成都人都"好逸恶劳"，贪图舒服。好几次，刘家琨在白夜大声喊：什么时候能坐上白夜的沙发呵。六十平方米的空间，放沙发，连站着都嫌挤了。唯一的办法，就是换一个大地方。

终于，机会来了，宽窄巷子招租。朋友建议我去看看。不用看，这地方我太熟了。以前，外地朋友到成都来，我觉得唯一还剩一点成都感觉的地方，就是这两条破破烂烂的小街了。

现在，宽窄巷子"整旧如旧"了，再也不是过去的宽窄巷子了。不过，院落还在，气韵也还在。白夜需要一个院子，我想象在院落里，开诗歌朗诵会的情景。

某种意义上，白夜酒吧就像一个舞台，每天来来去去的客人像是演员，那些形形色色的人，那些在白夜上演的一出出"戏"，非常有意思，是特别好的小说素材。所以，当白夜20岁生日的时候，老板娘翟永明做了一件事，出版了一本《以白夜为坐标》随笔集，与其说这是一本沙龙成长史，准确地说，应该是一本关于成都这座城市的成长史。

20多年，白夜已经成为不少文化人心中的圣地。但白夜也一直没忘却"家"的角色，商业二字仍然退居到第二线——这里还是"耍家们"的"家"，白夜一直没有忘记当初的那些"股东们"。

在成都，只要一批文化人想到了喝酒，想到了搞个什么文化沙龙……差不多都会同时想到，去白夜。这就是白夜的吸引力，一个坝子，一个院子，一间开放的屋子……这里可以让人身心放松下来。

白夜属于窄巷子，窄巷子也属于白夜。"对于我来说，一个自由、散漫、无拘无束，能挣点生活费又不影响写作的职业，是我一直向往的。白夜就这样呼之欲出。十年过去了，我没能像村上春树那样，靠在酒吧写作赚了钱又卖掉酒吧，去专业写作。也不能像波伏瓦那样，在酒吧清淡时埋头在咖啡桌旁，写出一本又一本等身著作。而是骂骂咧咧厌倦又和好，和好又厌倦地与白夜纠缠不休。"翟永明在其随笔集《白夜谭》中如是写道。

就在本书进入最后校稿之际，得知白夜又回到了玉林路。好在窄巷子与玉林路都是"有故事"的符号，它们都在成都中心城区，彼此相隔不远。

白与夜，路与巷，其间的故事还在继续。

一个天然的静音器

有人说，今天的宽窄巷子都是留给外地人看的。这话虽有一些武断，却不无道理。

实话说，我还是留恋于原生态时期的两条巷子，尤其是一把竹椅子，一杯盖碗茶，一个阳光下午的那种闲散时日。

隋季是一个"老成都"，从小就在宽巷子附近长大。对这里的一砖一瓦一草一木有很深的情感——

1990年代以前的宽巷子，实际就是一个大巷套小巷小院的居家环境。格局上，多数老院落是两进相套带门斗儿；门斗儿是大门二门，二门即中门，两侧有小门，平时一般关着，非婚丧嫁娶宴请宾客之大事不开中门；门斗儿外一边一个石狮、石鼓或石门墩。有的门斗儿上悬山有翘檐，浮雕各种花纹图案的挑枋、雀替，门楣雕金瓜、佛手，装饰性很强。尽管因街面不大，门斗儿一般都不阔大，但进门后即是天井，一家人的室外活动空间并不窄小；且院落里通常都植有花木，树大者如白果树、气柑树、皂角树（甚至芭蕉）等，许多都上百年，小儿常爬树玩乐。

树上有鸟，地下有虫，小娃娃们就算被大人严管不许出院坝，天井里也有自然的气息。

字里行间，这样的感觉神似满城时"娃娃们的感觉"。1990年代后期，隋季又迁到了与宽巷子不远的仁厚街，加之宽巷子中段有了第一家喝茶的门面，能让他更久地体验宽巷子的呼吸、气味及日常状态。

改造前的窄巷子14号，是一家名为"宽茶居"的简易茶铺，5元钱一碗茶，可以在此坐上一天，是很多成都老茶客常来的地方。
章夫 摄

一度我爱上午去喝茶。此时，整条宽巷子如早起的人一般，刚苏醒，充满朝气。去买菜的，在门口洗晒衣裳的，穿过巷道的小贩、收荒匠，虽零零星星，却带给巷子以生机。我坐街对面墙根儿喝茶。

冬月有日头照着，暖烘烘的，躺在竹椅上懒起，眼瞟街景，很舒服。

朝东头看过去，逆光中，瓦角子和树枝没细节而只有轮廓，明亮的背景上不时有人影晃动着，那里仿佛是另一个世界，充满幻觉。

距我约20米远的25号大门斗儿外摆了几把竹靠椅，或坐或站的几个人晃着。冬日的暖阳总会把平日里蜗居在老宅里的居民吸引出来，晒晒身上的霉气，邻居间也会借这明快的街景心情舒畅地说说闲话。

作为外来户的我，对两条巷子钟情的时间，显然比隋季要晚。虽然20世纪90年代初即来到成都，那时更多的是在大慈寺或锦江（那时叫府南河）边的坝坝茶上泡着。来这里呼朋唤友，获取新闻线索，采访整理，甚至在简陋的茶桌上铺展开来，一挥而就。

直到世纪之交时节，宽巷子和窄巷子才慢慢开始热闹起来。个中原因还在于，当地政府要对两条巷子改造升级。一大帮文化人扎堆似的来到这简陋的两条巷子，躺在巷子的树阴之下休闲纳凉，寻觅老巷子"最后的时光"。

竹椅子是茶铺里天然的主角。来这里的人们多半是恋着那吱吱作响的特殊的声音，冲着那简陋的竹椅子而来的。与其说是坐茶馆，不如说更多的是坐竹椅子。

成都的那碗茶，成都的那把竹椅，会使很多人对生活对人生豁然开朗，茅塞顿开，继而大彻大悟。不少茶客专挑这样的午后，一杯三花，一把竹椅，几个可以闲谈的茶客，坐在阳光斑驳的树影里，仿佛能够一直坐到永远。

成都的传统茶馆，竹椅子往往堆积如山，煞是壮观，每每来一位客人，就从"山"间取出一把椅子。成都这地方地处川西坝子，雨水丰盈，房前屋后都是一大围一大围的竹子相伴，因此竹子在成都甚至在四川，是再常见不过的平常之物。价廉且物美，又经久耐用。

听上了年岁的前辈讲，不只是成都，若干年以来，竹椅子甚至是四川所有茶馆的主角——人们亲切地称之为"屁股"。只要茶客一招呼"把屁股拿来"，店主就知道客人是想要把竹椅了。茶馆里茶客不是很多的时候，那些茶客往往是一人独占两把竹椅子，屁股坐一把，另一把放脚养神。龙门阵也摆得差不多了，茶碗里的茶水也渐渐"返白"了，还没有要走的意思，就趁机将双脚往竹椅上一放，微闭双眼。悠哉游哉，那真是神仙日子。

今天，这样的情形，只有在人民公园的鹤鸣茶馆和一些坝坝茶馆里一睹其胜了。

茶楼是成都一大景观。成都有众多平民化茶楼，收费很低，只要你有的是时间，一坐可以是一个下午，或者是一天。只要离开时不忘了付茶钱，没有任何人来扰你。偶尔有一两人从你耳边走过，也是咨询你是不是掏耳朵，或是擦皮鞋的。如果你不需要也不必出声，手一挥，他们会走得远远的，再也不会来烦你了。

传统里，很多成都人没有睡午觉的习惯。成都人把中午晾晒到茶馆里，哪怕是露天的茶馆，一年四季也是营业的。中午，从办公室里钻出来前，就与朋友约好在茶馆里见面，坐到茶馆里，先点份便餐（成都绝大部分茶馆都提供饮食），再要瓶啤酒，吃完了，喝完了，与朋友该说的话也说完了，就靠在椅子上，迷糊着。或者干脆打起扑克，一边玩牌，一边交流着新闻。

20世纪90年代以来，很多成都人大概都是这样度过一天的。每到好天气，比如冬季的艳阳天，夏季半阴半晴的暧昧天，各个茶馆都会人满为患。卖报纸的、掏耳朵的、按摩的、看相算命的，在座位间穿梭往来，寻觅着生意。如果这时候你找朋友，他不在办公室，打手机，又没人接。你去他经常去的茶馆里找，也许他已经倒在椅子上睡着了。

宽巷子和窄巷子没有提升打造之前，"竹缘"可谓宽巷子的品牌茶馆。说是品牌，不外乎走过清砖清瓦的门庭过后，豁然开朗一个坝子，一围竹子，围成的竹子里正好可以放几张小小的茶桌。竹子不粗也不细，长得很有规律，像排阵一般把个茶桌围得严严实实，主人也有情结，有意无意间在竹子外间或挂上几盏小红灯笼，点缀效果极好。

我每次来这里喝茶，这样的"雅间"都提前接客了。其实竹外的坝子喝茶也不错，只是少了些竹间的清趣。"竹缘茶馆"的接待能力最多不过10张茶桌，每碗茶也不过3-5元钱（2000年间）。如此算来，茶主人每天的收入不会超过100元。如果你真的按照这样的方式算账的话，茶老板会不高兴的，因为他们开这个茶馆本身的目的就不是为了钱，而是为了竹趣和幽静。他本身也是茶客，只不过外带卖茶，来这里吃茶的人都是清趣所在，话能说到一起，情趣爱好相投，还在乎什么钱呢？这里真有一种"名士方家大不拘"的味道，拆迁中的厕所也没有了男女之分，远远地沿着手书"厕所"二字前行便到。

与"竹缘"一样，"宽茶居"在窄巷子同样颇有名气。说起"宽茶居"，来过成都且喜欢访旧的人，一定会想起这个地方，知道这个事实上并不宽的茶肆。因为在成都，窄巷子14号里的宽茶居，已经几乎是一个文化招牌一样的地方了。

探寻成都风情的人，只要时间足够，都会不成规矩地来走上一遭，做一次真正的茶客。

也说不清是多少次在"宽茶居"喝茶了，我与这里的主人，包括主人所喂养的那条小黄狗，都已经是熟悉的朋友。之所以称"宽茶居"为"品茶之地"，而不说"茶馆""茶社"甚至"茶铺"，是因为并不深的巷道里就只能摆那么十多张竹椅子，地势太窄，倒有点像名副其实的窄巷子，此地实在够不上"茶馆""茶社"甚至"茶铺"的级别。

黑得发亮的大门左侧挂着一个实在不敢恭维的破牌子，上面用粉笔写的价目表："碧潭飘雪，5元。竹叶青，5元。毛峰，5元。绿茶，3元。花茶，3元。菊花茶，3元。"

高低不平的地面已被踩得发亮，两侧的墙壁斑驳篱落，灰尘蛛网。因为是老院子，里面有一股霉味，但味并不重。

每一次进宽茶居印象都极其深刻。廊檐下悬着两只褪色的红灯笼的宽茶居，漆黑的门很窄很窄，似乎有意在体现窄巷子的真谛。窄窄的小门永远只开着半扇，似乎须得低头侧身才能进去。地处窄巷，却命名为"宽茶居"，我以为实际上是一种反衬。老板解释说，因为此茶馆原先在宽巷子，后来与政府"谈好了"（指拆迁），于是乎就过渡性地搬到窄巷子来了，因为窄巷子的主人还在"谈"。

老树，老城，老建筑。衬托出一个老成都。

老板姓童，年龄不大。他对老板这个称谓很不习惯，说"哥佬倌，你不要这么叫，我们算啥老板嘛"。我说你也马上成百万富翁了，"百万富翁不是老板是什么"。他憨厚地笑着，"不是还没到手嘛。"

半年前，当我探头探脑地半伸着脑袋试图一窥全貌的时候，有人从门里马上招呼："帅哥，喝茶哇？"软绵绵的，很好听的成都腔，且一脸的和蔼。见我手端一相机，又会迎合地笑请，"进来拍嘛，泡碗茶慢慢拍。"你很难拒绝这种形式的邀请。于是乎，一笔交易就在这言谈间做成了。虽说只有5元钱的生意。

实际上，成都上万家茶馆里，每天生意场上的交易大多以这样随意的方式完成的。彼此轻松愉快，茶馆又很随意，嬉笑怒骂进退皆可，正是谈生意的绝好地方。

更为惬意的还在于，当你找个地方坐下来，要了茶喝，聊过后才知道，原来热心招呼我的人并不是老板，而是专门来喝茶的一位老茶客。此时，心里顿时就有种暖暖的感觉。

这里的生意永远很好，能吸引回头客的重要原因，是这里的茶水便宜，一碗花茶和绿茶，都在3-5元间。坐定之后，主人会给你放一个简易的温水瓶，你可自己续水，水瓶水续完了吆喝一声，满满的一瓶又会马上送到你面前。三五步远的蜂窝煤炉灶一直烧着水，不怕你喝。

那条忠实的小黄狗也几乎是躺在他的脚尖闭目，每次来都看到这条小狗，"小黄"见多识广，看着再有个性的客人也不怵。"小黄"其实不小了，看着明显肿胀的奶头，我以为是怀孕了，童老板说"不是，它刚生了崽崽"。而童老板的另一宠物——小花猫却一直在房顶上晒太阳，猫是夜晚出行的动物，初秋的阳光正好晒去一身的疲惫。

屋顶盖着瓦，落英缤纷，绿意葱郁，与地面上残缺的花盆里的绿相映成趣，徒增一番情趣。

来这里你会感觉到，人多也不觉得闹，人少也不觉得空……不紧不慢地沿着黑漆漆的老墙和梧桐树荫下的街道，步行到位于巷子中间或老宋的"景阳岗"，或翠竹婆娑的竹缘……3元钱要一杯盖碗，斜躺在已有些年辰的老竹椅上，看行人来去，看日影西斜，悠然自得地品那一份自在和安闲，神仙般的感觉便会从心底里油然而生，一切凡尘之事与己毫无关系。

中午过后，人会越来越多。直到天晚才兴尽而返。

在此喝茶，基本上不用提前约人，朋友们有时间自然会前来相聚。所以在宽巷子喝茶，总不会担心因为没有约人而一个人陷入孤独。只要你是这里的茶客，即或你几年没去过，偶尔一次来到这里，一定会见到曾经在一起喝过茶的茶客。可能彼此以前从没说过一句话，但见到熟面孔，难免却要点一点头，或亲切地问候一句："一直是那根板凳哇。"对方一定会报之一笑："你也来了？"

留存在记忆中这些珍贵记忆，足可以品尝一生。

成都人的这种生活习惯让外地人很是不解。一对广州的夫妻来成都开餐馆，女老板一直很迷茫："我始终不明白，在茶馆一坐就是半天，有什么好说的？"他们来成都多年，依然没有融进成都的生活。原来，他们始终不明白的是，成都人的生活是从茶馆开始的。

几乎每个成都人身上都有对茶的依赖基因。仿佛没有这碗茶，成都就会瘫痪。在改建拆卸时期中的宽窄巷子，依然随处可见轰隆声中悠闲品茶的成都人，尽管此时的巷子已是泥泞不堪，破旧不堪。

成都的休闲，自然源头在都江堰，文化源头在"两条巷子"。成都诗人何小竹有一首写坐茶馆的诗，开头是这样的："我看见池塘里栽种有睡莲，睡莲的远处有一男一女，我听见背后有两桌麻将的响声，这时候，下起了雨，一男人匆忙从小径上跑过，我坐着，但是我很舒服"……

睡莲。池塘。雨。还有麻将。很安静。麻将声总是把偌大的茶园给衬得非常安静，很适配"蝉噪林亦静，鸟鸣山更幽"的意境。虽然地处成都市中心，我却每次在"竹缘"听见了久违的蝉鸣声，高低错落，别有天地。

每每至此，懒懒地，一动也不想动了。

宽巷子真正成了一块"飞地"。闲了近半个世纪，今天的宽巷子很忙，窄巷子也很忙——它们是成都的一处盆景，它们要展示给外人看，它们被重新赋予新的使命。

看到十分繁忙的两条巷子，不少像我一样的成都人大都敬而远之。偶尔有约不得不在巷子吃上一餐饭，也是来去匆匆。我是一个特别怕拥挤的人，但凡人多的地方，都会避而远之。

不少成都人眼里，变得越来越富贵的宽巷子和窄巷子，已经不是他们昨天那个巷子了，他们甚至看不惯现在两条巷子的繁华与喧嚣。他们眼里，他们心里的两条巷子，还是有些破败，摆满竹椅子，随便停下脚步在树荫下喝盖碗茶的巷子——他们也知道，两条巷子正在人们的簇拥之下，拼命地往前走，真的再也回不到从前了。

不可否认，每一座城市——特别是中国的古城，都需要有这样的"盆景"，让外人直观地看到这座城市的年轮。但不可避免的是，这座城市里的主人们，往往并不认可。

世人眼里，两条巷子已经打造得十分成功。其重要标志，就是这里一如既往的人气指数。这也间接地堵住了当初极力反对大拆大建那些专家们的嘴，他们不得不表达某种程度上的默认——"也只有这样子了嘛"。

不得不承认的是，成都这座有着近三千年的文明古城，今天能够让人看到的，也只有两条巷子（宽巷子窄巷子），锦里（武侯祠），太古里（春熙路、大慈寺片区），文殊坊（文殊院片区）等几处"盆景"一样的组团。站在经营城市的角度看，它们都是现代商业意义上的结晶体，这样的结晶既能得到市场的赞许，又能获得文化上的容忍。

推开最窄的门，走向最宽的路

· 某种意义上，也算是为成都的古老，涂上了一抹亮色。

陆游曾在《梅花绝句》中写道："二十里中香不断，青羊宫到浣花溪。"

寻香道正是天府锦城一隅。通过梳理城市文脉，天府锦城项目规划了"八街九坊十景"，对街、坊、景进行功能业态植入、景观提升、交通改造，意在让历史文化"活在当下"。

何为八街？即寻香道街区、春熙路街区、宽窄巷子街区、华兴街区、枣子巷街区、四圣祠街区、祠堂街区和耿家巷街区。

何为九坊？即锦里、皇城坝、华西坝、音乐坊、水井坊、望江坊、大慈坊、文殊坊和猛追湾。

何为十景？即青羊宫、杜甫草堂、散花楼、武侯祠、皇城遗址、望江楼、合江亭、大慈寺、天府熊猫塔和文殊院。

一句话，这些元素，就是想将成都的文化留下来，让外人从骨子里直观地体现成都的"慢"。

作为一个网红城市，不得不承认成都是很会折腾的。秉持这样的思路，"两环八线十三片"主干体系

休闲成都的空气里，都飘荡着麻辣的味道
章夫　摄

又应运而生——

两环，即，天府源心环皇城坝；滨江畅游环锦江公园。滨江畅游环即天府滨水生活游线，将以水文化为脉，展现天府之国因水而生、因水而兴的城市发展脉络；古城记忆游线环为千年城市中心游线，将奠定三城相重城市本底格局，凸显2300年城心不移、城址不变、城名不改的城市记忆与内涵。

八线就更为复杂了一些——

少城寻香休闲线：这是西蜀诗歌艺术游线，主要展现西河内明清少城文化，西河外唐宋杜甫草堂、浣花溪和青羊宫等。

蜀汉乐活线：即三国蜀汉文化游线，主要展现三国武侯、君平乐道、文翁石室、保路英烈等历史脉络。

礼仪迎宾线：这是成都中西文化交融游线，主要展现从省科技馆、锦江大礼堂、锦江宾馆的苏式建筑，到中、英、美、加四国办学的华西岁月。

学府漫游线：这是成都高校书香文化游线，展现从四川大学华西校区，到四川音乐学院，到四川大学望江校区的高等学府文化。

都市禅林文创线：这是非物质文化遗产与都市禅林体验游线，展现皮坊街、金丝街、打铜街的非物质文化遗产，与文殊院的禅林归隐，代表精神与物质代代相传。

民俗文化展示线：即成都传统文化与地道美食品尝游线，串联劝业场、盘飧市、锦江川剧、悦来茶馆、四圣祠堂，点滴刻画市井生活日与夜。

国际商圈体验线：即城市商业时尚游线，串联春熙路、大慈寺、合江亭，记叙自盛唐的"扬一益二"，演绎成都的千年商贸文化与城市包容气度。

音乐艺术赏游线：即音乐之都艺术鉴赏游线，图兰朵与梁祝在此汇聚，古典与摇滚在此共生，打造成都的林肯中心和百老汇。

十三片，即，皇城坝—祠堂街片区、宽窄巷子片区、青羊宫—枣子巷片区、杜甫草堂—寻香道片区、锦里—武侯祠片区、华西坝片区、音乐坊片区、望江坊片区、水井坊片区、四圣祠—大慈坊—耿家巷片区、华兴街—春熙路片区、猛追湾片区、文殊坊片区。

这样的成都文化总体构架，作为唱主角的宽巷子和窄巷子当然融入其中。

欧洲有句谚语，"罗马不是一天建成的"。成都同样如此。

很多专家学者眼里，古老成都看得见的印痕，也只剩下几块"盆景"了，成都人显然也意识到了，所以想方设法将这些"盆景"串联起来，同时严格保护，争取有更多的"盆景"。这一点让成都人欣慰，要知道，中国有很多古城，连这样的"盆景"都没有了，往往只留下一些街名、地名这些"非物质文化遗产"。

城市本是在一张白纸上描绘出来的。成都人对所生存的这座城市认同度是很高的，他们津津乐道并为之骄傲的是，成都这座来了就不想离开的城市，三千年来从未改名换址。要知道，这些发自内心的认同，于成都这样一座移民城市而言，是难能可贵的。

透过历史长河也不难窥见，历代成都城的兴与毁，建与拆，既是动荡中国所赐予它的宿命，也是它作为一座历史名城的必然担当。颇让人欣慰的是，尽管多次遭到毁灭，但在其后每一次重建中，后人们都不弃不离地选择了原来的城址。

正所谓环境造化人。成都人在这块风水宝地上，其性格特征在一部《天启成都府志》中，有了一个精准的评价——

俗不愁苦，尚侈好文，民重蚕事，俗好娱乐，居给人足，以富相尚，土地沃美。人士俊乂，风雅英伟之士命世挺身；人多工巧，绫绵雕镂之妙侔于上国。地大而腴，民勤耕作，无尺寸之弃，岁三四收；刚悍生其方，风谣尚其文，俗不溺女。八旗冠婚丧祭，满洲蒙古各遵祖法，节文虽异，皆不逾礼；宗族婚姻，颇相亲睦；交游重义，酬答必丰；其俗简约，不尚华靡；其人憨直，不好私斗，巧于树艺，亦习诗书，骑射最精，果勇善战……

　　我不知道是谁定义了"宽巷子"和"窄巷子"两个名词。今天考究起来，这两个看似普通和朴素的街名，却浓缩了博大精深的中华文化之精华。"宽"和"窄"狭路相逢，彼此对立，却又如孪生兄弟，可谓悠远而绵长，让人回味无穷，想象无限，让不少文化人咀嚼出不同意味。

　　即或是在西方人顶礼膜拜的《圣经》里，对此也有极其精辟的解读。《圣经》说，通向灭亡的门是宽门、路是大路，进去的人也众多；而通向永生的门是窄门、路是小路，找得着它的只有少数人……穿越历史的窄门，我们会茅塞顿开，我们会醍醐灌顶，我们会豁然开朗，我们会大彻大悟……作家祝勇站在宽巷子看成都时，有一种特别的感受，那是他看到一则特别的广告词："给你掏耳朵，保管你舒服到脚指头。"于是乎，他决定坐在宽巷子的竹椅子上，掏一次耳朵。消费之后，他才切身感受到那是一种穿透身体的享乐，享乐的工具仅仅是一柄小巧的耳勺。"在掏耳师傅的指挥下，它几乎控制了我的整个身体，使它因为幸福而轻微颤动，我感到自己抖落了身体内部的灰尘，使身体变得清爽和明媚起来。"

　　就在这一瞬间，祝勇有了一种顿悟，"在整个成都，每个人都专注于自己的事情——他们认真地享乐。"

　　除此之外，他还看到了更多的东西。成都人早就学会了以超然的眼光看待事物，以谦卑的姿态面对时间，以逆来顺受的不变面孔，对付它早已见惯不惊的灾难、痛苦、蹂躏、难以预料的命运和不公。成都人身上，没人能找到一丝一毫的伤感、傲慢、顾影自怜和惊惶失措。

　　因为成都人深深懂得，如何推开最窄的门，去走向最宽的路。窄门里面的风景很好，只是需要有看得见的眼光。

用两条深深的巷子，为宽窄立传

《窄门：公元1718-1911，一巷宽窄，成都满城的历史断章》

—— 章 夫

01

　　摆在你面前的，是一本再版的《窄门》。这本书初版于2007年，适逢"最后的成都满城聚落"——宽窄巷子大面积改造。当时写的这一版本应算是通俗易懂的读物，先后印刷了十数次。成都颇具影响的见山书店（散花书屋）打理人廖芸女士告诉我，这是他们在宽巷子店卖的最好的一本关于成都的书。

　　渐渐地我发现，这本"通俗读物"有很多局限性。很多想说的还远远没有"说到位"，没有"说到位"的不仅仅指历史纵深感，还有人文厚重感，很有必要再进行"深加工"和"精加工"。适逢到了再版的版权时间，在出版社的鼓励下，我进行了全面的"改造"与"升级"。也就是说，摆在你面前的这本再版的《窄门》，除了书名和极少章节内容之外，里面的很多文字基本上是全新的。

　　只因案头文债过多，一直难以沉下心来全身心投入。一拖就是五年。

　　改版后的《窄门》，从副题可以看出文字的主旨——"公元1718-1911，一巷宽窄，成都满城的历史断章"。即，重点放在大清中晚期280多年间。通过"宽窄巷子-满城-成都-大清-世界"由小及大，让读者徜徉在这段历史的时间和空间。因为这段历史太过精彩，众多的研究机构、各路写作者的各类读物可谓车载斗量，汗牛充栋。很大程度上讲，我也只是以此为楔子，从一个小小的侧面（或剖面）抽丝剥茧，从而串起一段厚重的"千年未有之变局"，权当宏大叙事下的由头。

02

书名仍坚持用《窄门》，是因为我欣赏"窄门思维"。听过一个寓言故事。"发大水了，所有动物竞相跑过大河到对面山顶避难。河上有一座大桥和一座独木桥可供选择，动物们都选择了走大桥，只有一只山羊走上了独木桥。最终大桥不堪重负垮塌了，只有走独木桥的山羊活了下来……"岔口前，愿意放弃人人趋之若鹜的大道，而走上属于自己的独木桥，这就是"窄门思维"。

所谓的"窄门"，其实就是选择大多数人不愿走的路。意味着最初时荆棘满布，只能苦熬坚守，在吃过常人所不承受之"罪"后，一旦跨过去，后面的路会越走越平，越来越宽，可谓苦尽甘来。而与之相对的宽门，则是相反。

有形的路与无形的路作喻。其实也不难理解，就是我们老祖宗留下来的那句俗语，"吃得苦中苦，方为人上人"。传承下来的此类格言和警句颇多，但凡读过书的人都能信手拈来。

要真正以此为人生路标，践行其中的真谛，却不是人人能做到的。人生之路有两种，择大门而路险，过窄门而途难。真正厉害的人，明白唯有坚持"窄门思维"，不偷懒耍滑不怨天尤人，下硬功夫死功夫，方能赢得属于自己人生的那道灿烂彩虹。

能跟上时代变化的人，即使生活安逸，也始终保持窄门思维，不断挑战新事物，将自己的路越拓越宽。

03

推开最窄的门，走向最宽的路。《圣经》中的耶稣似乎早有预感，祂告诫门徒"引到灭亡，那门是宽的，路是大的，进去的人也多；引到永生，那门是窄的，路是小的，找着的人也少。"祂知道能坚守到最后的人不多，随后，祂又警告"你们要防备假先知"。或许祂正是看到了寻找窄门不易，所以必然会衍生出各型各色的"假先知"，带领世人误入歧途。但祂不曾也无法料想的是，在身后千年的除魅世界里，世人的信仰渴望与冲动虽在，但真正的窄门里却依旧形单影只。

进窄门，走远路，见微光。堪称人生最难的修行。

04

明代思想家洪应明曾言："苦时之坎易逃，而乐处之阱难脱。"

应该说，在中国纷繁复杂的历史长河里，有着"千年未有之大变局"的清末民初，是最应值得作家们观照的。人们在熙熙攘攘的大道上一路狂奔，无论是帝王将相还是贩夫走卒，无论是贤达智者还是芸芸众生……概莫能外。虽然我们都自恃聪明绝顶，却很少有人能看清前行的路，比如大清最后的守夜人末代皇帝及其"爱新觉罗集团"，比如不可一世的封疆大吏赵尔丰，还有自以为看清了世界的清末重臣端方，又如书中写到的保路运动众多志士仁人……人们都在以不同的方式，在时代泥沙俱下的裹挟之中，携手拥挤在人满为患的大道上，最后所收获的，多是事与愿违的苦涩。

那些"宽"与"窄"，那些"轻"与"重"，那些"大"与"小"……如同万花筒一般的乱相，构成了"大变局"前后的众生相。

透过这特定历史背景下的满城风物，我似乎闻听到了历史的胎音。因之，此次再版所增加的内容，以为体现出以下一些权重与考量。

05

视野更为开阔。将成都放在世界背景下进行审视与对比。分阶段分场景，全方位展示了直接引发辛亥革命的四川保路运动——这个具有诗史般意义的重大历史事件。事件从各色人等到各阶段情况，力求站在历史深处进行淘井般的史料挖掘。透过一些鲜为人知的正史野史，旨在抛弃一般意义上的宏大叙事，试图拿起微创的手术刀，给读者不一样的历史视觉。比如，从一只股票引发的"骨牌效应"入手，来洞悉清末时局的混乱与不堪。滥觞于那支远在大洋彼岸的"兰格志股票"，如一只蝴蝶般煽动着翅膀，所引发的蝴蝶效应，最终将大清送上末路。

1910 年 3 月 29 日，大清股市刚开盘不久，龙头股兰格志（一个橡胶公司的名字）股价便迅速攀升至 1675 两白银一股，发行价不过 100 两白银一股的兰格志，迎来了帝国历史性的疯狂时刻。

多米诺骨牌效应是指在一个相互联系的系统中，一个很小的初始能量就可能产生一系列的连锁反应。上帝欲让你灭亡，必先令你疯狂。这样的"骨牌效应"直接决定了晚清的末路。

除此之外，还特地把康熙帝布防成都这个决策，放到整个历史大视野和地理大空间中去审视，从而因时因地牵出爱新觉罗家族的嬗变史与进化史。即，他们如何从偏安一隅的"草原狼"，滚雪球一般不断发展壮大后，最后彻底完成合围，逐鹿中原，最终成为紫禁城的主人。

由大到小，由内及外，层层解剖。呈现在读者眼中的"满城"这个大清"麻雀"，从而显得更为立体而丰满。

这样的大视野的镜深还伸得更远。保路运动引发的辛亥革命直接开启中国新政，而中国新政的直接学习对象便是近邻日本。进而深入历史管道，探究日本新政的成因，即使如小小日本，开化也并非一蹴而就，同样有一个惨痛分娩的过程。将成都新政与中国新政乃至日本新政进行梳理，就有了一个清晰的脉络，彼此有机连接起来表达，不仅有了历史纵深感，且让人们从中感受到一种开阔的视野。

从"看得见"的变化做起，向"看不见"的地方渗透。费正清最有才华的学生芮玛丽可谓一语中的，"正是清政府的改革，摧毁了这一推行改革的政府，因为它不能控制其自身政策造成的加速度"。这其间，有很多西方人来到中国，来到成都，来到满城，用"他者"的眼光来留驻成都镜像。比如在成都生活了近三年的美国人路得·那爱德，那正是波澜壮阔中国时局下，成都最为精彩的三年变局。1910年6月24日，年仅31岁的路得·那爱德，从美国伊利诺斯州安而拔那市家乡出发，来到成都，与大清国四川高等学堂（今四川大学）总理主聘代理人任傅榜签定了教授一年化学和算学的合同。后来在成都的两年多时间里，他留下了大量书信和图片。这些书信和图片以"他者"的视觉，成为我们研究"1910年成都"的宝贵史料。其实，清末民初之际，像那爱德这样行走在中国大地上的"他者"还有很多。是他们，或直接或间接地将一个真实的中国形象，带到了被认为世界主流的西方世界。

06

史料更为翔实。历史往往通过一些精彩的瞬间和鲜为人知的细节而让人难以忘怀，我努力穷尽自己的视野，广泛搜集那些不易察觉的史料，特别是一些看似碎片化的历史细节，常常令我兴奋莫名，它们会在宏大的历史叙事中，让读者眼睛一亮。新闻从业已经30年的我坚信，只有那些感人的细节，才能让历史不断鲜活且丰富起来。比如清末的政治改革，我以"资政院"这个特殊的视角为突破口，找了当时最为原始的记录，让读者如身临其境一般，穿越到百年前的场景里。

作为晚清君主立宪重要内容的资政院，近百年来因与主旋律不搭调，其形象一度被歪曲而渐渐被人遗忘，丢进历史的故纸堆。好在他们留下了一本"速记录"。历史的细节真的太有趣了，未曾想资政院第一次常年会召开的半年之前，就特别开设了速记学堂，旨在培养议会所需的速记人才。这才有了遑遑120万言的《资政院议场会议速记录》，不得不感谢当年资政院那帮老人的眼光 ——他们或许早已意识到，他们所做的一切，在中国一定是开天辟地的，也一定会进入历史且让历史记住的。

2011年上海三联书店整理出版了这本"速记录"，成为后世研究这段历史最为原始，最为详尽，也最为权威的第一手资料。直觉告诉我，这本书的印量不会太大，应该也不会赚多少钱（很可能会亏本），这就是作为出版者的历史眼光和职业担当。可以说，一家优秀的出版社，就是靠这些并不挣钱但却于后世享用的书，支撑起属于自己的强大的铁杆读者群。

我花了一周时间细读，也特别关注书中两次所涉四川保路运动的相关议题。第一次是宣统二年十一月初一（1910年12月2日）下午，"资政院第一次常年第二十三号议场"，这天下午共有14个议题，大体有新刑律、修正禁烟条例、著作权律、确定义务教育以谋教育普及议案、拟请明谕剪辫易服具奏案等。到场议员140人。

著名史学家蒙文通教授之胞弟蒙思明先生曾云，史学方法"并不是一种神奇的东西、秘密的宝藏，而实际只是一些合乎逻辑、合乎常识，可以使人依赖的批判原则和工作程序"。我的理解，史学方法的基础，就是逻辑跟常识。也合乎孟子所说："夫道，若大路然，岂难知哉？人病不求耳。子归而求之，有余师。"（《孟子·告子下》）

07

　　细节更为丰富。对于过往的一些历史事件，只因往往缺乏更多的史料作证供，就难有一些出彩的细节来丰满，全景式"大概"加"估计"的写作思路就成为必然，大而化之的宏观描述成为当然。瞿秋白曾说，想要"了解一国的社会生活，决不能单凭几条法律几部法令，而要看得见那一社会的心灵"。一个社会的心灵，当然是反映在人的身上。任何个人的观感都有其个别性，然正如滴水可见太阳一般，个人的观感也无不映射出所谓的时代精神。吕思勉先生也提醒我们，"抽象的理论，言者虽属谆谆，听者终属隔膜"。因而此次修订，更加注重挖掘情节和人物，特别是涉一些人物和事件的历史细节。

　　四川末代总督赵尔丰是全书一个极为重要的主角，也是保路运动最重要的当事人。若干年来，赵尔丰已经被各类文学作品描摹为"屠夫"形象，面对人们思维里已经"脸谱化"的恶魔，如何去寻找更多更细小的故事，哪怕是极小的历史瞬间。人是复杂的综合体，世上还很难找到一个完全十恶不赦之人。很多人不知晓的是，作为真正的封疆大吏，赵尔丰在清末的藏区，发挥着极其重要的作用，无疑是一个能吏。有专家甚至感叹，赵尔丰"孤胆赴藏"，堪称大清灭亡前最后的"史诗般远征"。赵尔丰在藏区强行实施的改土归流和各项民族政策，为维护摇摇欲坠的中央集权，无疑有着"定盘星"般的作用。就在清军进军藏南、设立察隅县后几个月，辛亥革命爆发了。随着赵尔丰被处决，驻西藏的清军也发生兵变，官兵纷纷跑回了四川。赵尔丰苦心经营数十年成果转瞬即逝，西藏又回到了之前那种封闭落后的状态。十三世达赖趁机从印度返回西藏，一直到1951年，西藏又保持了四十年的半独立状态。而下一次改革，只有等到1959年了。

　　成都血案，是赵尔丰一生中在历史上唯一难以洗清的恶名。那个风云突变的年代里，每个人物都如浮萍一般，在时代命运的海洋里随波逐流。潮头之上的弄潮好手，很可能在下一秒坠入深渊。从封疆大吏落到死刑罪囚，从民族英雄沦为人民公敌，从大器晚成变成晚节不保……这一过山车般的迷人履历，赵尔丰只用了短短百余天。

　　有一个历史细节很有意思。理塘冷谷寺堪布大喇嘛很会神机妙算，赵尔丰曾专门找他捏算过，这位大喇嘛捻着珊瑚珠串，眯着双眼，不紧不慢地说："大帅以后走西则善，走东则凶……"赵尔丰意外一怔，向西是西藏，向东是成都。"我只能留在西藏？我不能回成都了？"赵尔丰向来不信鬼神。他之所以前去问卦，无非是想要冷谷寺大喇嘛给他这个朝廷一品大员说些吉利话，让他高兴，没想到大喇嘛却如此认真。当时他虽然闪过一丝不快，却也根本没放在心上。没想到却一语成谶。

细节的丰富和精彩，无疑会使人物和事件更为丰满，使文本的质量得以升华。比如描写"成都新政"的内容里，就特地添注了这样的细节——

成都市近现代著名的悦来戏院，迎来了地方自治的春风——警察特许他们向妇女售票。警察局几经研究权衡，最后还是决定向妇女开放。要求悦来戏院设计两个完全分开的入口，一个供男人进出，通向主要的座位区；一个入口专为女性设置，通向用屏帐隔开的楼厅。

让细节本身说话，让细节为情节和观点服务，是我在写作中的不懈追求。但要在惶惶史海中"大海捞针"般地淘到历史细节，真是一件令人头疼的苦差事。国学大师钱穆曾言："古往今来有大成就者，诀窍无他，都是能人肯下笨劲。"对此我感受亦深。

08

表达更为严谨。全书以八旗兵进入成都为主线，重点在第一章、第三章和第六章三个章节来层层展现。他们是一群什么样的人？他们为什么要来成都？他们是如何进入成都的？他们来成都干了些什么？其间有怎样的逻辑关联前因后果？赵尔丰如何从一个能吏一步步堕落为一个屠夫，从而走向不归之路？

要拉伸一个又一个问号，必须甄别史料，层层铺排，经纬分明，梯次推进。

掌握大量史料的同时，合理地将史料按照写作逻辑，织成一个"逻辑链"，那些让人眼睛一亮的细节，都来源于一个又一个的"逻辑链"。力争做到，既符合读者阅读习惯，又能清晰地通晓人物命运的起承转合。还有引人注目的保路运动，人物众多，背景复杂，如何与国际国内大气候有效契合？需要尽最大可能回到历史现场，通过一个个鲜活的人从历史中"走"出来，从而让读者身临其境，有一种"在场"感。

为了"在场"二字，须尽最大所能，在一些人们"看不见"的地方扎进史料堆里，力求从中找出"不一样"的东西来。此间，成都满蒙学会（成都市满蒙人民学习委员会的简称）给了我很多帮助，在他们的协助下，我陆续采访了生活在成都的满蒙后裔，他们中大多已是年届耄耋的老人，但一提到他们眼里的父辈祖辈，都滔滔不绝，精神焕发（第八章有专门涉及）。何天祥老人是何氏骨科的传人，他的祖上就是随军医生，十多年前接受我采访时，谈及满城的历史过往仍是感慨万分。他的儿子何潆氚如今是成都满蒙学会的掌门人，他对自己民族文化的研究令人敬佩，特别是对蒙古族的一些典故，很是细致入微，十分严谨。一次聚会聊天时，何潆氚的几个蒙古朋友彼此用蒙古语交流，何潆氚十分严肃地提醒他们："我的这位朋友听不懂你们的话，都说汉语吧，相互尊重。"闻此，他的蒙古朋友立即换用汉语交流。这些看似不起眼的细节，能让人感受到一种内在的不一般。

"憇庐"是宽巷子的标志性建筑，拉木尔·羊角就住在这里。"拉木尔"系羊角蒙古族中的姓氏，为了能准确地表达"拉木尔"的意思，何潆氚十分认真地拉住我解释了半天，他反复用蒙古语和汉语之间如何转换向我示范，虽然他自己也承认"我的蒙古语也不标准了"，但他身上那股扭住民族元素紧紧不松手的韧劲，让人动容。"拉木尔·羊角春节前离开了我们，太突然了。一天前还来过我这儿，精神好得很。"2023年春节后的一个下午，我来到位于黄瓦街的成都满蒙学会所在地，何潆氚忧伤地告诉我这个消息时，也令我十分意外，虽然很少与羊角兄见面，但微信上一直在互动，他天生具有艺术细胞，音乐、美术、书法样样都"拿得出手"。

十余年来，因为写作的关系，我与他们这群"外来人"联系不少，从这些特殊移民及其后代的身上，我也学到了不少。将那些看似冰冷的史料，有效地编织成一个特有的逻辑体系。同时将大量采访到的人文素材有效整合在这个逻辑体系里，游刃有余地罗列那些看似见惯不惊的素材，使之表达更为严谨。这也是我此次修订中的一大感受。

09

汤因比与池田大作对话时说，如果可以选择生存的时空，他最愿意活在汉末佛教传入中国以后的敦煌。很多时候，走在宽窄巷子的青石板上我也在思忖，不知康乾盛世如何，其实晚清也不错，李鸿章称之为"千年未有之大变局"，却是一个春秋以来最为激动人心的时代。身逢其时，荡气回肠，也不枉走一遭。

历史的主体是人。司马迁的写作精神就是"以人物为历史主体"，因之他的《史记》也"以人物为中心"。既然历史的主体是人，历史的主体性也当表现在人身上。历史学家罗志田先生曾提出"把隐去的'人'召回历史"，构建以人为主体的思想史。我以为，也只有将每一当事人还原为具体场景中活生生的人物，方可避免将其过度抽象化，才不至于使具体的人被"物化"。后人对前人的历史解读，有如问案一般，各种证据链齐备且相互印证，方可真正成为可信的史料。

作家余华在小说《兄弟》里有这样一段话："写作就是这样奇妙，从狭窄开始往往写出宽广，从宽广开始反而写出狭窄。"另一位作家刘润也曾说过类似的话："选择容易走的路，会像吸毒一样慢慢上瘾，一旦给自己找到逻辑自洽的理由，就会越来越沉迷简单，最后趋于平庸。"

这，或许是我再次修订并创作《窄门》的原由。

章夫兔年仲春于锦官新城得一斋

图书在版编目（CIP）数据

窄门：公元1718-1911：一巷宽窄，成都满城的历史断章 / 章夫著. —— 成都：四川人民出版社，2023.12
ISBN 978-7-220-13215-5

Ⅰ.①窄… Ⅱ.①章… Ⅲ.①散文集-中国-当代 Ⅳ.①I267

中国国家版本馆CIP数据核字(2023)第220841号

公元1718-1911：一巷宽窄，成都满城的历史断章
ZHAIMEN:
GONGYUAN 1718-1911:YI XIANG KUAN ZHAI,CHENGDU MANCHENG DE LISHI DUANZHANG

章夫 / 著

封面题字	何应辉
肖 像 画	向以桦
责任编辑	段瑞清　申婷婷
版式设计	成都原创动力
封面设计	朱　勇
责任校对	舒晓利
责任印制	周　奇
出版发行	四川人民出版社（成都市三色路238号） 成都时代出版社
网　　址	http://www.scpph.com
E-mail	scrmcbs@sina.com
发行部业务电话	（028）86361653　86361656
防盗版举报电话	（028）86361653
印　　刷	四川新财印务有限公司
成品尺寸	150mm×230mm
印　　张	27
字　　数	430千
版　　次	2023年12月第1版
印　　次	2023年12月第1次印刷
书　　号	ISBN 978-7-220-13215-5
定　　价	68.00元